Marquis de Sade

Justine

oder

die Leiden der Tugend

MARQUIS DE SADE

Justine

ODER

DIE LEIDEN DER TUGEND

NIKOL
VERLAG

Titelabbildung: Bridgeman Art Library, Berlin
Satz: Nikol Verlag, Hamburg
Covergestaltung: Timon Schlichenmaier, Hamburg
Printed in the Czech Republic
ISBN: 978-3-86820-045-4
www.nikol-verlag.de

Inhalt

Zum Autor und seinem Werk

Die »JUSTINE« von de SADE (1740–1814), die seit 1791 in mehreren Fassungen und in erweiterter Form erschienen ist, gehört trotz der maßlosen Ausschweifungen, der Verletzung der Moralempfindung und Lobpreisung des Bösen zu den Klassikern der Weltliteratur. Seit Beginn des 20. Jahrhunderts gibt es deutsche Übersetzungen, die durch die Zeitumstände bedingt vom Text abwichen und nicht wortgetreu sind. Die vorliegende Übersetzung folgt genau dem französischen Original, an dem Sade bis zuletzt gearbeitet hatte.

Donatien Alphonse François Marquis de Sade nimmt im Alter von vierzehn Jahren am Siebenjährigen Krieg teil und bringt es 1759 bis zum Hauptmann der Kavallerie. Seine Familie gehört zwar zum alten französischen Adel, aber sie verfügt über kein großes Vermögen. Deshalb versuchten seine Eltern eine Ehe mit der Tochter der reichen Familie des Obersteuergerichtspräsidenten de Montreuil anzubahnen. Trotz der zunächst ablehnenden Haltung kam diese Ehe 1763 zustande. Wie es damals in der galanten Welt des Adels üblich war, nahm es Sade mit der ehelichen Treue nicht sehr genau. Er hatte mehrere Affären, die ihn sogar mit dem Gesetz in Konflikt brachten, so daß er auf Befehl des Königs inhaftiert wurde. So soll er eine Frau ausgepeitscht und Dirnen ein sexuelles Aufputschmittel mit gefährlichen Nebenwirkungen verabreicht haben. Sade wird zum Tode verurteilt und muß nach Italien fliehen.

Als er aber ein Verhältnis mit der Schwester seiner Frau einging, zog er sich den unversöhnlichen Hass seiner Schwiegermutter zu, die über beste Kontakte zum Königshof verfügte. Er wurde verhaftet, konnte fliehen und zog sich schließlich auf dem Stammsitz La Coste der Familie de Sade zurück. Nachdem 1772 das Urteil gegen ihn aufgehoben wurde, war er trotzdem kein freier Mann, weil seine Schwiegermutter aufgrund eines Geheimbefehls des Königs nach ihrem Gutdünken mit Sade umgehen konnte. Fünf Jahre verbrachte er in der Anstalt von Vincennes, danach fünfeinhalb Jahre in der Bastille, dem berüchtigten Staatsgefängnis in Paris. Ab 1789 ist er im Irrenhaus von Charenton. Die Französische Revolution brachte ihm nur für kurze

Zeit die Freiheit. Nach seiner Freilassung 1790 aus der Irrenanstalt wird er zwar 1794 erneut zum Tod verurteilt, aber entgeht den Gefahren der Revolution. Die Veröffentlichung der erweiterten Fassung der JUSTINE 1797 führte wieder zu seiner Verhaftung. Er kommt in die Irrenanstalt von Charenton, wo er 1814 stirbt.

Sade zeigt in seinen Werken in unzähligen Beispielen und Variationen die Macht des Bösen. Eine Befreiung oder Distanz zu dieser Welt des Bösen gibt es nicht. Wer in dieser Welt lebt, muß das Böse tun und grausam sein. Alles Gute muß ausgemerzt werden, damit die wahre Natur der Welt, d.h. das Böse wiederhergestellt wird. Wer sich wie die Titelheldin Justine, die von Sade als Muster der tugendhaften, verfolgten Jungfrau dargestellt wird, nicht an diese Maxime hält, muß scheitern. Justine wird wegen ihrer Tugenden von der bösen Welt bestraft und stirbt am Ende.

I. BUCH

Belohnte Übeltäter: Dubourg

Justines erstes Abenteuer

Es wäre die Hauptaufgabe der Philosophie, die Mittel aufzudecken, deren sich das Schicksal zur Erreichung seiner Zwecke bedient. Dann müßte sie diesem unglückseligen zweifüßigen Wesen Verhaltungsmaßregeln für seinen dornenvollen Lebensweg aufzeichnen, damit es nicht von den bizarren Launen dieses Schicksals – das man bald Bestimmung, bald Gott oder Vorsehung, dann wieder Zufall oder Vorausbestimmung genannt hat – abhängig sei.

So sehr wir auch durchtränkt sind von einer unnützen, lächerlichen und abergläubischen Ehrfurcht für unsere unsinnigen gesellschaftlichen Gebräuche, wird es doch vorkommen, daß Leute, die entweder grundsätzlich oder aus Neigung oder aus Temperament lasterhaft sind, glauben, daß es besser ist, sich dem Laster hinzugeben, als sich ihm zu widersetzen: Denn wie oft sehen sie nicht, daß Bösewichte für ihre Missetaten nur süßen Lohn ernten?

Werden sie nicht mit einiger Berechtigung sagen, daß die Tugend, so schön sie sein mag, der schlechteste Teil ist, den man ergreifen kann, wenn sie zu schwach ist, um gegen das Laster anzukämpfen und daß in einem so verderbtem Zeitalter, wie das unsere ist, das Beste darin besteht, so wie die anderen zu handeln? Bei mehr philosophischer Betrachtung könnten sie auch mit dem Engel Zesrad de Zadig sagen, daß es nichts Böses gibt, aus dem nichts Gutes entstünde und daß sie sich demnach dem Bösen soviel hingeben könnten, wie sie wollten, da das in Wirklichkeit nur eine Form ist, Gutes zu tun? Werden sie nicht hinzufügen, daß, wenn die Tugend vom Unglück verfolgt wird, das Laster gedeiht und beides in den Absichten der Natur liegt, es unendlich besser ist, mit den Bösewichtern zu gehen, die begünstigt sind, als mit den Tugendhaften, die zugrunde gehen.

Um diese Anschauung zu unterstützen – ein längeres Verschleiern ist unnütz – wollen wir der Öffentlichkeit die Geschichte der tugendhaften Justine berichten. Es handelt sich darum, daß die Dummköpfe endlich aufhören, jenes lächerliche Götzenbild der Tugend anzubeten, das sie nur mit Undankbarkeit belohnt und daß Leute mit Verstand sich um so sicherer fühlen, wenn sie die verblüffenden Beispiele von Glück und Wohlfahrt sehen, die das Laster und die Ausschweifung fast mit unumstößlicher Gewißheit begleiten. Es ist zweifellos peinlich, einerseits die schrecklichen Unglücksfälle schildern zu müssen, von denen die sanfte und empfindsame Frau überhäuft wird, die aufs Beste der Tugend gehorcht und andererseits zeigen zu müssen, wie die Leute glücklich sind, die diese selbe Frau quälen und zu Tode hetzen. Aber der Schriftsteller, der genug Philosoph ist, um die Wahrheit sagen zu können, steht über diesen Unannehmlichkeiten und durch die Notwendigkeit zur Grausamkeit gezwungen, reißt er mit unbarmherziger Hand die abergläubischen Hüllen herab, mit denen die Dummheit die Tugend verschönern will, und zeigt dem unwissenden Mann, den man betrog, das Laster inmitten der Reize und Genüsse, die ihm ununterbrochen folgen. Solche Empfindungen werden diese Schrift leiten. Und aus diesen Gründen werden wir mit der zynischsten Sprache, den unsittlichsten und gottlosesten Ideen das Verbrechen beschreiben, wie es ist, das heißt, stets triumphierend, immer zufrieden und beglückt und die Tugend wird man gleicherweise immer unglücklich, bekümmert und gepeinigt sehen.

*

Juliette und Justine, beide Töchter eines sehr reichen Pariser Bankiers, wurden bis zu ihrem vierzehnten, beziehungsweise fünfzehnten Lebensjahr in einem der berühmtesten Stifte von Paris erzogen. Dort wurde ihnen kein Ratschlag, kein Buch, keine Unterweisung vorbehalten, und sowohl die Sittlichkeit, wie die Religion und die freien Begabungen schienen jedes der jungen Mädchen für sich ausgebildet zu haben.

Zu dieser, für die Tugend der beiden jungen Mädchen sehr bedrohlichen Zeit, kam es, daß ihnen eines Tages plötzlich alles fehlte. Ein vollständiger Bankrott brachte ihren Vater in eine so peinvolle Lage, daß er an dem Kummer starb. Seine Frau folgte ihm einige Monate nachher nach. Zwei gleichgültige entfernte Verwandte berieten, was mit den jungen Waisen geschehen sollte. Ihre Erbschaft betrug, da alles von den Gläubigern verschlungen worden war, einhundert Taler für jede. Da sich niemand um sie weiter kümmern wollte, öffnete man ihnen die Pforten des Klosters und ließ ihnen die Wahl, zu werden, was sie wollten.

Die lebhafte, sehr hübsche, eitle und verdorbene ältere Juliette schien nur erfreut zu sein, nicht mehr in einem Kloster vegetieren zu müssen, ohne an die Ursachen zu denken, während die harmlosere, interessantere, vierzehnjährige Justine, die von der Natur einen düsteren und romantischen Charakter erhalten hatte, mehr das Furchtbare ihres Geschickes empfand.

Dieses junge, so vielseitig begabte Mädchen besaß die Schönheit jener wundervollen Jungfrauen Raphaels. Große seelenvolle Augen, eine weiche, schmelzartige Hand, eine zarte und biegsame Taille, runde und von der Liebesgöttin selbst gezeichnete Formen, eine bezaubernde Stimme und neben einem entzückenden Munde waren die schönsten Haare der Welt ihr eigen, deren Reize weit über dem standen, was die Feder leblos beschreiben kann. Der Leser möge sich alles vorstellen, was seine Phantasie an Verführerischem sich andeuten kann, und es wird hinter der Wirklichkeit zurückbleiben.

Man hatte beiden vierundzwanzig Stunden Frist zum Verlassen des Stiftes gegeben. Juliette war bemüht, die Tränen Justines zu stillen. Als sie sah, daß ihr das nicht gelang, begann sie, sie auszuzanken, statt sie zu trösten. Sie warf ihr ihre Empfindlichkeit vor. Sie sagte mit weit über ihren Jahren stehenden Gedanken, daß man über nichts in dieser Welt bestürzt sein solle und daß man in sich genug starke physische Erregungen finden könnte, um solche Angriffe abzuschlagen. Daß die wahre Klugheit darin bestände, die Zahl seiner Freuden und nicht die seiner Leiden zu vermehren. Mit einem Wort, daß man nichts unterlassen dürfe, um in sich jene niederträchtige Empfindsamkeit zu ertöten, aus der bloß die anderen Nutzen zögen, während sie uns nur Sorgen eintrüge.

»Ich«, sagte sie, indem sie sich vor den Augen ihrer Schwester auf ein Bett warf und die Röcke bis über den Nabel emporhob, »so mache ich es, wenn ich Kummer habe. Ich kitzle mich… ich entlade und das tröstet mich.«

Der anständigen und tugendhaften Justine war diese Handlung ein Greuel. Sie wandte die Augen ab, und Juliette fuhr fort, indem sie ihr hübsches, kleines Löchelchen weiter rieb: »Justine, du bist dumm. Du bist schöner als ich, trotzdem werde ich immer die glücklichere sein.« Nun fing die Hure an zu stöhnen und ihre junge Samenflüssigkeit, die vor den gesenkten Augen der Tugend ausgespritzt wurde, ließ die Tränen versiegen, die sie anders vielleicht ebenso wie ihre Schwester vergossen hätte. »Du bist toll, daß du dir Sorgen machst«, fuhr dieses wollüstige Mädchen fort, indem sie sich neben Justine setzte. »Bei der

Gestalt und dem Alter, das wir beide haben, ist es unmöglich, daß wir vor Hunger umkommen.« Bei dieser Gelegenheit machte sie sie auf die Tochter einer ihrer Nachbarinnen aufmerksam, die, nachdem sie aus dem Elternhaus entwichen war, heute mit glänzenden Mitteln ausgehalten wurde und zweifellos viel glücklicher war, wie wenn sie in dem Schoß der Familie geblieben wäre. »Man muß sich wohl hüten, zu glauben«, fügte sie hinzu, »daß die Heirat ein Mädchen glücklich macht. Wenn sie einmal am Altar Hymens gefesselt wurde, hat sie neben vielen Unannehmlichkeiten bloß eine sehr kleine Menge Vergnügen zu erwarten; während sie, wenn sie sich dem freien Leben hingibt, sich immer vor den Gewalttätigkeiten ihres Liebhabers beschützen oder sich durch die große Zahl trösten kann.« Bei dieser Rede schauderte Justine. »Eher würde ich den Tod vorziehen«, sagte sie und soviel ihr auch ihre Schwester vorhalten mochte, sie weigerte sich hartnäckig mit ihr zusammen zu wohnen, wenn sie sich einer Lebensführung zuwenden würde, die ihr ein Greuel war.

So trennten sich also die beiden jungen Mädchen, ohne ein Wiedersehen zu besprechen. Hätte Juliette, die eine große Dame werden sollte, ein kleines Mädchen empfangen sollen, deren tugendhafte Neigungen ihr Schande gemacht hätten; und andererseits hätte Justine sich in die Gefahr begeben sollen, ihre Sitten durch die Gesellschaft eines perversen Geschöpfes verderben zu lassen, das sich der öffentlichen Lust in die Arme warf?

Wenn der Leser gestattet, verlassen wir jetzt auf einige Zeit dieses kleine wollüstige Mädchen, damit wir ausführlich die Lebensgeschichte unserer keuschen Heroin erzählen können.

Man kann leicht sagen: Es muß ein wenig Tugend in der Welt geben; und es ist für einen Biographen* viel angenehmer, an dem Helden, den er beschreibt, Züge von Reinheit und Wohltätigkeit zu zeigen, als den Geist ununterbrochen auf Ausschweifungen und Grausamkeiten richten zu müssen, wie der es tun muß, der in der Folge dieses Werkes die sehr skandalöse und ausschweifende Geschichte der schamlosen Juliette ausbreitet.

Justine hatte seit ihrer Kindheit eine mütterliche Freundin an der Schneiderin ihrer Mutter und so glaubte sie, daß sie auch jetzt für ihr Mißgeschick empfänglich sein würde. Sie suchte sie auf, teilte ihr ihr

* So nennt man den Schriftsteller, der sich damit beschäftigt, das Leben berühmter Personen zu beschreiben.

Unglück mit und verlangte von ihr Arbeit. Aber man wollte sie kaum erkennen und schickte sie mit rauhen Worten fort.

»Himmel«, sagte dieses arme Geschöpf, »müssen schon die ersten Schritte, die ich in der Welt mache, von Kummer begleitet sein! Diese Frau liebte mich früher, warum stößt sie mich heute zurück? Ach! Ich bin ja jetzt eine Waise und arm, ich habe keine Unterstützung mehr auf Erden und man liebt nur Leute, von denen man hofft, Annehmlichkeiten zu empfangen.«

In Tränen gebadet, wendet sich Justine an ihren Beichtvater und schildert ihm die Lage mit der Leidenschaft ihres Alters. Sie war weiß gekleidet, ihre Haare waren nachlässig in ein großes Tuch eingeschlagen. Ihre zart entwickelte Brust blieb dem Auge des Lüstlings durch einen doppelten Gazeschleier verborgen. Ihr hübsches Gesicht war bleich durch die Aufregung und Tränen standen ihr in den Augen, was ihr Gesicht noch interessanter machte. Man konnte unmöglich schöner sein.

»Sie sehen mich, mein Herr«, sagte sie zu dem heiligen Kirchenmann, »in einer Lage, die für ein junges Mädchen fürchterlich ist. Ich habe Vater und Mutter verloren. Der Himmel hat sie mir in einem Alter entführt, in dem ich ihre Hilfe am meisten benötigt hätte. Sie sind als zugrunde gegangene Leute gestorben. Ich besitze nichts mehr. Das ist alles, was sie mir hinterlassen haben«, fuhr sie fort, indem sie ihm zwölf Louis zeigte, »ich besitze kein Plätzchen auf dem ich mein armes Haupt ausruhen könnte. Sie werden mit mir Mitleid haben, nicht wahr? Sie sind ein Diener der Religion und die Religion ist der Schoß aller Tugenden. Im Namen Gottes, den ich mit allen Kräften meiner Seele liebe, im Namen des höchsten Wesens, dessen Werkzeug Sie sind, sagen Sie mir als mein zweiter Vater, was ich tun soll, was ich werden soll?« Der barmherzige Priester erwiderte darauf, indem er Justine durch sein Glas betrachtete, daß die Pfarre sehr überlastet wäre, so daß es schwierig sei, neue Almosen von ihr zu erhalten; aber wenn Justine ihn bedienen wolle, wenn sie die grobe Arbeit verrichten wolle, gäbe es immer ein Stück Brot für sie in seiner Küche. Und da der Gottesmann bei diesen Worten ihr sachte die Röcke über ihren Popo zusammengezogen hatte, um sie besser betrachten zu können, stieß ihn Justine, die seine Absichten erriet, zurück, indem sie sagte: »Mein Herr, ich verlange weder ein Almosen noch eine Stelle als Dienerin. Ich wünschte Ratschläge, weil ich ihrer bei meiner Jugend und meinem Unglück bedarf, aber Sie wollen Sie mir zu teuer erkaufen lassen.« Der Diener Christi, der sich schämte, durchschaut zu sein, erhob sich wütend. Er rief seine Nichte und seine Magd: Jagen Sie mir diese kleine Schurkin hinaus«, rief er ihnen zu. »Sie werden nicht erraten, was sie mir soeben vorschlug. So verdorben schon und noch so jung! Und das einem Manne, wie ich es bin! … Hinaus mit ihr, hinaus oder ich lasse sie verhaften!« Und die Unglückliche, Verstoßene und Beschimpfte sah sich gezwungen, ein kleines möbliertes Zimmer im fünften Stock zu mieten, um ihren Tränen freien Lauf lassen zu können. Sie bezahlte es im voraus und gab sich nun ganz ihrem Kummer hin, der um so bitterer war, als sie von Natur aus sehr empfindlich und ihr Stolz grausam beleidigt worden war.

Aber damit waren für sie die Schicksalsschläge noch nicht zu Ende. Es gibt eine Unmenge von Verbrechern in der Welt, die, statt über das Unglück eines anständigen Mädchens weich zu werden, nur danach trachten, sie weiter zu peinigen, um sie so besser in der Gewalt zu haben. Aber von allen Unglücksfallen, die ihr am Anfang ihrer Laufbahn zustießen, wollen wir nur den mit Dubourg berichten, einem der herzlosesten und reichsten Leute der Hauptstadt.

Die Frau, bei der Justine wohnte, hatte sie zu ihm geschickt, als zu jemandem, deren Einfluß und dessen Reichtum am ehesten die Grausamkeit ihres Geschickes mildern könnten. Nachdem sie lange im Vorzimmer gewartet hatte, führte man sie endlich hinein. Herr Dubourg, ein dicker, untersetzter und gleich allen Geldleuten unverschämter Mann, stieg eben, mit einem Morgenrocke dürftig bekleidet, aus dem Bett. Man wollte ihn gerade frisieren. Er schickte seine Umgebung hinaus und wandte sich zu dem jungen Mädchen: »Womit kann ich Ihnen dienen, mein Kind?« fragte er sie. »Mein Herr«, erwiderte ihm unsere Kleine, ganz verwirrt, »ich bin eine arme Waise, kaum vierzehn Jahre alt, und kenne schon alle Abarten des Mißgeschickes. Ich flehe Ihr Mitleid an. Helfen Sie mir, ich beschwöre Sie.« Und sie zählte mit Tränen in den Augen dem alten Verbrecher alle Leiden auf, von denen sie heimgesucht war, welche Schwierigkeiten sie habe, eine Stellung zu finden und welche Abscheu sie von diesem Stand habe, für den sie nicht geboren sei. Sie schilderte die Furcht, die sie vor der Zukunft habe und stammelte schließlich, daß sie hoffe, ein so reicher und verehrungswürdiger Mann wie Herr Dubourg werde ihr zweifellos die Existenzmittel verschaffen.

Dubourg hätte man während dieser Rede malen müssen. Da er sich für das junge Mädchen zu erhitzen begann, kitzelte er sich mit der einen Hand unter seinem Schlafrock, mit der anderen richtete er eine Lorgnette auf die sich ihm darbietenden Reize. Wenn man ihn genau beobachtete, konnte man die Grade seiner Geilheit an den Zuckungen der Gesichtsmuskeln wahrnehmen, die immer stattfanden, wenn die pathetischen Klagen Justines lauter oder schwächer wurden.

Dieser Dubourg war ein ausgemachter Lüstling, ein Liebhaber von kleinen Mädchen, und hatte in allen Himmelsrichtungen Frauen, die ihm solches Wild zuführten. Da er nicht imstande war, sich an ihnen zu befriedigen, so richtete er sein Augenmerk gewöhnlich auf eine ebenso grausame wie seltsame Liebhaberei. Seine einzige Leidenschaft bestand nämlich darin, die Kinder, die man ihm zuführte, weinen zu sehen. Und man muß sagen, niemand auf der Welt besaß ein solches Talent, sie in diesen Zustand zu bringen, wie er. Dieser unglückselige Schuft hatte so viel Bösartigkeit in sich, daß es unmöglich für ein junges Mädchen war, sich vor seinen Ausfällen zu schützen. Die Tränen flössen dann reichlich und der überselige Dubourg fügte noch rasch einige materielle Schmerzen zu den moralischen, die er eben hervorgerufen hatte. Die Tränen rannen dann noch heftiger, wobei er entlud, indem er das Gesicht mit Küssen bedeckte, das seine Reden unter Tränen gesetzt hatte.

»Sind Sie immer anständig geblieben?« fragte Dubourg und ging damit auf sein Ziel los. – »Ach, mein Herr«, erwiderte Justine, »ich wäre nicht so arm und in so bedrängter Lage, wenn ich es nicht immer gewesen wäre.« – »Also unter welchem Vorwand verlangen Sie, daß reiche Leute Sie unterstützen, wenn Sie ihnen keinerlei Dienst erweisen?« – »Oh, mein Herr, ich verlange ja nach nichts Besserem, als ihnen alle Dienste erweisen zu können, die die Schicklichkeit und meine Jugend mir gestatten.« – »Ich spreche nicht davon, daß Sie mir dienen sollen: dazu fehlt Ihnen das Alter und die Gestalt. Ich spreche davon, daß Sie dem Vergnügen der Männer entgegenkommen sollen. Jene Tugend, von der Sie so viel Aufhebens machen, taugt in der Welt zu nichts. Man schätzt heutzutage nur das, mein Kind, was etwas einbringt oder was ergötzt. Und welchen Nutzen oder welchen Genuß kann uns die Tugend einer Frau einbringen? Ihre Geilheit gefällt und erfreut uns, aber ihre Keuschheit langweilt uns. Wenn Leute meiner Art etwas hingeben, so geschieht es nur, um wieder zu erhalten. Und wie kann ein kleines, ziemlich häßliches und auch ziemlich dummes Mädchen, wie Sie es sind, anders lohnen, als daß sie sich ganz hergibt? Also vorwärts, hinauf mit den Röcken, wenn Sie wollen, daß ich Ihnen Geld gebe.« Und Dubourg streckte seinen Arm aus, um Justine zwischen seine Beine zu ziehen. Aber sie flüchtete nach rückwärts, indem sie unter Tränen ausrief: »Oh, mein Herr, es gibt also keine Redlichkeit und keine Wohltätigkeit unter den Menschen?«

»Bei Gott, sehr wenig«, erwiderte Dubourg, dessen geile Zuckungen angesichts der Tränen zunahmen. »Man ist von diesem Wahn, sich andere ohne Gegenleistung zu verpflichten, abgekommen. Man hat erkannt, daß die Freude der Wohltätigkeit nur die Wollust des Stolzes ist und man will jetzt tatsächlichere Genüsse haben. Der Ruf eines liberalen, freigebigen Mannes wiegt nicht, so glänzend er immer sein mag, die kleinste Sinneslust auf.« – »Ah, mein Herr, bei solchen Grundsätzen muß also der Unglückliche umkommen?« – »Was liegt daran! Es gibt mehr Wesen auf der Welt, als nötig sind.« – »So wäre es also besser, wenn man uns in der Wiege erwürgt hätte?« – »Sicherlich, das ist in vielen Ländern Brauch. Das war Sitte bei den Griechen und ist es bei den Chinesen. Dort werden die unglücklichen Kinder ausgesetzt oder getötet. Wozu Geschöpfe, wie Sie es sind, leben lassen, die, da sie nicht mehr auf Unterstützung seitens ihrer Eltern rechnen können oder weil sie keine mehr haben, bloß dem Staat zur Last fallen? Bastarde, Waisenkinder, schlecht versorgte Kinder müßten schon bei ihrer Geburt zum Tode verurteilt werden. Die ersten und zweiten, weil sie die Gesellschaft beschmutzen und ihr eines Tages sogar verhängnisvoll werden können, und die letzteren, weil sie ihr niemals nützlich werden können. Alle sind sie für die Gesellschaft Auswüchse, die sich von den gesunden Gliedern nähren, sie entkräften und erniedrigen. Sie sind wie jene Parasiten, die sich an die gesunden Pflanzen anheften und ihnen die Lebenssäfte heraussaugen. Das Almosen, das einem solchen Abschaum Nahrung zuführt, und jene reich unterstützten Häuser, die man für sie gebaut hat, sind ein schreiender Mißbrauch. Wie wenn die Menschenart so selten wäre! So wertvoll, daß man sie selbst in ihren scheußlichsten Vertretern pflegen müßte. Mit einem Wort, wie wenn es nicht mehr Menschen auf der Welt gäbe, als nötig ist und wie wenn es nicht für das Staatsleben und die Natur viel nötiger wäre, zu zerstören als zu erhalten.«

Hier zeigte ihr Dubourg, indem er den Rock, der seine Bewegungen verdeckte, auseinanderschlug, daß sich sein kleines, schwarzes, vertrocknetes Glied, das seine Hand seit langem bearbeitete, zu regen begann. »Vorwärts«, rief er jetzt in rohem Ton, »vorwärts, hören wir auf, weiter zu schwätzen und beklage dich nicht länger über dein Schicksal, wenn es in deiner Hand liegt, es zu verbessern.« – »Aber um welchen Preis, gerechter Gott!« – »Um einen äußerst mäßigen, da es sich nur darum handelt, daß du die Röcke aufhebst und mir zeigst, was unter ihnen ist. Ein zweifellos magerer Köder, den du nicht so hoch schätzen solltest. Vorwärts, entscheide dich. Mir steht er. Ich will Fleisch sehen. Man zeige mir sofort welches oder ich werde böse.« – »Aber, mein Herr …« – »Dummes Geschöpf, stumpfsinnige Hure, glaubst du, daß ich mit dir mehr Umstände machen werde, wie mit den anderen!« Dabei erhob er sich wütend, verriegelte die Türe und sprang auf Justine, deren Tränen reichlich flossen. Der Lüstling küßt sie ihr weg, er verschluckt diese wertvollen Tränen. Dann schürzt er ihr selbst mit einer Hand die Röcke auf, legt sie um ihre Arme, während die andere das zum ersten Male beschmutzt, was die Natur selten noch so vollendet geschaffen hat.

»Abscheulicher Mann!« schrie Justine, indem sie eine verzweifelte Bewegung zu entschlüpfen machte. »Grausamer Mann«, fuhr sie fort, indem sie die Türe aufriegelte und flüchtete, »möge der Himmel dich eines Tages strafen, wie du es verdienst! Du bist weder des Reichtums würdig, von dem du einen so niederträchtigen Gebrauch machst, noch der Luft, die du atmest, um sie durch deine Grausamkeit und deine Verbrechen zu verpesten.« Dann ging sie hinaus.

Sobald die Unglückliche nach Hause zurückgekehrt war, wußte sie nichts Wichtigeres zu tun, als sich bei ihrer Wirtin über die Aufnahme zu beklagen, die man ihr bei dem anempfohlenen Manne hatte zuteil werden lassen. Aber wie war sie erstaunt, als sie sich von dieser Elenden mit Vorwürfen überhäuft sah. »Armseliges dummes Ding«, sagte sie ihr zornig, »glaubst du, daß die Männer so verrückt sind, kleinen Bettlerinnen, wie du es bist, Almosen zu geben, ohne Vorteil aus ihrem Gelde zu ziehen? Herr Dubourg hat noch zu gut an dir gehandelt. Der Teufel soll mich holen, wenn ich dich an seiner Stelle hinausgelassen hätte, ohne mich befriedigt zu haben. Aber da du von der Hilfe, die dir mein Wohltätigkeitssinn anbot, keinen Gebrauch machen willst, richte dich ein, wie es dir paßt. Du bist mir Geld schuldig: Zahle sogleich oder du wanderst morgen ins Gefängnis.« – »Madame, haben Sie Mitleid!« – »Ja, ja, Mitleid. Mit Mitleid kommt man vor Hunger um. Von fünfhundert kleinen Mädchen, die ich diesem anständigen Manne verschafft habe, bist du die erste, die mir einen solchen Streich gespielt hat. Welche Schande für mich. Dieser so anständige Mann wird sagen, daß ich meinen Beruf nicht verstehe und er hat recht. Vorwärts, mein Fräulein, Sie müssen zu Herrn Dubourg zurückgehen. Sie müssen ihn zufriedenstellen, müssen mir Geld mitbringen. Ich werde mit ihm sprechen, ihn vorbereiten und versöhnen, soviel ich kann. Ich werde ihm Ihre

Entschuldigung übermitteln, aber trachten Sie danach, sich das nächste Mal besser zu betragen.«

Justine saß nun allein da und hing den traurigsten Gedanken nach. »Nein«, sagte sie zu sich, »nein, ich werde gewiß nicht zu diesem Lüstling zurückgehen. Ich bin noch nicht aller Hilfsquellen beraubt, ich besitze fast noch mein ganzes Geld, und das genügt für lange Zeit zum Leben. Ich werde vielleicht bis dahin weniger harte, mitleidigere Herzen finden.« Indem sie diese Worte vor sich hin sprach, war ihr erster Gedanke, ihren kleinen Schatz zu zählen. Sie öffnete die Schublade ... »Oh! Himmel! Er ist gestohlen ...« Es blieb ihr nur das, was sie in der Tasche hatte, was kaum sechs Pfund waren. »Ich bin verloren«, rief sie aus. »Ah, ich sehe nur zu gut, woher der Streich kommt. Dieses niederträchtige Geschöpf will mich dazu zwingen, mich in den Schoß des Lasters zu werfen. Aber ach«, fuhr sie unter Tränen fort, »bleibt mir noch ein anderes Mittel, damit ich mein Leben fristen kann? Und sind nicht in der peinvollen Lage, in der ich mich befinde, jener Unselige oder jemand noch Bösartigerer die einzigen Wesen, von denen ich überhaupt Hilfe erwarten kann?« In ihrer Verzweiflung ging Justine zu ihrer Wirtin hinab. »Madame«, sagte sie, »ich bin bestohlen. Bei Ihnen ist mir dieser böse Streich geschehen, aus einem Möbelstück, das Ihnen gehört, ist dieses Geld geraubt worden. Ach! Es war alles, was ich besaß. Es war der unglückselige Rest meiner väterlichen Erbschaft. Da ich dieser schwachen Hilfe beraubt bin, bleibt mir nichts als der Tod. Oh, Madame, töten Sie mich, ich beschwöre Sie.« – »Unverschämte Kleine!« erwiderte heftig Madame Desroches. »Ehe Sie mir solche Klagen vortragen, sollten Sie mein Haus besser kennen; Sie müssen wissen, daß es bei der Polizei in sehr guten Ruf steht und daß ich Sie auf den bloßen Argwohn hin, den Sie geäußert haben, sogleich bestrafen lassen könnte, wenn ich wollte.« – »Argwohn, Madame? Ich habe keinen. Aus dem, was ich sagte, spricht kein Verdacht, sondern Kummer. Oh, Madame, was soll aus mir werden, nachdem ich diese einzige Hilfsquelle verloren habe?« – »Werdet, was Ihr wollt, das geht mich nichts an. Es gäbe wohl Mittel, alles wiedergutzumachen, aber Sie wollen sie ja nicht benützen.« – »Aber, Madame, ich kann dienen«, erwiderte die Unglückselige mit tränenden Augen, »es ist doch nicht gesagt, daß dem Unglück nur durch das Laster aufgeholfen werden kann.« – »Oh ja! Das ist heutzutage das beste. Was wollen Sie im Dienst erhalten? Zehn Taler im Jahr? Wollen Sie davon leben? Oh! Glauben Sie mir, meine Freundin, auch diejenigen, die dienen, sind genötigt, zur Wollust Zuflucht zu nehmen, um sich erhalten zu können. Ich liefere jeden Tag welche von der Art. Ich bin, wie ich wohl behaupten kann, eine der besten Kupplerinnen in Paris. Es gibt keinen Tag, an welchem mir nicht fünfundzwanzig bis dreißig Mädchen durch die Hände gehen. Das bringt mir auch etwas ein. Weiß Gott! Ich bin überzeugt, daß keine Frau meines Standes so gute Geschäfte macht, wie ich. Sehen Sie«, fuhr sie fort, indem sie der Unglücklichen fünf- oder sechshundert Louis, für ebensoviel Juwelen und den schönsten Wäsche- und Kleiderschrank zeigte, »nur der Wollust, vor der Sie so erschrecken, verdanke ich das. Teufel, es gibt heutzutage nur mehr diesen Beruf. Glauben Sie mir, schlagen Sie diesen Weg ein. Und dann ist dieser Dubourg ein braver Mann: Er wird Sie wenigstens nicht entjungfern. Er bringt sein Glied nicht mehr zum Stehen, wie wollen Sie, daß er fickt? Einige schwache Schläge auf den Popo und ein paar auf die Wangen. Und wenn Sie sich gut bei ihm betragen, werde ich Sie mit anderen Männern bekannt machen, die Sie, bei Ihrem Alter und Ihrem Wuchs, in den Stand setzen werden, in Paris in der Karosse herumzufahren.« – »Ich habe keine so hohen Absichten, Madame«, erwiderte Justine, »ich will kein Vermögen besitzen, namentlich, wenn ich es um den Preis meiner Ehre erkaufen muß. Ich verlange nur, leben zu können; und ich biete dem, der mir das gibt, alle Dienste an, die ich mit meinem Alter leisten kann, abgesehen davon, daß ich ihm aufrichtig dankbar sein werde. Ach, Madame, da Sie so reich sind, fühlen Sie doch Mitleid mit mir. Ich erbitte ja nicht, daß Sie mir ebensoviel leihen, wie ich bei Ihnen verloren habe. Geben Sie mir nur einen Louis, bis ich einen Platz gefunden habe. Seien Sie versichert, ich werde ihn zurückgeben, gleich von dem ersten Gelde, das ich verdienen werde.« – »Ich gebe dir keine zwei Sous«, sagte Madame Desroches, sehr erfreut, ihr Opfer da zu sehen, wohin ihre Niedertracht es bringen wollte, »nein, keine zwei Sous. Ich biete dir das Mittel an, zu verdienen, benutze es oder du kommst ins Hospital. Herr Dubourg ist einer der Verwalter dieses Hauses und es wird ihm leichtfallen, dich hineinstecken zu lassen. Guten Tag, meine Freundin«, fuhr die grausame Desroches zu einem großen und hübschen Mädchen gewandt fort, die zweifellos wegen eines Ratschlages gekommen war, »und dir, meine Tochter, auf Wiedersehen! Morgen Geld oder Gefängnis.« – »Nun, Madame«, sagte weinend Justine, »suchen Sie Herrn Dubourg auf; ich will nochmals zu ihm hingehen, ja, ich will hingehen, mein Unglück gebietet es mir. Aber indem ich mich vor dem Schicksal beuge, müssen Sie, Madame, daran denken, daß mir wenigstens das Recht bleibt, Sie zu verachten.« – »Unverschämtes Geschöpf!« rief die Desroches aus, indem sie die Tür hinter ihr zuwarf. »Du würdest verdienen, daß ich mich in deine Angelegenheiten nicht länger einmischte. Aber ich tue es ja nicht für dich, so sind mir auch deine Gefühle gleichgültig.«

Es wäre vergeblich, die qualvolle Nacht beschreiben zu wollen, die Justine verbrachte. Sie hatte die Grundsätze der Religion, der Scham und der Tugend sozusagen mit der Muttermilch aufgesogen und konnte sich von ihnen nicht ohne heftige Kämpfe trennen. Die traurigsten Gedanken schwirrten ihr durch den Kopf, als es heftig an der Türe klopfte.

»Komm, Justine!« sagte Madame Desroches kurz, »komm zum Frühstück und danke mir für meine Botschaft. Ich habe Erfolg gehabt. Herr Dubourg ist infolge des Versprechens, das ich ihm bezüglich deiner Unterwürfigkeit gemacht habe, bereit, dich wiederzusehen.« – »Aber, Madame ...« – »Vorwärts, sei nicht kindisch. Die Schokolade wartet, folge mir nach.« Justine stieg hinunter und fand beim Frühstück als dritte Person eine sehr schöne, ungefähr achtundzwanzigjährige Frau. Diese geistvolle, aber verderbte und ebenso reiche wie liebenswürdige Frau wird, wie wir bald sehen werden, diejenige sein, deren sich Dubourg bedienen wird, um unser liebenswürdiges Kind vollends umzustimmen. Man frühstückte. »Sie ist ein reizendes Mädchen«, sagte Madame Delmouse, »ich beglückwünsche denjenigen aufrichtig, der so glücklich sein wird, sie zu besitzen.« – »Sie sind sehr gut, Madame«, erwiderte traurig Justine. – »Nun, nun, mein Herzchen, erröten Sie nicht so. Die Scham ist eine Kinderei, die man sorgfaltig entfernen muß, sobald man das vernünftige Alter erreicht hat.« – »Oh! Ich bitte Sie, Madame«, sagte die Desroches, »bilden Sie dieses kleine Mädchen ein wenig aus. Sie glaubt sich verkauft und verraten, weil ich sie einem Manne versprochen habe.« – »Ah, guter Gott! Welche Verirrung«, fuhr Madame Delmouse fort, »statt sich gegen diesen Gang zu sträuben, müssen Sie im Gegenteil eine unendliche Dankbarkeit für die fassen, die Sie dazu einladet. Welch falscher Gedankengang, teures Mädchen. Nehmen Sie doch Vernunft an. Wie können Sie glauben, daß sich ein junges Mädchen etwas vergibt, wenn sie sich dem hingibt, der sie begehrt. Sobald sich die Leidenschaften in Ihrer Seele entzünden, werden Sie einsehen, daß es für uns unmöglich ist, so zu leben. Wie will man, daß eine Frau, die immer der Verführung ausgesetzt ist, dem Zauber des Genusses, der sich immer ihren Sinnen darbietet, widerstehen soll? Und wie kann man ein Verbrechen daraus machen, wenn sie unterliegt, wenn alles, was sie umgibt, Blumen über den Abgrund streut, und sie einladet, sich hineinzustürzen? Täuschen Sie sich nicht, Justine, nicht die Tugend verlangt man von uns, sondern ihre Maske, und wenn wir nur heucheln können, mehr verlangt man nicht von uns. Nicht das Opfer, das man mit seinen Sinnen der Tugend bringt, macht glücklich, was zum wahren Glück führt, ist nur der Anschein jener Tugend, zu der die lächerlichen Vorurteile des Mannes unser Geschlecht verdammt haben. Ich könnte mich dir als Beispiel vorführen, Justine. Ich bin seit vierzehn Jahren verheiratet. Niemals noch habe ich das Vertrauen meines Gatten verloren. Er würde meine Anständigkeit und meine Tugend bei seinem Leben beeiden. Und doch gibt es in ganz Paris keine verdorbenere Frau, wie ich es bin. Es vergeht kein Tag, an dem ich mich nicht sieben bis acht Männern und gewöhnlich dreien gleichzeitig hingebe. Es gibt keine Kupplerin, die mich nicht bedienen würde, keinen hübschen Mann, der mich nicht gehabt hätte: Und mein Gatte würde dir auf Wunsch schwören, daß Vesta weniger rein war, wie ich. Die vollkommenste Geistesgegenwart, die vollendetste Heuchelei, viel Kunstfertigkeit und Falschheit, das sind die Mittel, die mir helfen, das ist die Maske, die mir die Klugheit auf die Stirn drückt. Und ich tue das jedermann gegenüber. Ich bin eine Hure wie Messaline, man glaubt mich keusch wie Lucretia; ein Freigeist wie Vanini; man hält mich für fromm wie die heilige Therese; ich bin falsch wie Tiberius; man hält mich für aufrichtig wie Sokrates; leidenschaftslos wie Diogenes; und Apicius war temperamentvoller wie ich. Ich bete mit einem Wort alle Laster an und hasse jede Tugend. Aber wenn du meinen Gatten oder meine Familie befragen würdest, würde man dir sagen: Die Delmouse ist ein Engel. Aber ich sehe, es ist die Prostitution, die dir Angst einjagt; nun, so wollen wir ihre Gefährlichkeit nach jeder Richtung hin prüfen. Fügt sich ein junges Mädchen selbst Schaden zu, wenn sie der Wollust lebt? Zweifellos nein; denn sie folgt nur den süßesten Regungen der Natur, die nicht da sein würden, wenn sie ihr schaden könnten. Hat sie denn nicht in jede Frau den Wunsch hineingelegt, sich jedem Manne hinzugeben, und gibt es eine einzige Frau, die behaupten kann, sie habe nicht das Bedürfnis zu ficken, wie sie das Bedürfnis zu essen oder zu trinken hat? Nun, so frage ich dich, Justine, wie hat die Natur ein Verbrechen daraus machen können, wenn eine Frau den Wünschen nachgibt, die den erhabendsten Teil ihrer Existenz bilden. Betrachten wir aber das ausschweifende Leben eines Wesens in Bezug auf die Gesellschaft, so glaube ich, daß es schwerlich für das andere Geschlecht eine Handlung gibt, die ihm angenehmer ist, als wenn eine Frau sich hingibt. Und wo käme dieses Geschlecht hin, wenn sich alle weigern würden, seinen Begierden nachzukommen. Da die Männer gezwungen wären, sich zu kitzeln oder einander von hinten zu bearbeiten, würden sie ganz auf den Verkehr mit uns verzichten. Die Ehe kann da nichts nützen; denn du wirst mir zugestehen: Es ist für einen Mann ebenso unmöglich, sich auf eine Frau zu beschränken, wie umgekehrt. Glaube mir, Justine, glaube jemandem, der Erfahrung hat und sei überzeugt, daß ein junges Mädchen nichts Besseres tun kann, als sich allen hinzugeben, die sie begehren, wobei sie aber, wie gesagt, die äußerliche Sittsamkeit bewahren muß. Du hast gestern der braven und ehrlichen Desroches gezürnt, weil sie an dir Interesse hatte. Nun, meine arme Justine, was würden wir ohne diese dienstbaren Geister tun? Müssen wir ihnen nicht zu Dank verpflichtet sein für die Mühe, die sie sich mit unserer Wohlfahrt geben? Gibt es einen Beruf, den man mehr achten muß? Ist nicht dieses Talent das kostbarste, für die Gesellschaft das wertvollste? Und die barmherzigen Menschen, die diese Beschäftigung haben, müßten geehrt und belohnt werden.«

»Sie sind sehr liebenswürdig, Madame«, sagte die Desroches, die vor Freude strahlte, daß man ihre Partei ergriff.

»Nein, nein, ich spreche so, wie ich denke«, erwiderte die Delmouse, »und nachdem ich den Beruf im allgemeinen gepriesen habe, muß ich Justine im besonderen beglückwünschen, daß sie Ihnen begegnet ist. Möge sie sich blindlings Ihren Ratschlägen, Madame, anvertrauen; möge sie bloß Ihnen folgen und ich bürge dafür, daß sie binnen kurzem die höchsten Lebensfreuden und die Vorteile eines großen Vermögens genießen wird.«

Dieses Gespräch war kaum beendet, als es an der Tür klopfte. »Ah«, sagte Madame Desroches, die öffnete, »das ist der junge Mann, den du von mir verlangt hast, Delmouse.« Und alsbald trat ein prachtvoller, fünf Fuß zehn Zoll hoher Mann herein, der stark wie Herkules und schön wie Amor aussah. »Er ist entzückend«, sagte unsere Lebedame, indem sie ihn betrachtete, »es handelt sich jetzt bloß darum, ob er auch soviel kann, wie seine Figur verspricht. Schon seit langem habe ich nicht solche Lust zum Ficken, gehabt wie heute. Sieh meine Augen an, Desroches, wie feurig sie sind. Ah, Himmel«, fuhr die Hure fort, indem sie den jungen Mann heftig küßte, »ich kann mich nicht mehr halten.« – »Das hättest du mir früher sagen müssen«, sagte die Desroches, »dann hätte ich dir drei oder vier solche Leute verschafft.« – »Versuchen wir erst den da«, und die Schamlose legte einen Arm um den jungen Mann, den sie in ihrem Leben noch nicht gesehen hatte, mit dem andern knöpfte sie ihm seine Hose auf, ohne sich irgendwie zu schämen. »Madame«, sagte Justine purpurrot, »gestatten Sie, daß ich hinausgehe.« – »Nein, bei Gott nein«, sagte die Delmouse, »nein; Desroches, sagen Sie ihr, daß sie bleiben soll. Ich möchte ihr gleich praktischen Unterricht erteilen, nachdem ich ihr theoretischen schon gegeben habe. Ich möchte, daß sie Zeuge meiner Vergnügen sei, und auch du, Desroches, bist mir sogar notwendig; denn du weißt, meine Gute, daß die Einführung des männliches Gliedes mir nur dann angenehm ist, wenn sie durch deine Hände geschieht. Du kitzelst mich außerdem so gut, wenn ich ficke, und trägst so viel Sorge für meinen Popo und meine Scheide. Vorwärts, vorwärts, du Hure, beginnen wir. Justine, setzen Sie sich hier vor mich hin und wenden Sie keinen Augenblick den Blick ab.« – »Oh, welche Folter, Madame«, rief die Arme weinend aus, »lassen Sie mich hinausgehen, ich beschwöre Sie, und glauben Sie, daß der Anblick der Greuel, die Sie begehen werden, in mir immer nur Abscheu hervorrufen wird.« Aber die schon ganz aufgelöste Delmouse widersetzte sich heftig, daß Justine hinausgehe und bald begann das Schauspiel.

Alle Einzelheiten der weitestgehenden Ausschweifung wurden vor den Augen unseres verschämten Kindes ausgebreitet. An Stelle der Desroches wurde es gezwungen, das ungeheure Glied des jungen Mannes zu ergreifen und es in die Scheide der Delmouse einzurühren. So bringt sie der kräftige Athlet fünfmal hintereinander zum Entladen, während die Delmouse ungeheures Vergnügen an der Abscheu Justines findet.

»Donnerwetter«, sagte die Messaline, als sie sich wie eine Bacchantin erhob, »welch, Vergnügen habe ich gehabt! Weißt du, Desroches, was ich jetzt gerne sehen würde? Ich möchte jetzt dies kleine Muschelchen von dem ungeheuren Glied, das mich bearbeitete, entjungfern lassen. Was sagst du dazu?« – »Nein, nein«, erwiderte diese, »wir würden sie töten und ich hätte nichts an ihr verdient.« Währenddessen gewannen unsere beiden Kämpfer wieder Kräfte. Die Delmouse legte sich wieder hin und Justine wurde wieder zu ihrer Arbeit beauftragt. Man mußte es sehen, mit welcher Abscheu, welcher Mühe sie ihren Auftrag vollzog. Diesmal wollte die Hure, daß sie ihr in der Scheide kitzelte. Die Desroches führte ihr die Hand, aber sie erwies sich als zu linkisch für die rasende Delmouse. »Hilf mir, hilf mir, Desroches«, rief sie aus, »ich sehe, daß ein Verführen nur dem Verstande und nicht dem Körper angenehm ist. Namentlich nicht mir, die zehn Hände wie die der Sappho und zehn Glieder wie die des Herkules nicht ermüden würden!« – Auch diese zweite Sitzung schloß mit reichlichen Opfern für Venus. Delmouse richtete sich wieder auf, ihr Reiter ging hinaus und die Desroches entschuldigte sich, indem sie ein Mäntelchen umhängte, daß eine Verabredung mit Dubourg sie länger zu bleiben hinderte. »Desroches«, sagte Madame Delmouse nach einigem Nachdenken, »je mehr ich bearbeitet werde, desto wilder werde ich. Lasse mich zu Dubourg mitgehen. Ich sehne mich außerordentlich danach, zu sehen, was dieser alte Schuft erfinden wird, um sich an diesem kleinen Mädchen wieder zu beleben. Vielleicht kann ich ihm helfen. Oft ziehen ja diese alten Verbrecher mich vor, wie du weißt.« – »Was du von mir verlangst, ist ausführbar«, erwiderte die Desroches. »Ich kenne meinen Dubourg zur Genüge, um zu wissen, daß es ihm nicht unangenehm ist, wenn ich ihm ein hübsches Weib mehr mitbringe.« Ein Fiaker fuhr vor. Die immer erschrockene, bescheidene Justine stieg als erste ein und man fuhr fort.

Dubourg war allein. Die Damen fanden ihn in noch weniger bekleideten Zustand als er am Tage vorher gewesen war. Geilheit und zügellose Wollust sprachen aus seinen finsteren Blicken.

»Sie rechneten wahrscheinlich bloß auf eine Frau«, sagte die Desroches beim Eintreten zu ihm, »nun ich glaube, daß es Ihnen nicht mißfallen wird, wenn ich zwei mitbringe.« – »Wer ist dieses Mädchen?« fragte Dubourg, ohne sich zu stören. »Eine hübsche Frau aus meiner Bekanntschaft«, erwiderte die Desroches, »deren Liebenswürdigkeit auf der gleichen Höhe mit ihren Reizen steht und die uns in der Folge bei den Zusammenkünften mit der schönen Justine nützlich sein wird.« »Wie«, sagte Dubourg, »du glaubst, daß es nicht bei einem Male bleiben wird?« – »Es wäre möglich«, erwiderte die Desroches. »Nun wir wollen sehen«, sagte Dubourg, »gehen Sie hinaus, Desroches, es ist gut, setzen Sie es auf die Rechnung. Wie stehen wir denn?« – »Aber, mein Herr«, sagte die Desroches, »seit drei Monaten haben wir nicht verrechnet, es macht nahezu hunderttausend Francs aus.« – »hunderttausend Francs, gerechter Gott!« »Aber der Herr möge bedenken, daß ich ihm mehr als 800 Mädchen geliefert habe; ich habe sie alle aufgeschrieben. Der Herr kennt mich wohl, er weiß wohl, daß ich ihn nicht um eine Sous betrügen könnte.« »Schön, schön, wir werden schon sehen. Aber gehen Sie jetzt Desroches, ich fühle, daß ich mit diesen beiden Frauen allein bleiben muß. Und Sie, Justine, bedanken Sie sich bei Ihrer Beschützerin, bevor sie weggeht, denn nur ihr zu Liebe erweise ich Ihnen die Gnade, mich mit Ihnen zu beschäftigen. Sie werden einsehen, daß Sie nach Ihrem gestrigen Betragen dieses Glücks nicht würdig sind. Sollten Sie aber heute meinen Wünschen auch nur den leisesten Widerstand entgegensetzen, so erwarten Sie in meinem Vorzimmer zwei Männer, die Sie an einen Ort bringen, aus dem Sie in Ihrem Leben nie wieder wegkommen werden.« Die Desroches ging. »Oh, mein Herr«, sagte Justine weinend und stürzte sich vor die Füße des Barbaren, »lassen Sie sich erweichen, ich beschwöre Sie. Seien Sie so barmherzig und helfen Sie mir, ohne von mir das zu verlangen, wofür ich tausendmal lieber sterben würde. Gnädiger Herr, zwingen Sie mich nicht, ich flehe Sie an. Können Sie denn bei meinen Tränen Freude gewinnen? Können Sie Vergnügen finden, wo Sie Widerwillen sehen? Sie werden Ihr Verbrechen noch nicht beendigt haben und schon werden Sie bei meinem Anblick Gewissensbisse empfinden.« Aber durch das, was jetzt geschah, wurde sie am Weitersprechen gehindert. Die Delmouse, die auf Dubourgs eisernen Stirn seine Gedanken gelesen hatte, warf sich vor ihm nieder und kitzelte ihn leidenschaftlich mit der einen Hand, während sie ihm mit der anderen sokrarisierte.*

»Hölle und Teufel«, rief Dubourg furchtbar aufgeregt aus und erhob sich wie ein Rasender. »Ich soll dir Gnade gewähren, ich möchte dich eher erwürgen, du Hure!« Dabei zeigte er ein kleines vertrocknetes, schwarzes Glied, ergriff seine Beute mit rohen Händen und riß ihr alles vom Körper ab was seine wollüstigen Augen störte. Bald beschimpfte, bald liebkoste, bald mißhandelte, bald streichelte er sie. Großer Gott! Welch ein Anblick. Es schien als ob die Natur durch dieses Schauspiel in Justine gleich bei ihrem ersten Abenteuer jeden Schrekken von dieser Art Verbrechen erwecken sollte. Jetzt wurde sie nackt auf das Bett geworfen und während die Delmouse sie hielt, entdeckte der Lüstling plötzlich einen neuen Köder. »Warten Sie«, sagte die Schurkin, »ich merke, daß meine Röcke Sie stören. Ich werde sogleich das Ding bloßlegen, das, wie es scheint, Gegenstand Ihrer Bewunderung ist. Sie wollen meinen Popo sehen. Ich begreife, ich ehre diese Neigung bei Leuten Ihres Alters.** Hier ist er, mein Freund; er ist ein

---

* Jeder Erfahrene weiß, daß man damit die Art bezeichnet, einen oder mehrere Finger in das Arschloch des zu Behandelnden zu stecken. Das tut man hauptsächlich bei Greisen und verbrauchten Leuten. Es trägt zur völligen Steifung des Gliedes bei und verursacht unsagbare Lustgefühle bei der Ejakulation. Wenn man die Finger durch ein Glied ersetzt, wird das Vergnügen zweifellos unendlich lebhafter und verhält sich wie die Wirklichkeit zur Illusion. Es gibt tatsächlich kein lebhafteres Wollustgefühl, als sich während des Fickens ticken zu lassen.

** Für diese wundervolle Neigung gibt es kein Alter. Der junge Alcibiades liebte ihn ebenso wie der alte Sokrates. Ganze Volker haben diesen herrlichen Körperteil jedem anderen der Frau vorgezogen. Und tatsächlich gibt es keinen, der mehr verdiente Gegenstand der Huldigung zu sein. Der wenig voller wie der dieses Kindes. Aber dieser Gegensatz wird Ihnen Vergnügen bereiten. Wollen Sie sie nebeneinander sehen?« – »Teufel, ja«, erwiderte Dubourg, »setzen Sie sich auf Ihre Schultern, damit sie ruhig liegen bleibt und ich werde versuchen, ihr ihn von hinten hineinzustecken und Ihnen dabei die Arschbacken zu küssen. »Ja, so ist es richtig«, fuhr der Lüstling fort, indem er sowohl auf den einen wie den anderen Popo ein paar Schläge versetzte, »und nun wollen wir sehen, ob ich die Sodomie zu Stande bringe.« Der Schuft versucht, aber sein heftiges Feuer erlischt bei den Schwierigkeiten des Unternehmens. Der Himmel rächt Justine für die Vergewaltigung, die sie erleiden sollte und der Kräfteverlust des alten Lüstlings bewahrt dieses unglückliche Kind davor, hingeopfert zu werden.

Dubourg wurde nunmehr noch ausfallender. Er gab Justine Schuld an seiner Schwäche und versuchte durch neue Beleidigungen und Schmähungen den Verlust wieder zu ersetzen. Die Ungeschicklichkeit Justines ärgerte ihn. Aber selbst der Delmouse mit all ihrer Kunst gelang es nicht, in dieses entkräftete Glied Leben hineinzujagen. Sie drückte, kitzelte, leckte, nichts half diesem schlappen Ding auf. Allen dreien gelang es nicht, diesem unglückseligen Glied das majestätische Aussehen zu geben, das zu einem neuen Angriff nötig ist. Endlich gab es Dubourg auf. Er ließ sich von Justine versprechen, am nächsten Tage wiederzukommen, und um sie besser dafür zu stimmen, wollte er ihr keinen Sou geben. Man übergab sie der Desroches, während die Delmouse bei Dubourg blieb, der sich, nachdem er gut gespeist hatte, an dieser hübschen Frau für das Vergangene rächte. Es kostete zwar von beiden Seiten viel Anstrengungen, aber schließlich ging alles vonstatten und der wundervolle Popo der Delmouse empfing das, was eigentlich für den jugendlicheren Justines bestimmt war. Diese erklärte, als sie zu Hause angelangt war, ihrer Wirtin, daß, sollte sie selbst vor Not umkommen, sie sich niemals mehr solchen Szenen aussetzen wolle. Von neuem schmähte sie den Verbrecher, der mit ihrem Elend solchen Mißbrauch trieb. Aber das Verbrechen triumphiert, lacht über die Angriffe des Unglücks und zeigt dem Menschen, der zwischen Jugend und Laster wählen will, daß das letztere der einzig wahre Weg zum Glück ist.

Unglückliche, der noch keinen Knaben getickt, oder aus seiner Geliebten noch keinen Knaben gemacht hat! Er weiß noch nichts von der Wollust.

Neue Angriffe auf Justines Tugend. – Wie der Himmel sie für ihr unverletzliches Pflichtgefühl belohnt

Bevor wir fortfahren, erscheint es uns wesentlich, die Leser vorzubereiten. Die meisten werden zweifellos erraten haben, daß der erwähnte Diebstahl ein Werk der Desroches war. Aber wovon sie vielleicht nicht überzeugt werden, ist, daß Dubourg an dieser Geschichte beteiligt war. Auf den Rat dieses Sünders hatte die Desroches gehandelt. »Sie ist uns unfehlbar ausgeliefert, wenn wir sie aller Hilfsmittel berauben«, hatte er ihr gesagt und so grausam diese Berechnung war, so sicher stimmte sie. Als Dubourg mit der Delmouse zusammen speiste, erzählte er ihr von dieser kleinen Missetat und ihr in diesen Dingen erfinderischer Kopf begeisterte sich lebhaft. Das Endergebnis der Unterredung war, daß die Delmouse versprach, alles aufzubieten, um Justine während der drei Monate zu sich nehmen zu können, während derer ihr Mann auf dem Lande war. Während dieser Zeit sollte Dubourg neue Angriffe auf sie versuchen und würden auch diese nicht gelingen, so wollte man furchtbare Rache nehmen, damit, wie Dubourg sagte, auch in diesem Abenteuer die Tugend so mißhandelt werde, wie sie es immer sein sollte, wenn sie dem Laster entgegenzutreten wagte. Von da an arbeitete die liebenswürdige Frau an der Verwirklichung dieses Vorhabens, und da ihr der Gedanke Justine in den Abgrund zu ziehen, großes Vergnügen bereitete, kam sie am nächsten Tag zur Desroches frühstükken. »Sie haben gestern mein Interesse erregt«, sagte die Heuchlerin zu Justine, »ich glaubte nicht, daß man so außerordentlich keusch sein könne. Wahrhaftig Sie sind ein Engel der eigens vom Himmel geschickt ist, um die Menschen zu bekehren. Bisher habe ich mich vor Ihnen bloß als ausschweifende Person gezeigt, aber, ich muß gestehen, ich habe mich durch Ihr Beispiel plötzlich geändert. Und bei Ihrem Leben beschwöre ich, daß Sie mich von jetzt ab immer als Reuige und Tugendhafte sehen werden. Oh Justine, willst du dich mit mir vor der Welt zurückziehen? Ich will immer dein großes Beispiel vor Augen haben, damit das Werk der Bekehrung rascher vollendet ist.«

»Ach Madame«, erwiderte Justine, »ich bin nicht darnach angetan, als Beispiel zu dienen. Und wenn Ihre Änderung aufrichtig ist, so verdanken Sie das dem höchsten Wesen und nicht mir. Ich danke Ihnen vielmals für die Zuflucht, die Sie mir anbieten und ich hoffe, daß meine Dienste Ihre Wohltat ausgleichen können.« Die Desroches, die von der Delmouse eingeweiht war, hatte Mühe, bei dieser Komödie nicht in Lachen auszubrechen. Sie beglückwünschte Justine zu ihrem Erfolg und nachdem die Schuld beglichen worden war, verließen Justine und die Delmouse das Haus.

Madame Delmouse bewohnte ein prachtvolles Haus. Dienerschaft, Pferde und die sehr kostbare Einrichtung zeigten Justine bald, daß sie bei einer der wohlhabendsten Frauen von Paris war.

»Weil ich älteren Dienstboten zu Dank verpflichtet bin«, sagte die Delmouse, »ist es mir unmöglich, Sie gleich die obersten Stellen in meinem Haushalt einnehmen zu lassen. Aber Sie werden auch dazu gelangen, mein Engel, und glauben Sie, daß ich Ihnen trotz der Untergeordnetheit, in der Sie sein werden, nicht weniger Beachtung zuteil werden lassen werde. Sie werden in meiner Garderobe beschäftigt sein«, fuhr die Delmouse fort, »und wenn Sie sich gut aufführen, erhebe ich Sie auf den Posten meiner dritten Kammerjungfrau.« – »Oh Madame«, erwiderte Justine verwirrt, »ich hätte nicht gedacht ...« – »Ach ich sehe Stolz an Ihnen, Justine; sind das die Tugenden, die ich von Ihnen erwartete?« – »Sie haben recht, Madame, Demütigkeit ist die erste Tugend. Befehlen Sie, daß man mir mitteilt, welche Art meine Arbeit ist und seien Sie versichert, daß sie von mir genau ausgeführt werden wird.« – »Ich werde Sie selbst einführen, mein teures Kind«, erwiderte die Delmouse, indem sie Justine in zwei hinter den Glasnischen des Boudoirs angebrachte Zimmerchen führte. »Sehen Sie, hier ist der Ort, der auf Ihre Pflege wartet«, sagte sie, indem sie ein mit Bidets und Badestühlen angefülltes Kabinett öffnete, »hier handelt es sich nur um die Instandhaltung. In jenem anderen«, fuhr die Delmouse fort, »kommt noch ein etwas weniger anständiger Umstand dazu. Sie sehen, das ist ein Leibstuhl, es gibt derartige nach englischer Art, aber ich ziehe den hier vor Sie werden schon erraten haben, welcher Art Ihre Dienste hier sind, und daß Sie sich auch mit jenen Porzellangefäßen befassen werden müssen, die kleineren Bedürfnissen dienen. Aber ich muß Ihnen noch von einer Sache Mitteilung machen, die mir zur Gewohnheit geworden ist, und die ich nicht ohne Kummer vermissen würde.« – »Und worum handelt es sich, Madame?« – »Du mußt immer zugegen sein, wenn ich entleere und ... den Rest will ich dir ins Ohr sagen, mein Kind, denn ich erröte angesichts deiner Tugend ... du mußt mit diesem Koton hier die Flecken wegbringen, die diese schmutzigen Notwendigkeiten unbedingt mit sich bringen.« – »Ich selbst, Madame?« – »Ja, mein Kind, du selbst. Deine Vorgängerin tat noch viel Schlimmeres; aber dich, meine teure Justine, achte ich ja; du bist tugendhaft und das flößt mir Scheu ein.« – »Nun, was machte denn meine Vorgängerin?« – »Sie machte dasselbe, aber mit ihrer

Zunge.« – »Ah, Madame!« – »Ja, ich fühle wohl, daß das hart ist, aber dahin führen uns die Verweichlichung, Schwelgerei und die Vernachlässigung aller sozialen Pflichten. Aber ich bessere mich, meine Teure, ich bekehre mich und dein erhabenes Beispiel wird das Wunder bewirken. Du wirst gut gehalten werden, Justine, du wirst mit meinen Frauen zusammen speisen und hundert Taler im Jahr erhalten. Genügt das?« – »Ach! Madame«, erwiderte Justine, »eine Verunglückte handelt nicht. Jede Hilfe, die ihr zuteil wird, ist ihr recht.« – »Oh, Sie werden mit allem zufrieden sein, Justine, ich verspreche es Ihnen«, erwiderte die Delmouse. »Aber ich vergaß ganz, Ihnen Ihr Zimmer zu zeigen. Es schließt gleich an die beiden Kabinette an. Hier ist es. Es ist eine Art Festung; ganz abgeschlossen. Hier ist Ihr Bett, hier die Klingel, wenn ich Sie benötige. Ich lasse Sie jetzt allein, mein Herz, glücklich, daß ich etwas zu Ihrem Wohlbefinden beitragen konnte.« Kaum war Justine allein, als sie in Tränen ausbrach. »Wie«, sagte sie sich angesichts der eben ausgestandenen Erniedrigung, »diese Frau, die mich in ihr Haus aufnimmt, weil sie angeblich meine Tugend schätzt, gefällt sich darin, mich so tief zu demütigen. Ach warum muß es Leute geben, die gezwungen sind, anderen so erniedrigende Dienste zu leisten. Oh, süße Brüderlichkeit der Natur, wirst du niemals unter den Menschen herrschen?«

Man rief Justine zum Mittagessen und dabei machte sie die Bekanntschaft ihrer drei Genossinnen, die alle drei schön wie die Engel waren. Am Abend begann sie ihre ehrenvolle Tätigkeit. Sie führte den Schwamm, wusch und reinigte, und alles geschah derart lautlos, daß sie sich sehr verwunderte. Es schien, als ob es unter der Würde der Frau Gräfin Delmouse läge, mit ihrer Dienerin zu sprechen.

Bald bemerkte die arme Waise, daß die Beispiele von Tugend, die man von ihr zu sehen gewünscht hatte, um sie nachzuahmen, noch keine Heilige aus ihrer verehrungswürdigen Herrin gemacht hatten. Die Schurkin zog aus der Abwesenheit ihres Gatten allen möglichen Nutzen und legte sich keinerlei Mäßigung auf. Wüste Orgien spielten sich ab und einmal schlüpften zwei oder drei junge Männer sogar in die Kabinette, in denen gerade Justine ihrem Dienst nachkam. Es kam zu Tätlichkeiten, aber als sich Justine darüber beklagte, hörte man ihr kaum zu. Eines Tages glaubte sie die Stimme Dubourgs zu hören. Sie lauschte, konnte aber nichts unterscheiden. Er war es, aber die Vorsichtsmaßregeln waren gut gewählt und so war alles, was sich gegen sie abspielte, mit dem dichtesten Schleier des Geheimnisses umhüllt.

Sie führte ungefähr zwei Monate dieses ruhige und gleichmäßige Leben, als Madame Delmouse, die sich nicht mehr halten konnte, eines Abends, ganz erhitzt vom Weine, zu ihr herein trat. »Justine«, sagte sie mit müder Miene, »die Stelle meiner dritten Kammerjungfrau wird bald frei werden. Suzanne, die sie inne hatte, hat sich in meinen ersten Bedienten verliebt. Ich verheirate die beiden. Aber, mein Kind, wenn du vorrücken willst, mußt du mir Gefälligkeiten leisten, die sehr verschieden von denjenigen sind, die bisher die Grundlage deines Dienstes bildeten.« – »Und worum handelt es sich, Madame?« – »Du mußt mit mir schlafen, Justine, du mußt mich kitzeln.« – »Oh, Madame, ist das die Tugend?« – »Wie, du bist von dieser Chimäre noch nicht abgekommen?« – »Eine Chimäre, Madame? ... Die Tugend eine Chimäre?« – »Sicherlich ist sie das, mein Engel. Die einzigen Naturgesetze sind unsere Leidenschaften. Einen Augenblick glaubte ich, die heftige Lieb' die du mir einflößt, besiegen zu können; ich glaubte, daß deine bloße Anwesenheit die Schmerzen mildern könnte, die deine Augen in meinem Herzen hervorgerufen haben; aber deine Unempfindlichkeit regt mich um so mehr auf. Ich kann meine Leidenschaften nicht mehr zügeln, ich muß sie um jeden Preis befriedigen. Komm, folge mir nach, himmlisches Mädchen.« Und die Delmouse zog Justine trotz ihres Sträubens in ihre Zimmer. Es gab nun nichts, was die Verführerin nicht anwendete, um das junge Mädchen von ihrer Tugend abzubringen. Geschenke, Versprechungen, Schmeicheleien, alles wurde in Bewegung gesetzt. Aber vergeblich. Die Delmouse mußte einsehen, daß nichts fähig war, Justines Tugend umzustoßen. Von diesem Augenblick an, wandelte sich aber, wie bei allen Personen ihres Schlages, die Wollust in Wut.* »Niederträchtiges Geschöpf«, sagte sie zu ihr, schäumend vor Zorn, »ich werde dir mit Gewalt entreißen, was du mir gutwillig nicht geben willst.« Sie klingelte. Zwei Frauen erschienen, die schon vorbereitet waren. Fast nackt wie die Delmouse, mit aufgelösten Haaren, Bacchantinnen gleichend, ergriffen sie Justine

* Bei allen ist die Grausamkeit entweder die Ergänzung oder das Mittel zur Wollust. Es gibt keinen einzigen grausamen Mann, der nicht auch zugleich Lüstling gewesen ist; und umgekehrt keinen ausschweifenden Menschen, der nicht grausam wird. Im übrigen ist die Grausamkeit so wie der Schmerz nur ein Seelenzustand, der durchaus von uns unabhängig ist. Und wir sollten weder über den einen erröten, noch den anderen verherrlichen. Der Mensch strebt mit verschiedenen Mitteln nach der Glückseligkeit. Nero fand ebensoviel Lust darin, seine Opfer zu erwürgen, wie Titus dann, keinen Tag vergehen zu sehen, an dem er nicht Gutes getan hätte.

und entkleideten sie. Delmouse kniete nun nieder und würde man es glauben? ... Die Niederträchtige! ... Sie leckte Justine, indem sie ihr einen Finger ins Arschloch steckte. Eine der Frauen mußte ihr die Klitoris kitzeln, die andere die zwei kaum erblühten Brüste des bezaubernden Mädchens. Aber noch sprach die Natur nicht in dem unschuldigen Herzen der Waise. Kalt, unempfindlich gegenüber allen versuchten Angriffen, antwortete sie auf die Anstrengungen der lüsternen Frauen nur mit Seufzen und Tränen. Bald wurden die Stellungen gewechselt. Die schamlose Delmouse setzte sich rittlings auf die Brust des schönen Kindes und drückte ihr die Schamlippen auf den Mund. Eine der Frauen kitzelte sie gleichzeitig vorne und hinten, die andere half Justine zum Entladen zu bringen, deren hübsches Gesicht zweimal von den unreinen Samenergüssen der Delmouse überschwemmt wurde, die wie ein Mann entlud. Alles das war Justine ein Greuel. Nichts war imstande, sie aufzuregen. Aber dadurch wurde die Delmouse in noch mächtigere Wut versetzt. Sie ergriff Justine bei den Haaren, zerrte sie in ihr Zimmer und sperrte sie dort auf mehrere Tage bei Wasser und Brot ein. Bei alledem hatte Madame Delmouse nur an die Befriedigung ihrer Leidenschaft gedacht. Sie hatte ihr Übereinkommen mit Dubourg fast aus den Augen verloren, aber die Hoffnung auf Rache brachte der Delmouse ihr Versprechen wieder in Erinnerung. Sie freute sich bei dem Gedanken, dieser Unglücklichen einen Feind mehr bereiten zu können.

Am achten Tag ließ die Delmouse Justine frei. »Nehmen Sie Ihre Tätigkeit wieder auf«, sagte sie in ernstem Ton, »und wenn Sie sich gut aufführen, kann ich vielleicht das Geschehene vergessen.« – »Madame«, erwiderte Justine, »ich würde es gerne sehen, wenn Sie meine Stelle jemandem anderen übergeben würden. Ich merke nur zu sehr, daß ich Ihr Gefallen nicht werde erringen können.« – »Dazu bedarf ich zwei Wochen Zeit«, sagte Madame Delmouse, »tun Sie Ihren Dienst bis dahin ordentlich, dann will ich Sie ersetzen lassen.« Justine war zufrieden und die Ruhe war wieder hergestellt.

Ungefähr fünf Tage vor Ablauf dieser Frist befahl Madame Delmouse Justine vor dem Schlafengehen zu sich: »Haben Sie keine Angst, Fräulein«, sagte sie zu ihr, da sie ihre Aufregung bemerkte, »ich will mich nicht ein zweites Mal Ihrer Mißachtung aussetzen.« Justine trat ein. Aber wie groß war ihr Erstaunen, als sie Dubourg halbnackt inmitten der beiden Weiber der Delmouse sah, die beide eifrig bestrebt waren, seine Leidenschaften zu befriedigen. Wie wurde ihr, als sie die Türen hinter sich schließen hörte und aus dem Ton der Reden und den Gesichtsausdrücken nichts wie Unheil entnahm! »Oh, Madame!« rief sie aus, indem sie der verruchten Frau zu Füßen fiel, »welche neue Falle haben Sie mir gestellt? Oh großer Gott! Welch Verbrechen begehen Sie gegen alle menschlichen und göttlichen Gesetze!« – »Oh, das wird noch ganz anders werden!« rief Dubourg aus, indem er seine unsauberen Lippen auf den zarter Mund Justines preßte, die mit Abscheu flüchtete. Aber man ergriff sie, riß ihr die Kleider herab und bald stand sie nackt vor den lüsternen Absichten Dubourgs da.

Der Finanzmann war sicher, heute zwei Nummern zu machen und wollte damit die beiden Entjungferungen an Justine verbinden. Zuerst wurde ihm die Scheide dargeboten. Er trat an Justine unter Führung der Delmouse heran, die sein Schwert in Händen hielt, um es selbst in das Opfer einzuführen. Aber der Schuft wollte zuerst sein Idol, den Hintern, sehen. Und der Justines war so schön! Man deckte ihn auf und er schlug und kniff, ohrfeigte sein Opfer und griff sogar die drei Schönheiten an, die ihn umgaben. Unglücklicherweise kitzelte man ihn während dieses Vorspiels sehr geschickt und ach! Obwohl alles gut vorbereitet war und er noch Zeit hatte, sich auf Justine zu werfen, war alles umsonst. Die Waffe knickte zusammen sowie sich die Flüssigkeit entleerte, die ihr den Halt gegeben hatte. Dubourg, der mächtig entlud, verlor dabei den Kopf. Er besaß nicht mehr genug Geistesgegenwart und nicht genügend Kraft, um ihn geradeaus hineinzustecken. »Ah, Teufel noch einmal, verfluchte Schweinerei!« schrie er, indem er die arme Justine mit Faustschlägen bearbeitete und ihre Scheide mit Samen übergoß, »mein Plan ist nicht gelungen.«

»Habe keine Angst, Dubourg«, sagte die Delmouse, »der Gott oder der Teufel, der diese kleine Hure beschützt, wird nicht immer Sieger bleiben. Kräftige dich, ich weiß dazu Mittel und Wege!« Gleichzeitig rieb sie ihm die Hoden mit einer Flüssigkeit ein und ließ ihm eine Brühe verabreichen, deren Wirkung, wie sie behauptete unzweifelhaft war. An diese Reizmittel schlossen sich neue Liebkosungen der drei Frauen an. Da diese nichts außer acht ließen, was zum Ziele führen konnte und man den schönen, nackten Körper Justines auch noch mitverwendete, gelang es bald, das Glied Dubourgs wieder zum Stehen zu bringen. Da er vorhin die Scheide als Ziel gewählt hatte, zeigte sie man ihm wieder. »Nein, nein, ich will den Popo haben!« rief er aus, »diese Dreckscheide hat mir Unglück gebracht, ich hasse sie. Nur her mit dem Hintern, meine Freundinnen, nur den Arsch will ich ficken!« Nachdem sein Wunsch erfüllt worden war, drückte der geile Bock vorerst einige Küsse auf die entzückenden kleinen Arschbacken Justines, die bewiesen, welche Macht dieser Körperteil über ihn besaß. Dann ergriff die Delmouse sein Glied und während die beiden Weiber die Arschbacken auseinanderhielten, trachtete sie, es einzuführen. Schon entlockten die ersten Angriffe Justine furchtbare Schreie, da entwand sie sich den Armen, die sie halten wollten, und stürzte sich unter schmerzlichem Schluchzen unter das Bett. Hier verteidigte sich unsere Heldin wie in einer Festung und gibt den Belagerern zu erkennen, daß sie eher umkommen wolle, als daß sie sich ergäbe. Der grausame Dubourg schlug mit einem Spazierstock nach ihr, aber sie war gewandter wie ein Aal und wich jedem Schlag aus. »Man muß sie erdrücken«, sagte Dubourg. »Man muß sie unter den Matratzen ersticken.« Aber die Natur machte zum zweitenmal die verbrecherischen Hoffnungen Dubourgs, der sich ununterbrochen das Glied rieb, zunichte. Er fand kaum Zeit, sich in den Popo des einen hübschen, siebzehnjährigen Mädchens zu stürzen und schon erlosch sein Feuer derart, daß Justine hoffen konnte, den Rest der Nacht in Ruhe zu verbringen. Aber noch immer zitterte die Unglückliche. Nichts konnte sie bewegen, ihre Zuflucht zu verlassen, bevor sie sich nicht bezüglich Dubourgs vergewissert hatte. Endlich flüchtete sie in ihr Zimmer, schluchzend und die Delmouse anflehend, sie aus einem Dienst zu entlassen, in dem ihre Tugend jeden Augenblick so harten Prüfungen ausgesetzt war. Die Delmouse antwortete überhaupt nicht.

Ohne zu bedenken, daß sich die Rache der Verbrecher unausbleiblich an ihrem Haupte vollziehen würde, nahm Justine auf Zureden ihrer Genossinnen ihre Tätigkeit wieder auf.

Madame Delmouse hatte die Gewohnheit, wenn sie in ihre Garderobe ging, ihre prachtvolle, mit Diamanten besetzte Uhr auf einen Schrank zu legen. Sobald sie fertig war, steckte sie sie wieder ein, vergaß sie auch öfters und dann brachte sie ihr Justine alsbald nach. Drei Tage nach dem Ereignis, das wir soeben erzählten, geriet die Uhr von Madame Delmouse in Verlust und fand sich diesmal nicht wieder. Man befragte Justine, die auf ihre bewiesene Redlichkeit hinwies. Die Delmouse sagte kein Wort. Aber am Abend des nächsten Tages hörte Justine, nachdem sie sich mit tränenden Augen auf ihr Bett geworfen hatte, um einige Augenblicke der Ruhe zu genießen, die Tür öffnen. Gerechter Gott! Es war ihre Herrin, die einen Kommissar und Schutzleute hereinführte. »Tun Sie Ihre Pflicht«, sagte sie zu dem Diener der Gerechtigkeit. »Dieses unglückselige Mädchen hat meine Uhr gestohlen, Sie werden sie bei ihr oder in ihrem Zimmer finden.« – »Ich – Sie bestohlen, Madame?« sagte verwirrt Justine, indem sie sich verzweifelt auf ihr Bett warf. »Ah, wer könnte mehr von meiner Redlichkeit und meiner Unschuld überzeugt sein, wie Sie?« – Dabei fielen ihre erschreckten Augen unwillkürlich auf einen der vier Männer, die dem Kommissar als Begleitung dienten und – Großer Gott! – in ihm erkannte sie Dubourg. Er war es, dieser unersättliche Lüstling, der unter dieser Verkleidung selbst kam, um die Verzweiflung und den Schmerz seines Opfers zu sehen.

»Ich bin verloren«, sagte Justine, als sie ihn erkannte. Sie wollte weiter sprechen, allein die Delmouse machte solchen Lärm, daß man unsere unglückliche Waise nicht hörte. Nun forschte man nach und die Uhr fand sich wirklich. Dubourg, der sie selbst versteckt hatte, zeigte sie dem Kommissar unter der Matratze. Bei Beweisen von solcher Stärke gab es nichts zu erwidern. Justine wurde ergriffen und Dubourg streitet sich mit seinen Kameraden um die Ehre, sie selbst knebeln zu dürfen. Dicke Stricke zerrissen, zerfetzten die Hände der Unschuld. Ja, der Verbrecher soll sogar die Kühnheit gehabt haben, die Hände, die er fesselte, seiner Hose zu nähern, um ihnen die Wirkung dieses grausamen Schauspiels auf seine erregten Sinne zu zeigen.

Ohne sich verständlich machen zu können, wurde Justine in einen Fiaker geworfen. Dubourg und sein Kammerdiener begleiteten sie unter der Maske von Soldaten nach den Gefängnissen, in die sie beide eher hineingepaßt hätten. Sobald Dubourg im Wagen war, verübte er Grausamkeiten, die man sich nicht vorstellen kann. Justine war wehrlos und Themis selbst beschützte das Verbrechen. Mit Hilfe des Kammerdieners wurden ihr die Röcke aufgeschürzt und Dubourg küßte, schlug und mißhandelte sie am ganzen Körper. Aber wieder wurde der Altar mit dem Opfertrank begossen, der fürs Heiligtum bestimmt war und den zu großer Eifer nicht an seinen Bestimmungsort gelangen ließ. Endlich langte der Fiaker an. Man stieg aus und unsere Heldin wird als Diebin eingesperrt, ohne daß sie auch nur ein Wort zu ihrer Rechtfertigung vorbringen konnte.

Mit einem Unglücklichen, der keinen Einfluß hat, wird kurzer Prozeß gemacht. Justine konnte sich, soviel sie wollte, verteidigen: Ihre Herrin klagte sie an, die Uhr hatte sich in ihrem Zimmer gefunden; es war klar, daß sie sie gestohlen hatte. Als sie vorbringen wollte, wie man ihre Ehre angegriffen habe, wie sich Dubourg verkleidet und was er während der Überführung getrieben habe, hielt man ihr entgegen, daß Herr Dubourg und Madame Delmouse seit langem als achtbare, solcher Greuel unfähige Leute bekannt seien. Sie wurde also nach den Conciergerie gebracht, wo ihre Hartnäckigkeit mit Entziehung ihrer

Freiheit belohnt wurde. Erst ein neues Verbrechen sollte sie retten: Alle Klagen und Beschwerden über ihre Verderber waren vergeblich. Ja der Himmel überschüttete diese Schufte sogar im Gegenteil mit Glück. Die Delmouse erbte einige Tage später von einem Onkel fünfzigtausend Pfund Rente und Dubourg erhielt von der Regierung eine neue Einnahmequelle, die seine Einkünfte um vierhunderttausend Francs jährlich erhöhte.

Es ist also doch wahr, daß die Wohlfahrt das Verbrechen begleitet und belohnt und daß auch inmitten der Verderbnis und des Verbrechens, das heimisch sein kann, was die Menschen Glück nennen. Wie viele Beispiele für diese traurige Wahrheit werden wir noch aufzuzählen haben!*

---

* Diese Wahrheit ist entmutigend, sagen die Dummköpfe. Man soll sie den Menschen nicht mitteilen. Aber wenn es eine Wahrheit ist, warum sie verbergen. Es heißt die Menschen nicht lieben, wenn man ihnen so wichtige Wahrheiten vorenthält, was immer auch geschehen möge. (Anmerk. d. Verfass.)

Rodin

Unsere Heldin war siebzehn Jahre alt, als sie sich Herrn Rodin vorstellte. Ihre nunmehr voller entwickelten Züge waren voll süßen Zaubers, ihre ganze Person besaß trotz des erlittenen Kummers einen Grad der Vollkommenheit, der sie zu einem der schönsten Mädchen machte, die man sich vorstellen kann.

»Sie wollen sicherlich Spaß mit mir treiben, Fräulein«, sagte Rodin zu ihr, indem er sie sehr nett empfing, »wenn Sie sich mir als Dienerin anbieten. Bei den tausendfachen Reizen, die Sie besitzen, ist man nicht gezwungen zu dienen. Wenn man von der Natur so ausgezeichnet würde, kann man nicht das Opfer des Schicksals werden, und ich könnte eher von Ihnen Befehle empfangen, als Ihnen welche geben.«

»Und trotzdem, mein Herr, muß ich mich bitter über mein Schicksal beklagen!« – »Das ist eine Ungerechtigkeit, die wir aufheben werden, mein Fräulein.« Und als ihm Justine ihr Mißgeschick erzählt hatte, fuhr der geschickte Betrüger fort: »Das ist aber schrecklich. Dieser Herr von Bressac ist ein Ungeheuer, den man schon seit langem wegen seiner unerhörten Ausschweifungen kennt, und Sie können sich glücklich schätzen, daß Sie seinen Händen entronnen sind. Aber ich behaupte noch immer, schöne Justine, daß Sie nicht dazu geschaffen sind, zu dienen. Wenn mein Haus Ihnen gefällt, steht es Ihnen offen. Ich habe eine Tochter, die eben vierzehn Jahre alt geworden ist und die glücklich sein wird, in Ihrer Gesellschaft leben zu können. Sie werden an unserem Tische essen und unsere Mühen um diese interessante Klasse der Menschheit teilen, die ganz Frankreich uns anvertraut. Sie werden mit uns an dem verdienstlichen Werk teilnehmen, die Talente der Jugend zu entwickeln und ihre Sitten auszubilden.«

Gab es eine Beschäftigung auf der Welt, die dem sanften und gefühlvollen Charakter unserer Heldin besser zugesagt hätte. Tränen rannen ihr aus den Augen und sie küßte mit stürmischer Dankbarkeit die Hand ihres Wohltäters. Aber der geschickte Rodin entzog sich diesen Empfindungsausbrüchen. Rosalie kam, Justine wurde ihr vorgestellt und bald verbanden Bande der innigsten Zärtlichkeit diese beiden jungen reizenden Mädchen.

Bevor wir weiter reden, müssen wir noch erzählen, daß Justine ungemein begierig war, zu erfahren, was sich seit ihrer Flucht auf dem Schloß Bressacs zugetragen habe. Sie beauftragte mit dieser Sendung ein junges, kluges Bauernmädchen, das ihr versprach, sobald als möglich Erkundigungen einzuziehen. Unglücklicherweise schöpfte man Verdacht, man fragte sie aus und das einzige, was sie nicht verriet, war der Ort, von dem aus man sie geschickt hatte. »Nun gut, so bewahren Sie Ihr Geheimnis«, sagte Bressac, »aber wo immer diese Schurkin sein möge, übergeben Sie ihr diesen Brief und sagen Sie ihr, sie möge sich in acht nehmen.« Jeanette eilte hastig zurück und überbrachte Justine folgenden Brief:

»Eine Verbrecherin, die meine Mutter getötet hat, ist so frech jemanden nach dem Ort ihres Verbrechens zu schicken. Das Klügste, was sie machen kann, sorgfaltig ihren Aufenthaltsort zu verbergen. Sie kann sicher sein, Unangenehmes zu erleben, wenn man sie entdecken würde. Wenn sie aber nochmals jemanden schicken wollte, würde man den Boten einsperren. Übrigens ist es gut für sie zu erfahren, daß die Geschichte mit der Conciergerie, die sie für erledigt hielt, noch nicht abgetan ist. Die Verordnung ist noch nicht aufgehoben. Sie möge also selbst beurteilen, um wie viel schwerer die zweite Anklage gegen sie wirkt!«

Justine glaube ohnmächtig zu werden, als sie den Brief las. Sie überreichte ihn Rodin, der sie beruhigte und hierauf fragte sie Jeanette weiter aus. In der Furcht, verfolgt zu werden, hatte diese den Weg nach Paris eingeschlagen, hatte dort übernachtet und sich dann am nächsten Tage in aller Frühe auf den Heimweg gemacht. Im Schloß sei alles in größter Verwirrung gewesen. Die Verwandten waren da, Leute vom Gericht waren gekommen und der verzweifelt tuende Sohn klagte Justine allein des Mordes an. Mehrere vorher vorgekommene Diebstähle, die Bressac auch auf Justine schob, brachten Licht über dieses zweite Verbrechen, und selbst wenn er es nicht selbst begehen gesehen hätte, so sagte er, könnte man niemanden anderen mehr verdächtigen.

Übrigens wurde Bressac durch diese neue Erbschaft viel reicher, als man geglaubt hatte. Der Inhalt des Geldschrankes, die Einrichtung und die Juwelen setzten den jungen Mann, abgesehen von seinen Renten, in den Besitz von mehr als einer Million, und man behauptete, er könne unter dem geheuchelten Schmerz nur schwer seine Freude verbergen. Einen Augenblick lang schienen die Wunden am Leichnam den Schuft in Verlegenheit bringen zu sollen. Aber Bressac zerstreute durch die Lüge, ein Hund sei durch Versehen vierundzwanzig Stunden lang in dem Zimmer eingesperrt gewesen, bevor die Priester aus Paris kamen, jedes Bedenken des Wundarztes.

»Der Himmel lädt mir ein neues Kreuz auf«, sagte Justine zu sich. »Durch eine unglaubliche Fügung des Schicksals werde ich nun eines Verbrechens angeklagt, dessen Erwähnung mir schon abscheulich dünkte, und derjenige, der meinen Arm geleitet hat, der allein an diesem niederträchtigen Muttermord schuldig ist, er ist glücklich, reich und vom Glück begünstigt. Höchstes Wesen du«, fuhr sie unter Tränen fort, »dein Wille geschehe, ich bin nur dein Werkzeug.«

Nun wollen wir den Lesern eine Beschreibung der Leute geben, bei denen Justine sich befand und erklären, weshalb sie so liebenswürdig empfangen wurde.

Rodin, der Herr des Hauses, war ein groß gewachsener Mann von sechsunddreißig Jahren, besaß braunes Haar, dichte Augenbrauen, ein lebhaftes Auge und machte im allgemeinen den Eindruck eines kräftigen, aber wollüstigen Menschen. Er war Wundarzt aus Neigung für diesen Beruf, leitete ein Pensionat um sich besser seinen Ausschweifungen hingeben zu können und besaß, abgesehen von den Einkünften seines Berufes, eine jährliche Rente von zwanzigtausend Francs. Eine wunderschöne Schwester, von der wir bald sprechen werden, vertrat seine vor zehn Jahren verstorbene Gattin in jeder Hinsicht, aber auch seine Tochter Rosalie und eine sehr hübsche Erzieherin genossen neben ihr die Gunst dieses schamlosen Mannes.

Celestine, Rodins Schwester, war dreißig Jahre alt, groß, schlank und besaß ungemein ausdrucksvolle Augen. Sie war braun, besaß eine sehr lange Scheidenöffnung, einen nach Art der Männer geformten Popo und sehr kleine Brüste. In ihrem Geiste war viel Bösartigkeit mit einem ausschweifenden Temperament vermengt. Sie hatte für alles Neigung, liebte es aber besonders, sich den Männern auf jene An hinzugeben, die von den Dummköpfen in Acht erklärt wird, die aber von der Natur zum göttlichsten Vergnügen erhoben wurde.*

Die Erzieherin hieß Martha und war neunzehn Jahre alt. Ihr Äußeres zeigte ein rundes und frisches Gesicht, schöne blaue Augen, eine schwanenweiße Haut und den schönsten Popo, den man sich vorstellen kann.

Was Rosalie betrifft, so muß man sagen, daß sie eines jener himmlischen Mädchen war, wie sie die Natur selten den Sterblichen schenkt. Mit ihren vierzehn Jahren vereinigte sie alle nur möglichen Reize in sich: eine Nymphentaille, seelenvolle Augen, süße und bezaubernde Gesichtszüge, einen wundervollen Mund, lange kastanienbraune Haare, die denkbar schönste Brust und einen herrlichen Popo.

---

* Fast alle Freudenmädchen ahmen die Leidenschaft der Männer nach, und da die Sodomie der süßeste aller Genüsse ist, ist diese Vorliebe ganz klar.

Wie schon erwähnt, besaß Rodin ein Pensionat für beide Geschlechter. Er hatte zahlreiche und auserwählte Zöglinge, und zwar immer je hundert Mädchen und hundert Knaben. Aufgenommen wurden nur Kinder von mehr als zwölf Jahren, die dann mit siebzehn Jahren weggeschickt wurden. Alle mußten hübsch sein, und wenn man ihm welche brachte, die einen körperlichen Fehler hatten, wußte er unter hundert mit Sophismen ausgeschmückten Vorwänden die Aufnahme zu verweigern.

Rodin unterrichtete seine männlichen Schüler selbst. Er unterwies sie in den Wissenschaften und freien Künsten, während seine Schwester dasselbe bei den Mädchen tat. Kein fremder Lehrer hatte Einblick, und so kam es, daß alle wollüstigen Geheimnisse des Hauses auf das Innere beschränkt blieben.

Sobald Justine klar sah, gab sie ihren durchdringenden Geist eifrigem Nachdenken hin, bis die Freundschaft mit Rosalie sie über alles aufklärte. Dieses entzückende Mädchen antwortete auf die Fragen Justines vorerst nur mit einem Lächeln, und da dieses Betragen unsere Heldin nur noch mehr beunruhigte, drang sie eifrig in Rosalie, ihr Geheimnis zu verraten. »Höre«, sagte diese endlich, »höre, Justine, ich werde dir alles mitteilen. Ich sehe, daß du nicht fähig bist, mein Geheimnis zu verraten und so soll künftighin keines mehr zwischen uns bestehen. Für die Tätigkeit meines Vaters sind zwei Gründe bestimmend. Er betreibt die Chirurgie aus Liebhaberei, mit dem einzigen Vergnügen, neue Entdeckungen darin zu machen. Er hat über diesen Gegenstand so vorzügliche Werke herausgegeben, daß er darin als einer der gescheitesten Leute Frankreichs gilt. Er hat einige Jahre in Paris gearbeitet und sich dann zu seiner Erholung hierher zurückgezogen. Du willst nun wissen, was ihn dazu treibt, ein Pensionat zu halten? Nichts als die Leidenschaft, meine Teure. Sowohl mein Vater, wie meine Tante finden in den männlichen wie in den weiblichen Schülern Gegenstände für ihre Sinneslust. Beide haben dieselben Neigungen und sie bedienen einander so gut, daß es kein Mädchen gibt, das Rodin nicht seiner Schwester gäbe und keinen Knaben, den sie nicht ihrem Bruder ausliefern würde.« – »Und sicherlich folgt auf diese scheußlichen Vergehen noch die abscheuliche Blutschande?« fragte Justine. – »Gäbe es Gott, daß es dabei bliebe!« sagte Rosalie. – »Himmel, du erschreckst mich.« – »Du wirst alles erfahren, mein Engel«, fuhr das reizende Mädchen fort. »Komm, folge mir nach. Heute ist Freitag und gerade der Tag, an dem mein Vater die Verfehlungen bestraft, das ist die Quelle seiner Freuden. Aber komm jetzt, wir können alles von meinem Zimmer aus beobachten. Tritt leise auf und hüte dich, namentlich über das etwas laut werden zu lassen, was du sehen oder von mir hören wirst.«

Da Justine einsah, daß es für sie wichtig sei, etwas über die Persönlichkeit zu erfahren, die ihr ein Obdach anbot, folgte sie ihr nach. Sie kamen in ein Zimmer, dessen Tür genug schlecht geschlossen war, um so viel Raum zu lassen, daß man alles hören und sehen konnte, was sich im Nebenraum abspielte. Herr und Fräulein Rodin befanden sich schon darin und wir wollen jetzt genau über alles Rechenschaft ablegen, was sie von dem Augenblicke an sprechen, als sie Justine vernehmlich wurden.

»Wen wirst du auspeitschen?« fragte das Fräulein. – »Ich wollte, es wäre Justine.« – »Dieses hübsche Mädchen scheint dich sehr aufzuregen?« – »Du weißt es doch, Schwester. Ich habe heute nacht zwei Nummern mit dir gemacht und ich entlud nur mit dem Gedanken an sie. Sie muß einen entzückenden Popo haben und ich empfinde den lebhaften Wunsch, ihn zu sehen.« – »Das kann dir doch nicht so schwerfallen.« – »Doch! Alle Ungeheuer von der Tugend bis zur Religion sind dabei zu bekämpfen. Wenn ich die Festung nicht im Sturm nehme, wird sie niemals fallen.« – »Ah, wenn man sie bloß vergewaltigen muß, verspreche ich dir meine Hilfe. Die Hure wird schon unterliegen müssen.« – »Empfindest du nichts bei ihrem Anblick, Schwester?« – »Sie ist entzückend, aber ich glaube, daß sie wenig Temperament besitzt.« – »Du hast recht; aber sie regt mich sehr auf! Oh ganz ungeheuer!« Und bei diesen Worten hob Rodin die Röcke seiner Schwester von hinten auf und schlug ihr ziemlich kräftig auf die Arschbacken. »Kitzle mich, Celestine« sagte er zu ihr, »damit ich ins Feuer komme.« Er setzte sich auf einen Lehnstuhl, legte sein schlappes Glied in ihre Hände und mit einigen Fingergriffen erhielt es wieder Kraft. Währenddessen hielt er noch immer die Röcke seiner Schwester erhoben, so daß sich seinen geilen Augen der wundervollste Popo darbot. Er betastete ihn eifrig, und an der Art der Küsse konnte man bemerken, welche Gewalt dieser Liebessitz auf ihn habe. »Nimm Ruten«, sagte Rodin und erhob sich, »und bearbeite damit meinen Hintern. Es gibt nichts, was mich mehr erfrischt als diese Handlung.« – Celestine öffnete einen Schrank, entnahm ihm ein Dutzend Rutenbündel, breitete sie auf eine Kommode aus und nachdem sie das beste ausgewählt hatte, ging sie damit auf ihren Bruder los, der sich verzückt unter den Schlägen wichst und dabei immer mit leiser Stimme ausrief: »Ah, Justine! Wenn ich dich haben könnte, aber ich werde dich besitzen. Es ist nicht gesagt, daß ich dir ohne Gegenleistung Gastfreundschaft gewähre. Ich brenne darauf, deinen Popo zu sehen. Ich werde ihn sehen, ich werde ihn auspeitschen, diesen schönen Popo, Justine.« – Celestine hörte bei diesen Worten einen Augenblick auf, ihren Bruder zu peitschen. Sie stützte sich auf die Lehnen des Stuhles und forderte mit ihren Arschbacken zum Kampf auf. Aber Rodin, der nur seine Kräfte erproben und sie nicht verlieren wollte, begnügte sich, sie ein paarmal zu schlagen, ein wenig zu beißen und bat dann seine Schwester, die Kinder holen zu gehen, die er abfertigen wollte. Während dieser Ruhepause warf sich Justine in die Arme ihrer Freundin. »Oh Gott, hast du von der Verschwörung gegen mich gehört?« fragte sie. – »Oh teure Freundin, ich hoffe, daß du dich nicht widersetzen wirst«, entgegnete Rosalie, »du wärest die einzige, die heil aus diesem Haus herausgekommen wäre.« – »Ich werde flüchten«, sagte Justine. – »Das ist unmöglich«, antwortete Rosalie, »sein Beruf gibt ihm das Recht, das Haus zu verschließen. Bei einer Flucht würde er dich als Diebin behandeln und du kämest nach Bicetre. Geduld, meine Teure, ist in diesem Falle das Beste.« – Da wieder Lärm hörbar wurde, begaben sich beide auf ihre Plätze zurück und sie konnten bemerken, daß Celestine ein blondes vierzehnjähriges Mädchen, das wie eine Liebesgöttin aussah, mit sich hereinschleppte. Das arme weinende Kind, das nur zu gut wußte, was es zu erwarten hatte, näherte sich stöhnend seinem Erzieher. Sie stürzte vor ihm nieder und bat ihn um Gnade. – »Nein, nein!« rief er aus, »das ist schon zu häufig vorgekommen, Julie. Ich bereue meine Güte, sie hat dich nur zu weiteren Verfehlungen ermutigt.« – »Hüten Sie sich, Bruder«, rief jetzt Celestine aus, »das Beispiel dieses Mädchens würde im Haus verderblich wirken. Vergessen Sie denn ganz, daß diese Schurkin gestern, als sie in das Schulzimmer eintrat, einem Knaben ein Briefchen zusteckte?« – »Ich schwöre, daß das nicht der Fall ist!« rief die entzückende Unschuld. »Glauben Sie mir doch, mein Herr, ich könnte so etwas nie tun.« – »Lasse dich doch von diesen Vorwürfen nicht täuschen«, sagte Rosalie rasch zu Justine. »Alle diese Vergehen sind erfunden, um einen Vorwand zu haben. Dieses kleine Mädchen ist ein Engel, nur weil sie sich ihm nicht hingeben will, behandelt er sie so hart.« – Währenddessen hatte die Schwester Rodins die Röcke der armen Kleinen gelöst, ihr das Hemd hinaufgezogen und zeigte nun ihrem Bruder den wundervollsten Popo. Dieser geile Bock ergriff jetzt die Hände des jungen Mädchens, band sie fest und bewaffnete sich mit einem in Essig getauchten Rutenbündel. Die vor ihm kniende Schwester kitzelte ihm das Glied, als er nun seine Tätigkeit mit sechs leicht geführten Schlägen begann. Julie schauderte, aber sie bot in ihrer Angst ein so schönes Bild dar, daß Rodin nur noch mehr entflammte. Jedoch er wagte es nicht, sie zu küssen oder ihr die Tränen wegzusaugen. Trotzdem betastete eine seiner Hände die Arschbacken. Bald öffnete, bald preßte er die göttlichen Reize zusammen, die ihn bezauberten. Er betrachtete sie von allen Seiten, und obwohl der wahre Tempel der Liebe nicht fern war, warf er doch, getreu seinem Glauben, keinen Blick dahin. Wenn die Stellung unglücklicherweise mehr zeigte, deckte er es rasch zu. Schließlich hatte seine Wut keine Grenzen mehr. Er überhäufte das arme, zitternde Wesen mit Schmähungen und Drohungen und peitschte schließlich den ganzen zarten Körper mit wütenden Schlägen, so daß sein rosiges Fleisch sich bald in eine blutende Masse verwandelte. Julie schrie und weinte, aber das regte Rodin nur noch mehr auf. Er konnte sich jetzt nicht mehr halten. Celestine mußte das Kind so halten, daß der Popo, den er begehrte, sich ihm darbot. Dann näherte er sich den beiden, indem er leise zu seiner Schwester sagte: »Steck ihn mir hinein.« Er berührte mit der Spitze seiner ungeheuren Maschine das rosige Grübchen, wagte aber nicht weiter zu gehen. Celestine trieb ihn jedoch wieder an und unter Flüchen, Lästerungen und barbarischen Hieben öffnete er schließlich diesen Wohnsitz der Grazien und der Wollust. Der Verbrecher hielt sich aber zurück. Eine Steigerung hätte einen Verlust der Kräfte herbeigeführt, die er doch zu neuen Taten benötigte. »Kleiden Sie sich wieder an«, sagte er zu Julie, indem er sie losband und sich selbst in Ordnung brachte. »Und wenn noch einmal so etwas vorkommt, werden Sie nicht so leicht davonkommen.« – Als Julie hinausgegangen war, fuhr Rodin, zu seiner Schwester gewandt, fort. »Du hast mich zu rasch gekitzelt. Es hat nicht viel gefehlt und ich hätte entladen. Das kleine Mädchen ist hübsch? Nicht? Hast du sie schon gehabt?« – »Welche hätte ich nicht schon gehabt?« – »Aber du hast gar kein Mitleid, wenn ich sie auspeitsche!« – »Was geht mich eine solche Hure an, wenn ich nur entladen kann! Ich würde sie selbst zerreißen. Ah, du kennst noch nicht mein Herz! Es ist noch grausamer wie deines. Steck ihn mir ein wenig in den Popo, Rodin, er brennt mir förmlich«, fuhr das Schandweib fort und begab sich in dieselbe Lage, die sie vor der Auspeitschung Julies inne hatte. Sie hob die Röcke und Rodin stürzte sich ohne jede Vorbereitung in ihren Hintern, in dem er eine halbe Viertelstunde verblieb. Die Hure wichste, entlud und ging dann hinaus, um neue Opfer zu holen.

Das zweite Mädchen, das hereinkam, mochte im Alter Justines stehen; ha, sie ähnelte ihr sogar ein wenig. »Aimee«, sprach Rodin, »es ist sonderbar, daß Sie bei Ihrem Alter mich noch in die Lage bringen, Sie wie ein Kind auspeitschen zu müssen.« – »Mein Alter und mein Betragen ist es nicht, was mich einer solchen Schande aussetzt, mein Herr«, erwiderte stolz das entzückende Mädchen, »aber wenn man der Schwächere ist, hat man immer Unrecht.« »Sie antworten sehr frech, mein Fräulein«, sagte Celestine, »und ich hoffe, daß mein Bruder daraufhin nicht allzu nachsichtig sein wird.« – »Sie kann dessen sicher sein«, sagte Rodin, indem er die Röcke hastig loslöste. »Aber mein Herr, ich glaubte nicht ...« – »Aimee«, unterbrach sie der geile Bock, indem er sie über einen Lehnstuhl beugte, »Sie haben mir gesagt, daß Sie manchmal an Hämorrhoiden leiden. Ich werde Sie untersuchen und wenn Ihr Leiden tatsächlich ein wenig von Bedeutung ist, will ich Sie milder behandeln.« – »Niemals habe ich mich über etwas derartiges beklagt, mein Herr«, entgegnete Aimee bescheiden. – »Das macht nichts«, antwortete Rodin, indem er sie weiter gebeugt hielt, »das kann noch kommen. Es ist gut, wenn ich das jetzt schon bemerke.« Celestine half und bald lag die arme Aimee auf allen vieren da, ohne sich rühren zu können. »Nein, tatsächlich, sie hat nichts«, sagte jetzt Rodin, »alles ist in gutem Zustand. Vorwärts, jetzt wollen wir sie züchtigen!« Man band ihr die Hände und Celestine ergriff die Rutenbündel. »Mach du den Anfang, Schwester«, sagte Rodin. »Ich möchte sehen, ob du wirklich kein Mitleid empfindest«, fuhr er fort, indem er sich vor sein Opfer hinstellte. Er wagte nicht, sich zu kitzeln, weil man ihn sah, und so rieb er bloß den Schenkel auf dem sein steifes Werkzeug ruhte. Celestine hieb mit derselben Grausamkeit ein wie ihr Bruder, der sich kaum noch halten konnte. Er eilte auf die Peitschende los, entriß ihr die Ruten und fing nun selbst mit solcher Heftigkeit zu peitschen an, daß alsbald Blut hervortrat. Die arme Unglückliche atmete kaum. Man sah ihren Schmerz bloß an den Zuckungen ihrer Arschbacken, die sich bald öffneten und bald wieder schlossen. Nun folgte derselbe Angriff, wie bei der ersten. Aimee aber erriet seine Absichten und drückte den Popo fest zusammen. Er griff nochmals an, aber wieder ließ ihn eine unvermutete Bewegung Aimees abgleiten. »Das alles scheint mir nicht zur Strafe zu gehören, mein Herr«, sagte sie, »ich bitte Sie, machen Sie endlich Schluß.« Rodin wurde noch wütender und die zweihundert Peitschenhiebe, die er ihr jetzt mit sicherer Hand versetzte, schienen seinen Zorn kaum besänftigen zu können. Sein rasendes Glied schien den Himmel bedrohen zu wollen. Celestine wollte auch diesmal wieder helfen, jedoch Rodin winkte ab. »Nein«, sagte er, »man führe sie

trauen, das die Eltern der Kinder ihm entgegenbrachten, und über den wahrhaft raschen Fortschritt, den Knaben und Mädchen im Lernen machten, vergaß jeder die Gefahren, die den Kindern in dieser Schule drohten.

»Oh Himmel«, rief Justine aus, als diese Orgien beendet waren, »wie kann man es wagen, solche Ausschreitungen zu begehen? Wie kann man in solchen Quälereien Vergnügen finden?«

»Ah, du weißt noch nicht alles«, erwiderte Rosalie, »höre«, sagte sie, als sie in ihr Zimmer zurückkehrten, »du kannst jetzt wohl begreifen, daß, wenn mein Vater bei jungen Mädchen einiges Entgegenkommen findet, er an ihnen ebenso handelt, wie er es soeben zu dem Knaben getan hat. Durch diese Vorsichtsmaßregel werden die Mädchen nicht entehrt und haben auch keine Schwangerschaft zu befürchten. Auch können sie einst mit Leichtigkeit einen Gatten finden. Oh Justine«, fuhr dieses liebe Kind fort, »ich selbst bin ja ein Opfer seiner Sinne geworden. Mit sieben Jahren hat er mich entblättert und seither jeden Tag.« – »Aber, seit du erwachsen bist«, unterbrach sie Justine, »bietet dir doch die Religion eine Zuflucht.« – »Ach, er erstickt ja in uns alle Ansätze zu einem Glauben«, fuhr Rosalie lebhaft fort, »das Wenige, was er mir über die Religion gesagt hat, erfuhr ich von ihm, nur damit seine Gottlosigkeit nicht durch meine Unwissenheit offenbar würde; aber ich habe niemals gebeichtet oder kommuniziert. Er macht diese Dinge zu lächerlich, er tötet in uns so sehr jeden Gedanken daran, daß wir an diese Pflichten der Religion entweder ganz vergessen oder wenigstens eine solche Verachtung dafür empfinden, daß er keine Indiskretionen beim Beichtvater zu befürchten hat. Manchmal vereinigt er die jungen Leute beiderlei Geschlechtes, deren er sich sicher fühlt; und in diesen Versammlungen wird in ihnen jeder Keim zur Religion oder zur Tugend erstickt. Andere wieder dürfen niemals an diesen Zusammenkünften teilnehmen.« – »Welche Schlauheit!« Rief Justine aus. – »Deren bedarf es auch«, antwortete Rosalie, »um zehn Jahre hindurch ein solches Leben genießen zu können.«

»Komm, Justine«, sagte Rosalie einige Tage später, »beurteile mit eigenen Augen, was mein Vater mit meiner Schwester, mit mir, der Erzieherin und einigen seiner Günstlinge aufführt. Ich hoffe, diese Greuel werden dich überzeugen, daß ein anständiges Mädchen wie ich ungemein heftig leiden muß, wenn ihm die Natur nur Abscheu für alles das einflößt, was ihre Pflicht ist.« – »Ihre Pflicht? Niemals; sagen Sie Ihr Unglück.« – »Ach, der Grausame macht mir aus meinem Unglück Pflichten und ich wäre verloren, wenn ich mich widersetzen würde. Aber beeilen wir uns, die Klasse wird eben geschlossen. Begib dich wieder dorthin, wo du das erste Mal zusahst, und passe gut auf.«

Um die wollüstige Szene, deren Justine jetzt ansichtig wurde, schildern zu können, müssen wir vorerst die Teilnehmer beschreiben.

Da war zuerst Martha, die Erzieherin, die wir schon als neunzehnjährige Schönheit gekennzeichnet haben, dann Rodins Schwester, Celestine, dann seine Tochter Rosalie; ferner ein sechzehnjähriger Schüler, namens Fierval, mit seiner fünfzehnjährigen Schwester, die Leonore hieß. Die beiden waren außerordentlich schön, ähnelten sich stark und liebten sich sehr.

»Jetzt können wir uns also in aller Ruhe unseren Leidenschaften hingeben«, sagte Rodin, indem er sorgfältig alle Türen schloß. »Die Züchtigungen von heute vormittag haben mich in einen Zustand versetzt, den sie sich nur durch diesen Anblick vorstellen können«, sagte er, indem er mit seinem harten und steifen Glied auf den Tisch klopfte, so daß sämtliche Hintern sich bedroht fühlten. Ja, sämtliche Hintern, denn unsere Leser müssen sich an den Gedanken gewöhnen, daß Rodin nur in diesem Tempel betete.

»Komm, teurer Engel«, sagte er zu Fierval und begann mit ihm zu züngeln, »komm, ich beginne mit dir, du weißt ja, daß ich dich anbete. Leonore, ziehen Sie Ihrem Bruder die Hosen ab. Sie wissen ja – dieser wundervolle Popo muß von Ihren Händen dargeboten werden. Ah, sehr gut!« Und der Schuft küßte, betastete und leckte, den schönsten Popo, den man sich vorstellen kann. Dann fuhr er fort: »Du, Schwester, knie dich vor diesem jungen Mann hin und während ich ihn von hinten lecke, lecke du ihn von vorne. Du, Martha, schürze Leonore auf, ich will auch ihren Hintern küssen können. Ja, so ist es richtig. Etwas aber fehlt noch. Rosalie, du schürze Martha auf und stelle dich so hin, daß ich eure beiden Hintern gleichzeitig betasten kann.« So blieb alles einen Augenblick lang, aber die Phantasie Rodins arbeitete zu stark, um das Bild nicht rasch zu verkehren. –

Folgendermaßen wurde die zweite Gruppen gestellt: Celestine kniete vor ihrem Bruder und leckte sein Glied. Leonore und Fierval mußten sich so aufstellen, daß Rodin das Arschloch beider gleichzeitig küssen konnte und mit der Rechten und der Linken bearbeitete der die Arschbacken Rosalies und Marthas.

»Versuchen wir etwas anderes«, sagte er nach einigen Augenblikken. »Ich muß peitschen, ich kann mich an diesem Vergnügen niemals sättigen. Ach, Leonore, die Küsse, die ich auf Ihren schönen Popo gedrückt habe, haben in mir nur das Verlangen wachgerufen, ihn auch grausam zu behandeln; aber ich möchte, daß Ihr Bruder mit dem Auspeitschen beginnt. Ich stelle mich dann mit einem Rutenbündel hinter ihm auf, und er soll es büßen, wenn er Sie schont.« Sein Wunsch wird erfüllt und während Rodin selbst von Martha geschlagen wurde, kitzelte ihm seine Schwester an den Arschbacken seiner Tochter. Wer würde es glauben? Fierval, der würdige Schüler Rodins, zeigte keinerlei Lust, seine Schwester zu schönen. »Vorwärts, mein Freund«, rief jetzt Rodin aus, »ficke deine Schwester, steck ihr ihn von hinten hinein. Komm, ich will dich einführen, damit ich auch an deiner süßen Blutschande teilnehmen kann.« Dabei ergriff er Fiervals Glied, befeuchtete es mit seinem Mund und vereinigte dann die beiden jungen Leute. Er selbst schickte sich an, nachdem er die Hand des Knaben an die Klitoris seiner Schwester gebracht hatte, Fiervals Hintern zu ficken. »Setze dich rittlings auf Fierval«, sagte er zu Rosalie, »ich will deinen Popo lecken, Martha soll mich inzwischen weiterpeitschen und die Arschbacken meiner Schwester sollen in meinen Händen ruhen.«

»Teufel, gibt es denn ein größeres Vergnügen«, fuhr der geile Bock fort, »aber doch halt! Ich will meine Tochter ficken.« – »Unbeständiger Mensch, du bist mit nichts zufrieden«, unterbrach ihn Celestine. – »Du hast kein Recht, dich über Launen zu beklagen« entgegnete Rodin, »aber bevor wir die Gruppe bilden, die auch sicher Samen kosten wird, wollen wir noch etwas anderes aufführen. Kniet euch alle derart nieder, daß Leonore mir ihren Popo, Fierval seinen Mund, meine Schwester einen Popo und Martha wieder einen Mund darbietet. Rosalie wird mein Glied in der Hand halten und mich von Altar zu Altar geleiten. Ich werde jedem meine Huldigung erweisen, worauf sie sich auf das Sofa stürzen und sich auf mein Gesicht niederhocken wird, wodurch ich gleichsam gegen meinen Willen gezwungen sein werde, ihre Arschbacken und ihr niedliches Arschloch zu küssen! »... Ah, kleine Schurkin!« sagte er zu Rosalie, als er mit der Reihe zu Ende, das heißt, in Marthas Munde war, »ah, kleines Lumpenweib. Sie sollen für die Schamlosigkeit bestraft werden, die Sie eben begangen haben. Sich den Popo von seinem Vater küssen zu lassen, ihm die Nase hineinzustecken! Schamloses Geschöpf, ich werde Sie lehren, sich über Ihren Vater lustig zu machen!« Er erfaßte sie und während er sich von Martha lecken ließ, schlug er auf Rosalie mit seinem Hammer los, bis sie in Blut gebadet war. Überall, wohin sein Instrument eine Wunde schlug, drückte er auch einen Kuß, saugten sich seine Lippen fest. Aber damit geschah ihm nicht genug. Der Verbrecher drang noch in den schmalen Wohnsitz des Vergnügens ein, er fickte seine Tochter von hinten, während Fierval die gleiche Handlung an ihm vornehmen mußte. Vor sich hatte er den reizenden Popo Leonores, neben sich den Marthas und Celestines, und so drückte, zerriß und zerstieß er alles in seiner Umgebung, bis endlich die Bombe platze und der Popo Rosalies mit Samen überschwemmt wurde. So genoß der Niederträchtige.

Auf diese Orgien folgte eine kleine Ruhepause. Man umringte Rodin und liebkoste ihn. Die eine wollte ihn durch die Glut ihrer Küsse wieder beleben. Die andere drückte sein Glied und rieb es sanft, während eine dritte sein Arschloch kitzelte, eine vierte ihren schönen Hintern allen Liebkosungen darbot und Fierval sich von ihm das Glied lecken ließ. So viel Sorgfalt brachte ihn richtig wieder ins Leben zurück. »Ihr wollt mich an zu reichlichem Genuß sterben lassen«, sagte Rodin, »nun gut, es sei! Das wäre eine süße Todesart. Ich bitte dich, Celestine, ficke vor meinen Augen mit Fierval und seine Schwester Leonore soll niederknien und dir dabei die Klitoris lecken. Rosalie und Martha sollen mich währenddessen sowohl vorn wie hinten kitzeln. Ich hoffe, daß ich gleichzeitig mit dir fertig sein werde.«

Allein Rodin überschätzte seine Kräfte. Seine Schwester hatte schon sechs Nummern gemacht, ehe sein trauriges Glied sich auch nur halb in dem zur Entladung nötigen Zustand befand.

»Kommt her und leckt mir eine nach der andern das Glied«, sagte er, »und die übrigen empfindlichen Stellen des Körpers, so daß ich nur infolge von Zungenspitzen entlade.« Der Gedanke war wohl gut, allein Rodin hatte nicht erwogen, wieviel Zeit seine Ausführung in Anspruch nähme. So dauerte es eine Stunde, die unter Beißen, Saugen und Lecken verging, bis die Natur ihn endlich beglückte und er in den Mund seiner Tochter entladen konnte.

»Wenn es etwas Süßes in der Welt gibt, dann ist es die Wollust«, sagte Rodin, nachdem er ruhig geworden war. »Gibt es eine Leidenschaft, die mehr beglückt? Sie entzündet die Fackel der Vernunft, sie gibt dem Menschen Tatkraft. Sie beherrscht eine Seele, die sie einmal erfaßt hat, so sehr, daß nichts anderes mehr darin Platz findet. Nichts beglückt so sehr wie sie. Geben wir uns ihr daher mit vollem Herzen hin und hassen wir alles, was nicht mit ihr zusammenhängt oder sie bekämpft.«

Nunmehr äußerte der junge Fierval den heftigen Wunsch, Rosalie zu ficken. »Steck ihn ihr doch hinein, Dummkopf«, rief Rodin aus, »es scheint so, als ob du fürchten würdest, dich deinen Begierden hinzugeben. Komm, ich will sie dir halten, denn ich liebe es, ihren Zuhälter zu spielen. Du, Schwester, kitzle ihm den Popo, und du, Martha, laß ihn deinen hübschen Hintern küssen. Wir müssen diesen herzigen kleinen

Engel mit Vergnügungen überhäufen.« Und so mußte Rosalie nochmals standhalten; sie, die nur für die Tugend atmete und die nur ihr Glück im Kloster bei Gott gefunden hätte.

Fierval brauchte nicht lange. Er entlud bald, und Rodin, der seine Tochter auf den Knien gehalten hatte, beugte er sich nun nieder, um das Glied des jungen Mannes so zu lecken, wie es aus dem Popo seiner Tochter herausgekommen war. Da er sich aber dabei wieder aufregte, bearbeitete er abwechseln Leonore und seine Tochter von hinten und küßte dabei Fiervals Hintern. Celestine und Martha peitschten ihn dabei nacheinander aus, bis er endlich in den entzückenden Popo seiner Tochter entlud.

Der wackere Erzieher begab sich nun zu Tisch und Justine hatte jetzt Muße, über das, was sie gesehen hatte, nachzudenken. »Oh mein Gott!« rief sie aus. »Bin ich geboren, um immer nur inmitten von Verbrechen und Niederträchtigkeiten zu leben?«

Man kann jedoch daran nicht zweifeln, daß, wenn sie nicht in so inniger Freundschaft an Rosalie gehangen hätte, sie sofort die Flucht ergriffen hätte. Aber die Hoffnung, ihre junge Genossin mit retten zu können, gab ihr Geduld, auszuharren.

Unsere Heldin befand sich seit ungefähr vierzehn Tagen bei Rodin, als dieser eines Morgens, brennend vor Begierde, bei ihr eintrat. Nach einigen allgemeinen Redensarten sprach er sein Begehren aus. Da er aber wenig daran gewöhnt war, lange Einleitungen zu machen, faßte er bald Justine um den Leib mit der Absicht, sie aufs Bett zu werfen. »Lassen Sie mich los, mein Herr«, sagte dieses tugendhafte Mädchen, »lassen Sie mich oder ich rufe das ganze Haus als Zeugen für Ihre beabsichtigte Niederträchtigkeit zusammen. Wie begründen Sie Ihre Ansprüche auf mich? Ich mache mich doch hier im Hause nützlich und betrage mich derart, daß ich nichts von Ihnen befürchten zu müssen glaube. Wohl bin ich Ihnen dankbar, daß Sie mich aufgenommen haben, aber denken Sie daran, daß ich niemals mit einer Ehre lohnen werde.«

Rodin staunte verwirrt über den unerwarteten Widerstand Justines. »Herzchen«, sagte er nach einer Pause zu ihr, »du tust nicht recht daran, mir gegenüber die Vestalin zu spielen. Ich glaubte einiges Anrecht auf dein Entgegenkommen zu besitzen. Aber schön, dein Wille geschehe, nur verlasse mich nicht wegen einer solchen Bagatelle. Ich bin glücklich darüber, ein keusches Mädchen in meinem Hause zu haben. Da du im gegenwärtigen Fall so viel Tugend bezeugst, wirst du es hoffentlich auch in anderen Fällen tun. Du wirst dir dabei noch viel mehr meine Zuneigung gewinnen und ich bitte dich inständig, uns nicht zu verlassen.«

»Ich könnte hier nicht glücklich sein, mein Herr«, erwiderte Justine. »Man würde eifersüchtig auf mich werden und ich müßte dann doch weg.« – »Fürchte dich nicht«, entgegnete Rodin, »die Erzieherin ist dir untergeordnet und meine Schwester liebt dich. Du wirst immer mein Vertrauen besitzen, wenn du nur die nötige Verschwiegenheit bewahrst. Denn es geschehen hier viele Dinge, die deinen Anschauungen nicht entsprächen. Du mußt also alles sehen und hören, ohne auch nur darüber nachzudenken. »Ja, Justine«, fuhr Rodin eifrig fort, »bei aller Ausschweifung werde ich dann neben mir ein tugendhaftes Wesen besitzen, in dessen Arme ich mich wie zu einem Gott stürzen werde, sobald ich meine Leidenschaften befriedigt haben werde.«

»Die Tugend ist also dem Menschen notwendig«, dachte Justine, »da doch selbst der Lasterhafte sich ihrer versichern will.«

Und unser liebenswürdiges Mädchen erinnerte sich der Bitten Rosalies und willigte schließlich gerne ein zu bleiben, da sie auch an Rosalie gute Anlagen zu bemerken glaubte. »Justine«, sprach er, »Sie sollen von jetzt ab nur noch mit meiner Tochter verkehren und ich geben Ihnen vierhundert Pfund als Gehalt.« Eine solche Stellung mußte ein Glück für unsere unglückliche Waise werden, denn sie hoffte, sowohl Vater wie Tochter bekehren zu können.

»Rosalie«, sagte jetzt Rodin zu seiner Tochter, »ich hatte bisher nur den unbestimmten Wunsch, Justine an dich zu binden. Dieser Plan bildet von nun ab das Glück und den Trost meines Lebens. Empfange dieses Geschenk aus meiner Hand.«

Die beiden Mädchen umarmten sich und Justine blieb.

Es vergingen keine acht Tage und schon versuchte sich unser keusches und tugendhaftes Mädchen an der ersehnten Bekehrung. Allein die Verstocktheit Rodins übertraf alle ihre Erwartungen.

»Glaube nicht«, antwortete er ihr eines Tages, »daß die Huldigung, die ich der Tugend durch dich leiste, ein Beweis dafür ist, daß ich sie schätze oder sie dem Laster vorziehe. Diejenigen, die nach meiner Handlungsweise dir gegenüber annehmen würden, daß die Tugend wichtig oder gar notwendig ist, würden in einen großen Irrtum verfallen. Nein. Ich setze mich einer Art Gefahr aus, die Tugend schützt mich davor, so bediene ich mich ihrer. Aber ist sie deshalb weniger unnütz? In einer ganz lasterhaften Gesellschaft würde sie zu nichts taugen. Da aber unsere Gesellschaft leider nicht so beschaffen ist, muß man entweder Tugend heucheln oder sich ihrer bedienen. Täuschen wir uns nicht: Die Tugend ist kein unwandelbarer Wert. Sie ist veränderlich und nur was zu allen Zeiten, bei allen Völkern und in jedem Klima nützlich ist, ist wahrhaft gut. Stete Veränderlichkeit ist kein Zeichen von Größe. Daher rechnen auch die Gläubigen unter die Vorzüge ihres Gottes die Unwandelbarkeit. Die Tugend hat aber nichts von dieser Eigenschaft in sich. Es gibt religiöse Tugenden. Tugenden, die von der Mode, dem Umstand, dem Temperament oder dem Klima abhängen. Die Tugenden in einer Revolutionszeit sind beispielsweise ganz andere wie zu Zeiten einer ruhigen Regierung. Brutus, einer der größten Republikaner, wäre in einer Monarchie gerädert worden. Der unter Ludwig XV. hingerichtete Labarre hätte einige Jahre später vielleicht eine Krone erhalten.

Es gibt im allgemeinen keine zwei Völker auf der Erde, die auf gleiche Art tugendhaft sind. Man muß daher zu seinem Schutz die seines Landes annehmen, aber das beweist noch keinen wirklichen Wert der Tugend. Es gibt überdies Tugenden, die für manchen Menschen unmöglich sind. Lehren Sie einem Wüstling keusch sein, einem Trunkenbold nicht zu trinken, einem grausamen Menschen mildtätig zu sein. Die Natur alle von Ihnen auferlegte Fesseln brechen und Sie werden eingestehen müssen, daß eine Tugend, die die Leidenschaften bekämpft, bloß gefährlich sein kann. Bei den eben angeführten Menschen werden die ihnen zuerteilten Lasten sicherlich zu ihrem Wohlbefinden und ihrer Gesundheit nötig sein. Wenn aber diese Laster nützlich sind, wie können es dann die ihnen entgegengesetzten Tugenden sein. Man wird Ihnen darauf antworten: Die Tugend ist den anderen nützlich und von diesem Standpunkt aus ist sie gut. Denn wenn ich anderen nur Gutes tue, werde ich meinerseits auch nur Gutes empfangen. Hüten Sie sich davor, so zu denken. Für das wenige Gute, das ich von den anderen empfange, leiste ich eine Million von Opfern und Entbehrungen, die mir nicht vergütet werden. Ich mache also ein schlechtes Tauschgeschäft und es ist für mich besser, darauf zu verzichten, anderen ein Glück zu verschaffen, das mir so teuer zu stehen kommt. Bleibt noch das Unrecht, das ich bei meiner Lasterhaftigkeit dem andern zufügen kann und das Böse, das ich meinerseits dann zurückerhalte. Wenn ich einen vollkommenen Kreislauf des Lasters annehme, so begebe ich mich entschieden in eine Gefahr. Allein die dadurch entstehenden Sorgen werden durch das Vergnügen ausgeglichen, andere gefährden zu können, und so würde bald jedermann glücklich sein. Aber – sagen die Dummköpfe – das Laster macht nicht glücklich. Nein, sicherlich nicht, wenn man auf die Tugend eingeschworen ist. Aber ergeben Sie sich einmal nur dem Bösen, vergessen Sie an die Tugend, dann werden Sie an einem Verbrechen nur Freude haben. Ich nehme beispielsweise eine Gesellschaft an, in der die Blutschande ein Verbrechen ist. Diejenigen, die sich ihr hingeben, werden unglücklich sein, weil die öffentliche Meinung, die Gesetze, der Gottesdienst und alles andere sie hindern würde. Diejenigen, die dieses Vergehen versuchen wollten, es aber nicht wagen würden, wären gleicherweise unglücklich: So würde das Gesetz gegen die Blutschande nur Unglückliche schaffen. In der benachbarten Gesellschaft ist aber die Blutschande kein Verbrechen. Diejenigen, die nicht nach dieser Liebeslust begehren, werden nicht unglücklich und diejenigen, die dennoch begehren, werden glücklich sein. Die letztere Gesellschaft wird aber sowohl in diesem Falle wie in allen anderen die dem Menschen vorteilhaftere sein. An der Tugend ist also nichts Gutes und nichts Verehrungswürdiges und diejenigen, die ihren Weg wandeln, dürfen sich darauf nichts einbilden: Sie ist ein Ding, das durchaus von den Umständen abhängt. Das Laster steckt aber im Gegenteil voll Annehmlichkeiten. In ihm liegt das ganze Lebensglück, nur durch seine Glut werden die Leidenschaften entzündet und derjenige, der, wie ich, sich einmal gewöhnt hat, in diesen Anschauungen zu leben, kann keinen anderen Weg mehr einschlagen. Ich weiß wohl, daß diese Anschauungen von Vorurteilen bekämpft werden und daß die öffentliche Meinung manchmal über sie triumphiert. Aber gibt es etwas Verächtlicheres in der Welt als die öffentliche Meinung oder gar die Vorurteile? Voltaire sagte: Die öffentliche Meinung ist die Herrscherin der Welt. Heißt das aber nicht eingestehen, daß sie wie alle Herrscherinnen nur eine auf Übereinkunft beruhende Macht besitzt? Und was liegt mir an der öffentlichen Meinung! Es gibt zwei Dinge: Entweder man verbirgt sie oder man läßt sie mir gegenüber laut werden. Im ersteren Fall widerfährt mir kein Unglück und im zweiten empfinde ich sogar Vergnügen. Ja, zweifellos ein Vergnügen, denn es ist unendlich reizvoll, der öffentlichen Meinung zu trotzen. Aber der Gipfel der Klugheit ist, sie zum Schweigen zu bringen. Man rühmt uns die allgemeine Achtung. Aber, ich bitte Sie, was gewinnt man dabei, wenn man von den anderen geachtet wird? Dieses Gefühl legt dem Menschen Opfer auf, es beleidigt seinen Stolz. Ich könnte vielleicht denjenigen lieben, den ich verachte, niemals aber den, den ich achte. Wir wollen nicht länger zwischen diesen beiden Lebensformen schwanken, von denen die eine – die Tugend – nur zur stupiden Einförmigkeit und Untätigkeit führt, während die andere alles in sich vereinigt, was es Bezauberndes auf Erden gibt.«

Dies war die teuflische Logik, die in den Leidenschaften Rodins lag. Die sanfte und natürliche Beredsamkeit konnte auf diese Sophismen nichts erwidern. Allein Rosalie verabscheute die Greueltaten, denen sie sich unterwerfen mußte, und sie konnte man eher bekehren, wenn man ihr nur erst die obersten Gesetze der Religion beigebracht hätte. Dazu aber hätte man einen Priester ins Vertrauen ziehen müssen, und Rodin erlaubte weder, daß einer ins Haus käme, noch daß Rosalie ohne Begleitung ausgehe. So mußte sie warten, bis sich eine Gelegenheit bieten würde und konnte die Zwischenzeit nur dadurch ausfüllen, daß sie ihre Schülerin belehrte und in ihr die Neigung für die Tugend und die Religion zu erwecken trachtete.

»Oh Fräulein«, sagte sie eines Tages zu ihr, »wie kann der Mensch so verblendet sein und bestreiten, daß er zu einem höheren Zwecke geboren sei. Was gibt es aber auf Erden, das dem Ewigen mehr gefiele als die Tugend, zu der er selbst das Beispiel gibt? Kann der Schöpfer so vieler Wunden andere Gesetze als das Gute haben? Und könnten ihm unsere Herzen gefallen, wenn in ihnen nicht Güte, Wohltätigkeit und Keuschheit die Grundelemente bilden würden? Ich glaube«, fuhr unsere gläubige Waise fort, »dem gefühlvollen Menschen genügt schon die Dankbarkeit, um sein Herz in Liebe für das höchste Wesen schlagen zu lassen. Ist es nicht eine Gnade von ihm, daß wir die Schönheiten des Weltalls genießen dürfen? Und sind wir ihm nicht für eine solche Wohltat zu Dank verpflichtet? Ist es denn nicht süß, zu empfinden, daß man sich dem höchsten Wesen gefällig macht nur dadurch, daß man sich der Tugend hingibt, die uns doch auch schon auf Erden beglückt? Dieselben Mittel, die uns in Stand setzen, mit unserem Nächsten friedlich zu leben, sichern uns die Wiedergeburt im Schoß des Ewigen zu. Ah, Rosalie, wie töricht sind diejenigen, die uns diese Hoffnung rauben wollen. Sie sagen lieber: man täuscht uns, statt zu sagen: wir täuschen uns selbst. Der Gedanke an die Verluste, die sich so vorbereiten, würde sie in ihrer Wollust stören. Es erscheint ihnen weniger schrecklich, die Hoffnung auf den Himmel zu verlieren, als sich dem zu unterwerfen, was sie dorthin bringen könnte. Aber wenn die Leidenschaften in ihnen schwächer werden, wenn der Schleier zerreißt und ihr verderbtes Herz nicht mehr zweifeln kann, dann muß die gebieterische Stimme, die sie in ihrem Wahn nicht beachteten, fürchterlich für sie werden! In diesem Zustand muß man den Menschen beurteilen, um seine Lebensführung zu bemessen. Wir wünschen ihn uns selbst dann herbei; denn er tröstet uns, und von ihm aus kann man alles Übrige ableiten. Wenn es einen Gott gibt, dann verdient er unsere Anbetung, und die Grundlage für diesen Gottesdienst ist unwiderleglich die Tugend.«

So wurde die gottesgläubige Rosalie bald zur Christin, und bloß die einzige Frage blieb unbeantwortet: wie man zur Theorie die Praxis hinzufügen könnte. Rosalie trug mit Ekel die Fesseln, die ihr Rodin auferlegt, aber sie wußte, daß mit ihm nicht zu spaßen war. Auch zeigte er sich unbekehrbar. Keines der religiösen und moralischen Systeme Justines konnte gegen ihn aufkommen. Gelang es ihr jedoch nicht, ihn zu überzeugen, so hatte sie doch wenigstens die Festigkeit, sich auch nicht erschüttern zu lassen.

Denn, während Justine die Tochter des Hauses zu bekehren trachtete, war Rodin seinerseits ständig bemüht, aus Justine einen Proselyten zu machen. In Rodins Hause befand sich ein Anstandsort, der ihm dazu diente, die Körper aller derjenigen seiner Schüler betrachten zu können, die er entweder verführen wollte, oder denen gegenüber weiter zu gehen er nicht wagte. Den Schlüssel zu diesem sehr elegant ausgestatteten Kabinett gab man nur denjenigen, deren Reize man kennen lernen wollte. Der Sitz war derart eingerichtet, daß die Person, die darauf saß, ihren ganzen Hinterteil den Blicken Rodins darbot, der bequem in einem anschließenden Zimmer zuschaute. Argwöhnte das Kind etwas und stand es auf, so schloß sich sofort eine federnde Falltür ohne den mindesten Lärm. Sowie es sich beruhigt wieder niedersetzte, öffnete sich wieder die Tür und Rodin konnte mit Leichtigkeit seine Nase bis zum Popo vorstrecken und sehen wie es entleerte. Wenn ihm das, was er gesehen hatte, gefiel, dann wurde es bald zur Auspeitschung und nach der Auspeitschung zur Sodomie verdammt.

Man kann sich leicht vorstellen, daß der Schlüssel zu diesem magischen Kabinett bald Justine in die Hand gegeben wurde und daß unser von dem sich bietenden Anblicke entzückter Hurenkerl von da ab noch energischer auf den Besitz dieser Reize losging. »Oh Himmel, Schwester!« rief er zu Celestine aus, als er wieder einmal eine derartige Besichtigung vorgenommen hatte, »gerechter Himmel! Du kannst dir keine Vorstellung von den göttlichen Reizen dieses Mädchens machen! Nein! Es gibt keinen Popo, der dem ihren ähneln würde. Sie verdreht mir den Kopf, ich bin außer mir. Ich muß sie besitzen, Schwester, koste es was es wolle. Versuche du und verlocke sie. Aber sieh zu, daß du Erfolg hast, sonst würde in mir eine Wut entstehen, die mich zu Ausschreitungen treiben könnte!«

Celestine setzte alles in Bewegung. Allein es vergingen vierzehn Tage, ehe die Sirene eine andere Gewißheit erlangt hätte als die, daß alle ihre Pläne fehlschlugen.

»Du tust sehr schlecht daran«, sagte sie eines Tages zu Justine, »einem gewissen Glück eine ungewisse Hoffnung vorzuziehen. Wie kannst du dir mit deiner Geistesschärfe einbilden, daß die Reinheit der Sitten, von der du hier so viel Aufhebens machst, jemals zu etwas gut ist? Dein Stolz, der einen Augenblick lang etwas Erstaunliches hat, beleidigt so lange deine Mitmenschen, bis sie dich verachten und du wirst bald aus dem Alter heraus sein, wo man gefällt, ohne den mindesten Nutzen aus den kostbaren Gaben gezogen zu haben, die dir die Natur geschenkt hat. Und welches Übel glaubst du zu begehen, indem du deinen Körper dem hingibst, der ihn begehrt? Ist dieses Begehren in ihm nicht ein von der Natur eingeflößtes? Du beleidigst sie, wenn du nicht nachgibst und diese lächerliche Keuschheit, auf die du dir so viel einbildest, ist weiter nichts wie ein verbrecherischer Widerstand gegen ihre Absichten. Ah, glaube mir, mein Engel, die Menschen lieben uns nur nach dem Maßstab der Genüsse, die wir ihnen bieten. Wenn wir sie ihnen verweigern, lassen sie uns laufen, und die einzige Freude, die uns noch bleibt, ist der schwache Stolz, widerstanden zu haben. Sind solche Triumphe aber etwas wert? Oh mein Kind, es gibt nichts Süßeres als die sinnlichen Freuden. Ein Augenblick im Schoß der Liebe taugt mehr als tausend Jahre der Tugend. Gib nach Justine. Auch deine Eitelkeit wird befriedigt werden. Rodin zieht dich allen anderen hier vor. Wiegt dieser süße Sieg der Eigenliebe nicht alle der Tugend gewidmeten Entbehrungen auf? Aber willst du mir vielleicht von der Selbstbefriedigung sprechen? Ah, Justine, welch ein trauriger Genuß ist das! Wie tief steht diejenige, die darin ihre Freude sucht, unter dem Wesen, das seine Glückseligkeit nur im Schoß der Ausschweifung findet. Koste doch einmal von den Vergnügungen, gegen die sich deine Vorurteile erheben, und du wirst ohne sie nicht mehr bestehen wollen. Mein Bruder betet dich an. Er würde alles für dich tun. Vergißt du denn, was er bereits getan hat? Ist es nicht die erste Aufgabe einer gefühlvollen Seele, dankbar zu sein? Du vernachlässigst diese heilige Pflicht, Justine, wenn du dich deinem Wohltäter entziehst.«

Allein nichts konnte dieses engelsgleiche Wesen überzeugen. Sie fuhr so lange fort, ihren Wirten Widerstand entgegen zu setzen, bis sich der Verbrecher endlich zu einer höllischen List entschloß, wie sie nur seinem niederträchtigen Gehirn entspringen konnte.

Mittels eines Loches, das er in eine Mauer von Justines Zimmer gebohrt hatte, konnte er bemerken, daß dieses reizende junge Mädchen in den Tagen der großen Hitze nackt zu schlafen pflegte. Rodin ließ nun rasch und im Geheimen eine Falltüre herrichten, durch die Justines Bett in das höher gelegene Zimmer gehoben werden konnte. Er begab sich eines schönen Abends in dieses Zimmer und sobald er Justine eingeschlummert glaubte, ließ er die Falltüre spielen. So befand sich unser unglückliches Mädchen ganz nackt und ohne Verteidigungsmittel im wohlverschlossenen, wohlverriegelten Machtbereich des Verbrechers.

»Ah, endlich habe ich dich, Schelmin«, rief er aus und warf sich auf seine Beute, »nun wirst du mir nicht mehr entschlüpfen!«

Im Zimmer waren sechs Kerzen aufgestellt, wodurch der Hurenkerl in der glücklichen Lage war, den vollendeten Körper sowohl küssen als auch sehen zu können. Wir brauchen seinen Zustand nicht weiter zu beschreiben, denn man kann sich leicht sein Vergnügen vorstellen, endlich sein Ziel erreicht zu haben. Trotzdem jedoch konnte er Justines nicht Herr werden. Sie war durch ihre Tugend stärker als er, leicht und behend wie ein Aal entglitt sie seinen Armen und öffnete hilferufend ein Fenster. Man denkt nicht an alles, wenn man geil ist, und so hatte Rodin gerade diese Gefahr vergessen. Das Fenster ging aber gerade nach dem Schlafraum der jungen Mädchen und so konnte ihm diese Nachlässigkeit das Leben kosten.

»Halt ein, Unglückliche!« rief er. »Ich will dir aufriegeln, aber sprich kein Wort. Um Himmels willen, stürze mich nicht ins Verderben!« – »Gut, so öffnen Sie mir die Türe«, sagte Justine, »sobald sie offen ist, höre ich auf zu schreien.« Rodin mußte gehorchen und so wurde nochmals ein Verbrechen abgeschlagen, dessen Ausführung deshalb aber noch nicht aufgegeben wurde.

Nun war der Anstoß für Justine gegeben, das Haus Rodins zu verlassen, und sie hätte sicherlich die Gelegenheit benützt, wenn sie sich damals nicht gerade im wichtigsten Stadium von Rosaliens Bekehrung befunden hätte. Bevor wir hier weitergehen, müssen wir aber ein wenig zurückgreifen.

Justine konnte freier aus und ein gehen wie Rosalie und so fand sie Gelegenheit, ihren Bekehrungsplan einem jungen Priester des Pfarrsprengels mitzuteilen. Abbe Delue, ein eifriger Diener des Herrn, hatte freudig den erhabenen Gedanken aufgegriffen, der Kirche ein sanftes Schaf zurückzubringen, das man ihr entführen wollte. In den ersten drei Wochen nach seiner Begegnung mit Justine fanden auch schon fromme Konferenzen statt, und zwar im Zimmer Rosaliens selbst. Die Absicht Rosaliens war es, eines Morgens in den Schoß der Kirche zu flüchten und ihr ferneres Leben in einem Stifte zu verbringen. Aber der Himmel erlaubte nicht, daß die Jugend nochmals über das Laster triumphiere, eine Unvorsichtigkeit verriet alles und das Verbrechen trat wieder in seine Rechte.

Justine wohnte gewöhnlich nicht den feierlichen Unterrichtsstunden an. Sie stand Wache und warnte, wenn Rodin nahte. Eines schönen Tages glauben sich aber alle drei in Sicherheit und Justine mußte an der Verzückung ihrer Freundin teilnehmen. Unsere drei Engel schwangen sich gerade gemeinsam gegen das Himmelsgewölbe, als der mehr irdischen Dingen zugewandte Rodin mit dem Wunsche eintrat, seine Tochter in den Hintern zu ficken. Er glaubte sie im Bette anzutreffen und hielt schon sein Glied in der Hand, aber wie groß war sein Erstaunen, als er sie zu Füßen eines Priesters und mit einem Kreuz in der Hand sitzen sah. Einen Augenblick lang glaubte er zu träumen. Erschreckt taumelte er bald vorwärts, bald nach hinten, und erst langsam kam er zu sich. »Sie sehen, Schwester, wie man mich verrät«, sagte er zu Celestine, die mit Martha nachfolgte, »es ist leicht zu erraten, Justine, wem ich diesen niederträchtigen Verführungsplan zu verdanken habe. Gehen Sie hinaus, ich will Ihnen nichts nachtragen, denn ich habe Sie so lieb, daß, hätten Sie selbst nach meinem Leben getrachtet, ich Ihnen verzeihen würde. Aber du, Verbrecher«, sagte er und faßte den Kirchenmann beim Kragen, »du unwürdiger Anhänger einer ekelhaften Religion, du wirst mir aus diesem Haus nicht so leicht entwischen, wie du hereingekommen bist. Du wirst in einem Kerker dafür büßen, die philosophischen Wahrheiten, die ich in diesem Hause verbreite, mit deinem unreinen Atem beschmutzt zu haben. Gehen Sie hinaus, Rosalie, gehen Sie zu Ihrer Tante und rühren Sie sich von dort nicht ohne meine Erlaubnis weg.« Nun zerrte er mit Hilfe seiner Schwester und der Erzieherin den Abbe in ein Kellerloch, in das die Sonne noch niemals geschienen hatte, ging dann zu Rosalie und sperrte sie in ein anderes Verließ ein. Hierauf lief er in das Dorf. »Man hat mir meine Tochter entführt«, rief er aus, daß es jeder hörte, »und ich habe Verdacht auf Abbe Delue!« Man eilte nach seiner Wohnung fand den Abbe aber nicht zu Hause. »Nun ist alles klar«, sagte Rodin, »ich hatte bis jetzt nur den Verdacht, nun aber sehe ich fürchterliche Wahrheit. Allein ich habe Schuld, ich habe alles kommen sehen und hätte die beiden schon am ersten Tage auseinanderbringen müssen!«

Alles ging ihm in die Falle. Rodin war durch diese List Herr über den Priester und er öffnete den Kerker bloß, um ihn in eine Gruft zu verwandeln. Den Leichnam Delues nagelte er an die Wand und mit einem eines solchen Ungeheuers wohl würdigen Raffinement brachte er jetzt seine Tochter an diesen Schreckensort. »Ich will, daß du deinen Verführer immer vor Augen haben sollst«, sagte er zu ihr, »bis du dein Verbrechen mit deinem Blute abgewaschen hast.«

So standen die Dinge, als Justine, die sich außer aller Gefahr wähnte, das Unmögliche unternahm, etwas Gewisses über das Los ihrer Freundin zu erfahren; sie benützte jeden Augenblick, den sie sich unbeachtet glaubte, um die entlegensten Winkel des Hauses zu durchstöbern. Endlich glaubte sie im Hintergrunde eines sehr finsteren Hofes Stöhnen zu vernehmen. Sie trat hinzu, aber vor der engen Türe lag ein Haufen Holz. Neue Wehklagen. »Oh Justine! Bist du es ?« – »Ja, Teuerste«, entgegnete diese, denn sie erkannte die Stimme Rosaliens, »ja, es ist Justine und der Himmel schickt sie dir.« Bald erfuhr nun Justine, in welcher traurigen Lage Rosalie sich befände, daß ihr Vater den Abbe ermordet habe, daß sie aber nur an den Messerstichen beurteilen könne, daß Delue viel gelitten habe. »Jetzt komme ich an die Reihe«, fügte Rosalie hinzu, »gestern am Abend kam mein Vater mit dem Dorfarzt herein, mit dem er sehr befreundet ist, und beide haben sich an mir schamlos vergangen. Mein Vater wollte sogar (etwas, was ihm noch nie durch den Kopf gegangen ist), daß ich mich den zügellosen Leidenschaften seines Kollegen hingeben solle, ja, er hielt mich sogar während dieser schauderhaften Szene fest. Es sind ihnen aber auch Worte entschlüpft, die mich an meinem Schicksal nicht mehr zweifeln lassen. Oh Justine, ich bin verloren, wenn es dir nicht gelingt, mich zu befreien. Alles beweist mir, daß diese Ungeheuer mit mir einen ihrer Versuche anstellen wollen.«

»Himmel«, rief jetzt Justine aus, »haben sie derlei schon einmal getan?« – »Ich habe starke Gründe, die dafür sprechen. Wenn elternlose Kinder hier sind …« – »Nun, was dann? Du machst mir Furcht!« – »Sie verschwinden oft, ohne daß man wüßte, was aus ihnen geworden ist. Es ist noch keinen Monat her, daß ein wunderschönes vierzehnjähriges Mädchen auf diese Art verschwand, und ich erinnere mich wohl, daß ich an diesem Tage erstickte Schreie aus dem Kabinette meines Vaters hörte. Am nächsten Tage sagte man, daß sie davongelaufen sei. Einige Zeit nachher geriet eine fünfzehnjährige Waise auf gleiche Art in Verlust und man hörte von ihr nichts mehr. Mit einem Wort, ich zittere, wenn es dir nicht bald gelingt, mich aus diesem Gefängnis zu befreien.«

Justine fragte nun ihre Freundin, ob sie nicht wüßte, wo die Schlüssel zu diesem Keller hingen. Rosalie verneinte, trotzdem glaubte sie nicht daran, daß sie jemand bei sich trüge. Nun suchte Justine danach, aber es war vergeblich und die Stunde des Abschieds nahte, ohne daß sie dem armen Kinde eine andere Hilfe zuteil werden lassen konnte, als ein paar Trostworte und viel Tränen. Justine mußte schwören, am nächsten Tage wieder zu kommen und sie versprach auch, falls sie bis dahin noch keine Abhilfe gefunden hätte, mit ihren Klagen bis zu Gericht gehen zu wollen, um die unglückliche Rosalie um jeden Preis ihrem schrecklichen Schicksal zu entziehen.

Rombeau, der Arzt, speiste gerade mit Rodin zu Abend, als Justine zurückkehrte. Zu allem entschlossen, versteckte sie sich in einem Nebenzimmer und hier konnte sie sich durch das Gespräch der beiden Verbrecher bald von dem Los überzeugen, das ihre Freundin zu erwarten hatte.

»Ich bin verzweifelt«, sagte Rodin zu seinem Kollegen, »daß du bei meiner Rache nicht anwesend warst, denn du kannst dir das Vergnügen nicht vorstellen, das ich dabei empfand.« – »Man konnte dich auch unmöglich schwerer beleidigen ... Deine Tochter zu seinen Füßen! Der Verbrecher! Er wollte ja bloß deine Tochter ficken, du kannst davon überzeugt sein!« – »Ich glaube, daß ich ihm das eher verziehen hätte. Der Niederträchtige! Er hätte sie beichten lassen, sie kommuniziert, er hätte dieses Geschöpf mit einem Wort verdorben.« – »Wie glücklich kannst du sein, daß du sie überrascht hast. Und wie starb er?« – »Ah, das war ein einzigartiges Schauspiel. Martha und meine Schwester halfen mir. Sie leckten und kitzelten ihn, denn ich wollte ihn erschöpft in die andere Welt schicken.« – »Und dann?« – »Dann habe ich ihn gekreuzigt, damit der Diener auf dieselbe Weise stürbe wie der Herr. Während der vier Stunden, während welcher er auf dem Kreuze litt, habe ich ihn nun in jeder Weise gefoltert. Ich habe ihn da gefickt und gepeitscht und habe ihn schließlich mehr als zwanzigmal mit meinem Messer durchstochen. Oh, wenn du nur dagewesen wärest. Aber ich mußte mich beeilen, denn man atmet erst ruhig, wenn man seinen Feind umgebracht hat.« – »Und deine Tochter? Kommt sie nicht auch an die Reihe? Bedenke, wie nützlich ein solches Ding der Wissenschaft werden kann. Bedenke, Rodin, welchen Fortschritt es bedeuten würde, könnten wir an einem eines gewaltsamen Todes gestorbenen fünfzehnjährigen Mädchen die Probe vornehmen. Wir benötigen dazu unbedingt ein junges Mädchen, denn im reifen Alter können wir nichts mehr beobachten. Die Menstruationen zerreißen das Jungfrauenhäutchen und alle Nachforschungen werden ungenau. Deine Tochter ist gerade im richtigen Alter, sie hat noch nicht die Regeln gehabt und ist erst von hinten entjungfert. Ich hoffe, du wirst dich bald entschließen.«

»Teufel, ich bin es«, erwiderte Rodin, »solche nichtige Überlegungen dürfen den Gang der Wissenschaft nicht hemmen. Alle unsere großen Vorgänger haben Versuche in Spitälern angestellt und mein Lehrer sezierte jedes Jahr mehrere Personen, die noch lebten. Mehr als zwanzigtausend Menschen wurden auf diese Weise durch das Opfer von einigen wenigen gerettet. Aber auch alle Künstler haben so gedacht. Als Michelangelo einen Christus natürlich wiedergeben wollte, machte er sich keine Sorge daraus, einen jungen Mann zu kreuzigen und seine Qualen zu benützen. Die erhabene ›Büßende Magdalena‹ des Guido Reni wurde nach einem schönen Mädchen gearbeitet, das seine Schüler vorher auspeitschen mußten. Jedermann weiß, daß sie daran starb, aber was liegt daran. Ist denn der Mord, den das Gesetz fordert, etwas anderes als Hinopferung eines einzelnen, um Tausende zu retten ? Man müßte uns im Gegenteil Dank wissen, daß wir die Natur zugunsten der Menschheit besiegen.« – »Oh der Sieg ist nicht eben groß«, erwiderte Rombeau, »und er wird in den Augen derjenigen kein Verdienst vorstellen die den Kitzel, der durch solche Handlungen hervorgerufen wird, kennen.« – »Das leugne ich gar nicht; denn jeder Schmerz, den ich meinem Nächsten zufüge, bringt meine Samentierchen derart in Aufregung, daß ich ohne meinen Willen einen Ständer bekomme und mehr oder weniger rasch entlade, ohne daß mich jemand dabei berühren müßte. Du erinnerst dich, daß ich neulich ohne jede Berührung fertig wurde, als wir zusammen an dem Knaben arbeiteten, dem wir die rechte Seite öffneten, um die Zuckungen des Herzens beobachten zu können. Unfreiwillig verspritzte ich damals meinen Samen, als ich ihn dabei tötete und du mußt dich noch entsinnen, daß er mir schon wieder stand, ehe ich noch den letzten Tropfen verloren hatte. Aber streiten wir uns nicht länger, da ja einer des andern Neigung wohl kennt.« – »Ich gestehe«, sagte Rombeau, »daß ich dieselbe Erregung empfinde, aber ich begreife nicht den Widerspruch der darin liegt, daß die Natur dem Menschen den Wunsch einflößt, ihre Geschöpfe zu zerstören.« – »Darüber bin ich vollkommen im klaren«, sagte Rodin, »denn die Teile, die bei unserem Zerstörungswerk zerfallen, geben ihr die freudige Möglichkeit, neues zu schaffen.« – »So ist der Mord ein Vergnügen?« – »Ich gehe weiter: er ist eine Pflicht. Er ist eines der Mittel, deren sich die Natur bedient, um uns zu ihrem Ziel zu geleiten.

Nur dadurch, daß wir diesem Leben einen lächerlichen Wert beilegen, ist es möglich, daß man überhaupt über diesen Gegenstand anders denken kann. Nur, weil wir glauben, daß das Leben der Güter höchstes ist, bilden wir uns dummerweise ein, ein Verbrechen zu begehen. Aber das Aufhören dieses Daseins ist nicht mehr ein Übel, als das Leben selbst etwas Gutes ist. Denn wenn nichts stirbt, nichts zerstört wird und wenn nichts in der Natur verlorengeht, sondern sich nur unter anderer Form wieder zusammenschließt, so kann doch nur ein Dummkopf im Morde ein Verbrechen entdecken.«

»Vollkommen richtig«, sagte Rombeau, »aber ich muß gestehen, daß ich fürchtete, du könntest wegen der verwandtschaftlichen Bande, die dich mit diesem Mädchen verknüpfen, zögern.« – »Pah, welche Macht könnte die Bezeichnung ›Tochter‹ über mein Herz besitzen! Du kannst überzeugt sein, mein Freund, daß ich diesem aufgegangenen Samen denselben Wert beimesse, wie dem, den ich in die Scheide einer Hure verspritze. Ich mache mit dem einen nicht mehr Geschichten wie mit dem andern. Außerdem hat man das Recht, sein Geschenk wieder zurückzunehmen, und bei fast allen Völkern hatte der Vater jede Gewalt über seine Kinder. Die Perser, Medier, Armenier und Griechen befriedigten sich an ihnen in ausgiebigster Weise. Die Gesetze Lykurgs, des Musters eines Gesetzgebers, ließen dem Vater nicht nur jedes Recht über seine Kinder, sondern verdammten sogar jene zu Tode, die die Eltern nicht aufziehen wollten oder die mißgeformt waren. Ein großer Teil der wilden Völkerschaften tötet seine Kinder sofort nach der Geburt. Fast alle Frauen Asiens, Afrikas und Amerikas lassen sich die Kinder abtreiben, ohne daß das eine Schande für sie bildete. Cook fand diesen Brauch auch auf allen Inseln der Südsee. Romulus erlaubte den Kindermord. Die Zwölftafelgesetze gestatteten ihn ebenfalls und die Römer konnten bis auf Konstantin ihre Kinder straflos aussetzen oder töten. Aristoteles empfahl dieses sogenannte Verbrechen an und die Stoiker betrachteten es als ein lobenswertes Vorgehen. Es ist heute noch in China gebräuchlich und man findet täglich in den Straßen und Kanälen Pekings mehr als zehntausend von den Eltern getötete oder abgelegte Wesen, auch kann dort ein Vater sich seines Kindes täglich entledigen, wenn es auch erwachsen ist, er braucht es bloß den Richtern zu übergeben. Nach den Gesetzen der Parther konnte man seinen Sohn, seine Tochter, seine Schwester und seinen Bruder töten, ohne daß man der mindesten Strafe ausgesetzt war, aber auch bei den Galliern fand Cäsar diese Sitte. Mehrere Stellen im Pentateuch lassen erkennen, daß der Kindermord bei dem Volke Gottes erlaubt war und

Gott selbst befahl ihn Abraham an. Aber wie? Die Regierung hielt sich ermächtigt, zwanzig- oder dreißigtausend ihrer Bürger an einem Tage hinzuopfern und ein Vater sollte nicht Herr über das Leben seiner Kinder sein können, wenn es ihm gefällt? Welch ein Unsinn und welche Inkonsequenz. Die Herrschaft des Vaters über seine Kinder ist die einzig wahre, sie hat einzig und allein jeder anderen zum Vorbild gedient, aus ihr allein spricht die Stimme der Natur. Beispiele in Hülle und Fülle sprechen dafür. Zar Peter zweifelte nicht an diesem Recht und übte es auch aus. Er erließ eine öffentliche Bekanntmachung, laut welcher jeder Vater nach göttlichen und menschlichen Gesetzen über Leben und Tod seines Kindes frei verfügen konnte, ohne daß es eine Berufung gegeben hätte. Nur in unserem verrohten Frankreich glaubte eine lächerliche und falsche Zärtlichkeit dieses Gesetz abschaffen zu müssen. Nein«, fuhr Rodin fort, »nein, mein Freund, ich werde es nie begreifen, daß ein Vater, der das Leben gegeben hat, es nicht auch ebenso unbekümmert nehmen kann. Ja, ich gehe sogar weiter: Ich bin vollständig davon überzeugt, daß ein Vater und eine Mutter nicht besser handeln können, als wenn sie sich ihrer Kinder entledigen; denn wir haben in der Welt keine größeren Feinde als sie und wir müssen sie zur Seite schaffen, ehe sie uns schaden können. Außerdem vermehren sich die Menschen in Europa zu stark, und auch von diesem Gesichtspunkte ist die Ermordung seiner Kinder eine vorzügliche Handlung. Was sollte mich aber zurückhalten? Die Menschlichkeit? Oh mein Freund, ich kenne keine falschere Tugend. Die Menschlichkeit ist eine Lebensäußerung, die, wenn man sie in dem Sinne ausüben würde, den ihr die Moralisten geben, bald das Weltall in Verwirrung brächte.«*

»Ah«, sagte Rombeau, entzückt von diesen scheußlichen Lebensregeln, »ich stimme dir bei, mein Teuerster. Ich bin von deiner Klugheit begeistert, aber deine Gleichgültigkeit setzt mich in Erstaunen. Ich glaube, du wärest in deine Tochter verliebt.« – »Ich, in eine Frau verliebt? … Ah, Rombeau, ich dachte, du würdest mich besser kennen, du, der meine Neigungen kennt, der wissen müßte, daß ich vor diesem Geschlecht Abscheu empfinde und mich seiner nur zur Wollust und nicht aus Liebe bediene. Die Vorliebe, die ich für einen Popo habe, der Rausch, den ich beim Anblick eines Hintern empfinde, zwingt mich dazu, jedes Wesen zu verehren, das diesen Körperteil wohl ausgebildet hat. Alter und Geschlecht sind dabei Nebensache. Du selbst bildest ja einen lebenden Beweis für meine Behauptung, Rombeau, denn die

* Eine Abhandlung darüber kann man in »Juliette« lesen.

göttliche Form deines Popos verleitet mich dazu, dich von Zeit zu Zeit von hinten zu bearbeiten. Das ist Wollust, aber niemals Liebe. Dieses schlappe Gefühl herrschte niemals in meinem Herzen. Es gibt nur etwas, das mich wahrhaftig befriedigen kann, und das ist der Mord. Ich muß gestehen, das ist der letzte Genuß, den uns der Gegenstand unserer Wollust bieten kann, es ist aber auch der beste. Meine Tochter dient mir jetzt sieben Jahre lang zur Befriedigung, und es ist Zeit, daß sie das Ende meiner Leidenschaft mit dem ihres Lebens bezahlt.« ... Bei diesen Worten zog Rodin sein steifes Glied heraus und gab es Rombeau in die Hand, der alsbald mit dem seinen und Rodins ähnlich verfuhr. »Es scheint mir, als wären wir jetzt in dem richtigen Zustand, unsere Absichten auszuführen. Wir haben beide kolossale Ständer«, sagte Rodin. »Steh doch auf, damit ich deinen Hintern anfassen kann, denn von ihm habe ich nie genug.« Der geile Bock zog bei diesen Worten seinem Freunde die Hosen ab und tastete und schlug und biß während einer Viertelstunde die zutage tretenden Arschbacken. Rombeau antwortete darauf und nun stellten sich die zwei Ekel derart auf, daß einer dem andern das Glied kitzeln und dabei das Arschloch lecken konnte. Rodin konnte sich nicht länger halten. Er beugte seinen Kameraden über ein Sofa, steckte ihm das Glied bis zu den Hoden in den Hintern hinein und rieb ihm dabei die Rute mit allen zehn Fingern.

»Wenn du so sicher wärest, nicht zu entladen, wie ich es bin, (denn wir müssen unsere Kräfte für später aufsparen), würde ich nach jemandem schicken, der dich tüchtig aufregt und wir könnten dann in einer Stunde nach unserem Opfer schauen.« – »Du kannst dich auf mich verlassen«, antwortete Rombeau, »es gibt niemanden in der Welt, der besser seinen Samen beherrscht.« – »Gut, wen willst du haben?« – »Knaben«, antwortete Rombeau, und Rodin zog sein Glied heraus, klingelte und gab Martha seine Befehle.

Justine glaubte, nicht länger verweilen zu dürfen. Sie hatte so lange gezögert, um über das Schicksal Rosalies außer Zweifel zu sein. Jetzt handelte es sich bloß noch darum, ihr zu Hilfe zu kommen. Unsre Heldin eilte davon, entschlossen, ihre Freundin zu befreien oder selbst dabei umzukommen.

»Unglückliche!« rief sie aus. »Wir haben keinen Augenblick zu verlieren ... Die Ungeheuer! ... Du hattest nur zu sehr recht.« Bei diesen hastig hervorgestoßenen Worten drückte sie so gut sie konnte gegen die Türe. Dabei fiel etwas zu Boden, und als sie die Hand danach ausstreckte, fand sie, daß es der Schlüssel war. Hastig öffnete sie, die Freundinnen fielen sich in die Arme und Justine drängte zum raschen Aufbruch. Allein Rosalie wollte ihrer Freundin noch die ganze Scheußlichkeit ihres den Leichnam Delues bergenden Kerkers zeigen und diese unglückliche Verzögerung brachte sie um den Erfolg. Die Zeit verging und … Gerechter Gott! Da waren auch schon Rodin und Rombeau, von der Erzieherin geführt, und in einem Zustand, der deutlich die Art ihrer Vergnügungen erraten ließ, die sie gerade genossen hatten. Rodin ergriff seine Tochter gerade in dem Augenblick, als sie die Schwelle überschritt, die sie in die Freiheit geführt hätte.

»Wohin gehst du?« rief der rasende Rodin aus, indem er Rosalie ergriff und Rombeau sich gleichzeitig Justines bemächtigte. »Ah!« fuhr er gegen diese gewandt fort, »diese Hure hilft dir bei deiner Flucht? … Verbrecherin! Also das sind Ihre tugendhaften Grundsätze? Einem Vater seine Tochter entführen? Und ist das der Dank für meine Güte, daß ich dich damals nicht erdolchte, als ich meine Tochter durch deine Bemühungen zu Füßen eine Priesters sitzen sah?« – »Ich mußte so handeln, wie ich getan habe«, erwiderte Justine in festem Ton. »Wenn ein Vater so grausam ist, seine Tochter ermorden zu wollen, muß man alles benützen, um ein solches Verbrechen zu verhüten.« – »Gut«, sagte Rodin, »also Spioniererei und Verführung: die zwei gefährlichsten Laster bei einem Dienstboten. Gehen wir hinauf, wir müssen über diese Geschichte zu Gericht sitzen.«

Die beiden Verbrecher schleiften bei diesen Worten Rosalie und Justine ins Innere des Hauses zurück. Celestine erwartete sie ganz nackt und empfing sie mit fürchterlichen Flüchen. Martha schloß sorgfältig alle Türen und nun bereitete sich eine unendlich grausame Szene vor.

»Wir wollen ein wenig trinken« sagte Rodin, »ich habe es nicht gerne, mit unbefangenem Kopfe an eine solche Arbeit zu schreiten.« Die Tafel war noch gedeckt und so brauchte man bloß die Pfropfen springen zu lassen. Sechs Flaschen des besten Champagners wurden innerhalb einer Viertelstunde hinuntergegossen. »Noch sechs her«, sagte Rodin zu seiner Schwester, »wir werden sie bei der Arbeit hinuntergießen. Ah, Fräulein Justine«, sagte der Verbrecher, indem er sich dem weinenden Mädchen, das sein Schicksal voraussah, näherte. »So locken Sie also die Tochter von ihrem Vater weg. Sie, die die Vestalin so gut spielen … Würdest du glauben, Rombeau, daß ich alles nur Mögliche getan habe, um dieses Mädchen dranzukriegen und daß es mir nie gelang? Aber jetzt haben wir sie, und ich rate ihr nicht, uns jetzt entschlüpfen zu wollen. Und Sie, kleine Hure«, fuhr er fort, indem er seine Tochter an sich preßte und ihr eine Ohrfeige gab, »Sie lassen sich von dieser Schurkin verführen? … Wir müssen sie beide sezieren, Rombeau, an meiner Tochter werden wir den Versuch mit der Jungfernhaut und an Justine den bezüglich des Herzschlages machen.« – »Mit diesem Hühnchen da mache ich, was man von mir verlangt«, sagte der halb betrunkene Rombeau und preßte grausam die Brüste Justines zusammen. »Die Hure erhitzt mir schon seit langem das Gehirn und seit ich sie kenne, habe ich mir schon zwei oder drei Nummern in Gedanken an sie heruntergewichst.« Unsere beiden armen Kinder standen bald in einem Zustand völliger Nacktheit da. Aber da man Rosalie bereits kannte, richteten sich die Blicke aller auf den schönen Körper unserer Heldin. Celestine näherte sich ihr und umarmte sie. »Himmel, so ein schönes Mädchen!« rief sie aus. – »Nun denn, so kitzeln Sie sie«, sagte Rodin. »Rombeau und ich werden uns darüber gut unterhalten. Ich habe es gern, ein weinendes Mädchen gegen seinen Wunsch zum Entladen zu bringen.« Madame Rodin trug nun die weinende Justine auf ein Sofa und während sie sie mit der größtmöglichen Kunst kitzelte, bedeckte Rodin den Popo dieses schönen Mädchens mit den glühendsten Küssen. Rombeau stand vor dem Paare und küßte gleichfalls von Zeit zu Zeit Justine ab, während Martha im Hintern ihres Herrn herumwühlte, der nebstbei auch seine Tochter mit den Händen betastete.

Celestine triumphierte. Sie hatte so viel Geschicklichkeit angewandt, daß das Vergnügen den Schmerz überwog und unsere Unschuld entladen mußte. »Sie ist fertig geworden, die Hure«, sagte Rombeau, »ich habe es an der Verengung ihres Arschloches bemerkt, denn ich schleckte sie während dieser Zeit.« – »Ganz richtig, meine Finger sind vollständig naß«, sagte Fräulein Rodin und leckte sie ab, bevor sie Justine einen Kuß gab.

»Mein Kind!« rief jetzt Rodin aus. »Ich bin mit Ihnen sehr zufrieden. Fahren Sie mit Ihrer Liebenswürdigkeit gegen uns fort; vielleicht können Sie durch dieses Betragen mehr gewinnen, als Sie durch Ihre dummen Streiche verloren haben. Ah, Teufel! Wie schön sie in diesem Gemisch von Freude und Schmerz ist!« – »Oh mein Herr, was verlangen Sie von mir«, wehklagte Justine. »Nichts, was wir nicht mit Gewalt durchsetzen könnten und nichts, was nicht Ihr Los mildern würde, wenn Sie es uns freiwillig geben. Jetzt beispielsweise wollen wir, daß Sie meine Schwester mit der Zunge kitzeln. Sie wird sich so aufstellen, daß Sie Ihnen gleichzeitig Popo und Scheide darbietet. Rosalie wird von vorn und sie hinten lecken.« Sie mußten gehorchen; denn wie leicht konnten sich die Wünsche in Befehle verwandeln! Um die Gruppe zu vervollständigen, legte sich Rodin rechts von seiner Schwester und Rombeau links davon hin. Ihre Glieder waren dem Munde Justines und ihre Hintern dem Rosalie erreichbar und beide Mädchen mußten neben Celestine auch an ihnen saugen. Martha lief die Reihe ab, um zu sehen, ob alles richtig arbeitete und um ihre schönen Arschbacken den beiden Wüstlingen der Reihe nach darzubieten. Die mit diesen Dingen vertrautere Rosalie unterwarf sich mit Ergebenheit, während Justine nur unter Seufzern und mit Widerwillen den Befehlen nachkam.

»Ficken wir Justine von hinten«, sagte jetzt Rodin, »du hast keinen Begriff, Rombeau, wie sehr die Schönheit ihrer Arschbacken mein Gehirn erhitzt. Es gibt vielleicht in ganz Frankreich keinen Menschen, der so viele Hintern gesehen hätte, wie ich, aber ich schwöre dir, mein Freund, daß mir keiner untergekommen ist, der schöner, weißer, fester und appetitlicher gewesen wäre, wie der dieser kleinen Hure«, fuhr Rodin fort und bei jedem Lobeswort drückte er einen Kuß auf den gepriesenen Körperteil.

Justine erwartete ihr Todesurteil. Trotzdem warf sie sich vor die Füße ihrer Henker und flehte sie mit den stärksten Ausdrücken des Schmerzes und der Verzweiflung um Gnade an. »Oh nehmen Sie mein Leben«, sprach sie, »aber lassen Sie mir die Ehre.« – »Aber du wirst schuldlos bleiben«, entgegnete Rombeau, »weil wir dich vergewaltigen werden.« – »Zweifellos, von diesem Augenblick an hast du dir keine Gewissensbisse mehr zu machen«, setzte Rodin hinzu und trug sie nach diesen grausamen Trostworten rasch auf das Sofa. »Der wundervolle Popo!« rief er prüfend aus. »Halt! Rombeau, mache eine Faust und schlage auf die linke Arschbacke, ich will auf die rechte schlagen. Derjenige, der den ersten Blutstropfen hervortreiben kann, darf sie als Erster in den Hintern ficken. Rosalie, kommen Sie hierher, knien Sie vor Rombeau nieder und lecken Sie sein Glied, und Sie, Martha, das meine.«

Justine lag in den Armen Celestines, die sie unten kitzelte, damit sie die Schmerzen vergäße. Aber Rodin bemerkte es und ermahnte sie rauh: »Lasse sie doch Schmerzen haben«, sagte er, »wir wollen ja nicht, daß sie sich vergnüge, sondern daß sie leide, und du störst unsere Pläne, wenn du ihre Gemütsverfassung änderst.« Nun ging das Schlagen los. Die Hiebe Rombeaus waren kräftig, aber Rodin war gewandter und bei dem dreißigsten Fausthieb spritzte schon Blut. »Du siehst, daß ich gewonnen habe«, sagte er. – »Ja«, erwiderte Rombeau, »aber gib acht, daß du nicht entlädst, wir brauchen unsere Kräfte. An deiner Stelle würde ich mich auf ein paar Kleinigkeiten beschränken.«

– »Nein, nein«, rief Rodin hastig, indem er die Arschbacken Justines auseinanderspreizte und seinen Stab hinhielt, der härter wie eine Eisenstange war, »nein, kein Ding der Welt könnte mich jetzt davon abbringen, dieses schöne Geschöpf im Hintern zu ficken. Ich wünsche sie mir schon zu lange, sie muß jetzt drankommen, die Hure.« Und schon sprengte der Kopf seines mächtigen Gliedes das zarte, herzige Arschloch unserer Unglücklichen, das, da es erst ein einziges Mal angegriffen worden war, noch seine ganze Frische hatte. Ein furchtbarer Schrei und eine heftige Bewegung waren die einzigen Versuche Justines, Rodin abzuschütteln, der aber nicht aus seiner sicheren Ruhe zu bringen war. Jetzt packte er das Mädchen bei den Hüften, stieß kräftig zu und verschwand schließlich bis an die Hoden in dem frischen und weichen Popo. »Ah, Teufel!« rief er aus, »ich bin drin. Gott oder seine Saupriester sollen mich jetzt verhindern, diese Hure zu ficken! Oh, mein Freund! Der schöne Popo ... wie heiß er ist und wie eng! Rombeau!« fuhr er fort, »ficke du meine Tochter von hinten, aber stelle dich so auf, daß ich euch sehen kann und dabei deinen Popo betasten kann. Martha soll uns beide auspeitschen.« – »Halte einen Augenblick ein«, sagte Rombeau, »ich habe einen anderen Wunsch. Justine soll sich auf alle viere stützen, den Popo in die Luft stecken und deine Schwester soll sich derart an ihr festhalten, daß die beiden Arschlöcher sich gegenüber stehen. Wir zwei wollen beide abwechselnd benützen. Martha soll nach deinem Befehl handeln!«

»Bei allen Saugöttern des Christentums«, fluchte Rodin, nachdem sie den Versuch gemacht hatten, »keine Art zu ficken ist so gut wie diese hier. Aber wir können noch mehr Vergnügen erreichen. Martha und meine Schwester sollen sich ebenfalls so aufstellen, das wird unseren Genuß verdoppeln.«

So vergnügten sich unsere Schweinekerle eine Stunde lang und sie drehten die Weiber mit einer solchen Geschwindigkeit, daß sie für die Flügel einer Windmühle hätten gehalten werden können. Sie blieben auch fernerhin bei der Bezeichnung für diese Gruppe, die wir jedermann aufs Wärmste empfehlen können.

Endlich hatten sie davon genug. Sie waren jetzt so aufgeregt, daß aus ihren Augen Flammen sprühten. Ihre an den Bauch gepreßten Glieder schienen den Himmel zu bedrohen. Rodin gab sich hauptsächlich mit Justine ab. Er küßte, zwickte und schlug sie und wußte nicht, was er alles erfinden sollte, um sie abwechselnd zu liebkosen und zu peinigen. Schamhaft, wie wir von Natur aus sind, müßten wir erröten, wenn wir die Schändlichkeiten beschreiben wollen, die er beging.

»Du siehst, meine Gute«, sagte er endlich zu Justine, »daß man auch bei den Schweinehunden noch etwas gewinnen kann. Deine Ehre ist dir gewahrt. Weniger tugendhafte Wüstlinge hätten sie dir vielleicht geraubt, wir haben sie geschont. Weder Rombeau noch ich haben auch nur den Wunsch, sie anzugreifen, aber dein Popo, dieser herrliche Popo wird oft durchbohrt werden. Er ist so frisch, so schön geformt, so hübsch!« Und bei diesen Worten küßte ihn der Schuft und steckte einige Male sein Glied hinein.

Nun begannen aber die Hauptschlager. Rodin ergriff seine Tochter und aus seinen wilden Blicken konnte sie ihr Todesurteil lesen. »Oh Vater«, rief die Unglückliche weinend aus, »was habe ich getan, daß mir ein solches Los zuteil wird?« – »Was du getan hast?« entgegnete Rodin, »kannst du noch fragen? Sind deine Verbrechen noch nicht schwarz genug? Du hast einen Gott kennen lernen wollen, du Hure, als ob es für dich einen anderen gäbe als meine Wollust und meinen Schwanz!« Bei diesen Worten ließ er sich sein Glied küssen und rieb ihr damit das Gesicht und den Popo ab. Er ohrfeigte sie, beschimpfte sie und fluchte wie nur ein Verbrecher fluchen kann; während Rombeau sich an den Arschbacken Justines rieb und seinen Freund anfeuerte. Nun wurde die arme Tochter Rodins auf einen schmalen, auf zwei Füßen stehenden Ring gesteckt und ihre Glieder an vier von der Decke herabhängenden Seilen so angebunden, daß sie so weit als möglich auseinandergespreizt waren. Celestine mußte sich zwischen den Schenkeln des Opfers, mit dem Popo dagegen, aufstellen. Martha sollte die Aufsicht übernehmen und Rombeau wollte Justine im Hintern ficken. Der teuflische Rombeau, der sah, daß der Kopf Rosaliens ohne Stütze zur Erde herabhing, machte den Vorschlag, ihn auf seinen Popo legen zu dürfen, so daß er bei jedem Stoß, den er gegen Justine ausführte, wie ein Ball auf einem Fangnetz hüpfte. Dieser Gedanke ergötzte unseren grausamen Rodin ganz ungeheuer, der seinerseits wieder neue Qualen für seine unglückliche Tochter ausdachte. Das Ekel fickte seine Schwester von hinten und stieß dabei mit einem Skalpell nach dem armen Opfer, das heftige Schreie ausstieß! Nun öffnete er vor den Augen Rombeaus, der mit seiner Stute herbeigeeilt war, den Unterleib, zerteilte und zerschnitt und legte schließlich während des Fickens sowohl den Muttermund, wie alles, was drum und dran hängt, auf einen Teller. Die Verbrecher zogen ihre Glieder aus den Hintern heraus und begannen mit der Operation. Die erlöschenden Augen Rosaliens wandten sich kraftlos gegen ihren Vater, wie wenn sie ihm seine Grausamkeit vorwerfen wollten. Aber dringt denn die Stimme des Mitleids in eine solche Seele? Der grausame Rodin streckte sein Glied statt aller Antwort in die Wunde, denn er liebte es, sich mit Blut zu befeuchten. Rombeau feuerte ihn eifrig an, während Martha und Celestine in fröhliches Gelächter ausbrachen. Nur Justine wagte es, ihre unglückliche Freundin zu beklagen und zu beweinen. Allein man widersetzte sich bald ihrem Wehklagen, mißhandelte sie und schließlich forderte Rodin als Strafe von ihr, sie möge sein mit Blut besudeltes Glied lecken. Dann ließ er sie mit dem Kopf über der Wunde festhalten, peitschte sie in dieser fürchterlichen Stellung aus und ließ sich selbst dabei züchtigen. Jetzt aber konnte er sich nicht länger halten. Er hatte gerade noch Zeit, sich in den Popo Justines zu stürzen, die derart aufgestellt war, daß Rosaliens Kopf zwischen ihren Beinen steckte und der seinige sich auf die blutende Wunde stützen konnte und dann entlud er. Rombeau folgte im Hintern Celestines nach und unsere beiden Verbrecher sanken erschöpft in die Lehnstühle.

Jedoch Rosalie lebte noch und Justine wagte es, für sie zu bitten. »Dumme Gans«, sagte Rodin, »du siehst doch, daß sie nicht mehr aufkommen kann.« – »Oh mein Herr«, erwiderte zitternd Justine, »vielleicht bei sorgfältiger Pflege … Was hat Ihnen denn die Unglückliche getan?« – »Versetzen wir uns rasch in erregten Zustand!« stieß Rombeau hervor, indem er die Brüste Marthas grob anfaßte, »denn diese zwei Huren betäuben mich; die eine durch ihr Schreien und die andere durch ihr Gnadengewinsel.« – »Gut, trinken wir diese sechs Flaschen Champagner aus«, sagte Rodin, »und Martha und Celestine sollen uns kitzeln.«

Die Handlung begann von neuem. »Und was werden wir nachher machen?« fragte Rombeau, der durch die Anstrengungen Marthas und durch den Champagner anfing, einen Ständer zu bekommen. – »Was wir machen werden? Folgendes«, antwortete Rodin, »wir werden Justine an den Leichnam ihrer Freundin anbinden. Du wirst sie lebend sezieren, mich dabei im Hintern ficken und ich will mich über ihren Mund beugen, um ihren letzten Seufzer aufzufangen …« – »Nein«, sagte jetzt Rombeau, »ich habe einen besseren Einfall, womit wir Justine strafen könnten. Das Vergnügen, ein Weib zu töten, ist bald vorüber, sie leidet nicht mehr, wenn sie tot ist und uns bleibt nur noch die Erinnerung an das genossene Vergnügen. Machen wir es besser«, fuhr Rombeau fort, indem er ein Eisen ins Feuer legte, »strafen wir sie denn genügend, wenn wir ihr das Leben rauben? Nein, zeichnen wir sie, verbrennen wir sie. Dieses demütigende Zeichen wird sie entweder an den Galgen bringen oder sie den Hungertod sterben lassen. Jedenfalls aber wird sie bis zu ihrem letzten Atemzug leiden und unsere Wollust wird durch diese Verlängerung der Qualen nur gewinnen.« Wie gesagt, so getan. Rodin ergriff Justine, und der scheußliche Rombeau preßte das glühende Eisen auf ihre Schulter, mit dem man die Diebe zeichnet. »Jetzt soll sie sich unter die Leute wagen«, sagte das Ungeheuer, »dieser belastende Buchstabe wird uns rechtfertigen, daß wir sie so rasch und geheimnisvoll weggeschickt haben.« – »Gut«, sagte Rodin, »wir sind aber wieder geil, wir müssen uns vorher noch an ihr befriedigen. Begehen wir noch zu guter Letzt einige Greueltaten.« Ein ungeheures Rutenbündel fiel dabei dem Barbaren in die Hände, der folgendermaßen fortfuhr: »Du nimmst sie auf deine Schultern, denn ich will sie auf deinem Rücken auspeitschen. Von Zeit zu Zeit will ich die Schläge auch auf deine Arschbacken fallen lassen. Meine Schwester soll dich währenddessen lecken und Martha wird mir die Schläge zurückgeben, die ich an euch beide verschwende. Die Qualen Justines sollen durch einen Arschfick endigen.« Man begann. Rodin schonte nichts und bald rannen Blutstropfen vom Popo unserer Heldin und denen Rombeaus herab, was in ihm einen unsagbaren Kitzel verursachte. Jetzt komme ich dran«, sagte dieser Schuft, »aber ich will, daß sie anders aufgestellt sei. Ich will ihre Scheide auspeitschen, ihre Schenkel, ihren Bauch, mit einem Wort, ihr ganzes verabscheutes Vorderteil.« – »Oh Teufel, warum ist mir dieser Gedanke nicht gekommen? Ich bin ganz verzweifelt darüber, daß er mir nicht zuerst einfiel!« Diese neue Schandtat wurde ausgeführt und der ganze Vorderteil unserer Heldin wurde, ebenso wie Rodins Hintern, grausam zerfleischt, während Martha ihm das Glied leckte. Justine wurde nunmehr auf ein Sofa gelegt und die beiden Freunde verspritzten in ihren Popo die letzten Zeugen ihrer Geilheit, während sie von Martha und Celestine ausgepeitscht wurden. Jetzt wandte Rosalie ihre sterbenden Augen Justine zu und hauchte ihre Seele aus. Die Ungeheuer stürzten auf den Leichnam hin, betrachteten ihn noch einmal, griffen ihn noch einmal ab und der grausame Rodin biß wollüstig in das noch zuckende Fleisch hinein. Schließlich wird der Leichnam im Garten in ein Loch verscharrt, neben dem sicherlich zahlreiche andere Opfer der verbrecherischen Leidenschaften Rodins ruhten. Justine kleidete man wieder an, führte sie an den Rand des Waldes zurück und überließ sie ihrem bösen Stern, nachdem man ihr die Gefahren vorgehalten hatte, denen sie ausgesetzt wäre, wenn sie in ihrem jetzigen Zustand ihre Peiniger beschuldigen würde.

II. Buch

Erlebnisse im Kloster

Ein anderes Wesen als die zitternde Justine hätte sich wenig um diese Drohung geschert; sobald es ihr möglich war, zu beweisen, daß, was sie erduldet, über sie von keinem Gerichte verhängt worden war, was hatte sie zu fürchten? Aber ihre Schwäche, ihre natürliche Furchtsamkeit, alles dies betäubte sie, erschreckte sie. Sie dachte nur mehr an Flucht. Außer dieser beschämenden Marke, einige Spuren der Rute, welche Dank der Reinheit ihres Blutes bald verschwinden würden, und einiger sodomistischer Angriffe, welche, von gewöhnlichen Gliedern ausgeführt, sie nicht verunstalteten, hatte unsere Heldin, als sie achtzehn Jahre alt, von Rodin fort ging, nichts verloren, weder von ihrer Tugend, noch von ihrer Frische, noch von ihren Kräften. Sie trat in jenes Alter, wo die Natur eine letzte Anstrengung zu machen scheint, um die zu verschönern, welche ihre Hand für die Lust der Männer bestimmt hat. Ihre Taille hatte bessere Formen, ihre Haare waren dichter und länger und ihre Haut frischer und appetitlicher. Ihr Busen, geschont von diesen Leuten, welche für diesen Körperteil wenig Interesse hatten, war wohlgeformter und runder. Sie war ein entzückendes Wesen, wohl geeignet, bei einem Wüstling die heftigsten außergewöhnlichsten und schamlosesten Begierden zu erregen.

So machte sich Justine, mehr aufgeregt und bekümmert als körperlich mißhandelt, am selben Abend auf den Weg. Aber ohne Führer und da sie niemanden fragte, kam sie immer wieder um Paris herum. Am vierten Tage ihrer Reise war sie erst nach Lieursaint gekommen. Da sie wußte, daß diese Straße sie nach dem Süden führte, beschloß sie, ihr zu folgen und so diese entlegenen Länder zu erreichen, überzeugt, daß sie nur an den Grenzen Frankreichs den Frieden und die Ruhe erlangen würde. Welcher Irrtum! Wie viel Kummer stand ihr noch bevor!

Was sie auch immer bis jetzt ausgestanden, ihre Tugend wenigstens war ihr geblieben; einzig das Opfer zweier oder dreier Wüstlinge, konnte sie sich, da es entgegen ihrem Willen geschehen, noch immer unter die anständigen Mädchen zählen; sie hatte sich nichts vorzuwerfen, ihr Herz war rein, sie war darauf stolz. Und dafür erreichte sie die Strafe. Sie trug ihr ganzes Vermögen bei sich, ungefähr fünfhundert

Francs, ihr Verdienst bei Bressac und bei Rodin. Sie war froh, wenigstens dies sich noch gerettet zu haben und hoffte, mit Sparsamkeit und Einfachheit so lange auszulangen, bis sie eine Stelle gefunden; sie hoffte, sie immer verbergen zu können, und trotzdem ihr Brot zu verdienen. Voll Hoffnung und Mut folgte sie ihre Straße bis Sens, wo sie sich einige Tage ausruhte. Vielleicht hätte sie in dieser Stadt etwas Passendes gefunden, aber gezwungen, sich möglichst zu entfernen, machte sie sich wieder auf den Weg, um in der Dauphine ihr Glück zu versuchen. Sie hatte viel von diesem Land sprechen gehört, und glaubte dort ihr Glück zu finden. Wir werden sehen, was für eines ihr aufgespart war.

Am Abend des ersten Tages, sechs oder sieben Meilen von Sens, ging Justine ein wenig abseits des Weges und setzte sich einen Moment an den Rand eines großen Teiches, dessen Umgebung ihr Schatten zu spenden schien. Die Nacht begann ihre Schleier zu senken und unsere Heldin, die wußte, daß sie nur mehr eine kleine Strecke zu ihrem Nachtquartier hatte, beeilte sich nicht, die süße Einsamkeit ihres Nachdenkens zu unterbrechen, als sie plötzlich zehn Schritte von ihr einen größeren Gegenstand ins Wasser fallen hörte. Sie wendete ihre Augen und bemerkte, daß dieser Gegenstand mitten unter dichtem Gestrüpp lag, zu dessen Fuß die Wasser des Teiches fluteten; weder sie noch der Täter konnten sich sehen. Ihre erste Bewegung war zu dem sinkenden Gegenstand; sie bemerkte, daß er nicht sofort sank, sondern langsam, und glaubte Schreie zu hören; überzeugt, daß sich in dieser Art Korb ein lebendes Wesen befinde, folgte sie dem Triebe der Natur. Ohne Rücksicht auf die Gefahr, stürzt sie sich in den Teich und es gelingt ihr, ohne den Boden zu verlieren, den Gegenstand, den der Wind zu ihr hintreibt, zu erfassen. Sie kehrt ans Ufer zurück und zieht die kostbare Last nach; eilig packt sie an. Großer Gott, es ist ein Kind, ein entzückendes Mädchen von achtzehn Monaten, nackt, geknebelt, welches ihr Henker wahrscheinlich hoffte zugleich mit seinem Verbrechen in den Hüten des Teiches zu begraben. Justine beeilt sich, die Bande zu zerreißen, sie läßt das kleine Mädchen atmen, und es streckt seine kleinen, furchtsamen Hände gegen seine Wohltäterin aus, wie um sich bei ihr zu bedanken. Gerührt umarmte Justine die reizende Unglückliche. »Armes Kind«, sagt sie, »bist du auf die Welt gekommen gerade, so wie die unglückliche Justine, nur um den Kummer, niemals die Freude kennen zu lernen? Vielleicht wäre der Tod das beste für dich gewesen. Ich leiste dir vielleicht einen schlechten Dienst, indem ich dich aus dem Schoß der Vergessenheit ziehe und dich wieder ins Unglück und in die Verzweiflung zurückführe; wohlan, ich werde diesen Fehler gutmachen und dich nie verlassen, wir werden zusammen die Dornen dieses Lebens pflücken; sie werden uns zu zweit weniger spitzig vorkommen und mit vereinten Kräften werden wir sie zu zweit leichter vermeiden. Gütiger Himmel, ich danke dir für dieses Geschenk, es ist eine heilige Gabe, für das mein Gefühl dir immer dankt; glücklich, es gerettet zu haben, werde ich für sein weiteres Leben, seine Erziehung, seine Sitten sorgen. Ich werde für sie arbeiten, jünger als ich, wird sie mir es im Alter heimzahlen; es ist eine Freundin, welche mir Gott geschickt. Auf welche Weise kann ich dir danken?«

»Das soll meine Sorge sein, du Hure!« schrie ein Mann mit Stentorstimme, und indem er die unglückliche Justine beim Kragen faßte, warf er sie auf den Rasen. »Ja, ich werde dich dafür strafen, dich in Angelegenheiten zu mischen, die dich nichts angehen.« Daraufhin ergreift der Unbekannte das kleine Mädchen, steckt es wieder in den Korb und wirft es wieder ins Wasser. »Du verdienst dasselbe Los, Mistmensch«, sagte der Kerl, »wie dieses Kind, und ich würde nicht zögern, es dir zuteil werden zu lassen, wenn ich dich nicht für grausamere Strafen aufbewahren würde, die mir mehr Vergnügen machen. Folge mir ohne ein Wort; sieh diesen Dolch: Bei der ersten Bewegung steckt er in deinem Busen.«

Wir sind nicht imstande, die Überraschung und das Erschrecken Justines zu beschreiben. Sie wagte es nicht, zu antworten und folgt zitternd ihrem Henker; nach zwei Wegstunden kamen sie zu dem Schloß, welches am Ende eines Tales gelegen, von Hochwald umgeben, ein wildes, düsteres Aussehen hatte. Die Tür zu diesem Hause war so von Gehölz und Gestrüpp verdeckt, daß es unmöglich war, sie zu erraten. Hier trat gegen zehn Uhr nachts, vom Herrn des Hauses geführt, Justine ein. Während das arme Mädchen, in einem Zimmer verschlossen, ein wenig Ruhe sucht vor diesem neuen Schrecken, wollen wir alles das vorausschicken, was zum Verständnis des folgenden notwendig ist. Monsieur de Bandole, ein reicher Mann, einst in hoher Stellung, war der Besitzer des Schlosses. Zurückgezogen von der Welt seit fünfzehn Jahren, gab sich Bandole in dieser Einsamkeit ganz seiner absonderlichen Geschmacksrichtung hin. Wenige Menschen waren kräftiger als Bandole; obwohl er vierzig Jahre alt war, machte er täglich seine vier Nummern, ja in seiner Jugend hatte er es auf zehn gebracht. Groß, mager, von galligem Temperament, besaß er einen schwarzen und widerspenstigen Schwanz von neun Zoll Länge und sechs Zoll Dicke; behaart war er am ganzen Körper wie ein Bär. Bandole, so wie wir ihn jetzt beschrieben haben, liebt die Frauen nur zu seiner Lust; wenn er gesättigt war, konnte sie niemand mehr verachten. Noch merkwürdiger war, daß er sich ihrer nur dazu bediente, um Kinder zu erzeugen und niemals verfehlte er; aber noch merkwürdiger war der Gebrauch, den er von diesen Früchten machte; er zog sie auf bis achtzehn Monate und hierauf wurde der finstere Teich, in welches wir eines ihn haben versenken sehen, ihr gemeinsames Grab.

Diesen bizarren Wahn zu befriedigen, hatte Bandole dreißig Mädchen in seinem Schloß eingeschlossen, im Alter von achtzehn bis zu fünfundzwanzig Jahren, alle von der größten Schönheit. Vier alte Frauen waren beauftragt, dieses Serail zu betreuen, eine Köchin und zwei Küchenmädchen vervollständigten den Haushalt dieses Wüstlings; ein großer Feind aller Schwelgereien im Sinne Epicurs, war er der Ansicht, daß man, um seine Kraft zu erhalten, wenig essen und nur Wasser trinken dürfe, und daß eine Frau, um fruchtbar zu sein, nur gesunde und leichte Nahrung zu sich nehmen dürfe. Deshalb nahm Bandole nur immer eine Mahlzeit, bestehend aus einigen Gemüsen ein, und auch die Frauen erhielten nichts als Gemüse und Früchte; wirklich erfreute sich auch Bandole infolgedessen einer glänzenden Gesundheit und seine Weiber waren entzückend frisch; sie legten wie die Hennen und in jedem Jahr gebar ihm jede wenigstens ein Kind. Der Schweinkerl ging auf folgende Weise vor: In einem eigens dazu hergerichteten Boudoir stand eine Maschine, auf welcher das Weib so festgebunden wurde, daß sie dem Wüstling den Tempel der Venus so weit als möglich öffnete; er begann zu vögeln und sie konnte sich nicht rühren. Dies war nach der Behauptung Bandoles das Wichtigste zur Befruchtung, und nur deshalb ließ er sie binden. Drei- oder viermal im Tag wurde dasselbe Weib auf die Maschine gebunden; hierauf kam sie ins Bett, die Füße in die Höhe, den Kopf tief gelegt. Sei es, daß das Mittel Bandoles wirklich gut war oder daß sein Same eine seltene Fruchtbarkeit besaß, immer hatte er denselben Erfolg. Nach neun Monaten erschien pünktlich das Kind, er zog es bis zu achtzehn Monaten auf, dann ertränkte er es, und es war immer Bandole selbst, welcher dies besorgte; dies schaffte ihm nämlich den nötigen Ständer, um sich neue Opfer zu zeugen. Nach jeder Geburt wechselte man die Frauen, so daß nur die unfruchtbaren blieben. Dadurch waren sie in der schrecklichen Zwangslage, entweder dem Ungeheuer ein Kind zu gebären oder ewig bei ihm zu bleiben. Da sie nicht wußten, was mit ihrer Nachkommenschaft geschah, so konnte Bandole ihnen leicht ihre Freiheit wieder geben, und man brachte sie zurück, woher sie kamen und jede erhielt tausend Francs Schadenersatz. Was Justine anbelangt, konnte er aber nicht daran denken, ihr die

Freiheit wieder zu geben, so viele Kinder sie ihm auch gebären würde, denn sie hatte ihn belauscht und konnte ihn daher verraten. Im Hause selbst konnte Justine, eingeschlossen wie die anderen Frauen, jede für sich nichts ausplauschen. Daher bot nur ihre Freiheit ihm Gefahr und Bandole dachte nicht daran, sie ihr jemals zu schenken; man wird sich leicht vorstellen, daß die Art, seine Wollust zu befriedigen, bei einem solchen Manne viel von der Wildheit seines Charakters an sich trug. Nur an die Befriedigung seiner Wollust denkend, hatte Bandole niemals die Liebe gekannt. Eine der Alten band gerade das Tagesopfer auf die Maschine. Man verständigte ihn hiervon, er ging ins Boudoir, onanierte ein wenig vor ihrer Scheide, fluchte, schimpfte, begann dann zu vögeln, stieß Verzückungsschreie aus und begann im Momente der Ejakulation wie ein Stier zu brüllen, dann ging er hinaus, ohne nur das Weib anzuschauen und wiederholte dies noch drei- bis viermal an demselben Tage mit derselben. Am nächsten Tage kam eine andere an die Reihe und so ging das fort, immer dasselbe: ein langer Koitus, Schreie, Flüche, Samenerguß, immer dasselbe.

Dies war also der Mann, welcher eine Rose pflücken wollte, die zwar durch die grausamen Angriffe des Saint-Florent etwas entblättert, aber durch die lang andauernde Keuschheit wieder erfrischt, sich geschlossen hatte und daher recht wohl noch als die Blume der Jungfernschaft gelten konnte. Bandole gab nämlich sehr viel darauf; seine Agenten hatten den Auftrag, ihm nur Jungfern zuzuführen, sonst wurden sie nicht angenommen. Im übrigen war Bandole für jedermann unsichtbar; ihm behagte nur das zurückgezogene Leben, einige Bücher und Spaziergänge waren das einzige, womit er seine Lust unterbrach. Er besaß Verstand, einen festen Charakter, keinerlei Vorurteile, keine Religion. Despot in seinem Serail, ohne Schamgefühl und Menschlichkeit, verherrlichte er sein Laster. Dies war Bandole, das Grab, welches die Vorsehung für Justine als Belohnung dafür, daß sie dem Scheusal ein Opfer hatte entreißen wollen, gegraben hatte. Vierzehn Tage verflossen, ohne daß unsere Unglückliche von ihren Verfolgern etwas gehört hätte. Eine der Alten brachte ihr die Nahrung und antwortete ihr, wenn Justine sie befragte, kaltblütig. – »Du wirst bald das Vergnügen haben, den Herrn zu sehen, dann wirst du das nähere erfahren.« – »Aber, meine Liebe, wozu bin ich denn da?« – »Zum Vergnügen des Herrn.« – »Oh Himmel, er wird mich doch nicht zu Dingen zwingen wollen, an die zu denken mich schon schaudern macht?« – »Du wirst machen wie die anderen und du wirst nicht mehr zu beklagen sein wie sie alle. – »Die andern? Es gibt also noch welche hier?« – »Gewiß, du bist nicht allein; nur Mut und Geduld!« Darauf schloß sie die Tür.

Am sechzehnten Tage endlich verständigte man Justine. Die Tür öffnete sich und Bandole, gefolgt von einem alten Weib, kam in das Zimmer. »Laß deine Scheide anschauen«, sagte die Alte, und Justine wurde, ohne daß sie sich wehren konnte, gepackt und entblößt. »Ah«, sagte Bandole gleichgültig, »ist das nicht die, die mich überrascht hat, und die daher ewig hier bleiben muß?« – ‚Ja«, antwortete man ihm. – »Wenn dem so ist«, sagte er, »braucht man nicht viel Vorbereitungen. Ist sie noch Jungfer?« – Daraufhin bückte sich die Alte, eine Brille auf der Nase. »Man hat es bereits verletzt«, sagte sie, »aber es ist noch genug eng und frisch, um Vergnügen zu schaffen.« – »Spreize sie auseinander, damit ich selbst sehen kann«, sagte Bandole und das Scheusal, kniend vor der Fut, steckt nacheinander seine Finger, seine Nase und seine Zunge hinein. »Greife ihr an die Hüften«, sagte er zur Alten, aufstehend, »und sage mir, ob du glaubst, daß sie trächtig werden wird?« – »Ja«, sagte die Alte, »sie ist sehr gut gebaut, du kannst mit Bestimmtheit in neun Monaten ein Kind erwarten.« – »Himmel!« rief Justine aus, »man behandelt mich ja wie ein Tier, und womit habe ich das verdient, daß Ihr mich so mißhandelt, welche Gewalt habt Ihr über mich?« – »Hier ist es«, sagte Bandole und zeigte sein Glied; »es steht mir und ich will vögeln.« – »Wie verträgt sich Ihr Verlangen mit der Menschlichkeit?« – »Ja, was ist denn die Menschlichkeit, meine Tochter?« – »Die Tugend, welche dir Hilfe bringen wird, wenn du einmal im Unglück bist.« – »Das ist man nie mit meiner Gesundheit, meinen Prinzipien und einer halben Million Rente.« – »Man ist es immer, wenn man andere unglücklich macht.« – »Sieh einmal«, sagte Bandole, »die räsoniert ja!« Er zog seine Hose wieder an. »Ich will mit dir ein wenig plauschen; zieht euch zurück!« sagt er zu der Alten. »Woher nimmst du, mein Kind«, fragte Bandole, »mir gegenüber, der ich doch körperlich und durch meine Ansichten stärker bin, den Mut, zu solcher Rede?« – »Diese Gaben«, antwortete Justine, »sollten erst recht für sie der Grund dazu sein, die Tugend zu achten und das Unglück zu unterstützen. Ihr seid ihrer unwürdig, wenn Ihr sie nicht so verwendet.« – »Ich will dir sagen, mein liebes Kind, daß diese Denkungsart mir ganz fern liegt; um mit dir so leben zu wollen, müßte ich in deinem Geiste Spuren meiner Neigungen und meines Geschmackes finden, und das ist ja unmöglich. Ich kann dich nur als fremd fühlen und dich nur soweit schätzen, als du mir nützlich bist. Da ich der Stärkere bin, besteht diese Nützlichkeit in der vollständigen Unterwerfung unter meinen Willen.

Der Natur der Dinge folgend, büße ich an dir meine Lust und du hast sie zu ertragen. Die Menschlichkeit, von der du sprichst, ist die Philosophie des Schwachen; die Menschlichkeit besteht nicht darin, andern zu helfen, sondern sich, soweit es geht, auf Kosten anderer zu ergötzen; verwechsle daher nie die Zivilisation mit der Menschlichkeit; die eine ist die Tochter der Natur, übe sie daher aus ohne Vorurteil und du tust das Rechte; die andere ist Menschenwerk und daher ein Gemenge sei aller Leidenschaften und Interessen. Die Natur gibt uns nur das Nützliche und ihr Gefällige ein; immer, wenn wir ihr folgen und ein Hindernis finden, ist es Menschenwerk. Wozu diese Hindernisse beachten? Das kann nur Furcht und Schwäche uns eingeben, niemals aber die Vernunft, denn diese nimmt alle Hindernisse. Wäre es denn vernünftig, daß die Natur uns eine Begierde eingibt und zugleich die Möglichkeit schafft, sie durch dieselbe zu verletzen? Nichts ist so außergewöhnlich wie mein Geschmack; ich liebe nicht die Frauen, die Wollust allein ist mein Ziel; sie zu schwängern und die Frucht, die ich gesät, zu vernichten, ist mein Entzücken. Es gibt nichts, was mich in den Augen meiner Mitmenschen schuldiger machen könnte. Ist das ein Grund mich zu bessern? Keinesfalls! Was schert mich die Achtung und die Meinung der Menschen, was ist diese Chimäre gegen meine Passionen? Was ich verliere, ist ihr Egoismus, was ich gewinne, die höchste Wollust.« – »Die höchste, mein Herr?« – »Gewiß, die süßeste; sie ist um so süßer, je mehr sie sich von der gewöhnlichen Seite entfernt. Nur in der Zerstörung aller dieser Schranken besteht die höchste Wollust.« – »Aber, mein Herr, das ist ja Verbrechen!« – »Welch leeres Wort, mein Kind, es gibt kein Verbrechen in der Natur; die Menschen glauben daran, denn sie haben alles dazu stempeln müssen, was ihren Frieden stört; deshalb kann ein Mann dem anderen Unrecht tun, niemals aber der Natur.« Hier wiederholte Bandole mit verschiedenen Worten alles, was Rodin über den Kindesmord gesagt; er bewies ihr dabei, daß nichts Schlechtes dabei sei, über die Frucht, die man gepflanzt, zu entscheiden, und daß wir über nichts gegründetes Rechte haben. Der Wille der Natur ist erfüllt, sobald die Frau schwanger ist; was kümmert es sie, ob die Frucht reif wird oder noch grün gepflückt wird. – »Oh mein Herr, niemals werden Sie eine Sache mit einem beseelten Wesen richtig vergleichen können.« – »Beseelt!« lachte Bandole. »Sag mir, meine Liebe, was verstehst du darunter?« – »Die Seele gibt mir eine Ahnung von dem belebenden ewigen Prinzip, sie ist die irdische Ausstrahlung der Gottheit, welche uns ihr nähert und durch welche wir uns von den Tieren unterscheiden.« – Hier brach Bandole ein zweites Mal in Lachen aus.

»Höre, mein Kind, ich merke, es verlohnt sich, dich aufzuklären: Es gibt nichts Lächerlicheres als die Behauptung, die Seele sei etwas anderes wie der Körper. Verführt von dieser ersten Einbildung, glauben manche Leute, daß wir bei der Geburt eingepflanzte Ideen mitbringen. So haben sie denn die Seele als etwas vom Körper verschiedenes hingestellt, dem sie gleichzeitig die Herrschaft über den Körper einräumten; trotzdem sie rein körperlich ist, so behaupteten sie blödsinniger Weise, daß die Ideen Früchte der Gedanken sind, trotzdem sie, aus der Außenwelt stammend, diese erst gebildet haben. Jede Idee hat ihre Ursache und so kompliziert es ist, werden wir sie immer finden. Wenn wir daher die Ideen nur aus dem Materiellen schöpfen, wie können wir glauben, daß die Ursache derselben unkörperlich ist? Es gibt keine Ideen ohne Sinne, so wie der Blinde keine Vorstellung der Farbe hat. Nein, Justine, in keinem Moment des Lebens handelt die Seele ohne äußeren Impuls; gekettet an die Materie, aus der wir bestehen, folgend unseren äußeren Eindrücken, fügt sich die Seele, oder besser gesagt, was wir so nennen, inneren körperlichen Ursachen. Wir glauben, diese Seele schiebe, doch sie wird geschoben, vielleicht weil wir das, was sie treibt, für nicht genug mächtig halten, sie in Bewegung zu setzen. Der Irrtum kommt daher, weil wir unseren Körper für tot halten, während er ein empfindsamer Organismus ist, der alles selbst empfindet und uns selbst das Gefühl des ›Ich‹ durch die aufeinanderfolgenden Eindrücke von außen verschafft; nur unsere Sinne verschaffen uns Kenntnis von der Außenwelt, und die Eindrücke, die diese auf unseren Körper durch unsere Sinne hervorruft, formen unser Gehirn und lassen das, was wir Seele nennen, denken und handeln; unser Verstand kann nur über das urteilen, was erkennt und erkennt nichts anderes als was er durch die Sinne in Erfahrung gebracht. Dies alles beweist, daß auch die Seele den Gesetzen der Natur, den Gesetzen des Körpers folgt, mit ihm sich ändert und mit ihm zugrunde geht. Schlafend in der Kindheit, kräftig im reifen Alter, vereist beim Greise. Seine Vernunft und sein Wahnsinn, seine Tugend und sein Laster sind Produkte der Außenwelt und ihrer Eindrücke auf den Organismus. Wie konnte man bei diesen Beweisen, daß Seele und Körper ein und dasselbe sind, glauben, daß der eine untergeht, während die andere ewig lebt! Die Tölpel, welche die Idee einer von den Naturgesetzen unabhängigen Seele konstruierten, die Gesetze der ewigen Umgestaltung leugneten, folgerten aus diesen falschen Ideen, daß auch das Weltall eine Weltseele haben müßte und nannten sie Gott. Alle die Religionen und lächerlichen Fabeln, die aus ihnen entstanden, leben von dieser ersten Widernatürlichkeit. Daher die romantische Idee von Lohn und Strafe nach dem Tod, die widerlichste dieser Ideen. Denn wenn die Seele von Gott stammt, wie kann man sie strafen oder belohnen, da sie ja an den Körper gefesselt und daher nicht frei ist? Nichts ist leichter zu erfassen als die Idee der Vergeltung. Sie hindert den Starken, tröstet den Schwachen. Bedarf es mehr zu ihrer Verbreitung? Überall sind die Menschen gleich, überall haben sie dieselben Schwächen und die gleichen Irrtümer. Der Mensch möchte ewig leben, der Wunsch wird zur Hoffnung, die Hoffnung zur Gewißheit, die Gewißheit zum Dogma. Es war leicht zu erraten, daß die Menschen begierig nach diesem Troste greifen würden. Aber die Sehnsucht nach dieser Chimäre beweist nicht ihre Existenz; wir sehnen uns auch vergeblich nach der Unsterblichkeit des Körpers, warum soll es nicht auch so mit der Seele sein; ist doch die Seele nichts anderes als der Inbegriff unserer Sinne, das Leben, die Vereinigung aller Bewegungen des Körpers, so daß mit dem Tode des Körpers alle Sinne, alle Ideen, endlich auch die Seele stirbt. Wodurch will man uns beweisen, daß diese Seele, die ohne Organe nicht wollen, denken, fühlen, handeln kann, die durch diese Organe lebt, Empfindungen der Freude und des Schmerzes, ja selbst nur Lebensbewußtsein haben wird können, wenn diese Organe zerfallen sind. So stirbt und lebt die Seele mit dem Körper, während des Lebens wird sie von den kleinsten Störungen im Körper berührt, und da will man uns einreden, daß die Seele nach der vollständigen Zerstörung leben, denken und fühlen soll? Welche Lächerlichkeit! Der Mensch gleicht einer Uhr, die, einmal zerbrochen, zu ihrem Gebrauche untauglich ist. Behaupten, daß die Seele nach dem Tode fühlen, denken, sich freuen und leiden sollte, hieße zu glauben, daß eine zerbrochene Uhr weiter die Stunden richtig anzeigen könne. Sei überzeugt, mein Kind, daß nach dem Tode deine Augen nicht sehen werden, deine Ohren nicht hören werden, aus der Tiefe deines Sarges wirst du die Szenen nicht sehen, welche deine Einbildung heute so schwarz sieht, du wirst nicht mehr besorgt sein, was mit deiner Asche geschieht als am Tage deiner Geburt. Sterben heißt aufhören zu denken, zu fühlen, Freud und Leid zu empfinden. Schaue dem Tod mit Ruhe ins Angesicht und gewöhne dich daran, mit Gleichmut an ihn zu denken.« – »Oh, mein Herr«, sagte Justine, »wie traurig sind Ihre Ideen, sind die, welche ich in meiner Jugend empfangen habe, nicht viel tröstlicher.« – »Die Philosophie, Justine, dient nicht dazu, die Schwachen zu trösten, sie hat nur den Zweck, dem Geiste Gerechtigkeit widerfahren zu lassen und jegliches Vorurteil auszumerzen. Auch bin ich nicht ein Tröster, sondern nur wahrheitsliebend.

Wenn ich dich trösten wollte, Justine, würde ich dir wie allen anderen Frauen meines Serails sagen, daß du frei bist, sobald du mir ein Kind geschenkt; ich sage dir dies aber nicht, weil ich dich nicht betrügen will. Du kennst mein Geheimnis und dies hält dich in ewiger Gefangenschaft; du mußt dich also, meine Liebe, schon in dem Sarg sehen, von dem ich vorhin sprach, du wirst niemals die Schwelle der Tür wiedersehen durch welche du eingetreten.« – »Gnade, mein Herr!« – »Justine, komm, es ist genug gesprochen, ich bin aufgeregt, ich will vögeln.« Die Alte wird wieder gerufen, Justine in das Boudoir geführt, man bindet die Unglückliche auf den Schandpfahl und die Alte zieht sich zurück. »Elende Kreatur«, sagt hierauf der alte Faun mit Roheit, »du siehst, was eine gute Handlung einträgt; immer noch ist die Tugend in die eigene Falle geraten und war das Opfer des Lasters. Du hättest das Kind nur ruhig ertrinken brauchen lassen und ich hätte mich nicht um dich gekümmert.« – »Oh, mein Herr, wie konnte ich so ein Verbrechen begehen lassen?« – »Halt's Maul, du Hure, hab ich dir nicht schon bewiesen, daß wir allein zu befehlen haben über das Stück Samen! Wohlan, du Dirne, schenke mir eins und ich werde es vor dir ertränken!« – »Im Namen des Himmels, Herr, habt Gnade; sobald Eure Begierde gestillt sein wird, werdet Ihr mich verachten, mich im Stich lassen, ich werde Euch zu nichts mehr nützen. Und doch kann ich Euch große Dienste erweisen, wenn Ihr mich anderweitig im Hause verwenden wollt.« – »Wozu denn?« sagte Bandole, indem er roh den Busen und die Scham Justines abgriff. »Ein Kerl wie du, ist nur dazu da, gevögelt zu werden und dazu will ich dich verwenden. Der einzige Unterschied ist, daß ich dich noch mehr quälen werde wie die anderen, denn du bleibst dein ganzes Leben hier!« Und damit machte sich Bandole, genügend erhitzt, an die Arbeit. Aber da er, wie alle Philosophen und Freigeister, Vorbereitungen traf, so schleckte er, da er ein Liebhaber der Fut war, zuerst diese, er biß auf den Kitzler und belustigte sich, die Scham mit den Zähnen zu enthaaren. Diese Vorbereitungen waren von verschiedener Heftigkeit, je frischer und hübscher das Objekt war, und da Bandole selten noch so ein schönes wie Justine unter die Hände bekommen, so zerbiß das Scheusal fast ihre arme, kleine Scheide; auch ihr schöner Popo empfing den Eindruck der Zähne des Wüstlings und endlich will das Scheusal zum letzten entschlossen darauf losgehen, als man ihm meldete, daß eine seiner Frauen niederkommt. Es war dies so Sitte, den Sultan zu verständigen, der sich dabei sehr merkwürdig betrug. »Ihr hättet wohl einen Augenblick warten können«, sagte er zur Alten, »ich wollte gerade vögeln, doch Ihr habt den Befehl, mich immer zu verständigen und Ihr habt gut getan. Binde das Mädchen los, es soll mir folgen; bestimmt euch einst zu ersetzen, soll sie ihren Dienst lernen.« Justine, die Alte und Bandole gingen in die Zelle der Gebärenden. Es war ein Mädchen von neunzehn Jahren, schön wie der Tag; sie lag in den ersten Wehen. Bandole und die Alte packten sie und legten sie auf eine Maschine, welche zwar verschieden von dem Vögelapparat, aber mindestens so unbequem war. Das Opfer lag so auf einem Brett, daß Kopf und Füße tief lagen, nur die Hüften waren erhöht. Auf diese Weise mußte die Niederkunft sehr gefährlich sein und gerade das kitzelte den Wüstling. Kaum lag das arme Mädchen auf seinem Schmerzensbette, als sie laute Schreie auszustoßen begann. »Das wird eine schwere Niederkunft«, sagte Bandole, als er sie betastet, »ich kann dir bei der Gelegenheit meine Geschicklichkeit zeigen.« Um sich noch zu überzeugen, steckte er einen Finger in die Gebärmutter der Leidenden. »Sie wird bestimmt große Schmerzen haben«, sagte er mit Freude, »das Kind kommt mit den Füßen voran, wir werden schreckliche Mittel anwenden müssen.« Als nach einiger Zeit dieselben Symptome sich wiederholten, sagte er: »Es gibt kein anderes Mittel, die Mutter muß sterben, wenn ich das Kind retten will; und das letztere mir noch großes Vergnügen bereiten kann, während die erstere mir nichts mehr nützt, wäre ich ein Narr, zu zögern.« So hörte die Unglückliche ihr Todesurteil, denn der rohe Geselle nahm sich keine Mühe, es ihr zu verschweigen. »Mir bleibt nur der Kaiserschnitt übrig.« Er packt seine Instrumente aus und macht sich daran, den Bauch zu öffnen. Er will das Kind ergreifen, es gelingt ihm, aber das Embryo kommt nur in Stücken heraus. »Der Herr hat hier eine glänzende Operation gemacht!« – »Sie ist fehlgegangen«, antwortete Bandole, »und das ist deine Schuld; warum kommst du mich rufen, wenn ich aufgeregt bin. Du weißt, ich kann nichts machen, wenn ich blind bin vor Geilheit; da hast du den Beweis. Das macht aber nichts; geile mich, Justine, und lenke den Strom meines Samens auf die blutigen Reste der Opfer.« – Justine, erschreckt, in Tränen aufgelöst, gehorchte zitternd; nach zwei Angriffen explodierte die Bombe. Es schien, daß der Schweinkerl niemals noch so gut gekitzelt wurde; die Mutter und das Kind sind befleckt von den sprechenden Beweisen seiner Stärke. Hierauf tritt Ruhe ein, erzieht sich zurück. »Man soll das alles begraben und das Mädel an den sicheren Ort bringen; je mehr Geheimnisse sie kennt, desto mehr fürchte ich sie. Ich habe für sie keine Schonung; in den Kerker mit ihr!«

Diese Kerker waren Türmchen, in welchen zwar die Luft sehr gut war, die aber so vergittert waren, daß es unmöglich war, daraus zu entfliehen. Hier begann die empfindsame Justine über ihr Los nachzudenken. »Oh Gott!« rief sie aus. »Wodurch habe ich solche Qualen verdient? Weil ich mich dem Verbrechen widersetze?« Sie war ganz niedergeschlagen, kaum atmete sie noch, ganz ging sie in Schmerz auf. So vergingen einige Tage, ohne daß sie außer der Alten, die ihr die Nahrung brachte, jemanden sah. Eines Abends erschien Bandole und sagte ihr: »Mein Kind, übermorgen wird dir die Ehre meines Bettes zuteil. Wie«, setzte er hinzu, als er eine Bewegung des Schreckens bemerkte, »diese Nachricht erfüllt dich nicht mit Freude?« – »Sie erfüllt mich mit Schrecken. Glaubt Ihr denn, die Frauen können Euch lieben?« – »Mich lieben«, antwortete Bandole, »darüber wäre ich verzweifelt. Der Mann, der eine Frau ganz genießen will, darf nie ihr Herz zu gewinnen suchen, denn so wird er ihr Sklave und sehr unglücklich. Eine Frau ist nur dann köstlich zu vögeln, wenn sie uns von ganzem Herzen haßt, und der Mann, welcher alle Freuden der Wollust genießen will, darf nicht versäumen, sich der Frau möglichst verhaßt zu machen. Glaubst du, daß die Asiaten, so erfahren in der Wollust, nicht wissen, was sie tun, wenn sie ihre Frauen einsperren? Glaube nicht, daß es die Eifersucht ist; es ist nicht zu denken, daß ein Mann fünf oder sechs Frauen auf einmal lieben und daher eifersüchtig sein kann; er tut es nur, um sie dadurch gegen sich aufzubringen, denn er ist überzeugt, je mehr er die Frau schmäht, je mehr sie ihn haßt, desto größere Wollust wird sie ihm bereiten.« – »Und wo ist das Zartgefühl?« – »Was hat das Zartgefühl mit der Liebe zu tun? Vergrößert es das Vergnügen? Nein, im Gegenteil, es vermindert die Empfindung, indem es dem Manne körperliche Schranken setzt zu Gunsten der Moral; das Zartgefühl ist der Schatten der Liebe, die Wollust der Körper. Alle zartfühlenden Liebhaber vögeln schlecht, sie entschädigen die Frau mit schönen Worten. Ich für meinen Teil, wäre ich eine Frau, ich würde es vorziehen, gequält und gut gevögelt zu werden, als täglich schöne Worte zu hören. Also Justine, füge dich drein, als Schwache mußt du nachgeben.« Bandole entfernte sich und ließ die arme Justine in der Erwartung der schrecklichen Vergewaltigung zurück. Sie dachte darüber nach, ohne sich zu Bette zu legen, ans Fenster gelehnt. Da plötzlich hört sie Geräusch in dem Gestrüpp, das ihren Turm umgibt. »Öffne!« ruft man ihr zu, »und habe keine Furcht; wichtige Dinge hat man dir zu sagen.« Justine streckt den Kopf vor und horcht. Auch der Schein einer Hoffnung ist schon köstlich in ihrer schrecklichen

Situation. Man wiederholt dieselben Worte, sie erkennt zu ihrer Überraschung die Stimme Eisenherz' dieses berühmten Räuberhäuptlings, mit welchem sie zugleich die Conciergerie verlassen. »Unglücklicher«, sagt sie zu ihm, »was suchst du in diesem schrecklichen Hause?« – »Wir kommen, eine Frau zu entführen, das ist unser einziger Zweck. Bandole ist ein Kerl wie wir, darum respektieren wir seinen Geschmack und sein Eigentum, aber die Frau, welche uns seine Auguren vor einem Monat entführt, müssen wir haben; sie muß sterben, weil sie uns grausam verraten hat.« – »Habe ich denn nicht dasselbe getan?« sagte Justine, »und werdet Ihr mich nicht auch strafen, wenn ich in Eurer Hand bin?« – »Fürchte es nicht«, sagte Eisenherz, »gib uns die in die Hände, die wir suchen, und wir schwören dir Sicherheit, Schutz und Hilfe zu.« – »Oh Himmel, ihr wollt, ich soll euch eine Unglückliche zum Morde ausliefern?« – »Wenn du uns nicht hilfst, so dringen wir ohne dich ein und du bist unser erstes Opfer.« Da sah Justine ein, daß sie nur auf diese Weise, wenn sie nachgab, allen Gefahren entschlüpfen konnte und vielleicht könnte sie auch für das Weib Gnade erwirken. »Wohlan, ich bin bereit, euch zu helfen.« – »Hast du einen Strick?« – »Nein.« – »Schneide deine Leintücher auseinander, binde sie zu einem Stricke zusammen und wirf ihn uns herunter.« Justine folgte. – »Zieh an!« rief man ihr zu. Eine Feile und eine seidene Leiter waren an den Tüchern angebunden und ein Zettel: Zerschneide mit dieser Feile die Gitter, befestige die Leiter und morgen zwischen zwei und drei Uhr in der Früh steige ohne Sorge herab, wir werden da sein. Chi wird uns die Tür des Hauses zeigen und dafür bekommst du die Erlaubnis, ungehindert fortzugehen, volle Verzeihung und eine Belohnung außerdem. Justine wollte noch einige Einwendungen machen, doch sie war schon allein. Ganz entschlossen, zerfeilt sie die Eisenstäbe, befestigt die Leiter und erwartet mit Sehnsucht die Stunde.

Endlich verkündet sie das Schlagen einer Uhr. Justine steigt auf das Fenster und gleitet auf der Leiter herab, leicht und geschickt, wie sie ist, rasch an dem Fuße des Turmes. »Justine, erkenne mich wieder«, sagte Eisenherz zu ihr und umarmte sie, »hier findest du einen Mann, der dich verehrt, und den du so grausam behandelst. Göttliches Weib, wie groß und schön bist du jetzt? Wirst du immer so grausam sein?« – »Oh mein Herr, beeilen wir uns, der Tag kommt und wir sind verloren, wenn man uns hier sieht« – »Ja, aber wirst du die Türe finden?« – »Gewiß, wenn du mir eines versprichst.« – »Was denn?« – »Das Leben der Unglücklichen, die ihr töten wollt, und meine Freiheit.« – »Deine Freiheit ist dir zugesichert, aber das erste ist unmöglich. » – »O in welche Verlegenheit bringt ihr mich, warum bin ich herunter gestiegen!« – »Der Tag kommt, Justine, du selbst hast es vorhin gesagt, keine Minute ist zu verlieren …« – Justine schritt zitternd voran. – »Hier ist eine Pappel, die mein Zeichen ist«, sagte sie, »und an dieser bin ich vorbei; die Tür muß daher ganz in der Nähe sein.« Eisenherz und seine Genossen fanden sie auch wirklich sehr bald. Sie führten Justine hin. »Ist sie das ?« fragten sie. – »Eine kleine, grüne Tür, ja, das ist sie.« – »Oh meine Herren, laßt mich jetzt fort.« – »Das muß leider sein; wir halten dir unser Wort, hier sind zehn Louis, umarme mich, teures Mädchen. Ich sollte deine Gunst verlangen, nach der ich mich so lange gesehnt und ich könnte dich strafen für ein Verbrechen gegen die Truppe; aber dieser Fehler beruht auf deiner Tugend und ist daher geringer als der, den wir an jener Person rächen wollen, denn sie hat es aus Interesse getan. Wenn wir auch Räuber sind, so machen wir auch Unterschied. Adieu, Justine, trachte glücklicher zu werden, als du bisher warst, und betrachte Eisenherz und seine Genossen stets als deine Freunde.«

»Wie wunderbar sind doch die Wege des Himmels«, sagte Justine, sich entfernend. »Ich will ein Kind von einem Ungeheuer retten, doch ich selbst werde von ihm eingekerkert und er will mich notzüchten. Ich liefere eine meiner Genossinnen der Wut dieser Menschenfresser aus, und dieser Verrat, diese scheußliche Handlung, die ich mein ganzes Leben bereuen werde, verschafft mir Freiheit und Geld und endet meine Sorgen … Göttliche Gerechtigkeit, sprich verständlicher mit mir oder ich beginne an dir zu zweifeln.« Die Unglückliche entfernt sich. Der Tag bricht an, sie sieht den schwarzen Teich wieder und kommt zu dem Wirtshaus, wo sie drei Monate früher übernachten wollte. Sie frühstückt dort und nimmt die Straße nach Auxerre wieder auf. Es war der siebente August und sie war entschlossen, die Dauphine aufzusuchen, wo ihre Phantasie den Frieden zu finden hoffte.

Sie hatte ein Stück Weges zurückgelegt, die Hitze begann sie zu belästigen und sie bestieg eine kleine Anhöhe, um sich in dem Walde dort zu einem erquickenden Schlaf niederzulegen; es ist billiger als in einem Wirtshaus und sicherer als auf einer großen Straße. Sie läßt sich am Fuße einer Eiche nieder und nach einem kärglichen Mahle schläft sie ein. Als die Unglückliche nach einem ruhigen Schlummer erwachte, betrachtete sie mit Vergnügen die schöne Umgebung. Aus der Mitte des Waldes, der zur Rechten sich ausdehnte, glaubte sie einen Kirchturm ins Blaue ragen zu sehen. Süße Einsamkeit, du bist sicherlich die Heimstätte einiger frommer, tugendhafter Einsiedler, welche nur Gott und ihrer Pflicht leben. Sicher wohnen alle Tugenden dort und wenn die Schamlosigkeit der Menschen sie von der ganzen Erde vertreibt, so blühen sie sicher in dieser Einsamkeit und in der Mitte dieser glücklichen Menschen, die dort leben, aufs neue auf. Dieser Blick begeisterte Justine um so mehr, als die Frömmigkeit sie nie verlassen hatte. Sie verachtete die Philosophie und ihre falschen Sophismen, sie hielt sie für Auswüchse der Unzucht und widerstrebte ihnen mit ihrem ganzen Herzen und ihrer ganzen Seele und fand immer die Antwort, die sie für richtig hielt. So oft ihr Unglück sie verhinderte, die Pflichten ihrer Religion auszuüben, so holte sie dies immer wieder mit dem größten Eifer ein. Mit diesen Gedanken beschäftigt, fragt sie ein junges Mädchen von sechzehn bis siebzehn Jahren, welches Lämmer hütet, ob dies ein Kloster sei. »Es ist eine Benediktinerabtei«, antwortete die Hirtin, »bewohnt von sechs Mönchen von berühmter Frömmigkeit und Sittenstrenge. Einmal im Jahr wallfahret alles zu der wundertätigen Jungfrau und erlangt dort die Erfüllung seiner Wünsche. Gehen Sie hin, Fräulein, Sie werden nicht zurückkommen, ohne sich besser zu fühlen.« Eigentümlich bewegt durch diese Antwort, empfindet Justine den heiligen Wunsch, zu Füßen der gnadenreichen Mutter Hilfe zu erflehen. »Ich werde sie sehen!« ruft sie hierauf. »Ich werde sie anflehen, sie, die das höchste Wesen gewürdigt hat, einen Gott zu gehören. Schnell hin zu ihr, jede Zögerung ist eine Sünde. Justine will, daß die Hirtin sie begleitet, sie bittet sie darum, ja, sie bietet ihr Geld an. Umsonst. Das Mädchen sagt, sie könne keinen Augenblick abkommen. »Wohlan«, sagt Justine, »so zeige mir wenigstens den Weg.« Die Hirtin beschreibt ihn und versichert ihr, daß sie genügend Zeit habe, um noch früh am Tage hinzukommen; die Hirtin sagt ihr, daß der Abt der ehrwürdigste und heiligste Mann, sie sehr gut empfangen und ihr alle nötige Hilfe gewähren werde. Er heißt Severino, ist ein Italiener und der nächste Verwandte des Papstes.

Er ist milde, ehrbar und hilfreich. Nach diesen Erkundigungen machte sich Justine auf den Weg nach dem heiligen Asyl, wo ihr süßer Trost winkt. Kaum war sie von der Anhöhe herabgestiegen, als sie den Glockenturm sieht. Nachdem sie durch den Wald geht und keinen Führer mehr hat, glaubt sie, daß die Entfernung zu groß ist, aber nichts kann sie entmutigen. Sie setzt ihren Weg in der besten Hoffnung fort, noch vor Anbruch der Nacht einzutreffen. Keine menschliche Spur sichtbar, der Weg mit Gebüsch übersät, scheint nur wilden Tieren zu dienen. Sie hat schon einen großen Weg zurückgelegt, die Sonne war schon untergegangen, als sie endlich eine Glocke klingen hört. Da belebt sich ihre Hoffnung, sie eilt gegen das Geräusch zu und endlich, nachdem sie noch durch eine enge Schlucht hindurch ist, steht sie vor dem Kloster der heiligen Marie vom Walde. Wenn Justine schon das Schloß von Bandole in Schrecken setzte, um so wilder erschien ihr die Umgebung der Abtei. Sie lag in einem breiten, riefen Tal, von alten Eichen verdeckt, den Blicken der Menschen entzogen. An dem Tore der Kirche läutet sie an. Ein alter Bruder erscheint. »Was willst du?« fragt er sie rauh. – »Kann man nicht den Abt sprechen?« – »Was hast du ihm zu sagen?« – »Eine heilige Pflicht führt mich her; kann ich sie erfüllen? Ich werde mich von allen Mühsalen, die ich ausgestanden habe, um hierher zu kommen, erholen, wenn ich mich zu Füßen des wundertätigen Jungfrauenbildes werfen kann.« Der Bruder entfernt sich und kommt erst nach einer halben Stunde, begleitet von einem zweiten, zurück, denn die Brüder sind beim Nachtmahl. Er stellt seinen Begleiter als Ökonomen Don Clement vor; derselbe kommt, um sich zu erkundigen, ob es der Mühe wert ist, den Abt zu belästigen. Clement, dessen Name mit seinem Aussehen nicht übereinstimmte, war ein Mann von siebenundvierzig Jahren, von gigantischer Figur, mit schwarzem Haar und Bart, finsterem, falschen Aussehen. Er sprach mit rauher Stimme harte Worte: der richtige Satyr. »Was willst du? Ist es jetzt Zeit, zur Kirche zu kommen? Du siehst wie eine richtige Abenteuerin aus; deine Kleidung, deine Verstörtheit und die Zeit, um welche du kommst, verkünden nichts Gutes. Also, was willst du?«

»Heiliger Mann«, antwortete Justine, »die Unordnung meiner Kleidung rührt von dem langen Wege und von der Ermüdung her. Was die Zeit anbelangt, so glaubte ich das Haus Gottes immer offen. Ich komme von sehr weit, voller Inbrunst und Verehrung. Ich möchte beichten, und wenn du mein Inneres kennen wirst, so wirst du urteilen, ob ich würdig bin, mich zu Füßen der heiligen Jungfrau zu werfen.« – »Aber jetzt ist nicht Zeit zur Beichte«, antwortet der Mönch milder, »das kannst du erst in der Früh, und wo wirst du schlafen? Bei uns gibt es kein Hospiz.« Mit diesen Worten verläßt Clement das Mädchen, um, wie er sagt, dem Abt Bericht zu erstatten. Einige Zeit nachher öffnet sich die Kirche, der Abt selbst – Don Severino – nähert sich ihr und ladet Justine ein, einzutreten. Sobald dies geschehen, verriegeln sich die Türen von selbst. Don Severino war ein Mann von fünfundfünfzig Jahren, hübsch, frisch, kräftig gewachsen, ausgestattet wie ein Herkules, dabei zeigten alle Formen eine gewisse Eleganz und Weichheit, welche bewiesen, daß er in seiner Jugend ein schöner Mann gewesen war. Er hatte heute noch schöne Augen, edle Züge und den ehrbarsten und daher auch verführerischesten Tonfall. Seine Nationalität klang nur etwas durch und machte die Sprache noch angenehmer. Justine wurde durch sein Aussehen über den Schreck beruhigt, den ihr der erste Mönch eingejagt hatte. »Meine liebe Tochter«, sagte Severin zart, »wenn auch die Stunde ungewohnt ist, so will ich doch deine Beichte anhören und dann werden wir sehen, ein Mittel zu finden dich ehrbar in der Nacht unterzubringen, damit du in der Früh das Heiligenbild begrüßen kannst, welches dich hierher lockte.« Durch den Chor der Kirche kam ein junger Mann von fünfzehn Jahren, schön wie der Tag, aber so schamlos gekleidet, daß Justine stutzig geworden wäre, wenn sie es bemerkt hätte. Aber ganz versunken in Selbstbetrachtung und in die Prüfung ihres Geistes, bemerkte sie nichts. Der Jüngling zündet die Kerzen an und geht dann in denselben Beichtstuhl, welchen der Abt einnehmen sollte. Justine kniet auf der anderen Seite. Diese Stellung verhindert sie, zu bemerken, was im Beichtstuhl geschieht. Voll Vertrauen entrollt sie ihr Sündenregister, während der Abt den Knaben streichelt, filzt und ihm sein Glied in die Hand gibt, welches der Ganymed streichelt, beutelt, küßt und schleckt. Alles auf Befehl des Mönches, welcher ihm zu der Beichte Justines die entsprechende Tätigkeit anweist. Unsere Fromme beichtet ihre Fehler mit einer solchen Aufrichtigkeit und Wärme, daß sie rasch die Phantasie des Wüstlings, der ihr zuhört, entflammt. Alles teilt sie ihm mit, auch das Schandmal, welches ihr Rombeau eingepreßt. Der Mönch hört mit der größten Aufmerksamkeit zu, er läßt sogar Justine einzelne Szenen wiederholen, denen er mit der Miene der Frömmigkeit zuhört, während einzig und allein die Lüsternheit und die Zügellosigkeit ihn leitet. Dennoch hätte Justine, wenn sie weniger blind gewesen wäre, an den Bewegungen des frommen Vaters, an den Stoßseufzern, an dem Lärm, welchen er machte, als er den Jüngling niederdrückte, um ihn zu poussieren, sicher den Betrug erkannt. Aber die Unglückliche merkte nichts. Severino verbreitete sich während des Vögelns in Einzelheiten und Justine antwortete ihm voller Unschuld. Er ging in seiner Kühnheit so weit, sie zu fragen, ob die Männer, mit denen sie zu tun gehabt, sie wirklich niemals gevögelt hätten und wie oft sie in den Arsch gefickt worden wäre. Ob die Schwänze dick gewesen wären und ob sie im Arsche entladen hätten? Diesen schamlosen Fragen antwortete Justine naiv, daß dieses letztere Verbrechen nur drei- oder viermal an ihr begangen worden sei. »Wirklich, meine Liebe?« fragte Severino, trunken vor Wollust, indem er den schönen Arsch des Knaben weiter bearbeitete. »Ich frage dich dies, weil du mir einen wunderschönen Arsch zu haben scheinst und die Wüstlinge dadurch sehr angezogen werden.

Man muß darauf achtgeben«, sagte er stotternd, »ein schöner Arsch ist der Apfel der Eva. Es ist die Bahn des Verderbens. Du siehst, daß die, welche sie mit dir betraten, zu den verworfensten Menschen gehören. Durch dieses Verbrechen ging Sodom und Gomorrha unter, die Strafe des Feuertodes steht überall darauf. Es gibt nichts, was die ewige Gerechtigkeit mehr erzürnen und wovor sich ein braves Mädchen mehr hüten muß. Und sage mir, hast du keine wollüstigen Empfindungen dabei gehabt?« – »Das erste Mal, wie wäre es möglich gewesen, mein Vater, ich war doch ohnmächtig, und die anderen Male konnte ich doch nur Haß und Abscheu empfinden.«

Der Mönch, seinen Lustknaben immer weiter bearbeitend, stellte dann folgende Fragen: Ob sie wirklich als Waise in Paris geboren, ob sie sicherlich weder Eltern noch Freunde, noch irgend jemanden hätte, dem sie schreiben könne. Ob sie der Hirtin gesagt hatte, weshalb sie käme und ob sie verabredet hätte, sie wieder aufzusuchen, ob sie sich nicht fürchte, verfolgt zu werden und ob sie jemand ins Kloster hätte eintreten gesehen. Dann erkundigte sich Severino über das Alter und das Aussehen der Hirtin und machte Justine Vorwürfe, daß sie sie nicht mitgebracht. »Du hättest«, sagte er ihr, »deine gute Tat verdoppelt, wenn du eine Gefährtin mitgebracht hättest; sie wäre so gut aufgenommen worden, wie du.« Nach diesen frommen Gesprächen hörte der Mönch zu vögeln auf und zog seinen Schwanz voll Begierde heraus. »Mein Kind«, sagte er zu Justine, »jetzt mußt du die Strafe empfangen für deine Sünden, und dazu mußt du dich ganz erniedrigen; gehen wir in das Heiligtum, die Kerzen werden vor das Bild der wundertätigen Jungfrau gebracht werden, ich werde sie vor dir enthüllen und du wirst ihr nachahmen und wirst auch alle Hüllen abwerfen. Dieser Zustand der Nacktheit vor anderen Menschen ist sonst nur ein Verbrechen, in deiner Lage aber nur ein Mittel zum Zweck.« Der Knabe kommt halb entkleidet aus dem Beichtstuhl, nimmt die Kerzen, stellt sie auf den Altar und enthüllt das Bild Justine, ganz in ihrer Einbildung und ihrer Frömmigkeit lebend, hört und sieht nichts und wirft sich auf die Knie. Aber Severino sagt zu ihr mit Härte: »Nein, nein, das darfst du nur nackt tun, hier muß man sich ganz erniedrigen.« – »Verzeihe, lieber Vater«, und in einem Augenblick bietet Justine ihre nackte Schönheit den Blicken des geilen Bockes. Kaum hat er diesen schönen Körper gesehen, als er vor Begierde wiehert; er dreht und wendet ihn nach allen Seiten, und unter dem Vorwand, das Schandmal zu sehen, beguckt der Spitzbub die entzückenden Formen und reizenden Arschbacken Justines.

»Knie nieder«, sagte er, »und bete jetzt, aber kümmere dich um gar nichts, was während deines Gebetes vorgeht. Bedenke, meine Tochter, daß, wenn ich bemerke, daß dein Geist nicht ganz im Gebete versunken ist, daß er noch an andere weltliche Dinge denkt, die Strafen für diese neue Sünde noch schrecklicher sein würden.« Von diesem Moment an folgte der Schweinkerl nur mehr seiner Leidenschaft. Der Zustand Justines befreit ihn von jeder Vorsicht, er stellt sich mit seinem Lustknaben hinter sie, und währenddem dieser ihn geilt, läßt er seine Hände, von Zeit zu Zeit blutige Spuren seiner Fingernägel zurücklassend, über die herrlichen Hüften gleiten. Justine erduldet unbeweglich alles in der festen Überzeugung, es führe sie dies zum ewigen Heile; kein Seufzer, keine Bewegung. Sie war so in ihre Andacht vertieft, daß ihr Henker sie hätte zerfleischen können, ohne daß sie gewagt hätte, zu klagen. Ermutigt durch diese ruhige Haltung der Büßenden, wird der Mönch unternehmender. Er schlägt mit aller Gewalt auf die schönen Arschbackens dieses Engels, daß die Kirche davon erdröhnt und die Hüften des schwachen Opfers zusammenknicken. Dann tritt er vor sie hin und läßt ein den Himmel bedrohendes Werkzeug sehen, welches genügen würde, die Binde des Aberglaubens zu zerreißen. Er betastet den Busen, küßt sie, und immer mutiger werdend, wagt er es, seine Lippen auf die reinen, unbefleckten des Mädchens zu drücken. Da erst verschwand ihre Andacht, sie wollte sich ihm entziehen. »Ruhig«, sagte kalt der aufgeregte Mönch, »habe ich dir nicht gesagt, daß dein Heil von deiner Hingabe abhängt, und was Beschmutzung bei anderen Männern, bei uns nur Keuschheit und Frömmigkeit ist.« Und indem er mit einer Hand den Kopf des Opfers hält, steckt er ihr seine Zunge in den Mund, daß sie kaum fühlt, wie das Glied des Mönches ihre Scham besudelt. Aber der Italiener, fast erschreckt über die Abtrünnigkeit von seiner Lieblingspassion, stellt sich wieder nach rückwärts und drückt die heißesten Küsse auf die von seinen Mißhandlungen noch roten Arschbacken, und indem er sie auseinanderspreizt, bohrt er seine Zunge in das kleine Loch und berauscht sich an dieser Leidenschaft, immer begeilt von seinem Lustknaben, der ihn von Anbeginn an nicht verlassen, und der ihn fast zur Entladung bringt, bis der Abt, da es ihm nicht gestattet ist, ohne seine Brüder weiterzugehen, Justine befiehlt, aufzustehen und ihm zu folgen, die übrigen Strafen erhielte sie im Innern des Klosters. »Muß ich nackt bleiben?« fragt Justine ein wenig besorgt. – »Gewiß«, antwortete der Abt, »ist denn mehr Gefahr, im Hause nackt zu sein, als in der Kirche? Nachdem deine Strafe hier nicht beendigt werden kann, mußt du mir dorthin folgen, wo dies geschieht.« – »Ich folge dir, mein Vater.« Der junge Mann löscht die Kerzen aus und nimmt die Kleider mit. Er folgt Justine, die hinter Severino geht, der mit einer kleben Kerze leuchtet. So kommen sie in die Sakristei, durch einen wunderbaren Mechanismus öffnet sich eine in der Vertäfelung befindliche Tür, ein dunkler, schwarzer Gang zeigt sich und sobald sie ihn betreten, schließt sich die Tür. »Oh, mein Vater«, sagte Justine ganz zitternd, »wohin führt Ihr mich?« – »An einen sicheren Ort, von wo du wahrscheinlich nicht bald zurückkommen wirst.« – »Großer Gott«, sagt Justine und will zurückgehen ... – »Vorwärts, vorwärts«, sagt der Abt und stößt sie vor sich her, »es gibt kein Zurück mehr, und wenn du auch an dem Orte, wohin ich dich führe, nicht viel Vergnügen finden wirst, so wirst du wenigstens lernen, unserem Vergnügen zu dienen.« Diese schrecklichen Worte machen Justine erzittern, ihre erschreckte Phantasie malt ihr den Tod vor Augen, kalter Schweiß bedeckt sie, ihre Knie wanken, sie ist nahe daran, zu stürzen. »Elender Bankert«, sagt der Mönch und gibt ihr einen kräftigen Stoß in die Rippen, »vorwärts, keine Klagen, keinen Widerstand, alles ist umsonst.« Diese grausamen Worte bringen die Unglückliche zum Bewußtsein. »Gerechter Himmel«, ruft sie aus, »bin ich denn immer das Opfer meines Vertrauens und wird die fromme Begier, mich Gott zu nähern, wie ein Verbrechen gestraft?« – Der Marsch setzt sich fort; in der Mitte des Ganges löscht der Mönch das Licht aus und von dem Moment an spart er, die Angst Justines bemerkend, weder Worte noch Taten. Stoßend und schlagend bringt er sie vorwärts. »Vorwärts, lauf, du Hure, soll ich dich vielleicht von hinten in die Arbeit nehmen und dich auf der Spitze meines Schwanzes forttragen?« Hierbei läßt er sie die Spitze dieses Instrumentes fühlen. Plötzlich stößt Justine, welche nur mit den Händen forttappt, den Kopf gegen ein Eisengitter, dessen eiserne Spitzen ihr die rechte Hand zerreißen. Sie stößt einen Schrei aus, darauf öffnet sich die Tür. »Gib acht«, sagt der Mönch, »halte dich ans Geländer; du gehst über eine Brücke, ein Fehltritt und du liegst in einem Abgrund, von wo du nie mehr heraufkommst.« Dann kommt eine Stiege an die Reihe und dann eine Leiter, über welche sie hinaufsteigen muß; dabei befindet sich die Nase des Mönches am Arschloch Justines; dieser benützt das, um zu küssen und zu beißen, wo er hintrifft. Sie kommen an eine Falltür. »Stoße sie mit dem Kopfe auf«, befiehlt der Abt. Lichtschein trifft das Auge Justines, sie wird emporgezogen, Gelächter empfängt sie. Sie befindet sich mit ihrem Führer in einem reizenden Saale, in welchem fünf Mönche zu Tische sitzen; zehn Mädchen und fünf Knaben, alle fast entkleidet, von sechs nackten Frauen bedient. Dieser Anblick macht Justine erbeben, sie will fliehen, sie hat aber keine Zeit mehr, die Falltüre ist geschlossen. »Meine Freunde«, sagt Severino beim Eintritt, »gestattet, daß ich euch ein Wundertier zeige; diese Lucretia trägt das Brandmal des Verbrechens auf der Schulter und im Herzen die Unschuld der Jungfrau, übrigens, wie ihr seht, ein tadelloses Geschöpf. Betrachtet die Figur, den Teint, die Büste, die herrlichen Arschbacken und Hüften, kurzum das ganze entzückende Wesen. Ich hoffe, daß ihr mir eingestehen werdet, daß wenige in unserem Serail so viel Schönheit vereinigen.« – »Verfluchter Gott«, sagte Clement, »ich habe sie nur angezogen gesehen, aber bei allen Teufeln des Gottes, auf den ich scheiße, für so schön habe ich sie nicht gehalten!« Man läßt Justine in einen Winkel setzen, ohne sie zu fragen, ob sie irgend etwas braucht, und das Souper setzt sich fort. – Hier müssen wir unsere Erzählung unterbrechen und dem Leser eine Beschreibung der Personen geben, damit er das nötige Interesse an ihnen nimmt.

Man kennt Severino, er vereinigte die Begierden aller Liebhaber des Arsches. Nie hatte er ein anderes Vergnügen gekostet, obwohl die Natur ihn so begabt, daß sie ihm, der nur die Engpässe liebte, ein Werkzeug gegeben, womit er die breitesten Straßen hätte befahren können. Was Clement anbelangt, so muß man zu diesen äußeren Eigenschaften seine Wildheit, Tücke, Zynismus, Gottlosigkeit und Verderbtheit hinzufügen, dann hat man ein Bild dieses Wüstlings. Seine Neigungen entsprachen seinem barbarischen Äußern; verbraucht, wie er war, konnte er nicht mehr vögeln; ein Liebhaber des Arsches, konnte er seiner Gottheit nur mehr die Opfer bringen, die seinem wilden Geiste entsprangen. Schlagen, peitschen, brennen, kurz alle Martern liebte er, den Frauen angedeihen zu lassen, aber auch von ihnen zu empfangen. Diese Vergnügungen waren so ermüdend, daß seine Opfer meistens zerfleischt aus seinen Händen kamen, manche auch tot. Es gab kein Opfer im Hause, das nicht alle Strafen der Befriedigung dieses Scheusals vorgezogen hätte. Am beklagenswertesten waren die, welche dazu gehalten wurden, ihn, während er die anderen quälte, zu geilen, bis sie ihm zwei bis drei Tropfen Samen herauspreßten; er rächte sich furchtbar für diese Gewalttat, die man ihm nach seiner Behauptung zufügte. Antonius, der dritte Teilnehmer an diesen Orgien, war ein kleiner, magerer Mann von vierzig Jahren, ebenso gefährlich gebaut wie Severino und ebenso bösartig wie Clement. Er verehrte die Leidenschaften seiner Brüder, aber auf andere Weise. Er quälte und tyrannisierte die Frauen nicht wie Clement, weil er nichts anderes konnte, sondern um seine Wollust zu vermehren; der eine war ein Henker aus

Geschmack, der andere aus Raffinement. Dazu hatte er noch einige Spezialeigenschaften; er liebte es, die Frauen im Arsch zu ficken, sich in den Mund pissen zu lassen und andere solch Schweinereien, die der Leser noch kennen lernen wird. Ambrosius war zweiundvierzig Jahre alt, er war ein kleiner, untersetzter Mann, sehr dick, seinen Schwanz konnte man kaum bemerken. Er liebte nur die kleinen Knaben, und an den Mädchen was sie diesem Geschlechte verwandt macht. Seine Hauptleidenschaft war, sich zuerst bis aufs Blut peitschen zu lassen, dann ließ er sich in den Mund scheißen und fraß den Dreck, währenddem er den Arsch fickte, der ihm diesen Genuß verschaffte.

Selbst die Grazien hätten bei ihm keinen Erfolg gehabt, ohne diese Mittel; so wahr ist es, daß die wirkliche Wollust nur in der Einbildung lebt und daß sie genährt wird von den Ausgeburten des Geistes. Silvester vögelte ganz gewöhnlich, nur fügte er einige Nuancen hinzu. Erstens mußte die Frau während des Aktes scheißen, zweitens mußte sie, was sie sehr ermüdete, während es ihm kam, laute Schreie ausstoßen, währenddem er die Arme abohrfeigte und ihr außerdem noch das Gesicht mit ihrem eigenen Kot einschmierte. Silvester war fünfzig Jahre alt und häßlich, aber klug und bösartig wie seine Brüder. Diese Eigenschaft besaßen sie alle und betrachteten sie als die wichtigste Grundlage ihrer unzüchtigen Vereinigung. Jerome, der Älteste von ihnen, war trotz seiner sechzig Jahre der ausschweifendste von allen. Alle Leidenschaften, alle Verirrungen vereinten sich in der Seele dieses Mönches, alle Genüsse der Venus, alle Geschlechter waren ihm gleich. Aber da seine Kräfte zu schwinden begannen, so zog er es seit einigen Jahren vor, seinen Opfern die Erweckung seiner Sinne zu überlassen und ebenso die Ejakulation. Der Mund war sein Lieblingstempel und währenddem er sich schlecken ließ, mußte man ihn mit aller Kraft auspeitschen. Alles übrige wird der Leser im folgenden kennen lernen. Jerome war ebenso böswillig, blutgierig und Verehrer alles Widernatürlichen wie seine Brüder.

Welche Gestalt immer das Laster annehmen mochte, es konnte sicher sein, in dieser Teufelswohnung Verehrung und Jünger zu finden. Reiche Geldsummen dienten zur Erhaltung dieser schamlosen Residenz, die seit vielen Jahren bestand und immer von den reichsten, angesehensten und vornehmsten Benediktinern bewohnt wurde, deren Unzucht hinreichte, um in diese Gemeinschaft aufgenommen zu werden … Jetzt setzen wir unsere Beschreibung fort.

Justine erholt sich, die Mönche nachtmahlen, wir können daher unsere Beschreibung durch einige Blicke, die wir in diese furchtbare

Behausung des Lasters und des Verbrechens werfen, ergänzen. In dem Hause waren zwei Serails, achtzehn Knaben und dreißig Mädchen, so daß jeder der Mönche fünf Mädchen und drei Knaben für sich hatte. An der Spitze des Ganzen stand eine Frau, Viktorine genannt. Ihre Eigenschaften und ihre Beschäftigung verdienen, sie in einem späteren Kapitel besonders zu beschreiben. In jedem Serail war ein großer Saal, in der Mitte dieses Saales stand der Mittagstisch, um den Saal herum waren die einzelnen Zellen. Jedes Subjekt schlief für sich, und seine Zelle bestand aus zwei Räumen. In dem einen stand ihr Bett, in dem andern ihr Bidet und ihr Leibstuhl. Die achtzehn Knaben waren in drei Klassen zu je sechs eingestellt. Die ersten zwei Klassen wurden Schandknaben genannt, von sieben bis zwölf Jahren; sie trugen graue Kinderkleidung oder purpurrote Chitone. Die dritte Klasse bestand aus sechs neunzehn- bis fünfundzwanzigjährigen Knaben, Arbeiter genannt. Sie waren nach europäischer Art gekleidet, in goldkäferfarbigen Fracks. Die fünf Mädchenklassen teilten sich folgendermaßen ein: Die erste hieß die Jungfrauenklasse, obwohl keine einzige darunter war. Sie bestand aus sechs Mädchen von sechs bis zwölf Jahren, welche weiße Kittel trugen. Die zweite von zwölf bis achtzehn Jahren hieß Vestalinnenklasse und die Mädchen waren wie Novizen gekleidet. Die dritte bestand aus sechs Schönheiten von achtzehn Jahren, welche Sodomiten genannt wurden, wegen der Schönheit ihrer Ärsche. Sie trugen griechische Kostüme. Die vierte bestand aus sechs prachtvollen Weibern von fünfundzwanzig bis dreißig Jahren, welche ausschließlich ihrer Ärsche wegen gehalten wurden. Sie trugen türkisches Kostüm. Sechs alte Weiber dienten als Tugendwächterinnen in spanischer Kleidung. Wir werden bei der Aufnahme Justines diese Einzelheiten noch vervollständigen können; jetzt kehren wir zu unserer Erzählung zurück. An der Abendmahlzeit nahmen zwölf Mädchen teil, aus den verschiedensten Altersklassen; sechs davon bedienten. Hiervon war die eine kaum zehn Jahre alt, sehr zart und bleich, bekümmert und zitternd, schon im Begriff zu verwelken. Die zweite war fünfzehn Jahre alt, ebenso niedergedrückt in der Haltung, aber ein entzückendes Gesichtchen, wenig Brust, aber einen runden und schön geschnittenen Popo. Die dritte war zwanzig Jahre alt, zum Malen schön, herrliche blonde Haare, zarte Züge, eine herrliche Brust und ebensolche Hüften. Die vierte war fünfundzwanzig Jahre alt; sie war eine Frau, in deren Haltung Ehrbarkeit und Tugend sich vereinigte, mit Hüften und einem Arsch, der als Modell dienen konnte. Die fünfte war ein Mädchen von dreißig Jahren, schwanger im siebenten Monate, mit leidenden Zügen, die schönen Augen verständnisvoll, mit dem Angesicht einer Jungfrau. Die sechste war zweiunddreißig Jahre alt, ein schönes schamloses Weib, mit ziemlich viel Haaren, selbst am Arschloch. An dem Tische saßen noch zwölf eingeladene Mädchen und sechs Knaben. Einen von diesen kennen wir schon, ein anderer saß zwischen Ambrosius und Jerome, welche ihn abwechselnd küßten und geilten; der zweite und dritte waren dreizehn und sechzehn Jahre alt, während der fünfte und sechste schon zu den Arbeitern gehörte, zwischen zweiundzwanzig und fünfundzwanzig Jahren. Beide waren groß und schön gewachsen und hatten ganz gewaltige Schwänze.

Von den Eingeladenen, oder besser gesagt befohlenen Mädchen gehörte das eine zur Klasse der Jungfrauen; es war nur eine kleine Rose, verwelkt, bevor sie aufgeblüht; vielleicht wäre sie schön geworden, aber durch ihre Unzucht verdorben, was konnte man von ihr erhoffen? Die zweite war kaum zwanzig Jahre alt, sehr schön, seit zwei Jahren nicht mehr Jungfrau, von keiner Seite aus, und dies war das Werk Jeromes. Die dritte, vierte und fünfte waren Schwestern, dreizehn, vierzehn und fünfzehn Jahre alt, man nannte sie die drei Grazien. Sie waren alle drei entzückend, die gleichen blauen, träumerischen Augen, dieselben blonden Haare, der gleiche Schnitt der Hüften, und wenn auch die Jüngste noch nicht entwickelt war, so lehrte doch ein Vergleich mit den Schwestern, daß sie ein Meisterstück der Natur werden würde. Die sechste galt als der schönste Arsch des Serails. Die siebente war etwas stärker und hatte die Brust einer Venus. Die achte war fünfundzwanzig Jahre alt, schwanger im achten Monat, besaß sehr schöne Augen und herrliches Haar, hatte aber ein gedrücktes Aussehen. Die neunte war ein Mädchen von dreißig Jahren, groß wie ein Turm, schöne Gesichtszüge, aber zu kolossale Formen. Sie war, so wie die dienenden Mädchen, ganz nackt und man konnte mit Leichtigkeit bemerken, daß kein Teil ihres Körpers von der Grausamkeit der Scheusale, denen sie diente, verschont geblieben war. Die zehnte war eine Frau von vierzig Jahren, verbraucht, runzlig, aber noch schön. Ihr verwelktes Arschloch stank von der Unzucht, sie war, wie die Hälfte der Mönche, besoffen, als Justine eintrat.

»Ich glaube«, sagte Silvester, »wir sollten dieses schöne Mädchen mehr feiern, sie nicht in ihrer Ecke sich langweilen lassen, mindestens ihr aber die Ehren der Neuangekommenen erweisen.« – »Ich hätte euch dieses schon längst vorgeschlagen«, sagte Severino, »wenn ich euch nicht in eure schmutzigen Lüste so vertieft gesehen hätte. Trotzdem finde ich, daß ihr meinen schönen Fund wenig Beachtung geschenkt habt.« – »Dies bewirkt allein die Sättigung«, sagte Ambrosius, »dahin führt uns der Überfluß.« – »Ich kann von diesem Überfluß nichts bemerken«, sagte Jerome, »ich bin der ganzen Umgebung satt; nicht ein Viertel dessen ist vorhanden, was ich für meine Wollust gebrauche.« – »Er hat wirklich recht«, sagte Clement, näherte sich Justine, und indem er sie beim Hals faßte, steckte er in ihren Rosenmund die scheußlichste aller Zungen. – »Ja, bei der Fut hat er recht«, sagte Antonius und begrüßte unsere Heldin auf die gleiche Weise. Während die Zwei sich so belustigten, stichelt Jerome, vor ihrem Arsche kniend, das rosige Arschloch des Mädchens mit seiner Zunge. Das gleiche tut Silvester mit ihrem Kitzler, wobei er den Schwanz des Severino beutelt, der ihm zufällig in die Hände gekommen ist; in weniger als fünf Minuten war unser armes Kind so eingeschlossen, daß es ihm unmöglich war, sich zu wehren. Es stand da wie eine Lilie in der Mitte eines Schwarmes von Hornissen, welche von allen Seiten den süßen Saft der Blume saugen und rauben. Justine tut ihr möglichstes, um sich vor der Schamlosigkeit, die sie empört, zu schützen, doch man gibt ihr zu erkennen, daß alles dies nur unnütze Ziererei sei, und daß es besser sei, die Folgsamkeit ihrer Schicksalsgenossinnen nachzuahmen.

Severino verlangt einen Augenblick Stille und beginnt: »Stellt euch um mich auf und die Neuangekommene höre kniend in Verehrung auf meine Worte. Sklave unserer Phantasie, welches das Schicksal in unser Hand gegeben, liest du nicht in diesem Urteil deine Zukunft? Nichts ist Zufall, alles ist Naturgesetz, und durch dieses kamst du in unsere Hand; trage daher dein Los mit Ergebung, denke daran, daß der leichteste Widerstand, den du unseren Wünschen, welcher Art sie auch seien, entgegensetzt, für dich den Tod bedeuten kann. Wirf einen Blick auf deine Genossen, nicht ein einziger kam freiwillig in dieses Haus; List oder Gewalt hat sie hergebracht. Alle haben im Anfang Widerstand leisten wollen, aber sie haben eingesehen, daß dies nur nutzlos sei und sie den schrecklichsten Martern aussetzt. Sie hier, Justine«, sagte der Abt und zeigte ihr die Ruten, Skalpelle, Schrauben und sonstigen Marterwerkzeuge, »das sind die Verführungsmittel, welche wir gegen widerspenstige Mädchen anwenden, und die sie uns sofort gefügig machen. Sieh zu, ob du sie bekämpfen kannst, willst du dich beklagen? Bei wem willst du es an diesem Ort, wo du nur immer Richter und Henker finden wirst! Willst du die Gerechtigkeit anrufen? Wir kennen keine andere wie unsere Wollust, kein anderes Gesetz als unsere Begierde … die Menschlichkeit. Unser einziges Vergnügen ist, sie zu schänden … die Religion. Sie hindert uns nicht, wir stehen ihr zu nahe, um sie nicht zu verachten ... Eltern, Freunde. Du wirst in diesem Haus nur Egoismus, Grausamkeit, Atheismus und Schamlosigkeit finden. Die vollste Unterwürfigkeit ist dein Los und damit sind hier sehr vielerlei Sachen verbunden. Die sieben Despoten, denn auch die Direktorin gehört hierzu, deren Wünsche und Phantasien dir ebenso heilig so wie die unseren sein müssen, huldigen jeden Tag den schrecklichsten Launen, und der kleinste Widerstand gegen ihre willkürlichen Handlungen, bringt die schrecklichsten Strafen, ja den Tod mit sich. Willst du in die Flucht deine Hoffnung setzen, blicke um dich herum und betrachte diese uneinnehmbare Zufluchtsstätte, das ganze Kloster könnte durchsucht, verbrannt werden, ohne daß jemand diesen geheimnisvollen Ort entdecken würde. Er befindet sich unterhalb der Erde, von zehn Fuß dicken Mauern umgeben; du befindest dich aber in der Mitte von sechs Scheusalen, welche nicht die kleinste Lust haben, dich zu schonen, und welche deine Bitten, deine Tränen, deine Kniefalle nur noch mehr entflammen. An wen willst du dich also wenden? Vielleicht an Gott, den du soeben so inbrünstig verehrt, und der aus Dank dafür dich in diese Falle gestürzt hat? An diese verächtliche Chimäre, welche wir täglich in ihren lächerlichen Gesetzen verletzen? Du mußt also einsehen, Justine, es gibt keine Macht, kein Wunder, das dich uns entziehen kann, das uns verhindern kann, aus dir eine Beute unserer Lust zu machen. Komm näher, Dirne, biete deinen Körper unseren Launen, biete dich ganz der Schande an, mit welcher wir dich besudeln werden, oder die schrecklichsten Martern werden dir zeigen, was es heißt, uns nicht zu folgen.«

Diese Rede wurde von allen Seiten beklatscht und Clement spendete seinen Beifall auf den Arschbacken der unglücklichen Justine. Da erkannte sie erst den ganzen Schrecken ihrer Lage. Sie stürzt sich Severino zu Füßen und fleht ihn mit der Beredsamkeit der Verzweiflung an, ihre hilflose Lage nicht auszunützen, doch wozu diese Tränen, mit denen sie die Füße des Mönches bedeckt, wozu alle diese Mühe? Wußte sie denn nicht, daß diese Tränen sie in den Augen des Wüstlings nur begehrenswerter machten? »Auf«, sagte der Abt und stieß sie roh zurück, »beginnen wir, Freunde, und unterwerfen wir diesen Mensch den Formalitäten der Aufnahme, die keiner erspart blieben.« – Es bildet sich ein Kreis – Justine steht in der Mitte der sechs Mönche, welche jeder von zwei Mädchen und einem Knaben umgeben sind.

Dies waren die Passionen, welche sich Justine, sowie alle anderen Neuankömmlinge dreimal unterwerfen mußten: Justine wird von der starken, sechsundzwanzigjährigen Frau ganz nackt zu jedem der einzelnen Mönche hingeführt ... Zuerst kommt sie zu Severino, er filzt die Arschbacken eines fünfzehnjährigen Mädchens und zwingt hierbei eine Dreißigjährige, das Glied seines Schandknaben zu schlecken, der ihn begeilt. Der Mönch läßt sich das auch von Justine machen und leckt sie dabei im Arsch ... Sie kommt zu Clement, der sich von seinem Schandknaben lecken läßt, während er die Arschbacken eines zwanzig- und eines fünfundzwanzigjährigen Mädchens schlägt und zwickt. Justine muß ihm ihren Arsch darbieten, Clement küßt ihn und riecht zu ihren Achselhöhlen ... Unsere Heldin kommt zu Antonius, welchen zwei Mädchen geilen, während ihn sein Buhle päderastriert. Er schleckt den Kitzler Justines ... Sie kommt zu Ambrosius, dieser poussiert seinen Buhlen und kitzelt mit jeder Hand einen Arsch. Justine muß ihm mit dem Arsch über das Gesicht fahren ... Silvester betastet roh den Arsch und die Scheide des dreißig- und vierzigjährigen Weibes, er küßt Justine mit der Zunge in den Mund, Arsch und Fut ... Jerome, gegeilt von seinem Schandknaben von fünfzehn Jahren, hat den einen Finger im Arsch des siebenjährigen Mädchens und einen in der Scheide des dreizehnjährigen. Er steckt sein Glied Justine in den Mund ... Die Tour beginnt von neuem ... Diesmal lassen sich alle Mönche von den Knaben schlecken, während die Mädchen, über ihren Köpfen sitzend, ihnen den Arsch darbieten. Severino öffnet die Arschbacken Justines und läßt sich in den Mund furzen. Clement steckt ihr einen Finger ins Arschloch und beutelt sie eine Viertelstunde lang. Antonius läßt seinen Schwanz ihr an der Scheide fühlen und zieht ihn sofort wieder zurück. Ambrosius faßt sie von hinten, aber hört nach zwei bis drei Stößen auf. Silvester vögelt sie einen Moment und findet, daß sie noch Jungfrau ist. Jerome fickt einen Moment in den Mund, Arsch und Fut. Man kommt zur dritten Tour, diesmal vögeln alle Mönche. Severino poussiert das Mädchen von fünfzehn Jahren, welche unter den furchtbaren Stößen seines Gliedes seufzt. Der sechzehnjährige Bursche vögelt ihn, dabei schlägt er auf die Arschbacken des zweiunddreißigjährigen Mädchens los. Als Justine zu ihm kommt, beißt er sie in den Arsch ... Clement vögelt in den Mund des dreizehnjährigen Knaben, das Mädchen von fünfundzwanzig Jahren peitscht ihn. Er hat vor seinen Augen den Arsch des zwanzigjährigen Mädchens. Er läßt sich von Justine den Arsch lecken und dann sogleich den Mund, hierbei gibt er ihr zwei Ohrfeigen ... Antonius vögelt das vierzehnjährige Mädchen und klatscht dabei den Arsch des achtjährigen Burschen. Er beißt bis aufs Blut die linke Brustwarze Justinens und gibt ihr hierbei sechs Schläge auf den Arsch, deren Spuren in drei Tagen nicht vergehen. Hierbei versetzt er seinem Liebchen einen solchen Lendenstoß, daß man glaubt, er werde sie durchbohren. Die Kleine stößt einen Schrei aus, Antonius, der nicht entladen will, zieht sofort sein Glied heraus, hierbei verletzt er das Mädchen. Sein Glied ist ganz mit Blut bedeckt, und um das Kind zu trösten, peitscht er es aus ... Ambrosius poussiert das Mädchen von zehn Jahren. Hierbei läßt er sich selbst vögeln und mißhandelt den Popo eines neunzehnjährigen Mädchens. Er gibt Justine, ohne sich zu stören, fünfundzwanzig Rutenhiebe.

Silvester vögelt die vierzigjährige Frau wie einen Hund, hierbei scheißt sie ihm auf die Schwanzwurzel. Er läßt sich auch selbst vögeln und schleckt die Scheide des dreißigjährigen Mädchens aus. Er wirft sich wie ein wütender Hund auf die Scheide Justines und beißt sie bis aufs Blut. Der Schweinekerl entlädt laut schreiend, aber wechselt schnell seinen Opferaltar und es ist der Arsch der Tugendwächterin, der seine Gabe erhält ... Jerome vögelt das achtjährige Mädchen in den Arsch, schleckt das Glied eines fünfzehnjährigen Knaben und gibt einem dreizehnjährigen Mädchen Nasenstüber. Er zwickt so heftig den Busen Justines, daß sie laut schreit. Um sie zu beruhigen, gibt ihr der Barbar ein paar Faustschläge in die Seiten, daß sie den ganzen Inhalt von sich gibt. »Auf«, sagte Severino, »beschäftigen wir uns mit ernsteren Sachen.« Er ist furchtbar aufgeregt, sein Schwanz bedroht das Gewölbe. Er packt Justine, drückt sie auf das Sofa nieder, den Arsch in die Höhe, zwei Mädchen halten sie. Der Abt, seinen furchtbaren Mastbau in der Hand, nähert sich und stellt sich vor das kleine Loch. Ohne zu befeuchten, stößt er zu und legt Bresche. So ungeheuer er ist, er dringt ein. Befriedigt von diesem Anfang, taucht er ein zweites Mal ein und kommt bis auf den Grund. Justine schreit, doch was liegt ihm daran, er ist glücklich. Hat man denn Erbarmen mit Schmerzen im Schoße der Unzucht. Man poussiert den Italiener, vier nackte Frauen umgeben ihn von allen Seiten. Sein Ideal bietet sich seinen lüsternen Augen in hundert Variationen dar, endlich entlädt er ... Clement nähert sich, Ruten in der Hand. »Ich will dich rächen«, sagte er zu Severino, »und dieser Hure den Widerstand abgewöhnen.« Er bedarf keiner Hilfe, mit einer Hand legte er das Opfer übers Knie und drückte ihm den schönen Arsch ganz heraus. Zuerst scheint er nur versuchen zu wollen, von dieser lüsternen Szene aber entflammt, die ihn umgeben, schlägt er bald mit aller Wucht. Nichts gleicht seiner Wildheit, von der Mitte der Hüften bis zur Wade bedeckt er sie mit Streichen. Er will Grausamkeit mit Liebe verbinden und heftet seinen Mund auf den Justines. Er schlürft die Schmerzensseufzer, die herabfließenden Tränen, er küßt, droht und schlägt weiter. Inzwischen schleckt ein achtzehnjähriges Mädchen sein Glied und außerdem wird er noch poussiert. Je mehr er Lust empfängt, desto wütender schlägt er zu, nichts deutet auf ein Ende der Qual Justines hin. Man erschöpft alle Mittel, die reizendsten Szenen spielen sich vor ihm ab, nichts kann ihn zum Stehen bringen. Eine neue Grausamkeit fällt ihm ein. Er beißt mit aller Wut auf die herrliche Brust Justines. Das endlich bringt ihn zur Entladung, er stößt hierbei fürchterliche Lästerungen aus, und erschöpft gibt er sie an Jerome weiter. »Ich werde«, sagt dieser, »deiner Jugend nicht gefährlicher sein als Clement. Doch will ich die Wunden küssen, die er dir geschlagen hat. Hingegen werde ich auch deiner würdig sein«, Clement und den Nachbar in die Arbeit nehmend. Er dreht sie um und legt sich handgerecht den schönen Bauch und die zartbeschattete Scham der armen Waise. Der Barbar zerfleischt das Ganze mit Peitschenhieben. Hierauf kniet er sich vor ihr nieder und in dieser Stellung zwingt er sie, seine Lieblingspassion zu erfüllen. Sie muß ihn schlecken. Dazwischen wird er gepeitscht, man scheißt ihm auf die Nase und in die Hände. Endlich, nach einer halben Stunde, empfängt der Mund Justinens mit begreiflichem Widerwillen das ekelhafte Opfer dieses Scheusals. Jetzt kommt Antonius an die Reihe. Er würde sich gerne der Tätigkeit der beiden anschließen, aber der Zustand seines Gliedes, das nahe daran ist zu entladen, erlaubt es ihm nicht. Er beschnüffelt die Striemen, ergötzt sich daran, ergreift Justine bei den Hüften und stößt mit aller Macht sein Glied in die Scheide. Der Wüstling stößt weiter, aber glücklicherweise ist sein Ansturm infolge der weiteren Bahn nicht so schmerzhaft wie der Severinos. Der Athlet packte Justine bei den Hüften und gibt ihr die Bewegungen, die seine Lust erheischt. Diese grausamen Angriffe bringen Justine der Ohnmacht nahe, aber ihr grausamer Besieger denkt nur an die Wollust. Ein Mädchen läßt ihm ihre Fut schlecken, eine andere leckt ihm selbst den Arsch; mit einer Hand geilt er einen sechzehnjährigen Knaben, mit der anderen ein dreizehnjähriges Mädchen. Es gibt kein Gefühl, das nicht seiner Befriedigung beitragen mußte. Endlich kommt er zu seinem Ziel, seine Schreie, seine Heftigkeit deuten es an. Justine, die nur Schmerz empfindet, wird überschwemmt von dem Erfolge einer Wollust, die sie erst beim sechsten erweckte ... Ambrosius will nur ihren Arsch. Glücklicherweise ist sein Glied nur klein, und wenn er auch wie besessen hin und her fährt, bereitet er doch keinen Schmerz. Stürmisch verlangt er einen Haufen von ihr. Endlich erreicht er seinen Wunsch. »Verfluchter Gott«, brüllt er, »das hab ich gebraucht.« Man poussiert ihn, man scheißt und pißt auf ihn, und mitten in diesem Dreck verliert er seinen Samen … Jetzt kommt Silvester an die Reihe. Er will eine Fut vögeln, die ihm schon Samen gekostet hat, aber gleichzeitig will er einen Schwanz schlecken, dessen Samen er in den Mund Justines zurückgibt. Aufgeregt durch die fast jungfräuliche Scheide Justines, entladet der Kerl ein zweites Mal und stößt Schreie aus, die man meilenweit hören würde.

Endlich denkt Severino daran, daß die Arme vielleicht auch etwas brauchen würde; man gibt ihr ein Glas spanischen Weines zu trinken, sie aber hat nur Sinn für ihren Kummer. Was für eine Situation für ein Mädchen, dessen einziger Stolz ihre Tugend, dessen einziger Ersatz für Reichtum ihre Unschuld war. Justine konnte ihren Schmerz darüber nicht zurückhalten, sich von denen geschändet zu sehen, von denen sie die größte Hilfe erhoffte … Ihre Tränen flossen reichlich, die Decke erdröhnte von ihren Schmerzensschreien, sie wälzte sich auf der Erde, riß sich die Haare aus und schlug sich auf den Busen, indem sie um den Tod flehte. Nur der, welcher das verhärtete Herz eines Wüstlings kennt, wird glauben, daß dieses schreckliche Schauspiel diese Kerle nur noch mehr reizte. »Teufel«, sagte Severino, »nie habe ich ein schöneres Bild gesehen; schaut, was sie aus mir macht, es ist unglaublich, was die Schmerzen einer Frau bei mir erzielen. Packen wir diese Dirne wieder und lehren wir sie brüllen!« Und indem er dies sagt, nähert er sich ihr und peitscht sie aus Leibeskräften. Welche Grausamkeit! Gerade diese Stunden der größten seelischen Verzweiflung sucht sich der Unmensch aus, und nachdem er ihr hundert Hiebe verabreicht, kommt Clement an die Reihe. Er gibt ihr ebenso viele Schläge, während er sich selbst poussieren läßt und das kleinste Mädchen ihn geilt. Antonius peitscht die Vorderseite vom Nabel bis zur Scham, Ambrosius fängt wieder von hinten an mit hundertsechzig Hieben, er leckt hierbei ein fünfzehnjähriges Mädchen in den Arsch, während ihn ein achtjähriger Knabe zuzelt. Silvester peitscht den Rücken und die Hüften, während ihm zwei Frauen auf die Nase scheißen. Jerome endlich, den eine Frau mit einer Goldnadel in den Popo sticht, übertrifft alle. »Setzen wir uns alle auf sie«, sagte Severino und nahm ihren Arsch in Beschlag. »Einverstanden«, sagte Antonius, die Scheide in Besitz nehmend. Clement vögelt sie in den Mund, Ambrosius und Silvester lassen sich von ihr geilen. »Und was bleibt mir?« fragte Jerome. – »Der Busen, der ist entzückend.« – »Den mag ich aber nicht.« – »Also nimm du den Arsch«, sagte der Abt und nistet sich zwischen den Brüsten ein. So muß das unglückliche Mädchen allen sechs gleichzeitig eine Hure abgeben, während um sie herum Knaben und Mädchen die tollen Ausschweifungen der Mönche ergänzen. Justine muß alles ertragen, der Abt gibt das Zeichen, die anderen folgen ihm und das dritte Mal wird die Unglückliche von der schamlosen Wollust dieser Scheusale besudelt. »Das ist genug für den Empfang«, sagte der Abt, »man muß ihr jetzt zeigen, daß ihre Genossen nicht besser daran sind.« Man setzt sie auf einen Säulenstumpf, der in der Mitte des Saales steht. Sie hat kaum Platz zu sitzen, keine Stütze, keinen Halt und die Säule ist hoch genug, daß sie sich zerschmettert, wenn sie herunterfällt. Dies ist der Thron, auf dem die Königin des Tages sitzt, und man befiehlt ihr, aufmerksam die schamlosen Orgien zu verfolgen. Zuerst sollen alle sechzehn Mädchen an eine Prügelmaschine gebunden werden; auch die Schwangere. Man konnte sie mittels einer Vorrichtung verschieden biegen und strecken, so daß, wenn sie auf dem Bauch lagen, die Haut ihrer Hüften und ihres Arsches so gespannt war, daß nach den ersten zehn Streichen das Blut in Strömen floß. Lagen sie auf dem Rücken, so wurden durch diese Vorrichtung ihre Beine so auseinandergespreizt, daß die Scham und die Scheide bis zum Zerreissen geöffnet war. Kaum war die Maschine da, als Jerome und Clement verlangten, man solle auch Justine darauf legen. Severino, welcher fand, daß die Unglückliche genug gelitten und daß sie den schönsten Arsch von der Welt hätte, den er noch länger genießen wolle, erwiderte hingegen, daß sie genug habe, man sie ausruhen lassen müsse und daß ... Aber Jerome unterbricht ihn, er verschlingt mit den Augen das Mädchen, sein wilder Charakter duldet keine Schranken, er bekämpft die Milde Severinos: »Ist denn die Hure da, um sich auszuruhen, wollt Ihr Damen oder Puppen aus ihnen machen? Sollen wir im Schoße des Verbrechens und der Unzucht uns Menschlichkeit predigen lassen? Wenn ein Mädchen auch nur eine Stunde gelebt hat, wenn sie nach einer Stunde krepiert ist durch die Martern oder Strafen, die sie hier erleidet, so hat sie ihr Geschick erfüllt und wir haben uns nichts vorzuwerfen. Sind diese Bälger zu was anderem da, als zu unserem Vergnügen. Kommen sie nur auf eine bestimmte Zeit hierher? Fort mit dieser falschen Zurückhaltung und halten wir uns immer das weiseste Gesetz vor Augen, welches wir uns selbst gegeben. Ich öffne das Buch und lese: Wenn eines der Mitglieder der Gesellschaft den Tod auch aller Individuen des Serails wünscht, darf sich keiner der Brüder ihm widersetzen und alle müssen sich im Gegenteil bemühen, seinen Wünschen nachzukommen.« – »Ich gehe noch weiter als Jerome«, sagte Clement, »ich verlange, daß das Mädchen noch heute den tödlichen Martern unterworfen wird.

Das Mädchen regt mich auf, ich kann sie nicht sehen, ohne ihren Tod zu wünschen und diesen verlange ich.« – »Ich kenne auch unser Gesetz«, sagte Severino kaltblütig, »aber Jerome hat den Artikel nicht vorgelesen, welcher ihm widerspricht. Ich setze daher die Vorlesung fort: Das fragliche Subjekt soll aber nur sowohl dem Tode als den Martern durch Stimmenmehrheit unterworfen werden …« – »Also zur Abstimmung«, sagte Jerome, »und das Opfer soll gemäß unserem Gebrauche auf ein Bett mit dem Arsche zu uns gekehrt gelegt werden.« – Justine wird gepackt und geknebelt. Ihre Angst läßt sie kaum hören, um was es sich handelt. Jeder der Mönche ist von zwei Mädchen und einem Knaben umgeben, denn sie dürfen nur stehenden Gliedes ihre Stimmen abgeben. Die Anstandsdame macht die Probe, alles ist in der Höhe. Nach einem kurzen Schweigen läßt der Abt über das Leben Justines abstimmen, aber Clement und Jerome sind die einzigen, die ihren Tod wünschen; die anderen wollen sich mit ihr noch einige Zeit unterhalten. Sie kommt daher wieder auf ihren Platz und Severino bindet sofort an die Höllenmaschine das schönste Mädchen des Hauses. Sie liegt auf dem Bauch, man biegt sie und ihr schöner Popo erscheint in seiner ganzen Herrlichkeit. Dies war die Art und Weise des Prozesses. Jeder Mönch kommt an die Reihe, neben dem Opfer steht ein junges Mädchen mit den nötigen Instrumenten zur Auswahl. Ein Mädchen, unter den stärksten ausgesucht, peitscht den Mönch, während er selbst sein Werk verrichtet. Indem ein Knabe ihm das Glied schleckt, muß die, welche an der Reihe ist, nachher geprügelt zu werden, vor ihm niederknien und ihn mit den innigsten Gebärden um Gnade und Nachsicht anflehen. Hingegen ermahnt ihn von der anderen Seite einer der Mönche, ja nicht nachzugeben, denn die größte Gefahr ist die Nachsicht und das Mitleid. Alle Mädchen, auch die jüngsten, selbst die schwangeren, werden so gepeitscht. Jeder Mönch erledigt sechzehn, die meisten werden von vorne behandelt, was um so entsetzlicher ist, weil die innere Peitschung unvergleichlich schmerzhafter wie die andere ist. Diese Scheusale geben nämlich darauf obacht, daß die Knoten der Schnüre in das Innere der Scheide eindringen, und in dieser heiklen, überaus empfindlichen Gegend die furchtbarsten Schmerzen erzeugen.

Je mehr ein Opfer klagt, desto stärker schlagen sie zu, je mehr es schreit, desto glücklicher fühlen sich die Mönche, desto aufgeregter werden sie, desto mehr begeilen sie sich daran. Doch kein einziger von ihnen entladet, so abgelebt sind sie schon durch das Laster. Nachdem dies vorbei war, setzten sich die vierzigjährige und die schwangere dreißigjährige Frau auf das Kanapee, je zwei Mädchen wurden in ihre Arme gegeben und die Mönche konnten an ihnen eine Marter je nach Geschmack ausüben, während dessen Knaben und Mädchen den Handelnden in der verschiedensten Weise durch Unzucht reizen mußten. Severino beginnt: Das jüngste Mädchen wird ihm dargeboten. Das Scheusal kneift den Popo der Unglücklichen mit solcher Gewalt, daß er ganz schwarz aus seinen Händen kommt, dann flüchtet er sich in den Arsch eines Lustknaben, man vögelt ihn auch selbst, Männer und Weiber umgeben ihn, er küßt und filzt alles, was ihm in die Hände kommt, er will seinen Samen verlieren, und um das zu erreichen, ist ihm alles gleich. Es gelingt ihm auch wirklich … Clement folgt auf ihn; es ist das schöne Mädchen von fünfzehn Jahren, welches man seiner Wut ausliefert. Er nimmt eine handvoll Dornen und reibt damit kräftig den ganzen Körper der Unglücklichen. Dann befeuchtet er mit Weingeist die Wunden; er wirft sich auf einen Schandknaben, aber nicht genug aufgeregt, um ihn zu vögeln, läßt er sich von ihm schlecken. Der Kerl entladet, seine Zähne eingrabend, in den Popo der schwangeren Frau. Jetzt kommt Antonius an die Reihe. Er bedient sich eines achtzehnjährigen Mädchens zu seiner Wut. Er liebt zwar die Scheide und doch mißhandelt er die dieser reizenden Person auf schreckliche Weise. Er bedeckt sie mit Nadelstichen, und nachdem ihm diese Grausamkeit genügend aufgeregt, er ihm fest steht, flüchtet er sich in die Scheide des kleinsten Mädchens und entladet, die mißhandelte Scheide zerkauend. Ambrosius kommt an die Reihe; das Scheusal erwählt sich dasselbe kleine Mädchen, das seinem Bruder gedient. Mit Faustschlägen treibt er sie vor sich her. Sie fällt ihm ohnmächtig vor die Füße. Er poussiert einen dreizehnjährigen Knaben, man vögelt auch ihn und sein Samen spritzt. Silvester kommt an die Reihe; ein zwanzigjähriges Mädchen muß ihm ihren Popo darbieten. »Höre«, sagt er zu ihr, »ich will dir nicht verheimlichen, daß dir eine schreckliche Marter bevorsteht; du kannst dich ihrer entziehen, wenn du mir sofort einen schönen Haufen scheißt.« Und der Elende weiß recht wohl, daß es der Unglücklichen unmöglich ist, weil sie soeben Jerome in gleicher Weise befriedigte. Vergeblich bemüht sich das arme Geschöpf. »Es tut mir leid«, sagt Silvester, und indem er eine Zange packt, reißt er ihr an mehreren Stellen die Haut von Hüften und Arschbacken, daß das Blut herabströmt. Er flüchtet sich in eine Fut und seine Geliebte, wohl vorbereitet, scheißt ihm auf den Schwanz. Da entladet er und flucht Gott. Endlich bleibt Jerome noch übrig; er wählt sich zum Opfer das dreizehnjährige Mädchen. Mit den Zähnen zerreißt er sie, jeder Biß läßt das Blut hervorquellen. »Ich hätte Lust, sie aufzufressen!« schreit er. Er wirft sich auf den Arsch eines Knaben von sechzehn Jahren, vögelt ihn, beißt alles, was ihm in den Weg kommt, und entladet, nachdem man ihn prügelt.

Die Mönche trinken und erholen sich, während die unglückliche Justine nahe daran ist, ohnmächtig zu werden. Das fünfzehnjährige Mädchen will sie trösten, dafür bekommt sie dreihundert Rutenstreiche, ihr Arsch zerfließt in Blut. »Keine Gnade, kein Mitleid«, sagt Silvester, »die Kerle sind zum Leiden hier. Jegliches Mitleid hieße den Zweck unserer Vereinigung verfehlen, die Frauen sind nur geschaffen zu unserer Lust, widersetzen sie sich, so muß man sie wie die wilden Tiere töten; was liegt an einer Hure, wenn Leute wie wir zu einem Ständer kommen wollen.« – »Silvester«, sagt Jerome, »du vergißt die christliche Nächstenliebe.« – »Ich scheiß auf alles, was christlich heißt; diese Religion ist nur für die Bettler gemacht und darum predigt sie Nächstenliebe. Zu was brauchen wir sie, die wir in Üppigkeit schwimmen. Wir brauchen niemanden, daher fort mit der Nächstenliebe, fort mit jeglicher Schwäche aus unserem Herzen, damit nur die Wollust, die Grausamkeit und das Verbrechen darin Platz habe.« – »Glaubst du, Silvester, daß man seinen Feind töten solle?« – »Ganz bestimmt«, antwortet Silvester, »mit allen Mitteln muß man ihn verfolgen, und zwar aus einem sehr einfachen Grund: Wenn er könnte, würde er mich töten, und ich erfülle so die Aufgabe des Gesetzes. Ja, ich werde sogar niemals warten, bis sich seine Absicht deutlich zu erkennen gibt. Bei der leichtesten Andeutung werde ich mich seiner entledigen, denn man darf nicht warten, bis sich das Gewitter gebildet hat. Es ist eine bittere, wenn auch ewige Wahrheit, daß ein Tropfen meines Blutes mir mehr gilt, als alle Blutströme der anderen. Der Egoismus ist das heiligste Gesetz der Natur, man kann sagen, daß es ein Laster ist, solange es meine Seele beherrscht, werde ich ihm folgen. Die Gesetze der Menschen, geltend für die Gemeinschaft, sind von den Menschen gemacht und können irren, aber das Gesetz der Natur, eingegraben in das Herz des einzelnen, ist ein sicheres, ewiges Gesetz. Meine Prinzipien sind hart, ihre Schlüsse gefährlich, aber sie sind gerecht. Ich bin der Mensch der Natur, nicht der Gesellschaft, und folge daher den untrüglichen Gesetzen der Natur, auch wenn sie den Menschengesetzen zuwiderlaufen; ich werde mich nie scheuen, die Menschengesetze zu verletzen, nur werde ich die nötige Vorsicht anwenden.« – »Wenn das System Silvesters richtig ist, so müßte man den Menschen von der Gesellschaft in die ihn seine Bedürfnisse getrieben, abschließen.« – »Wenn ihn aber seine Bedürfnisse hineingetrieben«, sagte Severino, »so müßte er, da er der Gesellschaft bedarf, ihre Gesetze erfüllen.« – »Das ist gerade«, antwortete Ambrosius, »der Trugschluß, der die lächerlichen Gesetze geschaffen. Um von der Gesellschaft zu erlangen, was er braucht, hat sich der Mensch den Gesetzen unterworfen. Wäre es nicht besser, sich alles selbst zu nehmen? Besser ist es, im Walde seinen Lebensunterhalt zu suchen, als ihn in der Stadt zu erbetteln und seine eigenen Neigungen dem Allgemeininteresse aufzuopfern. Ich hasse alle sozialen Einrichtungen, sie rauben uns die Freiheit, unsere Kraft und machen uns zu feigen, schwachen Sklavenhorden, die der erste beste Betrüger lenkt, wie er will.« – »Dann würden die Verbrechen auf der Erde regieren«, sagt Severino. – »Das ist ein Sklavengedanke«, antwortet Ambrosius, »was heißt Verbrechen?« – »Die dem Allgemeininteresse schädliche Tat.« – »Was heißt Allgemeininteresse?« – »Die Summe der Einzelinteressen. Aber gerade das, was du Gesamtinteresse nennst, ist nur Gesamtopfer, und ich stehe nicht an, mir durch ein Verbrechen die Rechte, die ich aufgeopfert, wieder zu erlangen. Denn ich habe niemals diesem Gesellschaftsvertrage zugestimmt und ich liebkose daher alles, was dem zuwiderläuft.« – »Das ist«, sagte Ambrosius, fressend und saufend, »ein unmoralisches Gespräch.« – »Was nennst du unmoralisch?« – »Das, was die Menschen von der Tugend abführt«, sagt Severino. – »Komme doch endlich zur Überzeugung«, sagte Ambrosius, »daß Tugend und Laster nur eine Frage der geographischen Lage sind. Wir haben nur einem zu folgen, und das ist unserer eigenen Neigung, denn was die Natur uns eingibt ist gut.« – »Folglich«, sagt Jerome, »waren die perversen Seelen Nero und Tiberius natürlich?« – »Gewiß! Sie folgten nur der Natur.« – »Ich begreife nicht«, sagt Clement, »wie man auf die längst abgetanen Sachen wieder zurückkommen kann?« – »Ich habe nur widersprochen«, sagt Severino, »damit sich euer Geist mehr entwickle.« – »Ich bin überzeugt davon«, sagt Ambrosius, »daß du genauso denkst wie wir.« – »Ja, ich gehe noch weiter«, sagt Severino, »vergeblich zermartere ich mein Gehirn nach einem gigantischen Verbrechen, nichts befriedigt mich.« – »Auch ich«, sagte Jerome, »plage mich seit zwanzig Jahren vergeblich, ein solches zu ersinnen, alles was wir hier tun, ist nur ein Schatten. Immer bleibt mir dieselbe Begierde nach dem Bösen, ich habe mehr Verbrechen kaltblütig als in der Verzückung getan.« – »Du hast also«, sagt Severino, »das Mönchskleid nur angezogen, um die Menschen zu betrügen?« – »Gewiß, denn es ist das Kleid der Falschheiten. Man bedarf nur des Mantels der Tugend, und nicht der Tugend selbst. Und mit dieser Falschheit öffnet sich die Bahn zu neuen Verbrechen. Ich muß euch einmal meine Lebensgeschichte erzählen«, sagt Jerome, »damit ihr seht, daß ich niemals des Verbrechens satt wurde.« – »Kann man denn das jemals werden?« sagt Silvester. »Warum kann man nicht zu jeder Stunde welche begehen?« – »Nur ruhig«, sagt Severino, seine Rolle fortspielend, »es wird die Zeit kommen, wo das höchste Wesen mit Donnerstimme in alle Herzen sprechen und euch zwingen wird, alle seine Regungen Gott zu weihen.« – »Mein Freund«, sagt Ambrosius darauf, »die Religion ist das Nonplusultra der Dummheit; nur der braucht sie, der ohne sie sich nichts in der Natur erklären kann. Sie dient nur dazu, um die Geister zu verwirren, indem sie alles ins Dunkle hüllt und uns für das, was wir nicht verstehen, etwas bietet, was wir noch weniger verstehen. Die Naturerscheinungen führt sie auf einen unsichtbar Handelnden, auf etwas Unnatürliches zurück. Ist der menschliche Geist befriedigt, wenn man ihm als Erklärung für das, was er nicht sieht und nicht versteht, eben noch unsichtbareren und unverständlicheren Gott bietet? Fragst du einen Christen, wer die Welt geschaffen, wird er dir sagen: Gott. Wirst du ihn um die Gegenmittel gegen dieses Unheil fragen, bekommst du zur Antwort: Gebete, Prozessionen, Opfer. Warum ist der Himmel aber böse? Weil die Menschen schlecht sind. Warum sind die Menschen schlecht? Weil ihre Natur verdorben ist. Und warum ist ihre Natur verdorben? Weil Adam in den Apfel gebissen hat. Und wer hat ihn dazu gebracht? Der Teufel. Und wer hat den Teufel geschaffen? Gott. Ja, wozu hat denn Gott den Teufel geschaffen? Da weiß der Trottel keine Antwort. Fragst du so einen Tölpel, was den Menschen in Bewegung bringt, antwortet er: die Seele. Fragst du ihn, was die Seele ist, so bekommst du als Antwort: das ewige Geheimnis. Fragst du ihn, ob die Tiere eine Seele haben, sagt er nein. Ja, warum handeln, fühlen, denken sie dann? Wieder bekommst du keine Antwort. Daraus erhellt, daß der Mensch die Chimäre der Seele nur aus Arroganz geschaffen. Ein Doktor der Theologie würde sich schämen, wenn man seine Seele mit der eines Schweines vergleichen würde. Severino, es ist besser, wenn nur wenige Philosophen sind, denn es ist eine Wollust, anders zu denken wie die Mehrzahl.« – Ambrosius: »Man hüte sich, die Binde von den blöden Augen des Volkes zu reißen. Woher nehmen wir unsere Opfer, wenn alle Menschen Verbrecher wären? Darum laßt uns die Kirche, laßt uns den Thron beschützen, sie fördern die Dummheit und sichern uns unsere Vergnügen. Den Menschen kann man nur mit der eisernen Rute führen, in jedem Staate sollte die Inquisition herrschen. Schaut, wie eng sie in Spanien König und Volk aneinander knüpft, nirgends werden die Ketten so fest sein, wie dort, wo dieses erhabene Tribunal sie schmiedet. Man schimpft sie blutrünstig, ja, ist es nicht besser, zwölf Millionen folgsame Untertanen, als vierundzwanzig Millionen unbotmäßige zu haben? Nicht durch die Zahl seiner Untertanen, sondern durch die Größe seiner Macht und durch den Gehorsam seiner Menschen ist ein Fürst groß. Es gibt kein besseres Mittel, den Glanz und die Macht eines Fürstentums zu heben als die Inquisition, welche alle die, die ihm schaden können, vernichtet. Was liegt an dem vergossenen Blut, welches die Rechte des Souveräns befestigt. Viel mehr Blut würde fließen, wenn diese Rechte gestürzt würden und das Volk in der Anarchie und im Bürgerkrieg sich zerfleischt.« – »Ich glaube«, sagt Silvester, »daß die guten Dominikaner in den Martern ihrer Inquisition auch ihre Wollust nähren.« – »Sicherlich«, sagt Severin, »ich lebte sieben Jahre in Spanien und war sehr intim mit dem Großinquisitor. Eines Tages sagte er mir: »Kein asiatischer Despot kann seinen Harem mit meinem Kerker vergleichen; Männer, Weiber, Kinder, alle Geschlechter, alle Nationen liegen mir auf einen Wink zu Füßen. Meine Henkersknechte sind die Eunuchen, der Tod meine Kupplerin, man hat keine Ahnung, was mir die Furcht einträgt.« – »Ja, beim Teufel«, sagt Jerome, der wieder in die Höhe zu gehen begann, »es gibt auf der Welt nichts Köstlicheres, als die despotische Wollust. Man muß das Ziel seiner Wünsche vergewaltigen müssen. Freiwillig gegeben, macht es kein Vergnügen.« – Antonius schlug vor, sich mit den beiden schwangeren Frauen ein bißchen zu unterhalten. Er selbst hat sie in diesen Zustand versetzt. Sein Vorschlag wird angenommen, man schiebt in die Mitte des Saales ein Postament von zehn Fuß Höhe und stellt darauf, Rücken an Rükken die beiden Unglücklichen. Die ganze Umgebung wird mit Dornensträußchen umsteckt. Gezwungen auf einem Fuß zu stehen, stützt sich ihre Hand auf eine biegsame Birkenrute. Die Mönche belustigen sich daran, zu sehen, wie sich die Unglücklichen vergeblich bemühen, nicht zu fallen. Jeder hat wenigstens drei Subjekte bei sich, mit denen er sich inzwischen ergötzt. Eine Viertelstunde halten es die Unglücklichen trotz ihrer Schwangerschaft aus. Endlich beginnt die sechsunddreißigjährige, die im dritten Monat schwanger war, zu wanken; sie reißt ihre Gefährtin mit sich fort; beide stürzen laut schreiend in die Dornen. Wie die Wütenden stürzen sich die Elenden auf sie, reiben sie mit den Dornen, sodomieren sie, vögeln sie, als plötzlich unter heftigen Wehen das dreißigjährige Weib niederkommt. Jede Hilfe ist ihr versagt, und sie gebiert sterbend ein totes Kind. Alle Mönche entladen, Samenströme fließen, Gotteslästerungen tönen zur Decke und Stille tritt ein. Die Toten werden fortgetragen, die Opfer gehen ins Serail und der Abt, der allein mit Justine und einem fünfundzwanzigjährigen Mädchen namens Omphale geblieben, sagt zu unserer Heldin: »Mein Kind, du verdankst mir das Leben, du warst verloren ohne mich; folge diesem Mädchen, sie wird dich in deine Pflichten einweihen, und nur die vollste Unterwerfung und Folgsamkeit wird mich das, was ich für dich getan, nicht bereuen lassen. Zeig mir deinen Arsch ... Er hat dich gerettet, denn ich verehre ihn.« – »Oh mein Vater, seid noch großmütiger, gebt mir die Freiheit wieder, die Ihr mir geraubt, und ich werde Euch bis an den Rest meiner Tage segnen.« – »Was habe ich von deinen Segnungen«, antwortete der Mönch, »dein Körper ist es, der mir Vergnügen schafft.« Und Severino, bedient von Omphale, führt während dieser Reden sein Glied in das Arschloch Justinens ein. Nach einigen Gängen zieht er sich zurück. »Ich würde sie schon heute nacht mit mir nehmen, wenn nicht eine männliche Jungfernschaft mich erwarten würde. Deshalb verschiebe ich es auf einen der nächsten Tage. Zieht euch zurück!« Der Abt entfernte sich und unsere zwei Duldnerinnen gingen in das Serail, dessen eiserne Pforten sich sofort hinter ihnen schlossen. Justine war zu müde und zu traurig und dachte nur an Ruhe, und auch ihre Erzieherin, ganz erschöpft, hatte dagegen nichts einzuwenden. Am nächsten Morgen befand sich Justine beim Erwachen in ihrer Zelle. Die größte Ruhe herrschte überall, der Saal in der Mitte der Zellen war von einem sehr hohen Fenster beleuchtet, das dreifach vergittert war. Die Zellen waren nicht verschlossen und die Mädchen konnten ungehindert in den Saal gehen und sich gegenseitig besuchen. Der Name eines jeden Mädchens stand über der Tür. Sie suchte Omphale auf und warf sich weinend dem Mädchen, dessen zartes und mildes Gesicht ihr eine verständnisvolle Leidensgefährtin verriet, in die Arme. »Oh teure Freundin«, sagte sie und setzte sich aufs Bett zu ihr, »ich kann mich noch von den Greueltaten, die ich erduldet und mit angesehen, nicht erholen. Wenn ich jemals an die Freude der Wollust dachte, bildete ich mir ein, sie sei so rein wie der Gott, der sie geschaffen. Ich glaubte, sie bestehe aus Liebe und Zartgefühl und bestehe nicht darin, wie wilde Tiere seine Mitmenschen zu martern. Großer Gott, es scheint, als ob jede Tugendregung für mich nur Unglück mit sich bringt. Ich wollte zum Himmel flehen, als ich in dieses Kloster kam, und was ist mein Los? Unverständliche Vorsehung, sprich deutlicher zu mir, damit ich nicht an dir zweifle.« – Omphale versucht, die Arme zu trösten: »Oh Justine«, sagt sie voll Liebe, »genauso wie du habe auch ich geweint, doch die Gewohnheit hat meine Tränen gestillt, auch du mußt dich daran gewöhnen. Der Anfang freilich ist schrecklich, denn nicht nur der Zwang, alle Lüste dieser Wüstlinge zu erdulden, ist unsere tägliche Marter, sondern auch der Verlust unserer Freiheit, die Grausamkeit, mit der man uns behandelt, und der Tod, der uns vor Augen schwebt.« – Jeder Unglückliche tröstet sich, wenn er Gefährten hat. So beruhigte sich auch Justine und bat ihre Genossin, sie mit allem Schrecklichen, was ihr bevorstand, vertraut zu machen.

»Vor allem«, sagte Omphale, »muß ich dich Viktorine vorstellen; sie ist die Direktorin dieses Serails und hat die größte Gewalt über uns. Sie wird schon ungehalten darüber sein, daß du sie nicht früher besucht hast. Ordne deine Kleider ein wenig und komme mich dann abholen.« – Justine, erschrocken über diese neue Pflicht, folgt, und nach einigen Kleinigkeiten kommt sie zurück, ihre Freundin abholen. – Es ist an der Zeit, dem Leser ein Bild von Viktorine zu entwerfen. Sie war ein großes, mageres Mädchen, mit schwarzen Augen und schwarzen Haaren, einer römischen Nase, von grausamen und hartem Aussehen, sehr sinnlich, grausam, verdorben und gottlos, stolz auf ihren Platz, den sie mit ebensoviel Eifer als Depotismus ausfüllte. Sie besaß alle Laster und Ausschweifungen, sowohl geschlechtliche, wie auch Trunksucht, Verleumdung, Falschheit, kurz die größte Verworfenheit, so daß dieses Weib ein Ungeheuer war, von dem man nur Scheußliches erwarten konnte. Seit achtzehn Jahren lebte diese Megäre freiwillig im Kloster, sie war die einzige, die frei aus und ein gehen konnte. Da sie aber in ganz Frankreich von den Gerichten verfolgt wurde, bediente sie sich nur selten dieser Erlaubnis. Um ihrer eigenen Sicherheit willen dachte sie nicht daran, diesen Ort zu verlassen, wo sie ruhig allen ihren Lastern frönen konnte. Ihre Wohnung, bestehend aus Speisezimmer, Schlafzimmer und zwei kleinen Zimmerchen, lag in der Mitte zwischen Knaben- und Mädchenserail, so daß sie sie leicht beaufsichtigen konnte. Viktorine war beim Frühstück, als ihr Omphale Justine vorstellte; ihre Tafel war reich besetzt und von sechs Flaschen Champagner gekrönt. »Tritt näher«, sagte sie zu Justine, »schau, das ist ja ein reizendes Mädchen! Diese schönen Augen ... der süße Mund! Küsse mich, mein Herz. Noch einmal. Und etwas mehr Zunge, wenn ich bitten darf. Stecke sie mir so weit hinein als ich es tue.« Justine folgte. Wie sollte sie auch der widerstehen, von der ihr Leben abhing. Der andauerndste und schamloseste Kuß folgte. »Omphale«, sagte die Direktorin, »das Mädchen gefällt mir, ich werde mich mit ihr geilen; heute kann ich nicht, denn ich habe wie eine Hure gevögelt. Reihe sie unter die Vestalinnen ein, unterrichte sie und bring mir sie heute abends. Wenn sie zum Souper nicht zugezogen wird, werde ich mit ihr schlafen, wenn ja, so morgen. Übrigens entblöße sie, damit ich sehe, wie sie gewachsen ist.« Viktorine betastete sie, schleckte sie und schien sehr zufrieden. »Sie ist weiß und sehr gut gewachsen«, sagte sie, »sie muß wie ein Engel entladen. Auf Wiedersehen, ich muß frühstücken, alles andere heute abend.« – »Madame«, sagte ehrfurchtsvoll Omphale, »meine Kameradin will sich nicht zurückziehen, ohne daß ihr die Ehre widerfahren ist, welche allen Novizen zuteil wird.« – »Ah, sie will meinen Arsch küssen?« sagte die schamlose Kreatur. – »Und das übrige, Madame?« – »Also vorwärts!« Und dabei entblößt sich die Vettel zuerst vorne bis über die Lenden und zeigt Justine die scheußlichste Kloake, an welcher noch der Samen von der verflossenen Nacht klebte. »Zunge!« befahl das Scheusal, und das arme Mädchen mußte widerstrebenden Herzens ihr zu willen zu sein. Dann hob sie sich rückwärts auf und auf ein Zeichen von Omphale küßte sie ihr die Arschbacken und das Arschloch und bohrte, fast ohnmächtig, auf den ungestümen Befehl Viktorinens auch in diese Mistgrube ihre rosige Zunge. Endlich war diese scheußliche Prozedur vorüber und die beiden Mädchen kehren in die Zelle Justinens zurück. Hier gab nun Omphale ihrer Kameradin alle Einzelheiten: »Vor allem, liebe Freundin, wirst du sehen, daß alle Zellen, sowohl die der Knaben als die der Mädchen gleich einfach und elegant eingerichtet sind. Die Fenster sind so hoch, daß man nicht hinauf langt, und dreifach vergittert. Drei Eisentüren schließen das Serail vom Festsaal ab.« – »Warum«, fragte Justine, »findet man nicht über allen Türen Namen?« – »Die Namen der Toten werden sofort ausgelöscht. Heute fehlen zwei und darum zwei leere Tafeln.« – »Was ist denn mit ihnen geschehen?« fragte Justine. – »Erinnerst du dich nicht an die unglückliche Schwangere von gestern abends und außerdem fehlt noch eine in der jüngsten Klasse. Aber Geduld, Justine, und gehen wir der Reihe nach vor. Gehen wir zuerst in den Speisesaal, wo unsere Genossinnen zum Frühstück versammelt sind.« Sie treten ein und Justine wird von achtundzwanzig Mädchen umringt, wie man sie in Europa nicht schöner zusammenfinden kann. In der Klasse der Jungfrauen fiel Justine ein zehnjähriges Mädchen auf, schön wie der Liebesgott, ebenso war unter den Vestalinnen ein siebzehnjähriges Mädchen, die mit ihrem schönen zarten Gesicht, ihrer süßen, melodischen Sprache wie eine Romanfigur anmutete. Unter der Sodomistenklasse befand sich eine, deren herrliche Augen, prachtvolles dunkles Haar und Formen wie aus Marmor gemeißelt, mit einer Venus konkurrieren konnte. Es wäre aber unmöglich, all die Schönheit zu beschreiben, von der Justine geblendet wurde. Ein weniger eitles Mädchen wie Justine wäre aber auch von dem Lob geschmeichelt worden, mit dem man sie überhäufte. Hierauf zogen sich die beiden Freundinnen in die Zelle zurück und der Unterricht Justinens begann. »Vor allem muß ich dir, Justine, dieses entsetzliche Haus beschreiben; du kennst die Kirche und das Kloster, aber du hast keine Ahnung, wie unsere Behausung gelegen; leider nur zu richtig hat dir Severino gesagt, daß eine Flucht unmöglich ist. Am Ende der Sakristei befindet sich eine Tür, welche in einen finsteren Gang führt, was du vielleicht in deinem Schrecken übersehen hast. Zuerst geht der Gang in die Tiefe, weil er unter einem Graben von dreißig Fuß durch muß, dann steigt er wieder, und so gelangt man in unseren Pavillon, nach ungefähr zweihundert Klaftern. Sechs Mauern aus Dornen und Stechpalmen von drei Fuß Dicke verhindern, daß man unsere Wohnung nicht einmal von der Spitze des Kirchturms sehen kann. Der Pavillon ist nämlich nur fünfzig Fuß hoch, die Hecken aber sechzig. Der Pavillon ist mit einem Bleidach bedeckt, auf welches verschiedene immergrünende Bäume so gepflanzt sind, daß sie mit den Hecken einen Wald zu bilden scheinen. Im Souterrain des Pavillons ist ein großer Salon und zwölf Zimmer. Sechs davon dienen als Zellen, die sechs anderen als Kerkerzellen. Letztere sind fast niemals leer. Der Aufenthalt dort ist schrecklich, sie sind feucht und gänzlich kalt, und man wird ganz nackt bei Wasser und Brot eingesperrt; nicht die leichteste Decke, nicht einmal ein Geschirr für die Notdurft bekommt man mit. Sucht man eine Ecke auf, so wird man geprügelt und gezwungen, mitten im Zimmer zu entleeren.« – »Welche ausgesuchte Barbarei und Schmutz!« – »Oft wird man auch angekettet und gleichzeitig werden Ratten, Skorpione, Schlangen und Salamander hineingelassen. Einige von uns sind schon nach acht Tagen darin gestorben. Oft bleibt man ganze Monate darin, das wenigste ist fünf Tage. Oberhalb des Souterrains befindet sich der Speisesaal, wo die Orgien gefeiert werden. Daran schließen sich sechs Boudoirs, wo sich jeder Mönch mit seinem Opfer einschließen kann; diese Zimmer enthalten alles, was die Phantasie der Wollust und der Grausamkeit bieten kann. Zwei weitere Kabinette dienen zu geheimen Zwecken; niemals hat einer von uns sie betreten. Zwei weitere dienen für die Provisionen, eines ist Küche, eines Dienerzimmer. Zwölf Zimmer sind im ersten Stock, sechs davon gehören den Mönchen. In den sechs anderen ist die Dienerschaft untergebracht; dieselbe ist mit Ausnahme des Koches und des Arztes taubstumm. Die Mönche schlafen jede Nacht hier, sie kommen um fünf Uhr und um neun Uhr gehen sie ins Kloster zurück, mit Ausnahme eines, welcher der Tagesregent heißt. Ich werde dir auch seine Tätigkeit beschreiben. Die Mönche bringen selbst die notwendigen Lebensmittel, Wein liegt im Keller und ebenso befindet sich fort ein großartiger Brunnen. Unsere Zahl ist immer mit dreißig festgesetzt; jede Klasse hat ihr Kleid, frisieren müssen wir uns selbst und jeden dritten Monat bekommen wir dazu ein Modell. Die Gewalt der Direktorin ist unbeschränkt. Bevor wir zu den Orgien gehen, müssen wir uns von ihr untersuchen lassen, ob wir auch in dem geforderten Zustand sind. Sonst werden wir sofort schrecklich gestraft.« – »Das verstehe ich nicht«, sagte Justine. »Jeden Morgen«, antwortete Omphale, »bekommt Viktorine die Liste der zum Souper befohlenen Mädchen; bei jedem Namen befindet sich eine Bemerkung über den gewünschten Zustand, ungefähr folgendermaßen: Julie darf sich nicht waschen ... Rose muß scheißen können ... Adelaide furzen ... Alfonse muß einen dreckigen Arsch haben usw. Wird der geforderte Zustand bei dir nicht gefunden, so straft dich Viktorine sofort.« – »Welche Scheußlichkeit, aber ich bitte dich, fahre fort.« – »Es gibt verschiedene Strafen«, sagte Omphale, »für die verschiedenen Fehler; der Tagesregent, welcher die Mädchen für die Orgie aussucht, die Wohnungen visitiert und die Klagen Viktorines in Empfang nimmt, führt auch die Strafen aus, die entweder er oder Viktorine bestimmt. Sie sind folgende: Erstens: In der Früh nicht gewaschen sein, das heißt im Sommer um sieben Uhr, im Winter um neun Uhr – fünfzig Rutenstreiche. Zweitens: Die Forderungen für das Souper nicht erfüllen oder nicht die vorgeschriebene Tracht haben – zweihundert Rutenstreiche. Drittens: Aus Mißverständnis oder aus sonstiger Ursache nicht den vorgeschriebenen Körperteil herzeigen – drei Tage nackt sein zu jeder Jahreszeit. Viertens: Schlechte Kleidung, schlechte Frisur – zwanzig Nadelstiche, wohin es dem Regenten gefällt. Fünftens: Nicht angeben, wenn man die Periode hat – sofortige Unterdrückung mit Eiswasser. Sechstens: Am Tage, wo der Arzt die Schwangerschaft konstatiert – hundert Hiebe mit dem Ochsenziemer auf den ganzen Körper. Straflos ist man nur, wenn es den Mönchen gefällt, die Mutter für größere Qualen aufzusparen. Siebentens: Nachlässigkeit, Widerspruch oder Unmöglichkeit, den Willen der Wüstlinge zu erfüllen – vierhundert Rutenstreiche auf den Arsch. Aber wie oft können wir ohne die kleinste Schuld die höllischen Wünsche dieser Scheusale nicht erfüllen, wie oft verlangt einer das, was wir gerade seinem Vormann gewährt haben und es daher nicht sofort erfüllen können. Achtens: Unfolgsamkeit gegen die Direktorin – sechs Stunden nackt in einem Eisenkäfig, der innen mit Eisenspitzen versehen ist, an denen wir uns bei der leisesten Bewegung zerfleischen. Neuntens: Unzufriedenheit, Kummer, Frömmigkeit – fünfzig Rutenhiebe auf den Busen und die Verpflichtung, die heiligsten Sachen zu schänden. Zehntens: Wenn ein Glied der Gesellschaft dich aussucht, um mit dir die höchste Lust zu kosten und er es nicht erreicht, sei es durch seine oder durch deine Schuld – sechs Stunden wie eine Kugel zusammengebunden nackt an die Decke gehängt. Elftens: Ein Rückfall in diesen Fehler, den man für den schwersten hält, und wie leicht ist es möglich, da sie oft selbst verhindern, daß es ihnen kommt, weil sie dann die Strafe selbst bestimmen und ausüben dürfen. Man bohrt ihr zwei ungeheure Godemichés in die Scheide und in das Arschloch, dann befestigt man dieselben mittels Stricken, bindet dich wie eine Kugel zusammen und hängt dich, in ein Dornenbündel gesteckt, an die Decke, so daß das Blut in das Zimmer heruntertropft. Gewöhnlich setzt sich der Richter darunter, bis sich seine Lust erfüllt hat. Zwölftens: Der kleinste Widerwille gegen einen Vorschlag eines Mönches, und man hat keine Ahnung, wie grausam und ekelhaft sie sein können – zwei Stunden an den Füßen aufgehängt. Auf Rebellion steht Todesstrafe und sechs Monate Kerker, während man täglich bis aufs Blut gepeitscht wird für jede, die sich der Rebellion angeschlossen. Dreizehntens: Bestand die Empörung nur in Ratschlägen und hatte sie keine Folge, so wird der Rädelsführer an achtzehn verschiedenen Körperstellen, die der Tagesregent bestimmt, mit einem glühenden Eisen gebrannt, die anderen nur an einer. Vierzehntens: Selbstmordversuch, Verweigerung der Nahrung oder Herbeiführung einer Krankheit – man erkundigt sich über die dir verhaßteste Tätigkeit und verdreifacht sie mit der größten Grausamkeit, man sperrt dich mit den von dir am meisten gefürchteten Tieren auf einen Monat in den Kerker, und einen Monat mußt du während des ganzen Soupers knien. Fünfzehntens: Ungehorsam, gegen die Mönche außerhalb der Belustigungen – jede Brustwarze mit einer glühenden Nadel zerstochen, bis sie blutet. Sechzehntens: Der gleiche Fehler während der Unzucht – sechs Monate Kerker in Ketten, schwarzes Brot und Salzwasser, viermal im Tag die Peitsche. Beim Rückfall der Tod. Siebzehntens: Fluchtversuch – ein Jahr Kerker. Achtzehntens: In der Ausführung erwischt werden – Todesstrafe. Neunzehntens: Die daran teilgenommen, unterscheiden sich von der Anstifterin nur durch die Grausamkeit der Todesstrafe. Zwanzigstens: Empörung gegen Viktorine – sie leistet der Unzucht dieser Person – so wie Artikel zwölftens. Einundzwanzigstens: Abtreibung – fünfhundert Peitschenhiebe auf den Bauch, wobei man die Sorgfalt hat, die Spitzen der Schnüre, die aus Eisen sind, in die Scheide eindringen zu lassen. Hierbei weichen diejenigen, welche Kinder zu machen lieben, nicht früher von dir, bevor du nicht schwanger bist. Die Mönche verwenden sechs verschiedene Todesstrafen; die leichteste ist, gebraten zu werden; die zweite, gekocht zu werden; die dritte gerädert; die vierte gevierteilt. Die fünfte, durch eine eigens erfundene Maschine langsam zerschnitten zu werden. Bei der sechsten wird man einfach zu Tode gepeitscht. Im übrigen können wir machen, was wir wollen, uns streiten, schlagen, besaufen, prügeln, ja, sogar ermorden, nichts wird uns verübelt; ja, für manches werden wir sogar belohnt. Vor sechs Monaten hat die schöne vierzigjährige Frau ein Mädchen aus Liebe und Eifersucht erstochen. Die Mönche freuten sich über die Tat und einen ganzen Monat erschien die schamlose Person mit Rosen gekrönt. Sie soll einst Viktorine ersetzen. Du siehst also, nur durch Verbrechen kann man diesen wilden Tieren gefallen. Viktorine kann uns durch ein gutes Zeugnis unendlich viele Unannehmlichkeiten ersparen, aber leider läßt sich dieses nur durch Scheußlichkeiten erkaufen, die oft noch viel schwerer zu ertragen sind. Sie selbst ist heilig und außerhalb jeglicher Strafe. Man ist sicher, daß sie zu sehr den Geschmack der Mönche teilt, um sie zu verraten. Die Unmenschen könnten auch ohne diese Gesetze uns quälen, aber diese Art von Gerechtigkeit befördert ihre Wollust. Unsere Nahrung ist sehr gut und sehr reichlich, wahrscheinlich weil wir dadurch geeigneter für ihre Lüste werden. Alle Mahlzeiten – es sind deren vier – sind überaus reichlich. Auch bekommen wir täglich zwei Flaschen Wein und eine Flasche Likör; diejenigen, welche nicht so viel trinken, geben es ihren Kameraden, und es gibt solche, welche sich täglich berauschen. Viktorine präsidiert bei den Mahlzeiten. Sie selbst speist aber separat, und mitunter speisen einige Mönche mit ihr; zu diesen Mahlzeiten zugezogen zu werden, gilt als Ehre. Bei den Soupers der Mönche müssen immer wenigstens zwölf anwesend sein und sechs zur Bedienung; die letzteren nackt. Für je zwei Mädchen wird ein Knabe zugezogen, weil sie schwerer zu beschaffen sind und daher geschont werden müssen. Trotzdem werden auch diese genauso gemartert und eventuell getötet. Ich brauche dir doch wohl nicht erst zu sagen, daß nie ein Fremder hierherkommt. Wenn wir krank sind, pflegt uns der Arzt, und wenn wir sterben, werden wir zwischen die Hecken in vorbereitete Gruben geworfen. Ist die Krankheit schwer oder ansteckend, so werden wir lebendig eingegraben, weil diese Ungeheuer sagen, es sei besser, wenn eine stirbt als zwanzig. Seit den dreizehn Jahren, da ich hier bin, sind über fünfundzwanzig auf diese Weise umgekommen. Im übrigen hängt dies von der Zuneigung ab, die der Tagesregent für die Kranke hat. Steht sie in seiner Mißgunst, so gibt er dem Arzt ein Zeichen und dieser stellt ein Zeugnis über ansteckende Krankheit aus. Eine halbe Stunde nachher hat die Unglückliche zwei Fuß Erde über der Nase. Wir stehen im Sommer um sieben Uhr, im Winter um neun Uhr auf, doch kommen wir infolge der Belustigungen der Mönche sehr spät ins Bett. Sobald wir aufgestanden sind, kommt der Tagesregent seinen Besuch machen. Er setzt sich in einen Lehnstuhl und eine nach der anderen muß zu ihm hinkommen, auf seiner Lieblingsseite geschürzt. Er filzt, küßt, untersucht, und sobald er damit fertig ist, kommt die Direktorin und macht ihren Rapport. Die Strafen werden entweder sofort vom Tagesregenten ausgeführt oder für den Abend aufgehoben. Wird eine zum Tode verurteilt, so wird sie sofort geknebelt und in den Kerker geworfen. Die Todesstrafe selbst wird erst beim Souper ausgeführt. Bevor die Unglückliche aber in den Kerker hinuntergeführt wird, wird sie, nachdem ihr der Regent deutlich und klar den bevorstehenden Tod vor Augen geführt, zuerst noch zur Direktorin geführt, damit diese und der Regent sich eine Stunde mit ihr belustigen können. Nichts soll den Elenden über das Vergnügen gehen, welches sie bei der zum Tod Verurteilten empfinden. Man kann sich daher vorstellen, wie wenig sie mit einem Todesurteil sparen. Die Todeskandidatin wird von ihnen hierbei in der furchtbarsten Weise zur Befriedigung der ausschweifendsten Genüsse mißbraucht und uns das Schicksal dieser Armen recht eingeprägt. Einige Tage vor deiner Ankunft war ich Zeuge einer solchen Szene. Ein schönes Mädchen von siebzehn Jahren wurde von Viktorine des Fluchtversuches beschuldigt. Sie führte Jerome, der Regent war, in die Zelle und zeigte ihm das durchfeilte Fenstergitter. Vergebens beteuerte die Arme ihre Unschuld; sie war sowohl Jerome, als der Direktorin verhaßt, und dieselben hatten selbst das Gitter durchsägt. Ich wurde zugleich mit einem jungen Mann der Todesbelustigung zugezogen. Man kann sich nicht vorstellen, welche Greuel Jerome die Unglückliche erdulden ließ. Als er sie sodomisierte, sagte er zu ihr: »Ich weiß wohl, daß du unschuldig bist, aber ich will bei deiner Hinrichtung entladen.« Er fragte sie dann, was für einen Tod sie haben wollte. Sie antwortete: »Den schnellsten.« – »Dann stirbst du den langsamsten, und ich selbst werde ihn dir geben.« Hierauf poussierte ihn der junge Mann, ich mußte ihm das Arschloch lecken, und indem er das arme Opfer küßte, schlürfte er ihre Seufzer der Verzweiflung und der Todesangst mit Wollust. Hierauf entlud er in den Mund der Unglücklichen, indem er sie mit aller Kraft ohrfeigte. Nach den Strafen erhält Viktorine die Liste der zum Souper Befohlenen und trifft ihre Anordnungen diesbezüglich, ja, nach dem verlangten Zustand derselben. Trotz der kleinen Belustigungen pflegt der Regent selten den Saal zu verlassen, ohne zuerst noch irgendeine größere Szene, die Viktorine mit der größten Schamlosigkeit arrangiert, zu genießen. Hierauf geht er ins Knabenserail, wo dasselbe geschieht. Wenn ein Mönch vor dem Frühstück ein Mädchen wünscht, so überbringt der Kerkermeister den Befehl. Wenn sie zurückkommt, überbringt derselbe ein Zeugnis über ihre Aufführung, so daß die Direktorin sofort die eventuelle Strafe eintragen kann. Bis zum Souper haben sie dann Ruhe. Nur selten kommt es vor, daß ein Spezialbefehl von den Mönchen, die tagsüber im Kloster sind, kommt. Um sieben Uhr abends, im Winter um sechs Uhr, kommt der Kerkermeister die zum Souper befohlenen Mädchen holen, während die für die Nacht bestimmten in die Zimmer ihres Herren gehen und dort, nur begleitet von den Ehrenfräuleins, auf diese warten.« – »Was sind das, Ehrenfräuleins?« fragte Justine. – »Am Anfang jedes Monats wählt sich jeder Mönch zwei Mädchen aus, die ihm während des ganzen Monats als Dienerinnen und Lustobjekt zur Verfügung stehen. Er darf sie weder wechseln, noch zwei Monate hintereinander dieselbe behalten. Nichts ist so ekelhaft und so grausam wie dieser Dienst. Ich weiß nicht, ob du ihn aushalten wirst. An jedem Tag um fünf Uhr gehen die Ehrenmädchen nackt zu ihrem Herrn und verlassen ihn nicht, bis er ins Kloster zurückkehrt. Es gibt keinen Dienst und keine Marter, die er ihnen nicht auferlegt. Er kennt kein anderes Nachtgeschirr als ihren Mund oder ihre Brust. Tag und Nacht sind sie seinen Prügeln, Martern und quälenden Belustigungen ausgesetzt. Die kleinste Widersetzlichkeit wird bei einem Ehrenfräulein noch strenger gestraft als sonst. Sie müssen die von den Orgien erschöpften Mönche durch ihren Mund wieder in Ordnung bringen und überallhin begleiten, und sitzen während des Soupers entweder wie ein Hund zu seinen Füßen oder zwischen seinen Knien, um ihn mit dem Munde zu geilen. Es kommt auch vor, daß er sich auf ihr Gesicht setzt oder sie mit einer Kerze im Arschloch als Leuchter benützt. Kürzlich haben sie alle zwölf in bizarre, überaus schwierige Positionen gestellt, wobei die Armen beim Stürzen entweder in Dornen oder in kochendes Wasser fielen. Bei diesem Anblick ergötzten sich die Mönche an Speise und Trank, sowie an allen möglichen Ausschweifungen.« – »Oh Himmel«, sagte Justine, »kann man noch weiter die Schlechtigkeit und Gottlosigkeit treiben?« – »Es gibt doch keine Greueltaten«, antwortete Omphale, »die der Mann, der Religion und Gesetz verachtet, nicht kennt, und doch weißt du nicht alles. Die Schwangerschaft, auf der ganzen Welt geachtet, ist bei ihnen der Grund zu schrecklichen Martern. Mit Schlägen entbinden sie sie, und wenn sie die Frucht schonen, so geschieht dies nur zu Zwecken der Wollust. Hüte dich daher vor diesem Zustand.« – »Aber kann man das?« – »Es gibt so gewisse Schwämmchen, doch muß man sich hüten, daß Antonius es bemerkt; noch sicherer ist es, es sich nicht kommen zu lassen, was doch bei diesen Ungeheuern leicht möglich ist. Kein Mönch, mit Ausnahme des Regenten und des Abtes, darf das Serail betreten. Doch nachdem die Regenten jede Woche wechseln, hat jeder Gelegenheit, diese Rechte zur Genüge auszunutzen. Außerdem steht es jedem Mönche frei, sich so viele Mädchen und Knaben er will, aufs Zimmer kommen zu lassen. Dafür gibt es keine Entschuldigung, selbst nicht Krankheit. Oft verlangen sie ein Subjekt, von dem sie wohl wissen, daß es sie nicht befriedigen kann, aber sie wollen nur ihrer Grausamkeit dienen. Im übrigen haben alle Mönche gleiche Rechte und der Abt nur den Vorzug des Eintrittes in das Serail, um die Anordnungen betreffs Kleidung und Polizei treffen zu können. Die sechs Mönche genießen die höchsten Ehrenstellen in ihrem Orden. Außer den großen Mitteln, die der Orden für diese Erholungsstätte, wohin alle Mitglieder zu kommen hoffen, zur Verfügung stellt, verfügt noch jeder zu diesem Zwecke über einen Teil seines großen Vermögens. Fünf mal hunderttausend Francs dienen für Unzuchtzwecke, vier Frauen und Männer durchreisen ganz Frankreich, um die zwei Serails zu ergänzen. Die Objekte dürfen nicht älter als sechzehn und nicht jünger als zehn Jahre sein. Sie müssen fehlerlos und mit allen Reizen geschmückt, vor allem aber von vornehmer Abkunft sein. Darauf halten die Wüstlinge sehr viel. Auf Jungfernschaft halten sie nichts, auch verheiratete Frauen und verführte Mädchen lassen sie rauben, aber der Raub muß konstatiert sein, denn das befördert ihre Erregung. Nur durch Tränen wollen sie ihr Vergnügen erkaufen. Wenn sie dich nicht für so tugendhaft erkannt hätten, wenn du dich nicht so gewehrt hättest, hätten sie dich nicht vierundzwanzig Stunden behalten. Wir sind alle von adeliger Abkunft, ich bin die einzige Tochter des Grafen von Villebrunne und sollte einst ein Vermögen von achtzigtausend Francs Rente erben. Als ich als zwölfjähriges Kind vom Landgut meines Vaters in mein Kloster gebracht wurde, wurde unser Wagen angegriffen, meine Gouvernante ermordet und ich geraubt. Hierher gebracht, wurde ich noch am selben Abend geschändet. So ist es uns allen ergangen; nicht eine einzige, die sich nicht ihrer vornehmen Verwandtschaft rühmen kann und trotzdem mit der größten Schamlosigkeit behandelt wird. Aber diese Elenden schonen nicht einmal ihre eigenen Familien. Eines unserer schönsten Mädchen ist die Tochter Clements. Das neunjährige Mädchen ist die Nichte Jeromes; auch Severino hat mehrere Kinder hier im Hause gehabt, alle hat er sie ermordet. Ambrosius hat einen Knaben im Serail, den er selbst entjungfert hat. Sobald ein neues Objekt ankommt, wird, wenn die Zahl voll ist, eine vom selben Geschlechte ausgeschaltet. Die Arme steht dann am Rande des Grabes. Sie wird auf vierundzwanzig Stunden nackt in den Kerker gesteckt und das Souper, bei welchem sie abgeschlachtet werden soll, mit der größten Ausschweifung ausgestattet. Sechs der schönsten Frauen und die sechs kräftigsten Männer werden zugleich mit der Direktorin zu dieser blutigen Orgie zugezogen. Eine Stunde vor dem Souper wird das Opfer, mit Zypressen gekrönt, hereingeführt und man wählt die Martern aus, die den Scheusalen am meisten zusagen; das Opfer wird auf ein Piedestal gesetzt und gleich nach dem Souper beginnen die Martern, die bis zum Tage dauern. Doch wozu soll ich dir das alles sagen, du wirst es nur zu bald selbst sehen.« – »Oh Himmel«, rief Justine aus, »so ist auch der Mord, das schändlichste aller Verbrechen, nur eine Quelle neuer Lust für sie? Gewöhnt, nur im Schmerze und in der Verzweiflung anderer sich zu berauschen, glauben diese Ungeheuer, zu unserem ersten Schmerz neue Martern hinzufügen zu müssen, um ihre Wollust zu steigern!« – »Zweifle nicht daran«, sagte Omphale, »sie schlachten uns ab, weil das Verbrechen sie reizt. Du wirst selbst hören, mit welcher Geschicklichkeit sie ihren schändlichen Standpunkt verteidigen.« – »Kommen diese Ausschaltungen oft vor?« – »Alle vierzehn Tage, und hierbei werden sie nur von ihrer Laune geleitet. Sie ermorden morgen die, welche sie heute mit Zärtlichkeit überhäuften, und lassen die zwanzig Jahre leben, deren sie schon ganz satt sind. Ich gebe dir einen Beweis dafür: Dreizehn Jahre bin ich hier, täglich allen Orgien zugezogen, verbraucht durch die schamlosen Exzesse müßten sie doch meiner schon satt sein, und doch lassen sie mich weiter leben, während ich sie die herrlichsten Kreaturen schon nach acht Tagen habe morden sehen. Das letzte Opfer war sechzehn Jahre alt, erst sechs Monate hier; sie wurde schwanger und das war ihr Todesurteil.« – »Und die, welche durch Zufall sterben, so wie die gestern« fragte Justine, »werden die zu den Ausschaltungen dazugezählt?« – »Keineswegs, deshalb wird doch alle vierzehn Tage ein anderes Opfer geschlachtet.« – »Kommen solche zufällige Tote oft vor?« fragte Justine. – »Nein«, antwortete Omphale,

»sie begnügen sich mit den angeordneten Opfern. Glaube aber nur ja nicht, daß du durch die größte Folgsamkeit dem Schicksal entrinnen kannst. Die Pflichteifrigsten, Gefälligsten verschwanden oft schon nach sechs Monaten, während die Faulen oft jahrelang leben; ich kann dir daher diesbezüglich keinen Rat geben, denn hier herrscht der einzige, phantastische Wille dieser Ungeheuer. Wenn eine Frau verurteilt ist, so erfährt sie es erst in der Früh durch den Regenten. Er sagt ihr: Deine Herren haben dich verurteilt, heute Abend hole ich dich. Ist er fort, dann küßt sie ihre Genossen, und je nach ihrem Charakter sucht sie sich in Ausschweifungen zu betäuben oder in ihrer Zelle ihr Schicksal zu beweinen. Aber keine Klage, kein Verzweiflungsschrei darf ertönen, sonst wird sie auf der Stelle in Stücke gehauen. Die Stunde schlägt und der Mönch führt sie in das finstere Gefängnis, wo sie bis zum nächsten Tage bleibt. Während dieser vierundzwanzig Stunden wird sie wiederholt besucht. In ihrer fürchterlichen Grausamkeit lieben es die Mönche, ihr das Schreckliche ihrer Lage immer wieder vor Augen zu führen; auch können sie sie allen Martern unterwerfen, so daß sie aufs Schändlichste vergewaltigt, halb tot zur Hinrichtung schwankt. Unter keinem Vorwand kann dieselbe aufgeschoben oder verzögert werden, ihr Gesetz diesbezüglich ist unverletzbar. Schenke mir die Einzelheiten dieser grauenhaften Szene, sie endigt mit der Volltrunkenheit und dem Delirium fast aller. Die Aufnahme findet unter ähnlichen Formalitäten statt, wie du sie selbst erduldet.« – »Und die Mönche?« fragte Justine. »Wechseln die auch?« – »Nein«, antwortete Omphale, »Ambrosius, der jüngste, ist seit zehn Jahren hier die andern fünfzehn, zwanzig und fünfundzwanzig Jahre. Der Abt ist ein Italiener und naher Verwandter des Papstes. Er hat die wundertätige Jungfrau eingeführt, welche die Achtung des Klosters sichert. Aber das Haus, so wie es jetzt besteht, existiert schon über hundert Jahre, jeder Abt hat die Gesetze und Privilegien, die hier bestehen, geachtet; Severin, der größte Wüstling seiner Zeit, hat sich hierher nur versetzen lassen, um ein Leben entsprechend seinen Neigungen führen zu können. Wir gehören zur Diözese Auxerre, aber der Bischof, sei es, daß er verständigt ist oder nicht, erscheint niemals. Wenn ein Fremder im Kloster erscheint, so empfängt ihn der Abt mit allen Anzeichen der Frömmigkeit und Würdigkeit. Dadurch bleibt der Ruf der Ehrbarkeit aufrecht und die Dummheit des Volkes und der blöde Aberglaube sichert den Ungeheuern Straflosigkeit.«

»Kommt es auch vor, daß ein Mönch ein Subjekt in seinem Zimmer ermordet?«

»Nein, das dürfen sie nur in der Gemeinschaft, nur über ihre Ehrenfräuleins haben sie Gewalt über Leben und Tod. Auch während der geheimen Orgien bei der Direktorin pflegen Morde vorzukommen, sie zeichnen dann einfach fünfundzwanzig Louis für einen Ersatz. So leben wir Tag für Tag unter dem Schwerte, keine ist sicher, wenn sie in der Früh aufsteht, am Abend ihr Bett wieder zu finden. Trotzdem gewöhnt man sich langsam daran und du wirst sehen, welche Ruhe unter uns herrscht.« – »Niemals werde ich aufhören zu weinen und zu zittern«, sagte Justine, »aber setze meine Erziehung fort und sage mir, ob die Mönche jemals ein Subjekt aus dem Kloster entlassen?« – »Niemals«, antwortete Omphale, »im Momente, als dieses Haus uns verschlungen, ist unsere Freiheit für immer dahin und später oder früher erreicht uns dasselbe Schicksal.« – »Du hast wohl viele kommen und gehen gesehen?« fragte Justine. – »Es gibt nur noch zwölf, die von den ersten übrig sind, alle anderen haben gewechselt.« – »Hast du viele Freundinnen verloren ?« – »Sehr teure.« – »Oh welcher Kummer, woher soll ich die Kraft nehmen, dich zu lieben, wenn ich dich so früh für ewig verlassen soll.« Und die zwei zärtlichen Freundinnen umarmten sich voll Kummer und Verzweiflung. Kaum war diese Szene zu Ende, als der Tagesregent mit der Direktorin erschien. Es war Antonius. Alle Weiber stellten sich auf; er zählte sie ab und setze sich. Hierauf heben alle ihre Röcke auf, die einen bis zum Nabel, die andern bis über den Arsch. Als er Justine sah, fragte er sie roh, wie es ihr gehe; da sie nur mit Tränen antwortete, sagte er ihr: »Es wird schon gehen, es gibt kein Haus in Frankreich, wo man Mädchen rascher erzieht.« Er nahm die Liste der Schuldigen, welche die Direktorin ihm bot, und wandte sich an Justine und befahl ihr, die schon bei dem bloßen Wort wie vor einem Todesurteil zitterte, sich auf den Rand des Kanapees zu setzen. Er ließ ihr von Viktorine die Brust entblößen. Ein anderes Mädchen muß ihr die Kleider bis zum Nabel hinaufheben. Auf Justine setzte sich ein zweites Mädchen, so daß er eine zweite Scheide zu Gesicht bekommt, wenn er sich mit der ersten belustigt. Ein drittes Mädchen mußte mit der Hand ihn geilen, während eine vierte das gleiche mit Justine tun mußte. Alles bemüht sich, ihn in die Höhe zu bringen, endlich ist er in dem gewünschten Zustand, ein neues Mädchen packt ihn beim Glied und führt es in die Scheide Justinens ein. »Hol dich der Teufel«, brüllt er, indem er mit aller Gewalt vögelt, »endlich bin ich in diesem Loch, nachdem ich mich sehne. Ich will sie mit meinem Samen besprengen, ich will, daß sie schwanger wird.« Sofort bemühen sich alle, ihn noch mehr aufzuregen. Omphale bearbeitet seinen nackten Arsch mit allen

Mitteln, man hat keine Ahnung, wie viele Ärsche ihm zu küssen und zu schlecken dargeboten werden. Die Krise nähert sich, ein Schrei, der die Decke erdröhnen macht, kündet sie an. Die Direktorin bemüht sich selbst, indem sie seinen Samenstrang massiert. Er schleckt den schönsten Kitzler des Serails. Endlich erreicht er sein Ziel, läßt sie von einer seiner Ehrendamen noch abschlecken und geht brummend fort. So pflegte man gewöhnlich die Mönche in ihrem Vergnügen zu unterstützen. Das Frühstück wird gebracht, Justine setzt sich erst auf Befehl der Direktorin und aß nur auf Befehl. Kaum war man fertig, als der Abt eintrat. Man empfing ihn mit der gleichen Zeremonie wie Antonius, nur zeigte man ihm bloß die Ärsche. Nach der Prüfung sagt er: Man muß wohl Justine Kleider geben. Er ging zu einem Kasten, gab ihr die ihrer Klasse entsprechende Kleidung und verlangt, sie solle sofort den Kleiderwechsel vornehmen. Die arme Waise folgt, doch hatte sie noch die Geschicklichkeit, ihr Geld in den Haaren zu verbergen. Severin verschlingt sie mit den Augen, während sie sich umkleidet. Kaum ist sie nackt, als sie der Abt packt und sie mit dem Bauch auf das Sofa legt. Vergeblich bittet sie um Gnade. Er sodomiert sie, während von allen Seiten sich Ärsche seiner Hand und seinem Mund darbieten. Er vollendet und entlädt mit der glücklichen Ruhe des Verbrechers. Im Novizenkleid erscheint Justine ihrem Henker noch schöner, er befiehlt ihr, ihn auf seinem Rundgang zu begleiten. Am Ende desselben erweckte ein schönes neunzehnjähriges Mädchen aus der Klasse der Sodomisten seine Begierde. Auf seinen Befehl hebt Viktorine ihre Röcke in die Höhe und der schönste weißeste Arsch bietet sich dem Auge des Wüstlings dar. Er befiehlt Justine, ihn zu geilen, sie tut es ungeschickt, ihre Genossinnen unterrichten sie, man lehrt sie auch, das Glied in das Loch einführen, welches es durchbohren soll. Sie gehorcht und der Mönch vögelt aus aller Kraft; aber es ist nur der Arsch Justinens, den er küssen will, an den andern ergötzt er sich nur mit den Augen. Seine Augen entflammen sich, man glaubt, er will sein Ziel erreichen, doch er bricht plötzlich ab. »Genug«, sagt er, indem er sich zurückzieht, ich habe auch noch heute abends zu tun. Justine«, sagt er, »ich bin zufrieden mit deinem Arsch und werde ihn oft vögeln. Sei folgsam und zuvorkommend, es ist die einzige Möglichkeit, dich lange zu erhalten.« Hierauf entfernt er sich, indem er zwei dreißigjährige Mädchen zur Direktorin zum Frühstück mitnimmt. »Was wird er mit diesen machen?« fragt Justine Omphale. »Er geht sich mit ihnen besaufen. Seit zwanzig Jahren im Haus, sind sie ebenso verworfen wie die Mönche, du wirst sie betrunken zurückkommen sehen und bedeckt von seinen Hieben.« – »Und wird er dann noch weiter vögeln ?« – »Wahrscheinlich, nach dem Frühstück geht er ins Männerserail und dort wird er sich wie eine Frau von fünf bis sechs Knaben gebrauchen lassen.« – »Was für ein Mensch!« – »Du weißt noch gar nichts, man kennt sie erst, bis man solange mit ihnen lebt, wie ich.« Der Tag verfloß ohne Ereignis, nachdem aber Justine nicht zum Souper zugezogen wurde, mußte sie entsprechend dem am Morgen erhaltenen Befehl mit Omphale zur Direktorin gehen. »Ah, du bist es«, sagte diese, als sie ins Zimmer eintrat, »ich schwärm, für dich meine Liebe, ich werde zwei Burschen kommen lassen, wir werden mit Omphale zu fünft nachtmahlen und werden unser Möglichstes tun.« Auf ein Glockenzeichen kamen zwei reizende Burschen von zwanzig bis zweiundzwanzig Jahren und Viktorine sagte zu ihnen, nachdem sie sie eine Viertelstunde geküßt, gegeilt und geschleckt hatte: »Augustin und Narziß bildet mit diesen zwei schönen Mädchen schamlose Gruppen, um mich aus der Lethargie zu reißen, in welcher ich seit mehreren Tagen bin.« Die zwei heißblütigen Vögler lassen sich das nicht zweimal sagen. Der jüngere packt Justine, der andere Omphale, und durch ihre Kunst bilden sie in einer halben Stunde eine solche Reihe schamloser Posen, daß die Megäre erhitzt sich unter die Kämpfer mischt. Alles bemüht sich jetzt, ihre Lust zu erregen. Die Hure, ganz nackt, von vorn und von hinten gevögelt, zerkaut abwechseln das Arschloch Omphales und die Fut Justinens. Doch jetzt will sie auch noch den Mann spielen, sie bindet sich ein Godemiché um und fängt Justine zu vögeln an. Der ältere Bursche muß Justine in den Arsch ficken, sie selbst steckt sich den Schwanz des zweiten in den Arsch und geilt Omphale mit der Zunge. Sie ist entzückt von Justine. »Oh, welch ein Vergnügen, sie zu vögeln, warum bin ich kein Mann? Küsse mich, mein Engel, küsse mich, du Hure, denn es kommt mir.« Die gleichgültige Justine bietet sich geduldig dar, von Kummer und Gewissensbissen gequält. Aber Viktorine hält nicht Wort, die Natur versagt sich ihr und durch neue Schweinerei versucht sie, ihr Ziel zu erlangen. Sie leckt Justine den Arsch und läßt sich von Omphale den Kitzler geilen, damit es derselben kommen soll, und so ihr eigener Erguß beschleunigt würde. Justine entlädt wider ihren Willen, Viktorine schleckt sie toll wie eine Bacchantin, indem sie den einen Knaben poussiert, während sie der andere abwechselnd in Arsch und Fut vögelt. Endlich entlädt die Hure unter Schreien, Flüchen und Zuckungen.

Man geht zu Tisch, Viktorine will nur Bissen essen, die die Elfenbeinzähne Justinens vorgekaut. Omphale muß sie geilen währenddem.

»Ich liebe beide Vergnügen zu mischen«, sagte sie, sie überschwemmt Justine mit Champagner in der Hoffnung, daß ihr die Trunkenheit des Mädchens bieten würde, was ihr die Nüchternheit verweigert. Als sie bemerkt, daß alles umsonst, schickt sie sie schlafen, indem sie ihr zornig sagt, auf diese Weise würde sie ihre Gefangenschaft nicht erleichtern. »Dann werde ich eben leiden«, sagte Justine, indem sie sich zurückzieht; »ich bin zu leiden geboren, und solange es dem Himmel gefällt, werde ich sie erdulden, niemals ihn aber freiwillig beleidigen, das soll mein Trost sein.« Omphale und die beiden Jünglinge bleiben die Nacht dort. Am nächsten Morgen erfuhr sie von Omphale, was für Greuel diese hatte erdulden müssen. Am nächsten Tage sollte eine Ausschaltung vorgenommen werden. Als Antonius erscheint, erbebt Justine bei dem Gedanken, ihre Aufführung bei der Direktorin könne die Wahl auf sie fallen lassen. Doch die Gleichgültigkeit Antonius beruhigt sie bald. Als die Zeremonien beendigt, nennt Antonius den Namen »Iris«. Es war eine wunderschöne Frau von vierzig Jahren, seit zweiunddreißig Jahren im Haus. »Komm her«, sagte Antonius zu ihr, »ich will deine Scheide untersuchen.« Alles bemüht sich um den scheußlichen Satyr, und er beginnt sie zu vögeln. »Das ist mein Abschied von dir, du Hure ...« Alle erzitterten und das unglückliche Opfer war einer Ohnmacht nahe. »Hörst du mich nicht«, schreit er und gab ihr zwei Ohrfeigen, indem er sie weiter vögelte, »die Gesellschaft schaltet dich aus und übermorgen lebst du nicht mehr. Wenn ich dich noch vögle, verfluchte Hure, so geschieht dies nur, damit du meinen Samen in die Hölle trägst und die Furien sich ihre Scheide damit einschmieren können. So entlade doch, Bestie, ich glaube, ich helfe dir doch genug ...« Aber Iris, ohnmächtig, hört nichts mehr. Vergebens beißt er ihr in die Brust, um sie ins Leben zurückzurufen, ohnmächtig läßt sie der Barbar in den Kerker werfen.

Justine verbrachte einen traurigen Tag, das schreckliche Bild ging ihr nicht aus dem Kopf und sie zitterte davor, der Blutorgie beigezogen zu werden. Glücklicherweise hält man sie noch für zu jung und sie mußte einfach die Nacht bei Clement zubringen. »Oh, Himmel«, rief sie aus, »so muß ich denn die Begierden dieses Ungeheuers stillen, wenn er blutbedeckt von dem Morde meiner unglücklichen Gefährtin sich mir nähern wird, das Laster im Herzen und Gotteslästerung auf der Zunge.« Aber der Kerkermeister kommt sie holen und führt sie in die Zelle Clements, wo sie auf den Elenden wartend sich ihren traurigen Gedanken hingibt.

Gegen drei Uhr morgens kam Clement von seinen zwei Ehrenfräuleins geleitet, die ihn, da sie an der Blutorgie nicht teilnehmen durften, abgeholt hatten. Die eine hieß Amanda, war ein reizendes Geschöpf, blond, sechsundzwanzig Jahre alt, die Nichte Clements, die andere hieß Luzinde, war achtundzwanzig Jahre alt und hatte weiße volle Formen. Unterrichtet über ihre Pflichten, empfängt ihn Justine kniend, er betrachtet sie eine Zeitlang in dieser erniedrigenden Stellung, befiehlt ihr dann, aufzustehen und ihn auf den Mund zu küssen. Clement schlürft diesen Kuß mit aller Wollust, während die beiden Mädchen Justine entkleiden. Als sie von den Hüften bis zu den Sohlen entkleidet ist, bieten sie Clement seine Lieblingsgegend an. Der Mönch prüft, filzt und küßt in einem Lehnstuhl sitzend. Seine Nichte sitzt ihm zu Füßen und schleckt sein Glied, diesen kraft- und saftlosen Hautlappen, den nur die größte Kunst wieder ins Leben zurückrufen kann. Luzinde gleitet mit der Hand unter seinen Arschbacken durch und sokratisiert ihn. Der Wüstling bearbeitet mit seiner Zunge das Heiligtum, das sich ihm darbietet und seine krummen Finger kneifen den Arsch Amandas und Luzindes. Aber am meisten beschäftigt er sich mit Justine. Sie muß ihm in den Mund furzen, und das übt Wunder. Er beißt gleichzeitig an sechs Stellen den Arsch Justinens; sie stößt einen Schrei aus und wirft sich nach vorne. Voll Wut brüllt sie Clement an: »Weißt du, was du für diesen Ungehorsam verdienst?« Die Unglückliche entschuldigt sich, aber wie ein wildes Tier packt er sie, reißt ihr Korsett und Hemd herunter und quetscht ihren Busen zusammen, furchtbar fluchend. Amanda sucht ihren Onkel zu besänftigen. Die Stimme des Blutes kommt zur Geltung, er haut wütend auf ihren Arsch los und zerbeißt ihre Zunge und Lippen. Tränen und Schreie entschlüpfen dem armen Mädchen, sie muß auf den Stuhl steigen und ihm in den Mund furzen. Da kommt Luzinde an die Reihe, Justine muß ihn geilen und seine Zähne graben sich an mehreren Stellen in den schönen Arsch Luzindens. Er wendet sich zornig zu Justine um: »Wie schlecht du geilst, Dirne, warte nur, ich werde dich martern. Überall werde ich dich peitschen, auch dieser Alabasterbusen, dessen Rosenknospen ich schon im voraus mit Vergnügen zerquetsche.« Unsere Unglückliche wagt kein Wort zu erwidern und ihre Augen füllen sich wider Willen mit Tränen. Sie muß sich auf einen Sessel legen und mit den Händen die Füße desselben umklammern und dann läßt er sich Ruten holen. Er sucht die dünnsten und schmiegsamsten aus und erprobt sie durch zwanzig Hiebe auf Schultern und Rücken. Dann läßt er Amanda und Luzinde dieselbe Position einnehmen und erklärt ihnen, daß, wer zuerst weinen, schreien oder den Sessel loslassen würde, die furchtbarsten Martern erdulden werde. Darauf gibt er den beiden ebenso viele Hiebe wie Justine, kehrt dann wieder zu ihr zurück und küßt alle Stellen, die er gequält. Dann versetzt er ihr weitere hundert Hiebe bis zu den Hüften und ebensoviel auch den anderen. Die Unglücklichen wagen sich nicht zu rühren, nur einige dumpfe Seufzer ertönen. So sehr er sich aber auch durch diese Qualen zu entflammen suchte, so viel er auch onanierte, er konnte es zu keinem Ständer bringen. »Teufel«, schreit er, »ich habe mich zu stark ausgegeben bei diesem Weibsbild, das wir heute zu Tode gemartert haben.« Er betrachtet mit Wohlgefallen die lilienweißen, noch unberührten Arschbacken und küßt sie wiederholt. »Mut«, sagt er und ein Regen von Prügeln saust auf sie hernieder. Ergötzt durch die Zuckungen, die Gesichtsverzerrung und den Schmerz der Unglücklichen, drückt er ihr sein Vergnügen in Küssen aus. »Diese Dirne gefällt mir; noch niemals haben mir Prügel mehr Vergnügen gemacht.« Darauf prügelt er noch Amanda und Luzinde in gleicher Weise. Hierauf dreht er Justine um und gibt ihr fünfzig Hiebe vom Bauch bis zu den Schenkeln, und indem er ihr dieselben auseinanderspreizt, schreit er: »Verfluchter Gott, da sah ich einen reizenden Vogel, den ich rupfen werden!« Einige Hiebe dringen sehr tief in die Scheide ein. Justine schreit laut auf. »Ah«, sagt er, »hab' ich endlich die empfindliche Stelle getroffen? Wir werden das später etwas genauer untersuchen.« Luzinde und Amanda werden in gleicherweise mißhandelt, doch sei es, daß es die Gewohnheit machte, sei es die Angst vor noch härterer Behandlung, sie lassen nur durch einige Seufzer und Zuckungen ihre Schmerzen erraten. Er verläßt sie in ihrem Blute. Mittlerweile hat sich der Zustand des Mönches geändert, das verfluchte Instrument begann zu schwelgen. »Auf die Knie nieder«, sagt er zu Justine, »ich werde deinen Busen peitschen.« – »Auch den Busen, mein Vater?« – »Ja, auch diese zwei ekelhaften Halbkugeln, die ich hasse und verabscheue.« – »Oh mein Vater, Ihr werdet mich töten.« – »Was liegt mir daran, wenn ich nur meine Befriedigung finde.« Er beginnt mit ein paar Hieben, die Justine mit der Hand auffängt. Wütend bindet er ihr die Hände auf den Rücken und verbietet ihr drohend, auch nur ein Wort zu sprechen. Nichts bleibt ihr übrig, als ihr stummer, flehender Blick, doch dies kann das Scheusal nicht rühren. Ein Dutzend kräftige Hiebe erzeugen furchtbar blutige Spuren; Justine weint und ihre Tränen vermengen sich mit dem Blute ihres zerfetzten Busens. Das Scheusal saugt Blut und Tränen auf und küßt Busen und Mund mit Wollust. Dann kommt Amanda an die Reihe. Er beißt zuerst den Busen und mißhandelt ihn dann solange, bis sich dem Henker nur blutige Striemen darbieten. Luzinde zerfetzt er die Brustwarze und sie fällt in Ohnmacht. »Teufel«, sagt der Mönch, »das habe ich wollen.« Doch er zieht es vor, sie wieder ins Leben zu erwecken, als sie in dieser Krise zu beobachten. »Jetzt will ich euch alle drei peitschen«, sagt er, »aber auf verschiedene Körperteile.« Justine bleibt knien, Amande muß sich auf sie setzen, so daß ihre Fut auf den Mund Justinens kommt und Luzinde sitzt auf dem Rücken Armanda, so daß sie ihm ihre Scheide ganz ausgespreizt darbietet. Auf diese Weise kann er zu gleicher Zeit die Scham, den Arsch und den Busen der drei schönsten Mädchen peitschen. Er begnügt sich auch nicht mit dem Anblick, sondern haut wütend drauf los, bis Arsch, Scheide und Busen in Blut schwimmen. Endlich steht er ihm, aber er wird noch wütender. Er nimmt aus einem Kasten eine Peitsche mit so scharf geschliffenen Eisenspitzen, daß man sich bei der bloßen Berührung zerschneidet. »Sieh, Justine«, sagte er und zeigte sie ihr, »damit ist köstlich zu hauen, aber für den Augenblick will ich mich mit dieser da begnügen.« Es war eine zwölfschwänzige Katze mit Knoten von Haselnußgröße. »Vorwärts, meine Nichte«, rief er, »... die Kavalkade!« Die zwei Ehrenfräuleins, die wußten, um was es sich handelt, stellen sich mit allen vier Extremitäten ins Zimmer, den Bauch möglichst hoch. Justine muß es ihnen nachmachen. Der Mönch setzt sich auf Armanda. Da die unglücklichen Mädchen in dieser Stellung den Körperteil, welcher sie vom Manne unterscheidet, möglichst offen herzeigten, haut der Elende mit aller Wucht auf diese empfindlichen Stellen, und die Riemen der Peitsche dringen in das Innere der Scheiden, hinterlassen tiefe Spuren seiner Wut. Er wechselt wiederholt das Mädchen, auf welchem er sitzt, so daß er alle drei in gleicherweise mißhandelt. Die Unglücklichen können die furchtbaren Schmerzen kaum aushalten. »Erhebt euch«, sagt er, »und flieht.« Er nimmt wieder seine Ruten, seine Augen leuchten, er schäumt vor Wut. Sie flüchten sich vor ihm, er eilt ihnen nach und auf alle drei wie wütend losschlagend, treibt er sie blutend gegen das Bett zu. Hier kennt sein Wahnsinn keine Grenzen mehr, er schlägt auf ihre Gesichter los und trifft ein Auge Armanda. Sie stößt einen wütenden Schrei aus, das Blut strömt aus dem Auge. Dies beendigt endlich seine Krise. Während er die Hüften und den Busen der andern grausam weiter zerfleischt, bespritzt sein Samen den Kopf und die Haare seiner unglücklichen Nichte, welche von furchtbaren Schmerzen laut schreiend sich auf der Erde wälzt. »Legen wir uns schlafen«, sagt er ganz kühl. »Es scheint für euch zu viel zu sein, für mich ist es aber nicht genug.

Soweit uns auch die Grausamkeit führen kann, welche Wonne uns auch der Schmerz anderer bereiten kann, es bleibt nur immer ein unvollkommenes Bild dessen, was man wirklich möchte. So sucht man sich selbst zu übertreffen und wird nie müde.«

Nachdem Justine sah, daß seine Sinne bereits beruhigt waren, wagte sie diesen Worten zu widersprechen. Die Antwort, die er darauf gab, ist wert, sie dem Leser mitzuteilen: »Das lächerlichste auf der Welt wäre, den Geschmack eines Mannes zu schelten, oder ihn zu strafen, wenn er mit Sitte oder Gesetz im Widerspruch steht. Die Menschen werden nie verstehen, daß auch der bizarrste Geschmack ein Geschenk der Natur ist. Darum werden sie auch immer glauben, daß man ihn strafen dürfe. Und doch können weder Gesetz noch selbst der eigene Wille unseren Geschmack ändern. Denn so wie der körperliche Mensch nicht vollkommen ist, ist auch unser Geschmack verschieden. Dein entwickelter Verstand wird mir wohl folgen können. Zwei Absonderlichkeiten sind dir gewiß in unserem Kreise schon aufgefallen. Die erste, daß wir nur durch Schmerzen anderer zur wirklichen Wollust gelangen können, die zweite, daß wir eine Vorliebe für all das besitzen, was man gewöhnlich schmutzig und widerlich nennt. Befassen wir uns genauer damit, vielleicht gelingt es mir, dich zu überzeugen. Vor allem muß man die Ansicht festhalten, daß die Gegenstände nur den Wert haben, den ihnen unsere Einbildung verleiht. Daher können uns die absonderlichsten, ja auch die schmutzigsten Sachen ergötzen. Die Einbildung ist eine Geistesgabe, wodurch der Mensch über die durch seine Sinneswerkzeuge wahrnehmbaren Dinge seine Gedanken bildet. Diese Einbildung verarbeitet aber die empfangenen Eindrücke nur nach der von der Natur erhaltenen Veranlagung. Du hast wohl doch auch schon Spiegel gesehen, die die Gegenstände vergrößern, verschönern und verzerren. Jeder dieser Spiegel gibt ein anderes Bild und wenn dieser Spiegel fühlen könnte, würde jeder dieser Spiegel für ein und denselben Menschen, der sich darin abspiegelt, verschiedene Empfindungen haben. Der Spiegel, der ihn verschönert sieht, würde ihn lieben, der ihn verzerrt sieht, ihn hassen; und doch war es nur ein und derselbe Mensch. So ist es auch mit der Phantasie des Menschen. Der eine Mensch liebt, weil seine Phantasie das verschönert sieht, was der andere Mensch haßt, dessen Phantasie denselben Gegenstand verzerrt erblickt. Der Mensch gleicht darin eben dem Spiegel. Daher muß man sich nicht über die verschiedenen Geschmacksrichtungen wundern und auch nicht über die verschiedenen Passionen, welche die Verirrung des Geschmackes zeitigt. Sowohl was die Genüsse des Tisches, als auch was die des Bettes anbelangt, kann ein Mann himmlisch finden, was der andere verabscheut. Dreiviertel der Menschheit finden den Geruch einer Rose angenehm, ohne daß dadurch bewiesen ist, daß er wirklich angenehm ist. Daher muß man sich nicht wundern, wenn man Menschen antrifft, deren Phantasie alle Gesetze, alle Sitten, jegliche Religion verhöhnt, die kein anderes Vergnügen kennen, als das Verbrechen, weil es das einzige ist, was ihnen Vergnügen bereitet. Man soll diese Leute nicht nur daran hindern, sondern ihnen auch alle Möglichkeit gewähren, ihren Geschmack zu huldigen, weil sie genauso wenig dafür verantwortlich sind, wie für die Dummheit oder den Verstand. Die ersten im Mutterleib empfangenen Eindrücke, die ersten unseren Augen dargebotenen Objekte, die ersten mit angehörten Gespräche bilden und entscheiden unseren Geschmack. Nichts wird ihn mehr ändern, auch nicht die sorgfältigste Erziehung. Der Tugendhafte bleibt tugendhaft, und der in den ersten Empfindungen das Böse eingesogen, wird ein Verbrecher, und der eine verdient ebenso wenig Lob wie der andere Strafe. In Kleinigkeiten wundern wir uns nicht über die Geschmacksunterschiede. Aber sobald es sich um die Wollust handelt, geht der Lärm los. Gerade die Frauen, die infolge ihres geringen Wertes ängstlich darüber wachen, daß man ihnen nicht irgend etwas wegnimmt, ereifern sich am meisten, wenn man auch noch so wenig von der ihnen beliebten Verehrung abweicht. Und warum sollte gerade in der Zeugungstätigkeit, in der Sinnenlust der Mann weniger Geschmacksschwankungen unterworfen sein, als in den andern Vergnügungen? Kann er dafür, wenn ihn das anwidert, was andern gefällt, und er das aufsucht, was andere abscheulich finden. Er ist dafür gerade so verantwortlich, als wenn er blind oder hinkend wäre. Wenn die Anatomie genügend vorgeschritten wäre, würde sie uns die Absonderlichkeiten genauso als im Zusammenhang mit der natürlichen Veranlagung erklären, wie das den andern natürlich erscheinende. Wo sind dann eure Weisheit, eure Gesetze, eure Strafen, euer Paradies, eure Hölle, euer Gott, ihr Gesetzgeber, Pedanten, Henkersknechte, Mörder, wenn erwiesen ist, daß diese oder jene natürliche Veränderung im Blutkreislauf oder im Nervensystem aus einem Menschen das macht, was man mit schrecklichen Strafen verfolgt? Jetzt kommen wir zur Grausamkeit. Was ist das Ziel des Mannes bei seiner Lust? Doch gewiß nur, seinen Nerven jene Erregung zu geben, die die letzte Krise so heiß als möglich gestalten. Ist es daher nicht lächerlich zu behaupten, sie müsse, um voll genossen zu werden, von der Frau geteilt werden. Es ist doch klar, daß die Frau uns ebensoviel nimmt, als sie uns gibt. Wozu soll auch die

Frau eine Lust empfinden bei unserer Wollust ? Nur dummer Stolz kann dies verlangen. Werden wir nicht viel mehr ein höheres Vergnügen darin finden, die Frau zu zwingen, nur unserer Lust allein zu dienen, ohne Rücksicht auf ihre Freuden? Der Despotismus ist an und für sich eine Quelle der Freude und wenn man sich daher allein als Herr belustigt, genießt man unvergleichlich mehr, als wenn man das Vergnügen teilt. Darum schadet das Zartgefühl viel eher der Wollust, als daß es ihr nützt. Das Zartgefühl dient der Wollust des Weibes auf Kosten des Mannes. Der Mann, welcher auf die Wollust des Weibes Rücksicht nimmt, schmälert seine eigene zugunsten einer Chimäre, ›Liebe‹ genannt. Das ist der Unterschied zwischen Liebe und Wollust. Darum muß der Mann, um seine Wollust zu vergrößern, sich um die Frau gar nicht kümmern. Der Egoismus, das oberste Naturgesetz, hat doch auch gewiß in den Freuden der Wollust das erste Wort. Wenn daher der Mann bei seiner Wollust auf die des Weibes keine Rücksicht nehmen soll, so ist es nur ein Schritt weiter, wenn ich verlange, daß man denjenigen Mann, welcher seine Wollust nur mit den Schmerzen der Frau erkaufen kann, ruhig gestatten soll, alles zu tun, um zu seinem Ziel zu gelangen. Der häßliche, alte Mann verlangt ja auch nicht von seinem Opfer etwas anderes als Passivität. Und daher soll uns das Glück oder das Unglück der Opfer unserer Ausschweifungen vollständig gleichgültig sein. Die Frauen werden freilich anderer Meinung sein. Doch sie sind nur geschaffen zu Werkzeugen unserer Lust und haben daher in der Gestaltung derselben nichts drein zu reden. Wird irgendein Mann sich bemühen, eine öffentliche Hure an seinem Vergnügen zu beteiligen? Gewiß nicht! Millionen Männer denken nicht daran und doch möchten sie uns verurteilen, weil es unzählige menschliche Wesen gibt, die auf der Erde herumrennen, ohne sich über irgend etwas Rechenschaft zu geben. Unsere Wollust erreicht nur den Höhepunkt, entweder indem wir in dem Objekte, das uns dient, in Wirklichkeit oder in der Einbildung den höchsten Grad der Schönheit erblicken, welche uns entzückt, oder indem wir dieses Objekt in die höchste Erregung versetzen. Es gibt aber keine höhere Erregung als die des Schmerzes. Durch diese können uns die Frauen nicht so leicht täuschen, wie durch die der Freude, welche sie uns oft vorlügen. Wie schön, wie jung, wie kräftig muß man sein, um sicher zu sein, der Frau wirklich Vergnügen zu schaffen. Für die Empfindung des Schmerzes bedarf es all dessen nicht. Je älter, je häßlicher der Mann ist, desto leichter wird er das erreichen. Wenn wir daher von der Ansicht ausgehen, daß unsere Erregung durch die Höhe der Seelenbewegung unseres

Opfers bedingt ist, gleichgültig, ob dies Freude oder Schmerz ist, so wird derjenige, welchem es gelingt, die Frau am meisten zu mißhandeln und zu quälen, sich selbst die größte Lust verschaffen. Daher wird der egoistische Wüstling seinem Opfer möglichst viel Qualen erdulden lassen, um bei denselben die höchste Erregung und dadurch für sich die höchste Wollust zu erzeugen.«

»Diese Prinzipien sind schauderhaft, sie führen zur höchsten Grausamkeit und zu verdammenswerter Phantasie.« – »Was geht das mich an? Ich bin der Herr, ich habe von der Natur die Gabe empfangen und sie hätte sie mir nicht gegeben, wenn ich sie durch mein Benehmen beleidigen würde. Darum können wir uns unseren Gelüsten mit aller Heftigkeit hingeben, ohne uns um die Folgen kümmern zu müssen.« – »Wie aber«, wandte Justine ein, »wenn ihr durch die Martern, die eurer Wollust dienen, eure Opfer tötet?« – »Wenn ich durch die Quälereien der Stimme der Natur folge, so erfülle ich auch ihren Wunsch durch die Zerstörung der Objekte, denn ich verschaffe ihr dadurch die Materie zur Erschaffung neuer Wesen. Das ist die ganze Geschichte des Mordes. Selbst wenn der Mensch, indem er sein Glück dem der andern vorzieht, alles, was ihm begegnet, vernichtet, dient er damit nur der Natur, die ihm als oberstes Gesetz den Selbsterhaltungstrieb eingeimpft. Die Nächstenliebe ist eine unnatürliche Chimäre des Nazareners, der, gequält, unglücklich, die Menschenliebe und Milde anrufen mußte, weil er durch die Propagierung der Nächstenliebe sich selbst zu stützen suchte. Der Philosoph sieht sich im Mittelpunkt der Welt und schätzt nur alles nach dem Vorteil, den er hiervon hat. Fühlt er sich Herr der Situation, dann wirft er alle Nächstenliebe, alle Wohltätigkeit auf die Seite und benutzt alles, was ihm Genuß verschaffen kann, ohne Zögern und ohne Gewissensbisse.« – »Aber der Mensch, wie du ihn schilderst, ist ein Ungeheuer!« – »Er ist ein Mensch in seiner wirklichen Natur!« – »Das ist ein wildes Tier.« – »Ja, sind der Tiger und der Leopard denn nicht auch von der Natur geschaffen? Der Wolf, der das Schaf zerreißt, er fühlt genauso die Gesetze der Natur, wie der Übeltäter, der das Objekt seiner Rache oder seiner Wollust vernichtet.« – »Ihr habt gut reden, mein Vater, ich werde niemals die zerstörende Wollust anerkennen.« – »Aus Egoismus, weil du das Opfer zu werden fürchtest. Wechsle die Rolle und du wirst meiner Meinung sein. Der Wolf zerreißt das Schaf, der Starke den Schwachen, das ist Naturgesetz. Oh, Justine, die Natur würde sich sehr wundern, wenn sie mit uns sprechen könnte und man ihr sagen würde, daß das, was ihre Stimme uns befiehlt, ein Verbrechen ist nach Menschengesetz. ›Tor‹, würde sie mir antworten, „morde, stiehl, raube, töte deinen Vater, deine Mutter, deine Kinder, vögle in Arsch und Fut, du tust nur, was ich dir befohlen, denn alles, was in dir spricht, ist meine Stimme. Halte dich nicht zurück, verletze jede Sitte, jegliches Gesetz, höre nur auf mich.‹« – »Oh, Himmel«, rief Justine, »du machst mich beben; wenn es keine Verbrechen gegen die Natur gäbe, woher käme dann der Widerwille gegen so manche Tat?« – »Dieser Widerwille entspricht nur dem Mangel an Gewohnheit, so wie manches Gericht uns widersteht, weil wir es nicht gewohnt sind. Auch die Medikamente widerstreben uns, obwohl sie heilbringend sind; gewöhne dich daher an das, was die Menschen törichterweise Verbrechen nennen, und du wirst ungekannte Freuden genießen. Je entgegengesetzter eine Tat dem Gesetz oder der Sitte ist, je mehr Schranken sie durchbricht, desto mehr entspricht sie der Natur. Ein leichtes Verbrechen stellt nur langsam das Gleichgewicht her, je ausgedehnter es ist, desto mehr hält es der Tugend die Waagschale, der Tugend, die der Feind des Weltalls ist. Archimedes suchte eine Maschine zu erfinden, um die Welt aus den Angeln zu heben, der Mechaniker, der etwas erfinden würde, um sie zu zerstören, würde der Natur den größten Dienst erweisen, die nur darauf bedacht ist, eine Welt zu vernichten, die von Haus aus verfehlt ist.« – »Oh, mein Vater, mit solchen Grundsätzen ...« – »Ist man ein Verbrecher, nicht wahr? Aber der Verbrecher ist der Mann der Natur.« – »Leider besitze ich nicht genug Verstand«, seufzte die Unglückliche, »um eure Sophismen zu bekämpfen. Aber die Wirkung, die sie auf mein Herz, ein unberührtes Herz, und mindestens ebenso geschaffen von der Natur, wie eure Verkommenheit, ausübt, beweist mir am besten, wie schlecht und gefährlich sie sind.« – »Gefährlich ist möglich, schlecht ist falsch. Nichts, was gefährlich ist, ist schlecht; es gibt sehr nützliche Sachen, die gefährlich sind. Schlangen, Gifte, Schießpulver, alles ist gefährlich, aber von großem Nutzen. Die besten Sachen, mißbraucht, können gefährlich werden; meine Philosophie, je mehr man sie anwendet, desto nützlicher wird sie. Das Verbrechen allein ist tätig und setzt in Bewegung, die Tugend aber ist lässig und kann nie zum Glücke führen.« Mit diesen Worten schlief Clement ein.

»Er wird bald erwachen«, sagte Amande, »und dann wird er noch wütender sein. Nach einer kurzen Ruhe erwacht die Natur von neuem und noch heftiger; noch eine Szene und dann haben wir bis morgen Ruhe.« – »Warum sollen wir nicht auch mittlerweile schlafen?« fragte Justine. – »Du kannst es, du bist nicht Ehrenfräulein, lege dich ganz nahe zu ihm, den Arsch zu seinem Gesicht und schlafe ruhig. Wir aber müssen wachen; wenn er aufkäme und uns schlafen finden würde, würde er uns erwürgen, und alle würden ihm recht geben.« – »Gerechter Himmel«, sagte Justine, »selbst wenn er schläft, müssen andere leiden.« – »Gewiß, denn der Gedanke an diese Leiden läßt ihn so aufgeregt erwachen. Er ist so wie jene perversen Schriftsteller, welche durch ihre Schriften auch nach ihrem Tode ihre Verbrechen noch fortpflanzen wollen. Sie können nichts mehr tun, aber diese Idee läßt sie ruhig ins Grab hinuntersteigen.« Justine schlief in einem Lehnstuhl möglichst weit von dem Ungeheuer. Nach zwei Stunden erwachte er und als er sie nicht bei sich sah, ergriff er sie mit den wütenden Worten: »Warum bist du nicht hier, du Hure, hat man dir nicht gesagt, wo dein Platz ist?« Seine Augen leuchteten, sein Atem keuchte. Er sprudelte eine Reihe Gottlosigkeiten heraus. Er ließ sich Ruten bringen, band die drei Mädchen mit den Bäuchen zusammen und schlägt ein halb Dutzend Rutenbündel entzwei. Er bindet sie erst los, als er ihm steht. Amande muß ihn schlecken, Justine seinen Arsch lecken und Luzinde seine Zunge beißen und seinen Speichel aufsaugen.

Durch diese wollüstigen Empfindungen besiegt, verliert der Schweinkerl zugleich mit seinem Samen alle seine Lust und sein Feuer. Aber die drei unglücklichen Frauen tragen die Spuren seiner Entlastungswut. Die eine hat die ganze rechte Brust zerschunden, die andere die Zunge fast in Stücke gebissen und Justine, der er das Gesicht fast mit seinem Arsch zerdrückt hat, blutet heftig aus der Nase. Der Rest der Nacht war ruhig, in der Früh ließ sich der Mönch peitschen. Die drei Frauen erschöpften hierbei ihre ganze Stärke. Er betrachtet dann noch die Spuren seiner Grausamkeit und als er fortging, die Messe zu lesen, gingen sie ins Serail.

Nachdem die Direktorin durchaus Justine in dem Zustand von schmutziger Erregung sehen wollte, zog sie sie gleichzeitig mit der berühmten Honorine, derselben, die vor kurzem den Mord begangen hatte, zu ihrem Frühstück bei. Honorine war ebenso verliebt in unsere Heldin, wie die Direktorin. Beide bemächtigten sich unserer armen Unglücklichen und bewiesen ihr, daß zwei Fräulein in einer solchen Schule die ganze Scham ihres Geschlechtes vergessen und ebenso schamlos und grausam werden können wie ihre Meister. Honorine hatte einen ganz männlichen Geschmack und die arme Justine mußte alle ihre Kaprizen mit derselben Geduld hinnehmen, als wäre sie bei einem Mönch oder bei einem Supé. Die zwei Megären quälten die Arme mit einem solchen Übermaß an Unzucht, daß sie ermüdeter fortging, als wenn sie mit zehn Wüstlingen zu tun gehabt hätte. Diesmal entließ sie die Direktorin etwas zufriedengestellter und Justine bemerkte, daß es besser sei, sich mit dieser Sultanin auf guten Fuß zu stellen. Zwei Nächte später schlief sie bei Jerome. Sie war nur mit zwei Ehrenmädchen, Olympia und Eleonore. Die erste neun, die zweite dreizehn Jahre alt. Vier Schandknaben von zwölf bis fünfzehn Jahren und drei Vögler von zwanzig bis fünfundzwanzig Jahren vervollständigten die schamlosen Szenen. »Siehst du dieses Kind«, sagte der alte Verbrecher zu Justine, indem er auf Olympia zeigte. »Du hast keine Ahnung, wie vielfach dieses Kind mit mir verwandt ist. Ich habe meiner Cousine ein Kind gemacht, dieses Kind, meine Nichte, habe ich gevögelt und von dieser habe ich dieses Kind. Sie ist daher meine Großnichte, meine Tochter und meine Enkelin, denn sie ist die Tochter meiner Tochter. Komm her, Olympia, und küsse den Arsch deines Papas.« Die Kleine folgte und küßt den scheußlichen, ganz zerfetzten Arsch des alten Bockes; er furzt ihr auf die Nase und die Szene beginnt. Jerome legt sich auf eine schmale Bank. Auf ihn setzen sich mit dem Arsch zu seinem Gesicht abwechselnd ein kleiner Knabe und ein kleines Mädchen. Ein größerer Bursche prügelt diese Kinder, so daß die Schläge am Gesicht Jeromes vorbeisausen. Justine mußte ihn während dieser Zeit schlecken und mit jeder Hand geilte er einen Schwanz auf den Busen Justinens. Die Prügel wurden solange fortgesetzt, bis das Blut in den Mund des Scheusals floß, er wirft sich wütend auf Justine und prügelt sie mit der Hand so heftig, daß sie acht Tage lang die Spuren davon trug. Darauf packte er seine Enkelin und poussiert sie, während er mit jeder Hand auf einen Arsch losschlägt. Aber die verbrauchten Kräfte des alten Mannes erwachen nicht so geschwind. Die Geschichte dieses Ungeheuers, welche wir bald aus seinem eigenen Munde hören werden, wird uns lehren, daß sein Körper, nur der Einbildung folgend, erst bei den äußersten Erhitzungen des Geistes lebendig wurde. »Eleonore«, sagte er zu dem kleinen, dreizehnjährigen Mädchen, »wir haben die Beweise dafür, daß du und noch zwei andere Mädchen verabredet habt, das Serail anzuzünden, ich will euch nicht erst beweisen, daß dies unmöglich ist, da das ganze Haus aus stählernen Gewölben ist, ich begnüge mich, euch mitzuteilen, daß, nachdem die Beweise für euer Komplott untrüglich sind, die Gesellschaft mir die Auswahl und die Ausführung der Strafe übertragen hat. Ich habe mich für die härteste Todesstrafe entschlossen und werde sie noch heute Nacht ausführen.« Und während er so in die Seele des Kindes furchtbare Schrecken senkt, filzt und schleckt er sie. Justine geilt ihn und endlich steht er ihm steinhart. »Oh mein Vater«, sagt Eleonore und wirft sich ihm zu Füßen, »die Beschuldigung ist ungerecht.« – »Es handelt sich nicht darum, sondern daß du deine Komplizen nennst. Wenn nicht, so werde ich dir durch Martern die Namen entreißen.« Eleonore leugnet weiter und Jerome schleppt sie ins Nachbarzimmer, wo alles mit der größten Sorgfalt für die furchtbarsten Martern vorbereitet ist. Der Mönch kommt in Wut, er flucht und lästert Gott, seine Augen sprühen Feuer wie Schmelzöfen, sein Mund schäumt. Er bindet Eleonore auf ein Kreuz, auf welchem Arme und Beine bis zum Zerreißen auseinandergespreizt werden. Sie bleibt stumm. Man wechselt die Folter und schmiert sie am ganzen Körper mit Fett ein und stellt sie so vor ein furchtbares Feuer. Während sie dort prasselt, hat Jerome Justine noch immer von hinten in der Arbeit. Dasselbe Stillschweigen; das arme Opfer wird halbgebraten weggezogen. »Wir müssen andere Mittel anwenden«, sagte Jerome zu den drei Vöglern, welche ihm bei diesem blutigen Werke mit allen Zeichen von Vergnügen halfen. Das arme Opfer wird an Stricken zwischen zwei Eisenplatten gehängt, die innen mit Eisenspitzen versehen sind. Zuerst wendet man dieses Instrument nur schonend an, aber ab Jerome sieht, daß er der Angeklagten nichts entreißen kann, dreht er die Platten so heftig zusammen, daß das arme Geschöpf, an tausend Stellen durchbohrt, entsetzliche Schreie ausstößt. »Nachdem sie nichts gestehen will, werde ich sie sofort verurteilen«, sagt der Barbar. Er verläßt Justine und vertieft sich in den Arsch seiner Enkelin, während er den Arsch unserer Heldin fast auffrißt. Das Opfer wird vor ihn gebracht, vor seinen Augen sodomiert, und zwar so nahe bei ihm, daß er ihm die Brust zerkneifen und zerbeißen kann. Zwei junge Leute bedrohen mit Dolchen das Herz Eleonora. »Ihr werdet zustoßen, wenn ich euch das Zeichen gebe. Es soll möglichst lange dauern, denn so liebe ich die Frauen zu martern, ich wollt', ich könnt es mit allen Frauen so tun.« Diese schrecklichen Ideen beschleunigen seine Krise, er entlädt und vergißt, das Zeichen zu geben: Sein unglückliches Opfer ist gerettet durch die Künste seiner Genossen. Jerome schläft am Rücken Justinens, um seine Kräfte wieder herzustellen, deren fortwährende Erschöpfung bald jeden Mitteln Trotz bieten werden. Als er nach einigen Stunden erwachte, bedrohte er Justine, indem er ihr die Schuld an seiner Vergeßlichkeit gab, mit demselben Tode, den er Eleonoren bestimmt.

Kurze Zeit nachher schlief Justine bei Ambrosius. Sein Hauptvergnügen bestand darin, sie vor seinen Augen poussieren und peitschen zu lassen. Sie mußte ihm dann den Samen in den Mund zurückgeben, während er ihr den Arsch so lange mit einer goldenen Nadel durchbohrte, bis er ganz blutbedeckt war. »Welche traurige Schule«, sagte Justine als sie heimkam, »ich wollte, ich wäre erlöst, welches auch immer mein Los sei.« – »Dieser Wunsch kann dir leicht in Erfüllung gehen«, sagte Omphale, »das große Fest naht und da sparen sie nicht an Opfern, weil sie Ersatz finden. Entweder verführen sie einige Mädchen in der Beichte, oder sie lassen einige verschwinden, endlich trifft der Nachschub ein. So viele neue Erwerbungen verlangen daher auch Ausschaltungen.« Das Fest nahte; sie wollten durch ein Wunder den Ruf des Klosters heben und banden ein Mädchen von zwölf Jahren namens Florette in den Kleidern der Jungfrau durch unsichtbare Strikke in der Nische fest und befahlen ihr, bei Erhebung der Monstranz die Arme plötzlich zum Himmel zu erheben. Das kleine Mädchen, von den heftigsten Strafen bedroht, spielte ihre Rolle großartig, das Volk schrie Wunder, es regnete Opfergaben. Unsere Wüstlinge ließen am Abend Florette in ihrem Wundergewande beim Souper erscheinen und entflammten ihre Phantasie, indem sie sie in dieser Kleidung der scheußlichsten Unzucht unterwarfen. Die Gotteslästerer gehen aber noch weiter, sie entkleiden das kleine Mädchen, stellen auf ihren Arsch ein Kruzifix und vollziehen dort einen der törichsten Gebräuche des Christentums. Die fromme Justine fällt in Ohnmacht darüber, und um sie daran zu gewöhnen, muß sie auf den Vorschlag Jeromes Florette ersetzen. Jerome liest die Messe, umgeben von einer Unzahl Ärsche, er nimmt die Hostie aus der Hand seiner Brüder und legt sie auf das Arschloch Justinens. Mit ihren Schwänzen stoßen sie dieselbe immer tiefer hinein, bis sie von ihren Samen ganz bedeckt ist. Justine wurde halb wahnsinnig vor Schmerz darüber, daß sie zu einem solchen Verbrechen habe dienen müssen, in ihre Zelle gebracht. Sie konnte ihrer Schwäche nur Dank dafür wissen, daß sie sie vor den weiteren Orgien bewahrt hatte, welche damit schlössen, daß die Mönche am Ende das Mädchen, welches die Jungfrau dargestellt hatte, auf dem Altar in der Kirche in Stücke rissen.

Das Fest brachte wirklich auch neue Subjekte. Drei schöne junge Mädchen kamen als Ersatz und man dachte an neue Ausschaltungen. Severin trat eines Tages ganz aufgeregt als Tagesregent ein. Er läßt alle in einer Reihe aufstellen und beobachtet die sich ihm darbietenden Ärsche. Lange Zeit bleibt er vor Omphale stehen, dann gibt er ihr einen furchtbaren Fußstoß, so daß sie zwanzig Schritte weit fortfliegt. »Die Gesellschaft schaltet dich aus«, ruft er ihr zu, »sie ist deiner überdrüssig, heute abend hole ich dich in dein Grab ab.« Omphale fällt in Ohnmacht. Diese Ohnmacht reizt nur seine Begierde. Sie wird ihm ohnmächtig wie sie ist, zurechtgelegt, da erinnert er sich daran, daß Justine ihre beste Freundin ist. Er läßt sie rufen und sie muß sich auf die Schulter Omphales setzen und ihm ihr Arschloch darbieten. »Tröste dich«, sagte er zur weinenden Justine, »du folgst ihr bald nach, du stirbst genauso wie sie, gevierteilt. Dies verspreche ich dir aus Rücksicht für dich.« Hierbei vögelt er weiter, ohne aber zu entladen, haut Omphale und Justine ein paar herunter und entfernt sich dann mit der Drohung, die Gesellschaft werde sie binnen kurzem alle zu Dutzenden umbringen. Hierauf geht er zu Viktorine, wo zwei kleine Mädchen ihm den Samen aussaugen, dessen inneres Kochen den armen Geschöpfen so gefährlich wird. Kaum ist er fort, als Omphale und Justine unter furchtbarem Schluchzen sich in die Arme fallen. Doch die schreckliche Stunde naht, Severin kommt, noch ein letzter Kuß und ein Abschied für immer. Justine wirft sich verzweiflungsvoll auf ihr Bett. Einige Tage später schlief Justine bei Silvester. Sie hatte seine Passion vergessen, und als der Schweinekerl, auf dem Höhepunkt seiner Lust, von ihr verlangte, daß sie ihm in die Hand scheiße, konnte sie es nicht. Wütend darüber, ließ er Justine von seinen zwei Ehrenfräuleins, deren eine, die bekannte Honorine, sich ein Vergnügen daraus machte, das arme Geschöpf zu foltern, festhalten. Sie erhält vierhundert Rutenstreiche und darauf vögelt sie der Mönch von neuem; Honorine scheißt für sie. Silvester prügelt sie alle. Aber entladen tut er nur bei Justine. Während er sie vögelt, beobachtet er mit Vergnügen das Brandmal an ihrer Schulter. »Ich würde vorziehen, wenn es von einem wirklichen Richter eingebrannt worden wäre.« – »Wieso konnte es dich dann ergötzen?« fragt ihn Honorine, die wohl wußte, wie man seinen Gefallen erregte. – »Weil alles Gemeine, alles Schamlose den Wüstling mehr ergötzt wie Tugend und Ehrenhaftigkeit.« Und er entwickelte dieselben Ideen, die auch Clement bereits Justine gegenüber ausgesprochen. »Warum aber«, fragte ihn Justine, »freßt ihr euch nicht gegenseitig auf mit diesen Prinzipien?« – »Weil wir einander bedürfen und daher, um unsere Lüste zu befriedigen, uns gegenseitig erhalten. Glaube aber ja nur nicht, daß wir uns lieben. So ungefähr wie die Diebe, die sich auch gegenseitig respektieren. Durch diese Reden kam er noch einmal zu einem Ständer, und obwohl ihm die anderen Mädchen ihre Scheide darboten, so vögelte er doch nur Justine. Doch bringt er es zu keiner Entladung.

»Das ist nicht das, was ich brauche«, er sagt Honorine ein Wort und dieselbe eilt ins Serail. Mittlerweile leckt er Justine im Arsch. »Piß mir doch in den Mund, du kleine Hure, siehst du denn nicht, daß ich das seit einer Stunde verlange?« Justine folgte und er hätte wahrscheinlich entladen, wenn nicht Honorine mit einem Frauenzimmer gekommen wäre, dessen blutiges Hemd bewies, daß sie in dem von Silvester verlangten Zustande ist. Er untersucht das Mädchen, das Hippolyte hieß, doch es war nicht die Periode, sondern ein Abortus. »Teufel!« schrie der Mönch. »Das brauche ich, ich werde vögeln und du mußt scheißen, du Hure, Blut und Dreck. So wird es mir kommen.« Silvester beginnt sie zu vögeln; bald gleicht sein Schwanz einem Schlächterarm. Befriedigt auf einer Seite, erfüllt man ihm auch den andern Wunsch. Man füllt ihm die Hände mit Dreck und er beschmiert sich damit das Gesicht. Er verläßt Hippolyte und zwingt Justine, ihm den blutigen Schwanz zu lecken. Er geht vom Mund in ihre Scheide über und vögelt sie, während er die blutige Scheide Hippolytens schlägt. Er erreicht sein Ziel und brüllt wie ein Teufel. Dann schläft er ein.

Am nächsten Tage wurde Justine zum Souper beigezogen, es handelte sich um eine Aufnahme. »Hier ist eine neue Kameradin, meine Fräuleins«, sagte Severin, indem er vom Busen des Mädchens die hüllenden Schleier wegriß. Es war ein entzückendes Wesen von fünfzehn Jahren, mit tränenfeuchten Augen, einer zarten Taille, blendend weißer Haut und den schönsten Haaren von der Welt. Octavia, so hieß sie, war mit ihrer Gouvernante, zwei Kammerjungfern und drei Lakaien im Begriffe nach Paris zu reisen, um einen der bedeutendsten Männer Frankreichs zu heiraten, als ihre Begleitung von den Agenten der Mönche niedergemetzelt wurde und sie selbst ins Kloster entführt. Sie hatte bis jetzt noch kein Wort über ihr Schicksal gehört und auch die sechs Mönche waren ganz stumm aus Erstaunen über soviel Schönheit. Doch solche Ungeheuer wie diese blieben nicht lange gefesselt. »Komm her«, sagte ihr der Abt frech, indem er sie zu sich zog, »ob auch alles übrige den Reizen entspricht, die wir sehen.« Die Unglückliche war ganz verwirrt und sucht zu fliehen. Severin packt sie aber mit den Worten: »Begreife doch endlich, du dummes Kind, daß du hier nicht mehr Herr bist, sondern unbedingt zu gehorchen hast. Fort mit den Kleidern.« Der Wüstling greift ihr mit der Hand unter die Röcke, während er sie mit der anderen Hand fest hält. Clement nähert sich und indem er ihr die Röcke bis über das Kreuz in die Höhe hebt, zeigt er der Gesellschaft den wohlgeformtesten, weißesten Arsch. Alle nähern sich, um ihn zu bewundern, zu streicheln und ihn mit Lob zu überhäufen.

Octavia zerfließt in Tränen und wehrt sich aus allen Kräften. »Ziehen wir sie doch aus, verfluchter Gott«, sagte Antonius, »kann man denn ein Frauenzimmer angezogen beurteilen? Alle machen sich an die Arbeit, einer reißt ein Tuch, der andere eben Rock herunter, und sie umgeben Octavia wie eine Meute die Hündin. In einem Moment erscheinen die entzückenden Formen nackt vor den Augen aller. So viel Schönheit, Unschuld und Zartheit wird das Opfer der Barbaren. Octavia flüchtet sich beschämt in alle Winkel. Überall begegnet sie den schamlosen Augen und Händen der Mönche. Der Kreis verengt sich, sie wird in die Mitte geführt und vier Frauen umgeben jeden Mönch. Octavia wird zu jedem einzeln hingeführt, Antonius küßt sie auf den Mund und packt sie bei der Scheide mit solcher Kraft, daß sie laut aufschreit. Er verdoppelt die Kraft und sein Samen entschlüpft ihm. Eine zwanzigjährige Frau fängt ihn auf. Sie wird zu Jerome geführt, welcher sich mit Nadelstichen geilen und in den Mund furzen läßt. Er verlangt von Octavia, daß sie ihm in den Mund scheißen soll, doch das arme Kind, ganz verwirrt, versteht diesen Befehl nicht. Ein anderes Weib erfüllt seinen Wunsch und er beißt wütend die Arschbakken Octavias. Ambrosius poussiert ein fünfzehnjähriges Mädchen und läßt sich grade in den Mund scheißen, als Octavia zu ihm kommt. Er drückt sein schmieriges Maul auf ihren zarten Mund, und als er diese frische wollusterregende Zunge küßt, kommt es auch ihm. Octavia kommt zum Abt, er sitzt auf dem Busen eines reizenden achtzehnjährigen Mädchens, die ihm in die Lenden beißen muß, während er ihr die Schamhaare ausreißt. Gleichzeitig muß ihm eine andere die Hoden stechen. Er gibt Octavia zwei wütende Schläge auf den Arsch und die Tour setzt sich fort. Sie kommt zu Silvester, er beißt wütend auf ihre Scheide los und seine Zähne hinterlassen blutige Spuren. Clement stürzt sich wie ein Wahnsinniger auf die schönen Arschbacken Octavias. »Scheiße«, schreit er sie an, »oder ich beiße dich.« Trotzdem die zitternde Octavia folgt, beißt er sie doch bis aufs Blut. »Vorwärts«, sagt Severin, »ich habe noch keinen Samen verloren und kann es nicht aushalten.«

Er packt Octavia und legt sie auf das Sofa. Octavia weint und fleht, aber die schamlosen Augen des Mönches sprühen Feuer. Ohne jegliche Vorbereitung, ohne Rücksicht zu nehmen auf den ungeheueren Unterschied der Größe der Festung und der des Angreifers, beginnt dieser den Kampf. Ein Schmerzensschrei kündigt seinen Sieg an. Die Unglückliche wehrt sich vergebens, vergeblich all ihr Flehen, sie wird bis auf die Hoden poussiert. »Ich dachte beinahe nicht zum Ziele zu gelangen, welche Enge, welche Wärme.« – »Ich muß Octavia von ihrem Geschlecht wieder überzeugen«, sagt Antonius, »es gilt noch eine

Bresche zu legen.« Er nähert sich ihr voll Stolz und in einer Minute ist sie entjungfert, neues Geschrei ertönt ... »Gott sei gepriesen«, sagt der schamlose Mensch, »aber ich war nahe daran, an meinem Siege zu verzweifeln, doch hier sind jetzt die Beweise dafür, Blut und Tränen.« Clement nähert sich ihr mit der Peitsche in der Hand. »Wie soll man nicht eine Schülerin prügeln«, sagt er, die einen so schönen Arsch herzeigt?« Zwei Mädchen halten sie und das Pfeifen der Peitsche durchtönt die Luft. Die Schmerzensschreie Octavias und die Gotteslästerungen des Mönches klingen zusammen. Welcher Anblick für diese Wüstlinge, die sich mitten unter zwölf Mädchen den tollsten Ausschweifungen hingeben. Der Arsch Octavias färbt sich blutrot, und je mehr das Opfer sich beklagt, desto wütender schlägt der Mönch los. Endlich bringen zwei Mädchen den Mönch auf den blutigen Spuren seiner Barbarei zur Entladung. »Ich werde weniger wild sein«, sagt Jerome, indem er ihren herrlichen Korallenmund in Besitz nimmt. »Das ist der Tempel, dem ich opfern will, und in diese entzückende Lippen ... Die schmutzige Kröte besudelt die Rose. Ich für meinen Teil«, sagte Silvester, »vögle lieber«, er packt das Mädchen und setzt sie sich auf den Schoß, ich ziehe eine halb entjungferte vor, das gibt weniger Arbeit ... Er steckt ihr sein Glied hinein, ein Mädchen muß ihn in den Arsch stecken, bis ihn endlich die Krise packt, und er in den schönsten und unschuldigsten Schoß seinen scheußlichen Samen zurückläßt. Ambrosius pousseriert sie, indem er sie ohrfeigt, bis ihr das Blut aus der Nase strömt, halb ohnmächtig kommt sie aus seinen Händen.

Man setzte sich zu Tisch und Silvester schlug vor, Jerome sollte seine Lebensgeschichte erzählen. »Ich will es«, sagte der Mönch, der neben der Novize saß, und sie züngelte. »Dadurch verzögere ich wenigstens meine Entladung. Bereitet euch vor, meine Freunde, die schamloseste Erzählung zu hören, die seit langem eure Ohren beschmutzte.«

III. Buch

Ende der Erlebnisse im Kloster

Die Erzählung, die man soeben vernommen hatte, weit entfernt, die allgemeine Erregung zu beschwichtigen, wie Severino gehofft, elektrisierte dermaßen die Geister, daß man sogleich eine Veränderung mit den Gegenständen der Ausschweifung vorzunehmen beschloß. – »Behalten wir nur sechs Frauen«, meinte Ambroise, »und ersetzen wir die übrigen durch Knaben. Ich bin schon müde, seit vier Stunden nur weibliche Busen und Hälse um uns zu sehen; wenn man so hübsche Lustknaben im Käfig hat, begreife ich nicht, warum man sich nur von Löchern umringen läßt.« – »Sehr richtig«, rief Severino, dessen erigierter Penis den Tisch um sechs Zoll überragte, »man bringe uns rasch acht Knaben herbei; von Mädchen wollen wir Justine, Octavia und diese vier hübschen sechzehn- bis achtzehnjährigen Geschöpfe, von denen Jerome umgeben ist, behalten.« – Das Bild ändert sich; es erscheinen Knaben; unsere Mönche bearbeiten sie von hinten und lassen sich desgleichen tun; die Mädchen dienen nur als Zielscheibe ihrer grausamen Begierden. »Sapperlot!« ruft Ambroise, sein erigiertes Glied aus dem Hintern eines prächtigen dreizehnjährigen Lustknaben zurückziehend, »ich weiß nicht, was ich in dem unerhörten Entzükken, das mich durchströmt, ersinnen und tun soll. Mich ergreift eine rasende Wut gegen dieses kleine Mädchen«, fuhr er fort, auf Octavie weisend… »Sie wäre nicht die erste, deren Ersetzung wir gleich am Tage nach ihrer Ankunft nötig gemacht haben. Wir werden von neuen Frauen überlaufen; in dieser Woche haben wir noch zwei oder drei zu erwarten, die mehr wert sind wie die da. Ihr habt unter anderem ein siebzehnjähriges Geschöpf, schön wie eine Grazie, die mir die herrlichste Person erscheint, die seit langer Zeit hier eingetreten ist. Machen wir mit dieser kleinen Hure kurzen Prozeß. Wir haben sie alle bearbeitet; ein jeder von uns hat sein Glied in ihre Scham, ihren Hintern und ihren Mund gesteckt; wenn wir wieder von vorne anfangen, so ist es doch immer dasselbe und…« – »Ich widersetze mich dem«, sagte Jerome, »nicht alle Leute werden so schnell müde wie Ambroise; es bleiben uns noch tausend Genüsse, einer höllischer als der andere, mit diesem kleinen Mädchen. Quälen und martern wir sie, nichts richtiger als das; aber opfern wir sie noch nicht.«

»Nun gut«, sagte Ambroise, der, sie zwischen den Beinen haltend, ihr hartnäckig zusetzte, »möge man sie zu Folgendem verurteilen, da man mir mein Verlangen abschlägt: Ich verlange, daß derjenige von uns, der keine Lust hat zu scheißen, einen Dolch gegen ihre Kehle zückt und ihn ihr unerbittlich hineinstößt, wenn sie nicht den Kot der fünf anderen verschlingt ...« – »Prächtig ... göttlich!« rufen Sylvester und Severino. »Ich liebe bis zur Raserei die Einfälle des Ambroise. Schon seit langem – mein Antonius – entlade ich nur infolge der Ideen dieses Schurken da. Aber was geschieht mit denen, die geschissen haben?« – »Justine« sagt Ambroise, »ist dazu verurteilt, ihre Hintern mit der Zunge auszuwischen; ein anderes Mädchen wird die Glieder unserer Lustknaben nacheinander in unsere Hintern einführen, einer von den letzteren wird unseren Penis lecken, ein anderer uns in den Mund furzen.« – »Ist das alles?« fragt Sylvester, »das ist eine große Strafe, fünf Stühle zu verschlucken; ich esse ihrer täglich ein Dutzend zu meinem Vergnügen.« – »Nein, nein«, sagte Severino, »das genügt alles nicht; so wie ein Mönch geschissen hat und bearbeitet worden ist, hat er das Recht, dem Opfer eine blutige Strafe aufzuerlegen.« – »So ist es recht«, entgegnete Ambroise, »mit diesem Vorbehalte willige ich in die Sache; ohne ihn möchte ich davon nichts wissen wollen.«

Die beabsichtigten Ruchlosigkeiten nahmen ihren Beginn; sie erreichten ihren Höhepunkt. Die Tugend und die Schönheit dieses Mädchens entflammten diese Frevler nur um so mehr; als man sie endlich mehr wegen Übersättigung als aus Mitleid in ihr Zimmer zurückbrachte, genoß sie wenigstens für einige Stunden die Ruhe, deren sie bedurfte.

Justine, die dieses hübsche kleine Ding in ihr Herz geschlossen hatte und die ihr dieselbe Freundschaft entgegenbringen wollte wie Omphalen, tat alles mögliche, um die Erlaubnis zu erhalten, sie zu erziehen; aber Severino wollte durchaus, daß unsere Heldin in seiner Zelle schlafe. Wir haben bereits erwähnt, daß dieses schöne Mädchen so unglücklich war, mehr als eine andere die scheußlichen Gelüste dieses Sodomisten zu erregen; seit einem Monat schlief sie fast jede Nacht bei ihm; wenige Frauen hatte er so fleißig von hinten bearbeitet; er fand sie entschieden überlegen den anderen, durch den Schnitt ihrer Hinterbacken sowie durch die Hitze und unbeschreibliche Enge ihres Afters; was brauchte es mehr, um die Triebe eines Hurenkerls anzuregen? Aber der Wüstling war heute nachts erschöpft und bedurfte besonderer Ausschweifungen. Da er zweifellos fürchtete, mit dem ungeheuerlichen Glied, das er besaß, ihr nicht genug Böses antun zu können, beschloß er diesmal Justine mit einem Godmiché von zwölf Zoll Länge und sieben im Umfang von hinten zu bearbeiten. Das arme Mädchen wollte entsetzt einige Einwendungen erheben; die Antwort waren Schläge und Drohungen; sie war also verpflichtet, ihren Hintern preiszugeben. Infolge der Stöße drang das Ding allzuweit nach vorne; Justine stößt laute Schreie aus; der Mönch hat daran seine Freude. Nach einigen Hin- und Herbewegungen zieht er plötzlich das Instrument heraus und führt sein eigenes Glied in das Loch ein. Welch eine Laune! Ist das nicht gerade das Gegenteil von dem, was die Menschen wünschen müssen?

Als er des Morgens sich ein wenig kräftiger fühlte, wollte er eine andere Marter versuchen. Er zeigte Justine ein viel stärkeres Instrument als den Abend vorher. Es war hohl und mit einem Stempel versehen, das das Wasser mit unglaublicher Kraft durch eine Öffnung von mehr als zwei Zoll Umfange durchspritzte. Das enorme Ding selbst war dreizehn Zoll lang bei einem Umfange von neun Zoll. Severino füllte es mit recht heißem Wasser und wollte es in die Scheide einsenken. Entsetzt über dieses Vorhaben, wirft sich Justine ihm zu Füßen und fleht um Erbarmen.

Aber der Mönch befindet sich in einer jener energischen Stimmungen, in denen die Stimme des Mitleids schweigt, dafür aber die viel beredteren Leidenschaften, die sie ersticken, eine oft recht gefährliche Grausamkeit an ihre Stelle setzen. Severino droht ihr mit seinem Zorn, wenn sie nicht gehorcht. Justine gibt sich bebend preis. Zwei Drittel des schrecklichen Werkzeuges dringen ein; die Zerreißungen, die es bewirkt, verbunden mit der äußersten Hitze, rauben ihr fast die Besinnung. Indessen hört der Prior nicht auf, sie weiter zu quälen, und läßt sich von einem Mädchen auf den Hinterbacken der anderen reiben. Nach einer Viertelstunde der Marterung, die Justine kaum mehr auszuhalten vermag, lockert sich der Stempel und spritzt das kochende Wasser tief in die Gebärmutter. Justine fällt in Ohnmacht. Severino gerät in Extase; er bearbeitet sie in diesem Zustande der Bewußtlosigkeit von hinten; er kneift ihren Hals, um sie wieder zum Leben zu erwecken; endlich öffnet sie wieder die Augen. »Was hast du denn?« fragt sie der Mönch, »das ist ja gar nichts; wir behandeln diese Reize hier manchmal viel ärger. Ein dorniges Kraut, Teufel noch einmal! Gut gepfeffert und in Essig getaucht, mit der Spitze eines Messers in die Scheide gesteckt, das braucht es, um diese Reize zu zerreißen. Bei dem ersten Fehler, den du begehst, verurteile ich dich dazu«, sagt der Frevler, der bei diesem Gedanken sich in den prächtigen Hintern seines Opfers ergießt. Ja, Dirne, ich verurteile dich dazu, und vielleicht zu noch Ärgerem vor Ablauf von zwei Monaten.« Endlich bricht der Tag an, worauf Justine verabschiedet wird.

Sie fand beim Eintritt ihre neue Freundin in Tränen aufgelöst. Sie tat, was in ihrer Macht stand, sie zu beruhigen; aber es ist nicht leicht, sich in eine so schreckliche Situation zu finden. Octavia war tugendhaft, empfindlich und religiös; um so schrecklicher kam sie sich in ihrer Lage vor. Doch war sie zufrieden, eine gleichgestimmte Seele zu finden, und trat bald zu unserer liebenswürdigen Waisen in ein inniges Verhältnis; sie fanden beide durch diese Freundschaft mehr Kraft, ihre gemeinsamen Leiden zu ertragen.

Aber die traurige Octavia genoß nicht lange die angenehme Empfindung. Es war Justine gesagt worden, daß die Anciennität keinen Einfluß auf die Erneuerungen habe; nur durch die Laune der Mönche oder durch die Furcht vor Nachforschungen seitens der Außenwelt veranlaßt, könnten sie ebenso gut nach Verlauf von acht Tagen wie von zwanzig Jahren stattfinden. Octavia befand sich kaum zwei Monate im Kloster, da verkündete ihr Jerome, daß für sie Ersatz eintreten müsse, obgleich er es war, der ihr am meisten zu huldigen schien ... Sie schlief meistens bei ihm; noch am Abend vor dieser schrecklichen Katastrophe war dies der Fall gewesen. Doch geschah dies nicht ihr allein. Ein herrliches Mädchen, dreiundzwanzig Jahre zählend, das sich seit seiner Geburt im Kloster aufhielt und über jedes Lob erhaben war, dessen weiches, mitleidiges Wesen sich in merkwürdigerweise mit einer romantischen Erscheinung verband, kurz, ein Engel, sollte am selben Tage das gleiche Schicksal erleiden; die Mönche beschlossen gegen ihre Gewohnheit, beide zusammen zu opfern. Die Schöne hieß Mariette und war, wie es hieß, Sylvesters Tochter. Zu dieser blutigen Zeremonie wurden die größten Zurüstungen getroffen; da unsere Heldin unglücklich genug war, sich unter der Zahl der an diesem Tage Geladenen zu befinden, wird man es uns verzeihen, wenn wir das letzte Mal auf der Schilderung der entsetzlichen Ausschweifungen dieser Ungeheuer bestehen.

Man kann sich leicht vorstellen, daß die Wahl Justinens sicherlich nur eine höchst raffinierte Grausamkeit war. Man kannte ihr außerordentlich empfindliches Wesen; man wußte, daß sie mit Octavia befreundet war; was brauchte es mehr, daß man ihre Anwesenheit beim Feste wünschte? Ebenso war man gegen Fleur-d'Epine, ein schönes, sanftes, zwanzigjähriges, ebenfalls mit Mariette innig befreundetes Mädchen vorgegangen; sie mußte ebenfalls an diesem Todesfest teilnehmen. Alle diese Züge dienen dazu, ein Gemälde des Seelenzustandes dieser Frevler zu entwerfen; nicht umsonst enthüllen wir sie.

Zehn andere Frauen im Alter von fünfzehn bis fünfundzwanzig Jahren, von großer Schönheit, sechs junge Lustknaben im Alter von dreizehn bis fünfzehn Jahren, mit auserlesen hübschen Gesichtern, sechs Männer im Alter von zwanzig bis fünfundzwanzig Jahren, die auf Grund ihrer langen oder dicken Glieder ausgewählt worden waren, endlich drei fünfunddreißig- bis vierzigjährige Aufseherinnen für den inneren Dienst waren zu dem höllischen Opferfest, das sich vorbereitete, zugelassen.

Das Abendmahl fand, wie bereits erwähnt, in einem Keller statt, der sich neben denen befand, in denen die Opfer eingeschlossen waren. Man kam bei Sonnenuntergang zusammen; aber der Brauch verlangte es bei solchen Gelegenheiten, daß jeder Mönch sich im Vorhinein in seiner Zelle mit zwei Mädchen oder zwei Knaben, die er aus der Zahl der Geladenen wählte, unterhielt; Sylvester, der Vater des einen Opfers, wünschte sich mit Justine und einem anderen Mädchen, namens Aurora, die fast ebenso schön war wie unsere Heldin, einzuschließen.

Wir wollen die Zeremonien, die bei diesem Vorbereitungsgenuß beobachtet wurden, genauer schildern.

Der Mönch, in einem Fauteuil sitzend, die Hosen aufgeknöpft, meistens vom Gürtel abwärts, hörte wohlgefällig eines der Mädchen an, die ihm, Ruten in der Hand haltend, sich nähern mußte, worauf sich folgendes Frage- und Anwortspiel entwickelte:

»Ruchloser, du bist also zum schrecklichsten Frevel entschlossen und der Mord wird dich besudeln?« – »Ich hoffe so.« – »Was! Scheusal, kein Rat, keine Vorstellung, keine Furcht vor dem Himmel oder den Menschen vermag diesen Greuel abzuwenden?« – »Es gibt keine göttliche oder menschliche Gewalt, die mich abzuhalten imstande wäre.« – »Aber Gott sieht dich!« – »Ich pfeife auf Gott.« – »Wartet nicht die Hölle deiner?« – »Ich trotze der Hölle.« – »Werden nicht vielleicht die Menschen eines Tages deine Untaten entdecken?« – »Ich spotte der Menschen und ihres Urteils; ich denke nur an den Frevel, ich liebe nur den Frevel, ich lebe nur für das Verbrechen, nur das Verbrechen soll alle Augenblicke meines Lebens kennzeichnen.«

Sodann mußte man auf die Art und Weise der Missetat und ihre Einzelheiten anspielen; so wurde Justine beauftragt, folgende Frage an Sylvester zu stellen: »Was! Elender, denkst du nicht daran, daß es sich um deine Tochter handelt, da du sie opfern willst, ein so reizendes Geschöpf, das deinem Blute entsprossen ist?« – »Was kümmert mich dieses Band; es ist für mich ein Beweggrund mehr; ich wollte, sie wäre mir noch mehr verwandt … sie wäre noch interessanter … noch hübscher« usw.

Sodann ergriffen die beiden Mädchen den Wüstling; die eine legte ihn über ihre Knie, während die andere ihn aus Leibeskräften peitschte; so wechselten sie ab. Während der Flagellation überhäuften sie ihn mit Beschimpfungen und Vorwürfen, wobei sie stets an das Verbrechen, das der Frevler plante, anspielten. Sowie das Blut von ihm troff, knieten sie nacheinander ehrerbietig vor seinem Glied nieder und versuchten dieses durch Lecken in Erektion zu versetzen. Sodann hieß der Mönch seinerseits sie sich entkleiden und gab sich jedem ihm gutdünkenden Wollustakte hin, vorausgesetzt, daß er den Leib des Mädchens nicht entstellte, da dieses unversehrt der Versammlung vorgeführt werden mußte.

All das eben Gesagte wurde von Sylvester Punkt für Punkt ausgeführt; nach diesen Vorbereitungen legte er Aurore und Justine die eine auf die andere und bearbeitete sie beide mehrere Augenblicke von vorne. Er packte ihre Hinterbacken, ohrfeigte sie, befahl ihnen, seinen Hintern anzubeten und diesen zum Zeichen der ehrerbietigsten Huldigung zu lecken; nachdem er in der Erwartung des Kindermordes in höchstes Entzücken geraten war, stieg er in den Keller hinab, gestützt auf die beiden Mädchen, die diesen Abend – so verlangte es der Brauch – neben ihm die Funktionen von Gardedamen erfüllen mußten.

Alle waren schon versammelt, Sylvester kam als letzter. Die beiden Opfer, in Trauer gekleidet, am Kopfe Zypressenlaub tragend, waren nebeneinander auf einen Schemel in der Höhe des Tisches an einem seiner Enden gestellt worden. Octavia bot ihre Vorderansicht, Mariette zeigte ihren Rücken; ihre Kleider waren hochgeschürzt und ließen den Unterleib nackt. Die Frauen waren in einer Reihe, die beiden Männergruppen in zwei anderen aufgestellt; die Mönche standen in der Mitte, während die drei Aufseherinnen die Opfer umringten. Sylvester wurde mit der Rede betraut, bestieg eine Tribüne gegenüber dem Schemel und begann also:

»Wenn es etwas Heiliges in der Natur gibt, so ist es sicherlich, meine Freunde, das unwandelbare Recht, über seinesgleichen verfügen zu dürfen, das sie dem Menschen gewährt. Der Mord ist das oberste Gesetz dieser Natur, der die Toren verständnislos gegenüberstehen. Durch den Mord tritt sie täglich in die Rechte ein, die ihr die Fortpflanzung raubt; ohne die privaten und politischen Morde wäre die Welt so voll, daß es nicht mehr möglich wäre, sie zu bewohnen. Aber, sicherlich, wenn es eine Gelegenheit gibt, wo der Mord ein köstlicher Genuß ist, so zweifellos in dem vorliegenden Falle. Gibt es tatsächlich ein herrlicheres Vergnügen, als sich einer Frau zu entledigen, an der man sich lange ergötzt hat? Welch göttliche Art, seinen Lüsten zu frönen! Welch eine Huldigung an die Übersättigung! Sehen Sie diesen Hintern – fuhr der Redner, auf Mariette weisend, fort – der uns so lange ergötzt hat; sehen Sie diese Scham (er deutete auf Octavia), die, obgleich noch nicht so lang im Gebrauch, nichtsdestoweniger unser aller Glied gesättigt hat! Ist es nicht an der Zeit, daß so abscheuliche Gegenstände endlich in den Schoß des Nichts eingehen, aus dem sie nur uns zum Genüsse emporsteigen durften? Oh meine Freunde! Welch ein Vergnügen! In wenigen Stunden wird die Erde dieses fluchwürdige Fleisch bedecken; es wird nicht mehr unsere Wollust verleiden ... Es wird nicht mehr unser Auge empören ... In wenigen Stunden haben diese Elenden aufgehört zu leben; kaum eine schwache Erinnerung an ihr Dasein wird uns bleiben; wir werden nur ihre Martern im Gedächtnis bewahren. Die eine, Octavia, schön, sanft, schüchtern, tugendhaft, sittsam und gefühlvoll, besaß den denkbar schönsten Körper. Aber sie war wenig liebenswürdig; nie verließ sie ihr natürlicher Stolz; Sie erinnern sich, daß Sie sehr oft genötigt waren, ihr alle die verschiedenen Strafen, die sie sich nach dem Reglement für die von ihr begangenen Vergehen zugezogen hat, aufzuerlegen. Nie vermochte sie ihren tiefen Abscheu vor Ihren Sitten, ihre Abneigung gegen Ihre heiligen Bräuche, ihren Haß gegen Ihre verehrungswürdige Person zu verhehlen; und treu den entsetzlichen Grundsätzen der Religion, haben Sie sie oft ihren Gott anrufen gehört; selbst dann, wenn sie Ihren Lüsten sich preisgab. Jerome liebte ihren Hintern, er verherrlichte ihn fast täglich; obgleich Jerome nicht mehr in Erektion gerät, obgleich der Mund infolge seiner Schwäche sein einziger Zufluchtsort ist, so wissen Sie doch, daß er, heftig erregt durch die prächtigen Hinterbacken dieses Mädchens, sie mehr als zwanzigmal sodomisiert hat. Indessen wird das Urteil gerade auf Bitten Jeromes gefällt; er ist zudem so gerecht, daß er sicherlich ihr unerbittlichster Henker sein wird. Sehen Sie nur genau hin, meine Freunde, mit was für Augen er sie betrachtet; gibt es Ihnen nicht einen Begriff von dem Löwen, der nach dem Lamme lechzt, das seine Beute werden wird? Glückliche Wirkung der Übersättigung! Man sollte glauben, daß man durch sie vollständig abgestumpft wird, während gerade die süßesten Regungen der Wollust ihr entspringen. Neben Octavie bemerken Sie Mariette; ihre Hinterbacken, die sie Ihnen weist, haben lange Ihre Begierden erweckt; es gibt keinen Genuß, dem Sie sie nicht dienstbar gemacht haben. Mariette war schön und sanft. O Natur! Lasse mich jetzt einige Zähren vergießen … (Der Schelm stellte sich weinend.) Ich merke, daß man deine Stimme nicht zu übertönen vermag, daß man nicht ungestraft Vater ist. Aber alle Gefühle müssen schweigen vor diesem Richterstuhl der Wahrheit; nur ihr darf der Redner huldigen. Welche Laster gesellten sich Mariettens Tugenden bei! Sie war launenhaft, widerspenstig, empört über Ihre Ansichten und Bräuche. Sie schloß sich mit Vorliebe allen Prüden im Serail an und suchte eine Religion zu kennen, selbst zu befolgen, von der wir ihr nie ein Wort erzählt hatten und welche sie nur aus den Gesprächen der Betschwestern kannte, die sie mit solchem Eifer aufsuchte; überhaupt mangelte es ihr an Dienstbeflissenheit; man mußte sie stets antreiben, denn sie tat nichts aus eigenem Antrieb. Wenig Mädchen mußten so viel Strafen erdulden wie Mariette; trotzdem ich sie so oft bevorzugte, hat man mich, der alles der Sache der Gerechtigkeit opfert, sie recht oft vor Ihrem Tribunal anklagen hören. Ich verlange heute ihren Tod; auf meinen Vorschlag ist das Urteil über sie gefällt worden, und ich bitte, ihren Tod schrecklich zu gestalten. Nehmen Sie meinen diesbezüglichen Vorschlag an; dann wird noch nie ein Opfer grausamere Qualen erduldet haben. Mut, meine Freunde! – fuhr der Redner enthusiastisch fort – Dank der Festigkeit unseres Charakters sind wir auf dem Gipfelpunkte der vorbedachten Verderbtheit angelangt; nichts möge uns jetzt zurückhalten; erinnern wir uns wohl, daß nur der unglücklich ist durch Frevel, der auf halbem Wege stehenbleibt. Nur wenn man im Verbrechen schwelgt, gelingt es, seine wahren Reize zu entdecken. Ganz im Gegensatz zu den Frauen, die uns durch das Übermaß ihrer Hingabe ermüden, erfreuen wir uns nie mehr an den Freveln, als wenn wir in ihnen waten. Der Grund davon ist recht einfach; man muß mit dem Verbrechen recht vertraut sein, um alle seine Reize zu kennen. Nur wer sich stets mit ihm abgibt, wird es später anbeten. Das erste Mal widerstrebt es, infolge Mangels an Gewöhnung; das zweite Mal vergnügt es, das dritte Mal berauscht es; würde sich auf dieser Bahn nichts den rasenden Begierden des Menschen entgegensetzen, so würde man alle Augenblicke Verbrechen begehen. Daran zu zweifeln, daß die größte Summe des Glückes, das der Mensch auf Erden finden kann, unbestreitbar durch Missetaten bedingt sei, heißt daran zu zweifeln, daß das

Tagesgestirn die erste Ursache allen Lebens ist. Ja, meine Freunde, so wie diese herrliche Sonne alle Neuschöpfung bewirkt, ebenso ist das Verbrechen das Zentrum alles moralischen Feuers, das uns durchglüht. Die Sonne bewirkt das Wachstum der Früchte; das Verbrechen läßt alle Leidenschaften im menschlichen Herzen keimen; nur ihm verdanken wir alle innere Belebung, nur ihm allen Nutzen. Was macht es, daß es den Nächsten schädigt, wenn es unsere Person ergötzt? Leben wir für den Nächsten oder für uns? Kann eine solche Frage vernünftigerweise gestellt werden? Wenn aber der Egoismus das oberste Gesetz der Vernunft und der Natur ist, wenn wir mit Bestimmtheit nur unser selbst willen leben, darf uns nur unser eigenes Vergnügen heilig sein. Alles, was von dieser Ansicht abweicht, ist falsch, dem Irrtum unterworfen und kann nur unsere Verachtung verdienen. Ich höre manchmal sagen, daß der Frevel dem Menschen gefährlich ist; ich möchte gerne, man solle mir den Grund davon erklären. Vielleicht deshalb, weil es die Rechte anderer verletzt? Nun, wenn die anderen die Möglichkeit haben, sich zu rächen, ist die Gleichheit der Rechte wieder hergestellt; von diesem Augenblicke an aber verletzt das Verbrechen nichts. Es ist unerhört, wie die ewigen Sophismen der Dummheit alles menschliche Glück schließlich zerstören. Wieviel glücklicher wären alle, wenn sie sich verständigen wollten, um zu genießen! Aber die Jugend schwebt ihnen vor; sie lassen sich von ihrer verführerischen Außenseite täuschen, lassen sich von ihr irreführen; darum sind alle Grundlagen des Glückes vernichtet. Verbannen wir also für immer diese ruchlose Tugend aus unserer glücklichen Gesellschaft; verabscheuen wir sie, wie sie es verdient; die äußerste Verachtung und die strengsten Strafen seien der gerechte Lohn derer, die ihre Gesetze befolgen wollen. Ich meinerseits schwöre immer und immer wieder, sie zu meiden, sie mein ganzes Leben lang zu verabscheuen. Oh meine glücklichen Brüder! Mögen alle meine Worte beherzigen; möge es in diesem Kreise stets nur Henker und Opfer geben!«

Sylvester stieg, durch lebhaften Beifall gelohnt, von der Tribüne herab, worauf die Szenen ihren Anfang nahmen. Man bemächtigte sich der Saalecken; die hexagonale Form ermöglichte jedem, einen Platz zu finden. Kandelaber erleuchteten diese Nischen, in deren jeder sich eine mächtige Ottomane und eine Kommode befand, in welch letzterer alles vorhanden war, was die ausschweifendste und grausamste Wollust erforderte. Zwei Mädchen, ein Lustknabe und ein Mann geleiteten die Mönche in ihre Nischen. Die Aufseherinnen ließen zuerst

Octavia, sodann Mariette herabsteigen und führten sie gefesselt und nackt jedem einzelnen Mönch vor.

Das Opfer sollte auf dieser ersten Runde derart gequält werden, daß es, wenn es daran nicht starb, die Spuren durch das ganze Leben tragen sollte. Jeder Mönch sollte zugleich auf die Schulter oder die Hinterbacken dieses Opfers die Art der Marterung, zu der er es verurteilte, eingravieren.

Severino, der sich von hinten bearbeiten ließ, während er einen Lustknaben sodomisierte, wobei er rechts und links Ärsche küßte, erinnerte sich an einen von Jerome berichteten Wollustakt, riß Marietten einen Zahn aus und verbrannte Octavia Brustwarzen. Die von ihm bestimmte Art der Marterung ist uns ebenso wie die der anderen unbekannt.

Clement brach Octavia einen Finger und setzte eine ziemlich tiefe Wunde in Mariettens rechte Hinterbacke; er ließ sich lecken, während er andere rieb.

Antonis rupfte beider Schamhaare mit dem türkischen Enthaarungsinstrument aus, das unter dem Namen Rusma bekannt ist;* er bearbeitete die Scheide Justinens, leckte die Auroras und ließ sich indes sodomisieren.

Ambroise ließ sich von hinten bearbeiten und tat Fleur-d'Epine desgleichen, während er eine Scham leckte; er stach Mariettens schöne Augen mit einer goldenen Nadel aus und schnitt den kleinen Finger der rechten Hand Octaviens ab. Er ergoß seinen Samen; das versetzte ihn in solche Wut gegen Fleur-d'Epine, daß er ihr sofort dreihundert Peitschenhiebe versetzte, obwohl er nicht mehr in Erektion war; nur Rachsucht veranlaßte ihn dazu.

Sylvester stach die Hinterbacken und Brüste seiner Tochter und biß mit den Zähnen die beiden Brustwarzen Octavia ab; unterdessen ließ er sich peitschen; sein Lustknabe leckte ihm den Mund, ein Mädchen sein Glied.

Jerome, aus Leibeskräften von hinten bearbeitet und von zwei knienden Mädchen geleckt, schnitt Mariettens linkes Ohr ab und zwickte vermittelst einer Zange ein großes Stück von Octavia schönem Hintern weg.

---

* Rusma, ein Mineral, findet sich nur in den Bergwerken in Galatien. Der Großherr genießt davon ein Einkommen von dreißigtausend Dukaten jährlich. Es ist sehr selten in Frankreich und wird hier mit Gold aufgewogen. Es bleibt dort, wo es angewendet wurde, keine Spur von Haar zurück.

Nach dieser Runde erwog man folgendes: Sollten die Opfer auf diese Weise allmählich geopfert werden? Oder sollte man sie der Raserei aller sechs Mönche gleichzeitig aussetzen? Sollte nur er der Henker sein und die anderen bloß zuschauen? Bevor man eine Entscheidung fällte, las man die sechs Ansichten über die Art der Marterung vor. Da die Überzahl dafür stimmte, daß jeder Mönch sie besonders vornehmen solle, entschloß man sich, die Opfer wieder herumzuführen; nur verlangte Sylvester zweierlei, was ihm auch einmütig zugestanden wurde: Erstens sollten die beiden Mädchen, bevor man die Marterungen vornehme, eine Stunde lang den Lüsten der einzelnen Mönche preisgegeben werden; sodann wollte er seiner Tochter den Todesstreich versetzen. Nach diesem Beschluß stellte man inmitten des Kellers ein Kanapee auf; die sechs Lustknaben und die zwölf Mädchen umringten ihn, höchst unzüchtige Gruppen bildend. Die Männer mußten hinter den Mönchen einhergehen und sie während ihrer Handlungen von hinten bearbeiten.

Severino bearbeitete die beiden Hintern, wobei er deutliche Spuren seiner Grausamkeit auf ihnen zurückließ.

Clement bearbeitete sie nicht, prügelte sie aber furchtbar.

Antonis bearbeitete die beiden Scheiden; da er – wie er sagte – zweifelte, ob ein fruchtbarer Keim sich darin festgesetzt habe, steckte er eine lange Nadel tief in jede Vagina, aber so gut … so tief, daß es nicht möglich war, sie wiederzufinden.

Ambroise bearbeitete die beiden Opfer von hinten und drückte derart ihren Hals, daß sie bewußtlos wurden.

Sylvester fuhr in die beiden Scheiden, wobei er mit der Schneide eines Messers auf Bauch, Brust und Hinterbacken dieser Geschöpfe mehr als zwanzig kreuzförmige Einschnitte machte. Der Schelm entleerte sich, indem er einen drei Zoll langen Schnitt in die rechte Wange seiner Tochter machte.

Jerome peitschte beide mit einer mit Eisenstacheln durchflochtenen Klopfpeitsche, bis sie mit Blut überströmt waren; ganze Stükke Fleisch wurden aus ihren Hintern gerissen; hierauf steckte er sein Glied in beider Mund.

Die Rundgänge beginnen von neuem wieder; die Mönche begeben sich wieder in ihre Nischen mit Knaben oder Mädchen, je nachdem, wonach es sie gelüstete.

Justine war bei Ambroise. Sollte man es glauben, daß dieser Frevler so grausam war, von ihr zu verlangen, sie möge ihre vielgeliebte Octavia martern! Und als Justine sich entschieden weigerte, wurde sie der

Versammlung angezeigt, die sich auf der Stelle zusammentat, um ein so schweres Vergehen gebührend zu bestrafen. Man öffnete das Strafbestimmungsbuch: Der Fall Justinens stand unter Artikel sieben. Aber da es sich nur um vierhundert Peitschenhiebe handelte, waren drei Mitglieder der Meinung, man solle sie nach Artikel zwölf bestrafen; die drei anderen widersetzten sich diesem Vorschlag, nicht weil sie die Strafe für zu grausam hielten, sondern nur, weil diese Handlung die Sitzung zu lange unterbrechen würde. Justine wurde also nur zu je zweihundert Peitschenhieben verurteilt, die ihr jeder Mönch verabreichen sollte; sie bekam sie sofort, und zwar mit der Kraft, die gewöhnlich die Erektion verleiht, was bei den Herren der Fall war.

Fleur-d'Epine, die Sylvester Beistand leistete, verübte bald das gleiche Vergehen. Der barbarische Vater Mariettens wollte die Freundin seiner Tochter zwingen, dieser die Brüste mit einem Glüheisen zu verbrennen. Fleur-d'Epine weigerte sich. Sylvester raste; sein Glied stand wie das eines Esels, alle seine Poren schienen Sperma auszuschwitzen; er nahm die Ausführung der Strafe auf sich; er bediente sich eines dikken Knüttels, mit dem er die Unglückliche dermalen durchpeitschte, daß man sie fast tot vom Platze tragen mußte. Es war dies ein Verstoß gegen die Vorschriften des Klubs. Severino zog Sylvestre wegen seines Vorgehens zur Verantwortung; die Strafen sollten von der Versammlung bestimmt und gemeinsam vollzogen werden. Doch wenn man nachwies, daß man in Erektion gewesen war und daß die Beleidigung gar zu unerträglich gewesen war, wurde man sofort freigesprochen. Natürlich bediente sich Sylvester dieses Mittels. Man ließ ein anderes Mädchen kommen und dachte nicht weiter an einen Vorgang, der dieser Unglücklichen vielleicht das Leben kostete. Doch zogen sich die Mißhandlungen dermaßen in die Länge, daß die Opfer niemals den für derlei Orgien vorgeschriebenen Schlußeffekt erlebt hätten, wenn man sich nicht zu Tische begeben hätte.

Sie wurden den Aufseherinnen überlassen, die sie badeten, wieder belebten, verbanden und abermals nackt auf den Schemel stellten, wo sie während des ganzen Soupers allen Beschimpfungen seitens der Mönche ausgesetzt blieben.

Es ist leicht begreiflich, daß bei dieser Art von Festen die Wollust, die Geilheit, der Greuel an das äußerste grenzten. Bei diesem wollten die Mönche durchaus auf den Hintern der Mädchen essen; andere mußten ihren Glied und Hoden lecken; die Kerzen wurden in die Hintern von kleinen Knaben gesteckt; die Servietten waren zwei Wochen lang zum Auswischen von Ärschen benutzt worden; an den vier Tischecken waren große Näpfe mit Kot aufgestellt. Die drei Aufseherinnen bedienten nackt die Mönche und verabreichten ihnen nur solche Weine, mit denen sie sich vorher die Hinterbacken, die Scham, die Achselhöhlen, den Mund und das Arschloch gewaschen hatten. Außerdem hatte jeder Mönch einen kleinen Bogen und mehrere Pfeile neben sich, die er von Zeit zu Zeit auf die Opfer abschoß; dadurch entstand sofort eine kleine Blutlache, die die Gerichte bespülte.

Was die Speisen betraf, so waren sie erlesen. Alles war köstlich und in Hülle und Fülle vorhanden; die seltensten Weine wurden bloß bis zum Nachtisch aufgetragen; dann kamen die stärkeren Liqueure an die Reihe; bald stieg ihnen der Alkohol zu Kopfe.

»Ich kenne nichts«, sagte Ambroise stammelnd, »was besser zusammenpaßte, als die Freuden der Trunkenheit, der Feinschmeckerei, der Geilheit und Grausamkeit; es ist unerhört, was man ersinnt und tut, wenn man berauscht ist; die Kräfte, die Bacchus der Göttin der Geilheit leiht, schlagen immer zum Vorteil der letzteren aus.« – »Das ist so wahr«, sagte Antonis, »daß ich Ausschweifungen stets nur im volltrunkenen Zustand begehen möchte; nur dann fühle ich mich so recht im Zug.« – »Unsere Huren«, sagte Severino, »könnten sich mit diesem Vorbehalt nicht befreunden; denn es wird mit ihnen übel umgesprungen, wenn unsere Köpfe von Wein oder Liqueur elektrisiert sind.« Im selben Augenblicke vernahm man einen gräßlichen Schrei in der Nähe der Füße Severinos. Dieses Ungeheuer hatte ohne jeden Grund und Ursache, nur um Böses zu tun, sein Messer in die linke Seite eines schönen achtzehnjährigen Mädchens gestoßen, das ihn leckte. Das Blut floß in Strömen; die Unglückliche fiel in Ohnmacht, Severino befragt. »Sie hat mich beim Lecken gebissen«, erwiderte er; »die Rache hat mich zu dieser Tat veranlaßt.« – »Herrgott!« rief Clement, »das Vergehen ist entsetzlich; ich verlange, daß die Hure auf Grund des Artikels fünfzehn unseres Gesetzbuches bestraft werde, der bestimmt, daß jedes Mädchen, das es an Respekt gegenüber den Mönchen fehlen läßt, eine Stunde an den Füßen aufgehängt werde.« – »Gut!« sagte Jerome, »aber das gilt nur für gewöhnliche Verhältnisse; wenn es sich um den Dienst bei Wollustakten handelt, ist die Strafe bedeutend schwerer: zwei Monate Gefängnis bei Wasser und Brot, täglich zweimalige Auspeitschung; ich verlange die strikte Befolgung dieser Vorschrift.« – »Ich sehe nicht«, meinte Sylvester, »daß der Fall vom Gesetz vorgesehen ist; daher verlange ich eine strenge Strafe, die ebenfalls nicht vorgesehen ist. Ich will, daß die Delinquentin von allen bestraft werde; man lasse sie daher mit einem jeden von uns eine Viertelstunde lang in eines der dunkelsten Zellen des Kellerraumes gehen, mit der Bestimmung, daß jeder sie derart mißhandeln solle, daß sie davon ein Jahr lang das Bett hüten müsse; Severino soll als letzter an die Reihe kommen.« Dieser Vorschlag wird genehmigt. Das Opfer, das zu verbinden man absichtlich unterläßt, befindet sich bereits in einem solchen Zustande, daß man sie an ihren Bestimmungsort tragen muß. Alle die Frevler gehen der Reihe nach hinab; nach schrecklichen Qualen wird sie ins Bett gebracht, wo sie am folgenden Tage stirbt.

Kaum waren unsere sechs Wüstlinge von ihrer höllischen Expedition zurückgekehrt, als die Aufseherinnen mitteilten, sie müßten scheißen. »In die Speisen! In die Speisen!« sagte Clement. – »In meinen Mund!« rief Sylvester. Unsere Mönche legen sich unter die Ärsche der Alten, die vom Tische herabscheißend, die Gesichter jener bald mit Kot, hörbaren und unhörbaren Furzen bedeckten.

»Daß wir uns dieser alten Luder bedienen«, sagte Jerome, »wenn uns so viele junge und hübsche Dinger zur Verfügung stehen, ist meiner Meinung nach der beste Beweis unserer schauerlichen Perversität.« – »Wer zweifelt daran«, warf Severino ein, »daß das Alter, die Unreinlichkeit und die Häßlichkeit oft ebenso viel Vergnügen bereiten wie die Jugend und die Schönheit? Die von solchen Körpern ausgehenden Miasmen haben eine viel beißendere Schärfe. Sehen Sie denn nicht, wie häufig die Leute des einen Geruch besitzende Wildbret dem frischen Fleisch vorziehen?« – »Ich meinerseits bin ganz dieser Ansicht«, sagte Sylvester, indem er auf die rechte Seite seiner Tochter einen Keil abschoß, so daß das Blut herausspritzte, »je häßlicher, älter und ekelhafter ein Gegenstand ist, desto mehr erregt er mich, was ich Euch beweisen will.« Damit packte er den alten Jerome und steckte sein Glied in dessen Hintern.

»Ich fühle mich sehr geschmeichelt«, erwiderte Jerome, »stoße nur immer zu, mein Freund; müßte ich den Genuß, einen Penis im Hintern zu haben, durch noch mehr Erniedrigung erkaufen, ich würde das Vergnügen doch nicht zu teuer finden.« Der Ruchlose drehte sich um, um seinen teueren Partner zärtlich zu lecken, und stieß rülpsend einen Schluck Wein in dessen Nase, was auf Sylvester so heftig wirkte, daß er sich in Clements Gesicht erbrach; doch dieser war mehr an dergleichen gewöhnt und aß ruhig sein Kompott weiter, in das die ganze Sauce gespritzt war. »Seht nur die Fassung dieses Lumpenkerls«, sagte Ambroise, der an der anderen Seite stand; »ich wette, ich könnte in seinen Mund scheißen, ohne daß er sich rührt.« – »Scheiße hinein!«

rief Clement. Ambroise gehorchte; Clement verschlingt den Kot, worauf man die Tafel aufhebt.

Der erste Vorschlag war der, alle jungen Knaben auf die Hinterbakken, alle Mädchen auf die Brüste zu peitschen. Diejenigen, welche die Knaben peitschen sollten, müßten auf dem Boden bleiben; die anderen sollten auf Fauteuils gestellt werden, gegen die sich die Mädchen mit dem Rücken lehnen müßten. »Wunderbar!« sagte Antonis; »aber die Lustknaben sollten gezwungen werden, während der Auspeitschung zu scheißen, die Mädchen zu pissen, und zwar unter Androhung der schwersten Strafen.« – »Sehr gut!« schrie Jerome, dermaßen besoffen, daß er sich kaum vom Tische zu erheben vermochte. Die Sache wird ausgeführt. Man kann sich gar nicht vorstellen, wie barbarisch diese Ruchlosen die hübschesten Hintern der Welt und die rosigweißen Busen, die ihrer Brutalität ausgeliefert waren, auspeitschten. Da wurde Severino, der heftig erigierte, von einem reizenden dreizehnjährigen Lustknaben angezogen, von dessen Hinterbacken das Blut in Strömen rann. Er ergreift ihn, geht mit ihm in ein Kabinett und bringt ihn nach Verlauf einer Viertelstunde in einem solchen Zustande zurück, daß die Versammlung fest davon überzeugt war, der Prior habe seiner Gewohnheit mit Knaben gemäß so grausame Handlungen an jenem vollführt, daß der Junge sich kaum würde davon erholen können. Jerome genoß nach dem Beispiele Priors ebenfalls abseits sein Vergnügen; er hatte Aurore und eine andere siebzehnjährige Schöne mit sich geschleppt und beide so schmählichen Demütigungen, so monströsen Roheitsakten unterworfen, daß alle beide in ihr Zimmer gebracht werden mußten.

Aller Augen richteten sich nunmehr auf die beiden Opfer. Man gestatte uns, einen Schleier auf die Greueltaten zu werfen, die diese verabscheuenswerten Orgien beschlossen. Unsere Feder wäre unzureichend, sie zu schildern, unsere Leser zu mitleidig, sie kaltblütig anzuhören. Es genüge daher zu wissen, daß die Marterung sechs Stunden lang dauerte, während deren die unglaublichsten Grausamkeiten, die wütesten und monströsesten Ausschweifungen stattfanden, wie sie nicht einmal Nero oder Tiberius hätten erfinden können.

Sylvester fiel durch die unglaublichen Quälereien, mit denen er seiner Tochter zusetzte, auf; das schöne, gefühlvolle und reizende Geschöpf starb dem schauerlichen Wunsche des Ruchlosen gemäß unter seinen Händen. So ist der Mensch, wenn ihn seine Leidenschaften verfuhren, so, wenn seine Reichtümer, sein Einfluß, seine Stellung ihn über die Gesetze stellen. Justine war bei ihrer Ermattung glücklich, bei niemandem schlafen zu müssen. Sie zog sich in ihre Zelle zurück, vergoß bittere Zähren über das schreckliche Schicksal ihrer besten Freundin und beschäftigte sich nur mehr mit dem Plane, zu entweichen. Zu allem fest entschlossen, um dieser abscheulichen Stätte zu entfliehen, konnte sie nichts von ihrem Projekte zurückschrecken. Was konnte ihr drohen, wenn sie diesen Plan ausführte? Der Tod; was war ihr sicher, wenn sie blieb? Der Tod. Wenn sie aber Glück hatte, vermochte sie sich zu retten; sollte sie also schwanken? Doch konnte sie nicht vermeiden, daß vor dieser Unternehmung die traurigen Beispiele belohnten Lasters vor ihre Augen traten. In das große Buch des Schicksals, in dieses unbekannte Buch, in das kein Mensch Einblick hatte, war es geschrieben, daß alle die, welche sie gequält, erniedrigt, in Ketten gehalten hatten, unaufhörlich vor ihren Augen für ihre Freveltaten belohnt werden sollten, als ob die Vorsehung es sich zur Aufgabe gemacht hätte, ihr die Gefahr oder Nutzlosigkeit der Tugend zu zeigen. Doch diese unheilvollen Lehren änderten sie keineswegs; sie sagte, daß sie stets diesem Idol ihres Herzens treu ergeben sein werde, wenn es ihr gelingen sollte, dem über ihrem Haupte drohenden Schwerte zu entrinnen.

Eines Morgens erschien Antonis im Serail und machte zur allgemeinen Überraschung die Mitteilung, daß Severino, ein Verwandter und Schützling des Papstes, soeben von seiner Heiligkeit zum Ordensgeneral der Benediktiner ernannt worden sei. Gleich am folgenden Tage reiste der Priester ab, ohne jemanden zu sprechen. Es ging das Gerücht, daß ein weit grausamerer und ausschweifenderer an seine Stelle treten würde, ein weiterer Grund, um Justine zur schleunigen Ausführung ihres Planes anzuregen.

Am Tage nach Severinos Abreise veranstalteten die Mönche noch eine Opferung. Justine wählte diesen Augenblick, um ihren Plan auszuführen, damit jene, während sie beschäftigt waren, ihr weniger Aufmerksamkeit zuwenden könnten.

Man befand sich im Frühlingsanfang; die Nächte schienen noch lang genug zu dauern, um ihre Maßregeln zu begünstigen; seit zwei Monaten bereitete sie diese in aller Heimlichkeit vor. Sie durchschnitt allmählich die Gitter ihres Gemaches mit einer schlechten Schere, die sie gefunden hatte; schon konnte sie ihren Kopf ohne Mühe durchstecken; aus ihrer Wäsche hatte sie ein hinlänglich starkes Seil gebildet, um sich damit in die Tiefe lassen zu können. Als man ihr ihre Sachen weggenommen hatte, hatte sie, wie erwähnt, ihr kleines Vermögen zurückbehalten und stets sorgfältig verborgen; vor der Flucht brachte sie es in ihren Haaren unter; sowie sie glaubte, daß ihre Gefährtinnen sich zu Bette begeben hätten, eilte sie in ihr Gemach. Hier öffnete sie das Loch, welches sie täglich sorgfältig verstopft hatte, band das Seil an einen Gitterstab, der unbeschädigt war, ließ sich herabgleiten und hatte bald Boden unter den Füßen. Doch war dies bloß der kleinste Teil des Hindernisses gewesen; die sechs Heckenwälle, von denen Omphale erzählt hatte, bereiteten ihr ganz andere Schwierigkeiten.

Als sie unten angelangt war, erkannte sie, daß jeder Raum zwischen zwei Hecken nur sechs Fuß breit war; und diese geringe Breite konnte im ersten Moment den Glauben erwecken, daß man nur eine einzige zusammenhängende Gesträuchmasse vor sich habe. Die Nacht war sehr finster. Indem sie die erste Allee zwischen den Hecken durchschritt, gelangte sie zum Fenster des großen Kellers, wo die Todesorgien abgehalten wurden. Sie bemerkte da selbst viel Licht und war kühn genug, sich zu nähern; und da vernahm sie ganz deutlich, wie Jerome also zur Versammlung sprach: »Ja, meine Freunde, ich wiederhole es: Justine muß jetzt als nächste an die Reihe kommen; ich hoffe, kein einziger wird sich meinem Vorschlag widersetzen.« – »Gewiß nicht«, entgegnete Antonis, »mit Severino befreundet, habe ich sie bis jetzt bevorzugt, und protegiert, weil sie diesem ehrenwerten Gefährten unserer Ausschweifungen gefallen hat; da wir aber jetzt keinen weiteren Grund dazu haben, so bin ich der erste, der Euch bittet, diesen Vorschlag ohne Widerspruch anzunehmen.« – Es herrschte Einmütigkeit; einige waren sogar der Ansicht, man solle sie sofort herbeischaffen; aber nach reiflicher Erwägung entschloß man sich, die Sache auf zwei Wochen zu verschieben. Oh Justine! Welche Bewegung bemächtigte sich deiner Seele, als du also dein Todesurteil vernahmst! Unglückliches Mädchen! Fast hättest du dich nicht von der Stelle rühren können. Nichtsdestoweniger raffte sie alle ihre Kräfte zusammen, beeilte sich und ging rund herum; da sie aber keine Bresche wahrnahm, beschloß sie, eine solche zu schlagen.

Sie hatte die oben erwähnte Schere bei sich, mit der sie nun arbeitet; ihre Hände werden zerrissen, doch hält sie das nicht zurück. Die Hecke war mehr als zwei Fuß breit; doch bahnt sie sich den Weg zur zweiten Allee. Welche Bestürzung aber bemächtigt sich ihrer, als sie unter ihren Füßen einen weichen und nachgiebigen Boden fühlt, in welchen sie bis zu den Knöcheln versinkt! Je mehr sie vorwärts geht, desto dichter wird die Finsternis. Voll Neugier über die Ursache dieser Änderung der Erdbeschaffenheit, tastet sie ... Gerechter Himmel! Sie spürt den Kopf eines Leichnams. »Großer Gott!« ruft sie vernichtet, »so bin ich zweifellos, wie man mir gesagt hatte, im Friedhof, wohin die

Henkergesellen ihre Opfer werfen; kaum nehmen sie sich die Mühe, sie mit Erde zu bedecken. Dieser Schädel gehörte vielleicht meiner teuren Omphale oder der unglücklichen Octavia; sie war so schön, so sanft, so gut, so lieblich wie eine Rose. Ach! Zwei Wochen später hätte auch mich dieser Platz erwartet; daran ist kein Zweifel, soeben habe ich es vernommen. Was würde es mir nützen, wenn ich neuen Schicksalsschlägen entgegenginge? Habe ich nicht genug Böses begangen ? Bin ich nicht die Veranlassung einer ziemlich großen Zahl von Verbrechen geworden? Ach! Möge sich mein Geschick erfüllen! ... Du Zufluchtsort meiner Freundinnen, öffne dich auch für mich! Das tut gut, wenn man so arm und verlassen ist wie ich. Aber nein, ich muß die wehrlose Tugend rächen; sie rechnet auf meinen Mut, lassen wir uns nicht niederdrücken, gehen wir vorwärts! Es tut Not, daß die Welt von solch gefährlichen Missetätern befreit werde. Soll ich schwanken, sechs Menschen zu verderben, um Tausende von Personen zu retten, die ihre Grausamkeit hinschlachtet?« Sie durchbricht die Hecke, die dichter ist als die erste; je mehr sie vorwärts schreitet, desto undurchdringlicher findet sie das Gesträuche. Dennoch bricht sie die Breschen, jenseits deren sie wieder festen Boden fühlt; unsere Heldin gelangt an den Rand des Grabens, ohne die Mauer zu finden, von der ihr Omphale erzählt hatte; sicherlich war keine solche vorhanden; wahrscheinlich hatten die Mönche jene damit nur abschrecken wollen.

Weniger eingeengt jenseits dieser sechsfachen Umwallung, unterscheidet Justine die Gegenstände besser. Die Kirche und das sich daran anschließende Gebäude bieten sich also gleich ihren Blicken dar; der Graben zog sich längs beider hin. Sie hütet sich wohl, ihn auf dieser Seite zu überschreiten; sie geht den Rändern entlang weiter; sowie sie sich einem Waldwege gegenüber sieht, entschließt sie sich, den Graben an dieser Stelle zu überschreiten und jenen Weg einzuschlagen, sowie sie die Böschung emporgeklommen ist. Dieser Graben war sehr tief, aber trocken; da er mit Steinen bedeckt war, konnte sie sich nicht herabgleiten lassen, sie stürzte sich also hinein. Ein wenig betäubt von dem Fall, vergehen einige Minuten, bevor sie sich wieder erheben kann; endlich richtet sie sich wieder auf und durchquert den Graben, ohne auf Hindernisse zu stoßen; aber wie hinaufkommen? Indem sie eine bequeme Stelle sucht, findet sie einen, wo einige zerbrochene Mauersteine ihr die Möglichkeit gaben, sowohl sich der anderen Steine als Stufen zu bedienen, als auch die Fußspitzen in die Erde einzubohren, um sich besser stützen zu können. Sie befand sich schon fast oben, als alles unter ihr einbrach und sie wieder in den Graben fiel, bedeckt mit Trümmern, die sie im Falle mitgerissen hatte: Sie glaubte schon, sterben zu müssen. Denn dieser Sturz war, da er nicht freiwillig stattgefunden hatte, viel unsanfter gewesen als der erste; die Steine, die ihr gefolgt waren, hatten sie sogar an mehreren Körperstellen verletzt; sie war tüchtig mitgenommen worden. »Ach Gott!« sagte sie voll Verzweiflung, »ich gehe nicht weiter, ich bleibe da; dieses Mißgeschick ist ein Fingerzeig des Himmels, er will nicht, daß ich weiter gehe. Meine Gedanken täuschen mich sicherlich; das Böse ist notwendig auf Erden; wenn Gott es wünscht, so ist es gewiß ein Unrecht, entgegenzusteuern.«

Aber die kluge, tugendhafte Justine schüttelt rasch diesen Gedanken, die unglückselige Frucht der sie umgebenden Verderbnis, ab und entledigt sich mutig der Trümmer, mit denen sie bedeckt ist; da sie es nunmehr leichter findet, durch die infolge der neu entstandenen Löcher gebildete Bresche in die Höhe zu steigen, unternimmt sie nochmals den Versuch und sieht sich sofort in der Höhe. All das habe sie von dem wahrgenommenen Pfade abgeführt; aber umherschauend wird sie seiner wieder gewahr und nunmehr macht sie sich eilig daran, zu fliehen. Vor Tagesanbruch befindet sie sich schon außerhalb des Waldes und bald auf dem Hügel, von welchem aus sie einstens das ruchlose Haus erblickt hatte, aus dem sie mit solcher Freude entwichen war. Sie ruht auf ihm aus, in Schweiß gebadet; ihre erste Sorge ist, sich niederzuknien, um Gott zu danken und neuerlich seine Verzeihung zu erflehen für die Vergehen, die sie unfreiwillig in dieser haßenswerten Stätte der Ruchlosigkeit und des Verbrechens begangen hatte. Bald entströmten bittere Zähren ihren schönen Augen. »Ach!« sagte sie zu sich, »ich war weit schuldloser, als ich im vergangenen Jahre diesen selben Weg einschlug, geleitet von frommen Gedanken, die so traurig getäuscht wurden. Oh Gott! In welchem Zustande sehe ich mich jetzt!«

Diese traurige Betrachtungen wurden einigermaßen gemildert durch den Gedanken, frei zu sein; Justine nahm ihren Weg gen Dijon, da sie der Meinung war, daß nur in dieser Stadt ihre Klagen mit Erfolg vorgebracht werden könnten.

Justine kommt auf das Schloß des Grafen de Gernande, wo sie an grausamen Orgien teilnimmt, die der Schloßherr mit seinen Gästen – darunter auch sein eigener Bruder und dessen beiden Kinder Rosa und Lilly – veranstaltet. Sie kann fliehen und erlebt neue grausame Demütigungen.

VI. Buch

Weitere Demütigungen

Die ausschweifende Gesellschaft unterhielt sich den nächsten Tag an neuen Niederträchtigkeiten, als wenn die schrecklichste aller Grausamkeiten am vergangenen Tage nicht begangen worden wäre.

Rosa und Lilly mußten an diesem Tage und an den beiden nächsten alle Einfälle dieser Ungeheuer über sich ergehen lassen. Bloß Gernande, der in seine Schwester Marcelline vernarrt war, tauchte sie mindestens zehnmal, während dieser beiden Tage in Blut und ergötzte sich daran, die rote Flüssigkeit mit seinem Munde aufzufangen. »Es scheint mir«, sprach Bressac, »mein Onkel, daß das seine Reize für sich hat, wenn man das Blut liebt, muß man sich daran sättigen.« Jeder begann nun diese Behauptung zu erproben und selbst Dorothea verschluckte das Blut massenhaft. Diese Greueltaten wurden durch Spaziergänge unterbrochen, während dieser Bressac ein schönes, vierzehnjähriges Mädchen entdeckte und es alsbald entführte.

Dieses Geschenk wurde von der Gesellschaft freudig aufgenommen und es gab keine Qual, die man nicht an dieser Unglücklichen erprobte. Man sprach gerade eines Abends über den hübschen Zufall dieser Entdeckung, als Madame de Gernande sich äußerte: »Glauben Sie meine Herren, daß, wenn die Verwandten dieser Unglücklichen ebenso mächtig wären wie Sie, sie die Vergehen nicht verfolgen würden, die sie an dem Mädchen begingen. Nun wenn aber das Elend in dem sie sich befinden, der einzige Grund ist, daß sie Sie in Ruhe lassen, sind Sie nicht Verbrecher wenn Sie damit Mißbrauch treiben?«

»Mein Freund«, sprach Verneuil zu seinen Bruder, »wenn meine Frau gewagt hätte, solchen Unsinn zu schwätzen, hätte ich sie niederknien und von einem Lakaien auspeitschen lassen, aber da Madame nicht mir gehört, will ich mich begnügen, ihren Einwurf in nichts zu zermalmen.«

»Das ist vorzüglich«, erwiderte der Schloßherr, »aber da ich nicht solider sein will wie mein Bruder, wird es sich die Gesellschaft gefallen lassen müssen, daß Madame de Gernande die an sie gerichtete Rede in einer schmerzlichen Stellung anhört. Ich verdamme sie also dazu, sich auf alle viere zu stützen und den Hintern in die Luft zu strecken.

Zwei Kerzen sollen ihr die Haut an diesem empfindlichen Körperteil verbrennen.«

Von allen Seiten erscholl Beifall, Madame de Gernande nahm ihre Stellung ein und Verneuil begann: »Nehmen wir vorerst an, als unerschütterliche Grundlage aller Systeme, daß es in den Absichten der Natur liegt, daß eine Menschenklasse der anderen durch ihre Schwäche und Minderwertigkeit unterworfen sei. Wenn also das Opfer dieser schwächlichen Klasse angehört, so tat der Opfernde nichts Schlimmeres, wie der Besitzer eines Bauern Gutes, der sein Schwein tötet. Wollten Sie aber an meinem obersten Grundsatz zweifeln, so bitte ich Sie die Weltgeschichte zu durchlaufen, um zu sehen, daß jedes Volk seine verachtete Kaste besaß. Die Juden bildeten die der Ägypter, die Heloten die der Griechen, die Parias die der Brahmanen und die Neger die Europas. Nur ein Mysantrop wie Rousseau konnte behaupten, daß alle Menschen von Geburt aus an Kraft und Rechten gleich sei. Aber wie könnte der Zwerg, der vier Fuß und zwei Zoll hoch ist, sich mit einen Mustermenschen vergleichen, der den Wuchs eines Herkules hat? Könnte man nicht ebenso gut sagen, daß die Mücke dem Elefanten ähnelt. Kraft, Schönheit, Wuchs und Beredsamkeit waren die Tugenden, die in der Kindheit der Menschheit Einfluß verschafften. Eine Familie, ein Flecken, der sich verteidigen mußte, wählte bald aus seiner Mitte das Wesen, daß die meisten oben beschriebenen Fähigkeiten besaß. Dieses erwählte Oberhaupt suchte sich unter den Schwächeren Sklaven aus und opferte sie mitleidslos seinen Interessen und Leidenschaften hin. Wer zweifelt daran, daß, als die Gesellschaften entstanden, die Nachkommen dieser Oberhäupter, obwohl ihre Kraft oder ihre moralischen Eigenschaften nicht mehr denen ihrer Väter ähnelten, die Macht dennoch weiter besaßen. Das ist der Ursprung des Adels, der schließlich einsah, daß es nötig sei, die ursprünglichen Eigenschaften weiter vorzutäuschen und schließlich notwendigerweise oder aus Ehrgeiz grausam wurde. So war es unter einem Nero, einem Tiberius, einem Helliogabale, einem Wenzelslaus, einem Ludwig XI. und so fort. Sie erbten eine ihren Vorfahren übertragene Macht und mißbrauchten sie für ihre Leidenschaft. Hatte jedoch dieser Mißbrauch schließlich Folgen? Zweifellos weniger, wie wenn die Macht eingeschränkt worden wäre, denn der Mißbrauch hielt die Herrschaft aufrecht, während durch die Verminderung der Gewalt, die Völker in einen Anarchiezustand gefallen wären. Nun gut, sprechen die Dummköpfe, die eine unmögliche Gleichheit vertreten. Wir können die physische und moralische Überlegenheit einiger Wesen über andere nicht leugnen. Aber geben Sie wenigstens zu, daß alle Geschöpfe vor dem Gesetz gleich sind. Das werde ich wohl bleiben lassen. Wie wollen Sie, daß diese Wesen nach demselben Gesetze abgeurteilt werden, wie dasjenige, daß sich nur zur Tugend hingezogen fühlt, wäre dieses Gesetz gerecht, das die beiden Menschen mit derselben Strafe belegen würde? Nein, nein, meine Freunde, das Gesetz ist nur für das Volk da, das gleichzeitig schwach und in der Mehrheit ist. Unter der Adelsherrschaft ist Frankreich groß geworden und Rom war nie mächtiger als in der Zeit, da der Despotismus seine Blüte hatte. Derjenige, der also seine Kräfte nicht gebrauchen will, ist ein Dummkopf, der dieses Geschenk der Natur nicht verdient. Wir tun also kein Unrecht, meine Freunde«, fuhr Verneuil fort und kam damit auf den Gegenstand seiner Rede zurück, »wenn wir dieses Geschöpf allen Launen der Geilheit unterwerfen. Wir haben es entführt und können mit ihm machen, was wir wollen, da wir die Stärkeren sind.«

Unsere Leser können sich leicht vorstellen, daß derartige Redensarten, bei den in diesem Buche vorgeführten Leuten wirken mußten.

Madame de Gernande wurde trotz ihrer Schmerzen verurteilt, in derselben Stellung zu verbleiben und an ihr, sowie an dem neuen Opfer wurden alle möglichen Versuche, das Blut hervorquellen zu lassen, angestellt. D'Esterval behauptete nun, da es genußreich sein müsse, währenddessen zu ficken und er machte auch den Versuch. Die anderen ahmten seine neue Leidenschaft nach und bald war Madame de Gernande mit Wunden bedeckt. Man tat schließlich so viel mit dem unglücklichen Kind, daß es mit Cecile vereint werden mußte. Man begrub es neben ihr und bald begannen neue Verbrechen, die Köpfe unserer Kannibalen zu erhitzen.

Nach einem Diner, an dem man die ungeheuerlichsten, geistigen und körperlichen Ausschweifungen begangen hatte, stellten Gernande und Verneuil die Behauptung auf, daß das Blut Ceciles und des anderen hingeopferten Mädchens den unterirdischen Göttern nicht genüge und daß unbedingt noch ein Opfer erforderlich wäre. Bei diesen Worten schauderten alle Frauen. Unsere unglückliche Justine, auf die mehrere deuteten, begann sich unwohl zu fühlen, als Gernande der Gesellschaft vorschlug, daß man das Opfer nach der Vorzüglichkeit der Arschbacken aussuchen solle. Durch folgende Sophismen stützte er seinen Vorschlag: »Diejenige, die den schönsten Popo, hat uns notwendigerweise am häufigsten zum Entladen gebracht. Das Geschöpf aber, daß uns am häufigsten erregt hat, muß jetzt am meisten unseren Abscheu verdienen, daher müssen wir uns seiner entledigen.« – »Nein«, sprach Verneuil, »das wäre parteiisch. Wir müssen das Los entscheiden lassen.« Man schrieb also die Namen Justinens, der Frauen Gernande und Verneuil, dann den Marcellaines, Laurette und Rosas auf Zetteln und warf sie in eine Urne. Bressac zog neugierig einen davon heraus und las den Namen Madame de Gernande. »Ich hätte wetten können«, sprach kaltblütig der Mann, »der Himmel war mir gegenüber immer gerecht. Nun, meine zarte Freundin«, sprach er und näherte sich seiner unglücklichen Frau, »nun, mein Herzchen, nur Mut. Es ist ein schlimmer Augenblick, den du zu verbringen haben wirst, denn wir werden dich furchtbar quälen, aber das wird auch aufhören, Sie werden bald in den Schoß der Natur zurückkehren, die Sie so liebt. Im übrigen ist es doch für Sie besser, Sie sterben gleich, als daß Sie sich, ein langes Leben hindurch, von mir quälen lassen.« Und der grausame Gatte hätte vielleicht noch seine unglückliche Frau verspottet, wenn der blutrünstige Verneuil sich nicht rasch auf das Opfer gestürzt hätte, um sich an den Zuckungen der Angst zu ergötzen. Der Verbrecher bestieg das Opfer von vorne und küßte den Mund, aus dem nur Klagen und Beschwörungen hervorkamen. »Warte ein wenig«, sprach Gernande zu seinem Bruder, »du mußt dich an ihr von vorne befriedigen, Bressac von hinten, ich in ihrem Mund, d'Esterval und Viktor unter ihren Achseln. Bei der Arbeit wollen wir ihre Qualen ausdenken. Man gebe mir Schreibzeug, damit ich meinen Einfall niederschreibe, und die fünf Verbrecher zeichneten ein jeder ihren Urteilsspruch auf, und um das Maß der Grausamkeit vollzumachen, mußte Justine, die ihre Herrin außerordentlich liebte, das Verlesen vornehmen. Ach, kaum konnte das arme Mädchen die barbarischen Worte stammeln. Aber da man sie mit demselben Tode bedrohte, folgte sie schließlich und begann zu lesen. Die Gernande hatte kaum ihr Todesurteil gehört, als sie sich ihren Henkern zu Füßen stürzte. Aber Mitleid war bei derartigen Seelen nicht zu finden. Man verlangte vorerst von dem Opfer, daß es mit lauter Stimme Gott und die Menschen um Verzeihung für die begangenen Verbrechen bitte. Die arme Frau tat alles, was man von ihr wollte, und die Quälereien begannen. Verneuil machte den Anfang. Justine und Dorothea halfen ihm. Er quälte das Opfer durch zwei Stunden und im Augenblick einer Krise entleerte der Wüstling in den Hintern Justinens, während er von der d'Esterval gepeitscht wurde.

Nun kam Viktor an die Reihe, der von Laurette und Madame de Verneuil bedient wurde. Madame Verneuil empfand einen Augenblick lang einen unüberwindlichen Abscheu, den ihr Sohn unglücklicherweise bemerkt. Das kleine Ungeheuer ergriff nun eine Stahlnadel, mit der er die Arschbacken seiner Tante bearbeitet hatte und stieß sie, unter Schmähungen, seiner Mutter in die Brust. Die Gesellschaft wurde aufmerksam, der Fall schien ernst zu sein und auf die Anklage ihres Sohnes hin wurde die Mutter zu vierhundert Peitschenhieben verurteilt. Alsbald wurde der Urteilsspruch auch ausgeführt und nachdem die arme Madame de Verneuil am ganzen Körper ausgepeitscht war, setzte der kleine Verbrecher die Quälereien an seiner Tante durch drei Stunden hindurch fort.

Nun bemächtigte sich Gernande seiner Frau. Er stach sie mit einem schmalen Messer und verlor schließlich seinen Samen in den Mund eines Knaben, indem er den letzten Stoß gegen das rechte Auge der Unglücklichen ausführte.

D'Esterval übertraf alle durch seine Quälereien. Er entlud in die Scheide Justinens, indem er sie dabei heftig an den Brüsten riß. Als das Opfer in die Hände Bressacs gelangte, konnte es sich kaum noch halten, trotzdem hatte es noch die Kraft sich zu den Füßen Gernandes zu werfen und ihn vom Neuen um Gnade zu bitten. Der aber blieb unbeugsam und ergötzte sich höchstens an den Zuckungen der Angst. »Komm, Justine«, sprach er, »kitzle mich an dem Gesicht deiner Herrin.« – »Mein Freund«, sprach nun Verneuil, »man müßte es peitschen.« – »Darauf Kot entleeren«, entgegnete Viktor. »Es ohrfeigen«, sprach d'Esterval. »Es mit Honig einschmieren und Wespen darauf lassen«, fuhr Dorothea fort. »Ein wenig Geduld«, sprach Gernande, »hat jeder Lust das zu tun, was er vorschlug?« – »Ja.« – »Nun denn, ich liefere sie euch aus, meine Freunde.« Alle diese verschiedenen Greueltaten wurden ausgeführt und nach einem elfstündigen qualvollen Leiden verschied dieser Himmelsengel, dem es nur vergönnt war, einen Augenblick lang die Erde zu zieren. Würde man es glauben, der Körper dieser schönen Frau wurde in die Mitte der Tafel gelegt und um sie herum stellte man die Gerichte auf. »Lasset uns ficken, Freunde«, sprach Bressac, nachdem man sich erfrischt hatte und fuhr in den schmierigen Hintern Viktors hinein. D'Esterval bemächtigte sich Madame de Verneuils, die ihn seit einiger Zeit stark zu beschäftigen schien, während Verneuil sich an d'Estervals Frau für die Hörner rächte. »Einen Augenblick«, sprach Gernande, »bevor wir zu weiteren Taten schreiten, muß ich den Überfluß, der in meine Gedärmen herrscht, ein wenig ableiten.« – »Dazu brauchen sie nicht hinauszugehen, Onkel«, sprach Bressac, »wollen Sie sich nicht vor uns die Erleichterung verschaffen?« – »Wie, Sie wollen wirklich zusehen?«, fragte Gernande. »Gewiß, wir wollen nichts dabei verlieren.« – »Gut, dann werden Sie zufrieden gestellt werden«, fuhr Gernande fort, indem er seinen ungeheuren Hintern den Zuschauern zuwandte. Vier Lustknaben umgaben ihn alsbald, von denen ihm der eine den Nachttopf hielt, der zweite hielt eine Kerze direkt an das Loch heran, damit die nötige Helligkeit herrsche und der dritte leckte ihm das Glied und der vierte hielt ein sehr reines Handtuch in der Hand und küßte ihm den Mund, Gernande stützte sich auf zwei der Knaben und drückte halb gebeugt. Als endlich die ungeheure Masse von Kot erschien, die Gernande von sich zu geben pflegte, mußte der Knabe, der den Topf hielt, das Exkrement lobpreisen. »Der schöne Dreck!« rief er aus, »Ah, mein Herr, der herrliche Kot, Sie scheißen entzückend.« Als er fertig war, tritt der Lustknabe mit der Serviette heran und reinigte mit seiner Zunge den Hintern, während der, der den Topf hielt, ihn Gernande zur Prüfung unter die Nase steckte. Der Mund des Leckenden wurde inzwischen mit Urin angefüllt und nachdem die vier Lustknaben mit ihrer Beschäftigung fertig waren, stellten sie sich noch an, Zunge, Glied und Arschloch des Wüstlings zu lecken.

»Teufel«, rief Bressac aus, der immer Viktor bearbeitete. »Ich habe noch niemals so wollüstig scheißen gesehen. Ich werde mir angewöhnen, mich dabei auf dieselbe Art zu benehmen.« Nun verließ d'Esterval den Hintern. Madame de Verneuils näherte sich ihrem Manne und fragte ihn: »Warum willst du nicht deine Frau dahin schicken, wo deine Schwägerin ist.« – »Ah, ah«, sprach Verneuil, und bestieg die Frau des Fragenden von hinten. »Bringt dich denn dieser Gedanke in Erregung.« – »Du siehst es«, erwiderte d'Esterval und zeigte sein hineinstürmendes Glied, »ich versichere dich, daß der Tod dieses Lumpenweibes mich außerordentlich erregen würde.« – »Nun mein Freund, dann willige ich gerne ein, stelle aber daran zwei Bedingungen. Die erste ist die, daß du mir deine Frau nachher abtreten mußt und die zweite, daß die Qual, die du meiner Gattin bereitest, ausgiebig sei.« – »Abgemacht«, riefen d'Esterval und Dorothea gleichzeitig. »Aber auch ich will eine Bedingung stellen«, sprach d'Esterval, »ich verlange von dir Cecile als Frau. Es wird für mich ein Genuß sein, die Tochter zu heiraten, wenn meine Hände noch vom Blut der Mutter bedeckt sind.« »Oh Vater!« rief Cecile schaudernd aus, »könntest du einwilligen, mich auf diese Art zu opfern?« – »Warum nicht«, antwortete Verneuil, »und da du Widerstand bezeigst, unterzeichne ich bereits den Ehekontrakt. D'Esterval, Sie haben mein Wort. Ich bitte Sie, bilden Sie dieses junge Mädchen ein wenig aus.«

»Gewiß, Potztausend«, antwortete Bressac, »wo könnte ich mich mit dem Mord besser befreunden, wie in einem Hause, in dem man täglich tötet.« – »Ich verlange aber ein Trinkgeld bei dem Handel«, fuhr er fort. »Das wäre?« – »Ich bitte Sie, Onkel, mir Ihren Sohn Viktor abzutreten. Ich liebe diesen jungen Mann närrisch. Vertrauen Sie ihn mir für drei Jahre an und seine Erziehung soll eine tadellose sein.« – »Er könnte nicht in besseren Händen sein«, antwortete Verneuil, »er möge dir gleich werden, das ist der beste Wunsch, den ich für ihn hegen kann. Hauptsächlich mußt du ihm seine Schwächen austreiben. Stärke ihn in deinen Grundsätzen, mache seine Seele unvergänglich und flösse ihm Haß für die Frauen ein.« – »Niemand anderer könnte ihm diese Dinge besser beibringen«, sprach Justine, »das arme Kind, wie schade.« »Das will ich nicht behaupten«, unterbrach Dorothea lebhaft. Herr de Bressac ist der beste Erzieher, den ich kenne, und wenn ich zehn Kinder hätte, würde ich sie ihm alle anvertrauen.« – »Und ich gehe also leer aus?« fragte jetzt Gernande. »Nein«, antwortete Verneuil, »ich wollte die Justine entführen, lasse sie dir aber. Ich gebe alle meine Pläne bezüglich ihrer auf und du sollst nicht allein bleiben, Bruder.« – »Ihr wollt mich also alle verlassen?« fragte Gernande. »Ja, morgen«, entgegnete d'Esterval. »Nun, dann muß ich mich in mein Schicksal fügen«, fuhr Gernande fort, »ich will mich aber beeilen, eine neue Frau zu nehmen, damit wir bald eine neue Orgie begehen können.«

Man zog sich zurück. D'Esterval führte Madame de Verneuil in ein gut verschlossenes Zimmer, das neben dem Verneuils lag. Gernande nahm Cecile, Rosa, Justine und zwei Lustknaben mit sich, während Verneuil Marcelline und Dorothea für sich beanspruchte. Was nun geschah, war fürchterlich. Bressac und Viktor waren heimlich zu d'Esterval hineingeschlichen und dieser sowie sein Freund Bressac ergötzten sich daran, die Mutter durch das Kind quälen zu lassen. Man kennt den Charakter dieses kleinen Ungeheuers zu gut, um nicht sicher zu sein, daß er bei der ihm aufgetragenen Rolle großes Vergnügen empfand. Einige Stunden blieb Verneuil in Unkenntnis über die Tätigkeit seines Sohnes, und wir werden bald sehen, wie er davon erfuhr. Vorerst aber wollen wir von der sonderbaren Haube sprechen, mit der man das Opfer bekleidet hatte. Da man wußte, daß die Wollust Verneuils nur bei den Schreien seiner Frau erwachen würde, hatte man mit ihrer Mundöffnung einen Trichter in Verbindung gebracht, derart, daß jeder Schrei, dem Brüllen eines Ochsens ähnelte. »Teufel, was ist das?« fragte Verneuil, als er diese Musik hörte, »was machen denn diese Leute, daß sie so grölt?«

Schließlich nahmen die Schreie ab und statt dessen hörte man das Gestöhn des entladenden d'Esterval. »Er ist fertig«, sprach Verneuil und ergoß gleichfalls seinen Samen in den Hintern Dorotheas. »Ich bin jetzt Witwer.« – »Ich glaube auch«, entgegnete die liebenswürdige Gattin d'Estervals, »aber es bleibt uns das Bedauern nicht gesehen zu haben.« »Vielleicht hätte ich weniger Vergnügen dabei gefunden«, antwortete Verneuil, »indem ich meine Phantasie sprechen ließ, habe ich mich bedeutend mehr aufgeregt. Aber jetzt geh hinein, Dorothea, ich höre deinen Mann noch keuchen, bitte ihn, daß er dich auf dem Leichnam meiner Frau von John besteigen läßt, und wenn du dann, naß vom Samen und dem Blut meiner Frau, zurückkehren wirst, will ich dich von hinten besteigen. Einen Gefallen mußt du mir aber tun, daß du im Augenblick der Krise laut schreist: ›Verneuil, Verneuil du bist Witwer und hast Hörner aufgesetzt bekommen. Mein Mann hat eben deine Frau ermordet.‹ Nicht wahr, mein Engel, du wirst das tun und du sollst auch die Folgen dieses Ausrufes sehen.« – »Oh Verneuil, welch eine Phantasie«, rief Dorothea aus, »welch ein Kopf.« Wie groß war das Erstaunen Dorotheas, als sie sah, daß Bressac und Viktor an dem eben begangenem Verbrechen mitschuldig waren. Man winkte ihr, sie möge nichts verraten und statt John steckte Viktor sein Glied in den Hintern. Im Augenblick des Entladens begann der kleine Schuft zu schreien: »Ich bin es Vater, der deine Frau getötet hat und ich habe dir Hörner aufgesetzt.« Bei diesen Worten konnte Verneuil sich nicht länger halten. Er stürzte in das Zimmer d'Estervals und angesichts des Leichnams seiner Frau bestieg er seinen Sohn. Bressac bearbeitete seinen Onkel und hatte gleichzeitig Johns Glied in sich und Marcelline peitschte und ermutigte alle Teilnehmer dieser furchtbaren Orgie, die sich bis zum Tagesanbruch hinzog.*

Man kann sich leicht vorstellen, daß man sich bloß trennte, um sich zu versprechen, bald wieder zusammen zu kommen.

Gernande verbrachte einige Tage auf dem Schloß seiner neuen Gattin und führte sie dann in sein eigenes ein. Madame de Volmire konnte ihre Tochter nicht begleiten, sie war zu sehr vom Rheumatismus geplagt.

Um diese Zeit dachte Justine von neuem an die Flucht und sie hätte auch sogleich ihren Gedanken ausgeführt, wenn sie nicht dar-

* Man enthüllt die Dinge besser, wenn man sie verschweigt, schreibt Lamatrie irgendwo, man reizt die Begierden, wenn man die Neugierde aufstachelt. Das ist die Ursache, daß wir die nun folgenden Szenen nicht beschreiben.

auf gehofft hätte, unter der zweiten Gemahlin glücklicher zu werden, wie unter der ersten. Fräulein de Volmire war neunzehn Jahre alt, viel schöner als ihre Vorgängerin und wußte Justine derart zu fesseln, daß sie beschloß, sie um jeden Preis zu retten.

Es waren bereits sechs Monate, daß der niederträchtige Gernande sein sanftes und entzückendes Weib durch alle seine Launen quälte. Die ganze Satansbande war wieder versammelt, neue Grausamkeiten begannen und Justine zögerte nicht länger. Sie entdeckte sich ihrer Herrin und bezeugte ihr offen den Wunsch, sie zu befreien.

Es handelte sich darum, die Mutter von allem zu unterrichten und ihr die Grausamkeit des Grafen vor Augen zu führen. Fräulein de Volmire zweifelte nicht daran, daß ihre Erzeugerin alsbald herbei eilen würde, um sie zu befreien. Aber was dann? Sie waren so sorgfältig behütet. Justine, die gewohnt war Hindernisse zu nehmen, maß mit den Augen die Höhe der Terrasse ab.

Sie betrug kaum dreißig Fuß. Anderweitige Hindernisse scheinen nicht da zu sein und Fräulein de Volmire, die bei Nacht angelangt war, bestätigte dies. Unsere tapfere und aufrichtige Freundin beschließt also, den Sprung zu wagen. Volmire schrieb ihrer Mutter einen rührenden Brief und bat flehentlich um Hilfe. Justine steckte den Brief in ihren Busen, umarmte die teure Freundin und ließ sich hinuntergleiten. Wie aber wurde ihr, als sie bemerkte, daß sie sich nicht im Freien befand, sondern sich ringsum hohe Mauern erhoben. Was sollte nun aus ihr werden? Was sollte man von ihr denken, wenn man sie an diesem Orte treffen würde? Würde der Graf nicht alles erraten und würde sie nicht kaltblütig hingeschlachtet werden? Eine Rückkehr war unmöglich.

Volmire hatte die Leinentücher, die ihr beim Herabgleiten behilflich waren, wieder hinaufgezogen und an die Türen konnte sie nicht klopfen, um sich nicht zu verraten. Es fehlte wenig und die arme Justine hätte sich kopflos ihrer Verzweiflung überlassen. Endlich erwachte der Tag und der erste, der ihr zu Gesicht kam, war der Graf selbst. Er war ausgegangen, um kleine Knaben einzufangen, denen er erlaubt hatte, in seinen Park Zweige aufzulesen. Er zerriß gerade die Arschbacken eines dieser Unglücklichen, als seine Augen auf Justine fielen. Er glaubte, ein Gespenst zu sehen und zog sich hastig zurück. Jedoch Justine erhob sich zitternd und warf sich zu seinen Füßen. »Was machen Sie da?«, fragte der Menschenfresser. »Oh, mein Herr, strafen Sie mich, ich bin schuldig«, sagte die Unglückselige, sie hatte vergessen den Brief ihrer Herrin zu zerreißen. Gernande beargwöhnte sie, fand die verhängnisvolle Schrift, überflog sie und befahl Justine ihm nachzufolgen. Sie kehrten durch eine unterirdische Stiege in das Schloß zurück, in dem die größte Stille herrschte. Der Graf öffnete ein Verließ und warf Justine hinein. »Unverständiges Mädchen«, sprach er zu ihr, »ich hatte dir doch gesagt, daß du mit dem Tode bestraft werden würdest. Bereite dich also vor, morgen nach Tisch werde ich dich ins Jenseits befördern.« Das arme Geschöpf stürzte sich von neuem dem Barbaren zu Füßen. Der aber ergriff sie an den Haaren, zerrte sie zwei- oder dreimal im Gefängnis herum und warf sie schließlich an die Mauer.

»Du würdest verdienen, daß ich dir sofort die Adern öffne«, sprach er im Hinausgehen, »und wenn ich dein Ende verzögere, geschieht es nur, um es grausamer und schrecklicher zu gestalten.«

Man kann sich nicht vorstellen, wie qualvoll die folgende Nacht für Justine war. Man muß selbst unglücklich gewesen sein, um sich die Angst einer zum Tode Verurteilten vorstellen zu können. Über die Art ihrer Qualen in Ungewißheit, gab sie sich hunderterlei Vorstellungen hin. Beim leisesten Lärm glaubte sie ihren Henker zu hören und ihr Blut erstarrte. Unsere Heldin befand sich sechsunddreißig Stunden in dieser Lage, als die Türen sich öffneten und Gernande erschien. Er war allein und in seinen Augen funkelte Wut.

»Sie kennen«, sprach er, »den Tod, der Sie erwartet. Ihr Blut muß in Absätzen herausströmen und ich will Sie dreimal im Tag zur Ader lassen.« Und das Ungeheuer ergriff einen Arm Justines, stach sie und verband die Wunde, um Justine für neue Qualen aufzusparen. Kaum war er aber zu Ende, als man lautes Schreien hörte: »Mein Herr, mein Herr, kommen Sie so rasch als möglich«, rief einer der Alten, »Madame stirbt und sie will Sie noch sprechen, bevor sie ihre Seele aufgibt.«

Wie immer man auch an Verbrechen gewöhnt sein mag, im Augenblick, da es sich vollzieht, erfahrt man doch einen Anfall von Schrecken. Gernande stürzte verwirrt hinaus und vergaß die Türen zu schließen. Justine zog aus diesem Umstand Nutzen, und so geschwächt sie auch war, es gelang ihr, aus ihren Kerker zu entfliehen und den Hof zu überschreiten. Bald befand sie sich auf der Landstraße, ohne von jemand bemerkt zu sein.

Voll von Dankbarkeit für ihren eingebildeten Gott, schritt sie tapfer weiter und bei Anbruch der Nacht kam sie an eine Hütte, die bereits sechs Meilen vom Schloß entfernt war.

Da sie ihre Herrin für tot hielt und den Brief an die Mutter nicht mehr besaß, verzichtete sie auf die Hoffnung, Volmire nützlich zu sein und brach am nächsten Morgen nach Lyon auf.

Nach acht Tagen langte sie an, sie ruhte sich in der Stadt aus und beschloß, nach Grenoble weiter zu reisen, wo, wie sie sich einbildete, sie zweifellos ihr Glück machen würde. Wir aber wollen einmal betrachten, was ihr inzwischen zustieß.

*

Justine überließ sich einen Augenblick lang ihren trüben Gedanken, als ihr eine Zeitung in die Hand fiel. Sie las darin mit Erstaunen, daß Rodin, jener niederträchtige Mensch, der sie so grausam bestraft hatte, soeben von der Kaiserin von Rußland als Leibarzt erwählt worden war. »Großer Gott«, rief sie erstaunt aus, »so ist es also in meinem Schicksale geschrieben, daß ich nur Beispiele von belohntem Laster und bestrafter Tugend sehen soll. Nun denn, er möge triumphieren, der Verbrecher, da es die Vorsehung will und du Unglückliche dulde, dulde ohne dich zu beklagen. In deinem Herzen herrscht Ruhe, während in dem jener Verbrecher die Gewissensbisse ihren Sitz aufgeschlagen haben.« Die Arme, sie wußte noch nicht, daß es für derartige Seelen keine Gewissensbisse gibt.

Unser interessantes Mädchen befand sich aber noch nicht am Ende ihrer Dulderjahre, und sie mußte noch einige Beispiele von belohntem Laster sehen.

Sie beschäftigte sich gerade mit ihrer Abreise, als ein in Grün gekleideter Lakai ihr eines Abends folgendes Schreiben überbrachte und sie um Antwort bat:

»Jemand, den Sie falsch verdächtigen, brennt danach Sie zu sehen. Beeilen Sie sich, ihn aufzusuchen. Die betreffende Person kann Ihnen vielleicht Aufklärung geben, die Sie von Ihrem Irrtum befreit.«

»Woher kommen Sie, mein Herr«, fragte Justine den Lakai, »ich kann Ihnen erst antworten, wenn ich weiß, wer Ihr Herr ist.«

»Er heißt Saint-Florent, Fräulein, er hat Sie früher einmal in Paris kennen gelernt und Sie haben ihm, wie er behauptet, Dienste geleistet, die er unbedingt belohnen möchte. Jetzt steht er an der Spitze eines großen Handelsgeschäftes und ist im Besitze eines Vermögens, das ihm in die Lage versetzt, seine Pläne mit Ihnen zu verwirklichen.«

Justinens Entschluß war bald gefaßt. Wenn dieser Mann, so dachte sie, keine guten Absichten hätte, würde er mir nicht auf diese Art und Weise schreiben. Zweifellos bereut er seine Niederträchtigkeiten und erinnert sich an die Bande, die uns vereinigen. Oh, zweifellos, er hat Gewissensbisse und ich würde mich gegen das höchste Wesen vergehen, wenn ich sie nicht mildern wollte. Ich bin übrigens nicht in der Lage, eine Hilfe, die sich mir bietet, zurückzuweisen. Dieser Mann will mich überdies in seinem eigenen Hause empfangen, und er wird sich wohl hüten, sich nochmals vor seinen Leuten gegen mich zu vergehen.

Auf Grund dieser Überlegung beschied Justine den Lakaien, sie werde sich am nächsten Tag um elf Uhr die Freiheit nehmen, seinen Herrn zu begrüßen. Sie legte sich ins Bett, war aber mit dem, was ihr dieser Mann zu sagen hätte, so sehr beschäftigt, daß sie kein Auge schließen konnte. Endlich am nächsten Tage machte sie sich auf den Weg. Ein prachtvolles Haus, eine Unmenge von Dienern sowie die demütige Aufforderung dieser reichen Kanaille, alles dies brachte sie eben in Verwirrung, als derselbe Lakai, der sie besucht hatte, sie in ein dunkles Kabinett führte, in dem ihr früherer Peiniger sie erwartete. Saint-Florent erhob sich nicht, sondern gab ein Zeichen, daß man ihn allein lassen möge, und lud Justine ein, sich zu setzen. »Ich habe Sie sehen wollen, meine Liebste«, sprach er, mit dem frechen Ton der Überlegenheit, »nicht, weil ich glaube, gegen Sie ein großes Unrecht begangen zu haben, aber ich erinnere mich, daß Sie in der kurzen Zeit, während welcher wir beisammen waren, viel Geist gezeigt haben. Dessen werden Sie für meinen Vorschlag auch bedürfen, sollten Sie annehmen, so steht Ihnen mein Vermögen zur Verfügung, im gegenteiligen Falle erhalten Sie natürlich nichts.« Da Justine etwas erwidern wollte, fuhr Saint-Florent fort. »Lassen wir das Geschehene ruhen. Sie waren jung und hübsch, Justine. Sie waren meine Nichte, wir befanden uns in einem Wald. Sie besaßen die Blume der Unschuld und ich habe Sie eben vergewaltigt.« – »Vielleicht wollen Sie mir aber sagen, warum ließen Sie mich ohne Hilfsmittel auf einer gefährlichen Straße inmitten der Nacht zurück.« – »Ah, Justine, die Gründe hierfür würde ich Ihnen vergeblich zu erklären trachten. Sie hatten mich verpflichtet, Justine. Sie hatten mir geholfen, meine Fessel zu lösen, mit einem Wort, Sie hatten Anrecht auf meine Dankbarkeit. Gibt es aber für eine Seele, die der meinen gleicht, einen triftigeren Grund zu allen erdenklichen Verbrechen?« – »Mein Herr, welche Grausamkeit.« – »Lassen wir das jetzt, mein Kind, und kommen wir auf den Gegenstand zurück, weswegen ich Sie sehen wollte. Die außerordentliche Neugier für Jungfernschaften hat mich noch nicht verlassen. Es ist mit ihr ebenso wie mit allen anderen Leidenschaften, je mehr man altert, desto stärker werden sie. Jeden Tag benötige ich zwei Kinder zur Opferung. Habe ich mich an ihnen befriedigt, so müssen diese Geschöpfe aus der Stadt verschwinden, ich könnte die Freuden des nächsten Tages nicht rein genießen, wenn ich daran denken müßte, daß meine Opfer von heute noch dieselbe Luft mit mir atmen, das Mittel mich ihrer zu entledigen ist einfach. Würdest du es glauben, Justine, das die Languedoc und die Provence durch mich bevölkert wird.* Eine Stunde, nachdem diese kleinen Mädchen mir gedient haben, werden sie von meinen Handelsleuten eingeschifft und dann mit Kupplerinnen von Niel, von Montpellier, von Toulouse, von Aix und Marseille verkauft. Dieser Handel entschädigt mich reichlich für meine Selbstkosten und befriedigt gleichzeitig meine anderen Hauptleidenschaften, die Wollust und die Geldgier. Es ist mir aber zu anstrengend, immer neue Objekte zu entdecken und zu verführen, außerdem will ich, daß sie alle aus den Asylen des Elends stammen. Ich lasse daher alle diese Zufluchtsstätten unbarmherzig durchstöbern, und man macht sich keinen Begriff davon, wie reichhaltige Ernte sie mir geben. Ich gehe aber noch weiter. Ich trachte durch meinen allmächtigen Einfluß in der Stadt, die Preise der Lebensmittel in die Höhe zu treiben, damit neue Opfer in meine Arme strömen. Trotz aller Mühe jedoch bedarf ich einer jungen intelligenten Frau, die die Pfade des Unglückes beschritten hat, und dadurch fähig ist, die Elenden besser zu verführen. Ich besaß eine derartige Frau, allein sie starb. Man kann sich nicht vorstellen, wie weit diese Frau ihre Niederträchtigkeiten trieb. Dieses Wesen sollst du ersetzen, meine Teuere. Du sollst zweitausend Taler jährliches Einkommen haben und vier Weiber sollen deinen Befehlen gehorchen. Antworte, Justine, aber laß dich nicht von Hirngespinsten zurückhalten, dein Glück zu machen, wenn die Hand des Schicksals es dir darbietet.«

»Oh mein Herr«, erwiderte schwankend Justine, »wie können Sie derartige Grausamkeiten erfinden und wie können Sie mir zumuten, daß ich Ihnen dabei helfe. Grausamer Mann, wären Sie nur zwei Tage unglücklich, Ihr Herz würde sich ändern. Gerechter Gott, nicht nur, daß Sie mit dem Elend Mißbrauch treiben, Sie wollen es noch vermehren, und um Ihre Begierde zu befriedigen, welche Grausamkeit. Die wildesten Tiere sind nicht herzloser.« – »Du täuschest dich, Justine, es gibt nichts, was der Wolf nicht anwenden würde, um das Lamm in seine Falle zu locken. Diese Listen werden uns von der Natur eingege-

---

* Das ist kein Märchen, denn dieser Mann hat in Lyon gelebt. Er hat mehr als zwanzigtausend Mädchen die Ehre geraubt, nachdem er sich an ihnen befriedigt hatte, schiffte man sie auf der Rhone ein, und die Provinzen wurden während dreißig Jahren durch die Opfer dieses Wüstlings bevölkert.

ben, die Wohltätigkeit aber nicht. Ich frage Sie also nochmals, wollen Sie meinen Vorschlag annehmen oder nicht?« – »Ich weise ihn natürlich zurück«, erwiderte Justine, und erhob sich, »o ich bin arm mein Herr, trotzdem fühle ich mich reich, weil mich die Gefühle meines Herzens entschädigen.« – »Hinaus«, sprach kaltblütig der abscheuliche Mann, »und daß Sie mir nicht schwatzen, ich würde Sie sonst an einen Ort bringen, wo Ihnen das unmöglich fallen würde.«

Nichts ermutigt die Jugend so, wie wenn das Laster sie fürchtet. Mutvoller, als sie selbst es gedacht hätte, versprach Justine Verschwiegenheit zu bewahren, wenn man ihr das geraubte Geld zurückgeben würde. »Sie müssen daran denken, mein Herr, daß das Geld mir gerade jetzt unentbehrlich ist«, sprach sie. Allein, das Ungeheuer erwiderte, daß es an ihr läge, wenn sie etwas verdienen wolle, und daß er nicht im geringsten die Verpflichtung in sich fühle, ihr zu helfen. »Nein, mein Herr«, erwiderte sie mit Festigkeit, »ich möchte tausendmal eher zugrunde gehen, als mein Leben um diesen Preis zu verkaufen.« »Und ich«, entgegnete Florent, »ich gebe nicht gern mein Geld jemandem, der es nicht verdient. Trotzdem Sie mir mit großer Frechheit geantwortet haben, will ich Ihnen noch eine Viertelstunde Bedenkzeit geben.« – »Ich werde auf keinen Fall Ihren niederträchtigen Leidenschaften dienen«, entgegnete Justine frostig, »übrigens verlange ich von Ihnen kein Almosen, sondern das, was Sie mir schulden, und daß Sie mir auf die schandloseste Weise gestohlen haben. Behalte es, grausamer Mann, aber denke daran, daß ich dadurch das Recht erwerbe, dich zu verraten.«

Nur hätte Justine daran denken müssen, daß die Tugend auch dann nicht glücklich ist, wenn sie eine derartige Sprache führt. Saint-Florent klingelte, der Kammerdiener erschien, und »hier ist ein kleines Geschöpf«, sprach er, »daß mich ehemals bestohlen hat, ich müßte sie hängen lassen, wenn ich meine Pflicht erfüllen wollte, trotzdem jedoch will ich ihr das Leben retten, und nur um die Gesellschaft von ihr zu befreien, will ich sie zehn Jahre lang in unserem Zimmer gefangen halten.«

Lafleur bemächtigte sich alsbald Justinens, die durchdringende Schreie ausstieß. Saint-Florent sprang wütend auf, verband ihr den Kopf, und fesselte ihre Hände, dann half er seinem Diener, und beide stießen nun die Unglückliche in ein vollkommen abseits gelegenes Zimmer, in dem ihre Klagen ungehört verhallten.

Sie befand sich noch keine Stunde darin, als Saint-Florent mit Lafleur wieder erschien. »Nun«, fragte dieses Ungeheuer an Geilheit, »wollen Sie es noch wagen, sich meinen Begierden zu entziehen.« – »Der Wunsch ist der gleiche geblieben, und meine Kräfte haben sich nicht geändert.« – »Desto besser«, erwiderte Saint-Florent, »so werde ich also gegen ihren Willen handeln und das wird mein Vergnügen erhöhen. Ziehen Sie diese Hure aus. Ah, ah«, sprach Saint-Florent, als er das verhängnisvolle Zeichen bemerkte, »es scheint, als ob meine teure Nichte nicht immer so tugendhaft gewesen ist, wie sie uns einreden will und diese verräterischen Spuren klären uns vollkommen über ihr Betragen auf.« – »In der Tat, mein Herr«, setzte Lafleur fort, »diese Bestie kann sie entehren, ich rate Ihnen also, wenn Sie sich an ihr befriedigt haben, sie in einen Kerker zu werfen.« – »Hören Sie mich an, mein Herr«, rief jetzt Justine, »bevor Sie mich verdammen.« Und das arme Mädchen erklärte ihr ganzes Mißgeschick. Jedoch ein so unschuldiges Gesicht Justine immer machte, Saint-Florent spielte doch den Ungläubigen und widerholte seine höhnischen Bemerkungen. Justine stand nackt da und wurde nun von den beiden Männern in roher Weise zugerichtet. Jedoch alle ihre Bitten, alle ihre Kämpfe waren umsonst, sie war wehrlos und mußte nachgeben. »Weißt du«, fragte der Herr seinen Vertrauensmann, »ob für mich ein kleines Mädchen vorbereitet ist?« – »Gewiß, mein Herr, die Stunde hat bereits geschlagen und Sie wissen, wie pünktlich man Sie bedient.« – »Hole sie mir«, sprach er, und während der Diener hinausging, vollführte der Wüstling Dinge, die man kaum beschreiben kann. Das Ekel spuckte in die Mitte des Zimmers und zwang Justine, seinen Speichel aufzulecken. Sie weigerte sich, jedoch Saint-Florent faßte sie, drückte ihr den Kopf hinab und rief aus: »Verfluchtes Geschöpf, warum kommst du mir nicht mehr entgegen, du wirst noch ganz andere Dinge begehen, sobald mein Opfer da ist.« Und alsbald erschien das angekündigte Mädchen. Es war ein achtjähriges Kind, das sich in einem derartigen Zustand befand, daß bei seinem Anblick nur das Gefühl des Mitleids rege wurde. »Entkleide dieses Mädchen«, sprach Saint-Florent zu Justine, »aus deinen Händen will ich sie empfangen. Du, Lafleur, kitzle mein Glied«, und der Schamlose betastete die Arschbacken seines Vertrauten, indem er sich von ihm wichsen ließ. »Ebne den Weg«, fuhr er jetzt zu Justine gewandt fort, »befeuchte die Scheide dieses kleinen Mädchens mit deiner Zunge und trachte, das Speichel drin bleibt.« Die nun folgenden Schreie, Tränen und Klagen konnten unseren Wüstling nicht zurückhalten, das Opfer zu begehen. Lafleur legte sich aufs Bett, zog Justine an sich und begann sie von vorne zu bearbeiten, indem er auf diese Art und Weise ihren Hintern den Angriffen Saint-Florents preisgab. Mit einer langen Stahlnadel bewaffnet, ergötzte sich der Barbar daran, die schönen Arschbacken unserer Abenteuerin zu stechen. Bei jedem Stich spritzte das Blut hervor. »Nun wollen wir von hinten ficken«, sprach er nach einiger Zeit, »du drehe Justine um, ich will meine Kleine umdrehen.« Der Befehl wurde ausgeführt und auf diese Weise die Scham Justines den Nadelstichen preisgegeben. »Teufel«, rief Saint-Florent, »welch ein Vergnügen, in eine Scham zu stechen, während man einen Arsch fickt. Was sagst du dazu, Lafleur?« – »Ich würde sie spicken wie eine Gans.« Und alsbald wurden sämtliche Körperteile Justinens dieser Peinigung unterworfen. »In dem Zustand, in dem sie sich jetzt befindet, will ich ihr die Ehre antun, sie nochmals zu ficken«, sprach Saint-Florent und verließ den Hintern seiner Jungfrau, um in die Scheide Justinens hineinzufahren. »Ah«, sprach er und preßte sich auf sein Opfer, »ich liebe es, mich auf diese Art und Weise an einer Frau zu befriedigen«, und nun wurden die Arschbacken des kleinen Mädchens dem eigenartigen Vergnügen mit der Nadel unterzogen. »Eh, eh«, rief er aus, »man gebe mir Messer, Dolche, Pistolen, ich will töten, ich will massakrieren, ich will meine ganze Umgebung ermorden«, und erst nachdem sich die Hoden des Rasenden entleert hatten, gewannen die Opfer einige Ruhe, um sich ein wenig zu erholen.

»Justine«, sprach Saint-Florent nach einigen Augenblicken, »ich habe Ihnen schon gesagt, wie wichtig es zu meiner Befriedigung gehört, daß die Opfer meiner Wollust verschwinden, sobald ich mich an ihnen befriedigt habe. Wollen Sie mir schwören, Lyon sofort zu verlassen. Nur unter dieser Bedingung gebe ich Ihnen die Freiheit zurück. Sollten Sie um sieben Uhr noch in der Stadt sein, so können Sie auf ewiges Gefängnis rechnen.«

»Herr, seien Sie versichert, öffnen Sie die Tür, Sie werden mich in Ihrem Leben nie wiedersehen«, und das arme Mädchen verließ eiligst ein Haus, in dem man es so grausam behandelt hatte, lief nach der Herberge und verließ in einigen Stunden die Stadt. »Oh Himmel«, rief sie dabei aus, »welche Verderbtheit. Das Ungeheuer begeilt sich an den Tränen der Unglücklichen.«

Justine war bald außerhalb der Stadt, aber es schien, als ob jeder ihrer Schritte von einem unglücklichen Abenteuer gefolgt sein müsse, und als ob alle tugendhaften Empfindungen ihrer schönen Seele schlecht belohnt werden müssen.

Kaum hatte sie zwei Meilen zu Fuß zurückgelegt, als eine alte Frau mit schmerzvollem Gesicht an sie herantrat, und sie um ein Almosen bat. Weit entfernt, so hart zu sein, wie sie es eben gesehen hatte, zog sie sogleich ihre Börse heraus, um der Frau einen Taler zu geben; allein das geschickte Wesen hatte die Maske des Alters nur vorgetäuscht, um Justine in die Falle zu locken und griff nunmehr hastig nach der Börse, faßte sie, gab Justine einen Faustschlag in den Magen und verschwand im Gehölz. Justine eilte der Diebin nach, erreichte sie und fiel mit ihr in eine Fallgrube, die durch Blätterwerk versteckt war.

Sie fiel beträchtlich tief und fand ein weites unterirdisches Gewölbe, das schön und bequem möbliert war. »Wer ist dies, Seraphine«, fragte ein dicker starker Mann, der vor einem Feuer saß. – »Ein kleines betrogenes Ding«, antwortete die Diebin, »sie ist mir nachgelaufen, weil ich ihr Geld gestohlen habe und wir sind gleichzeitig herabgefallen. Dieses Mädchen kann uns nützlich sein, Kapitän, und es tut mir nicht leid, daß ich ihr begegnet bin.« – »In der Tat, sie sieht nicht übel aus«, erwiderte der Anführer und ließ Justine herantreten, »und sollte sie selbst nur den Vergnügungen unserer Truppe dienen, so wäre dies immerhin etwas.« Und Justine wurde alsbald von Männern, Frauen und Kindern jeden Alters umgeben. Bald sah sie ein, daß sie sich in ziemlich schlechter Gesellschaft befand.

»Ist es nicht indiskret, mein Herr«, fragte sie zitternd den Anführer, »wenn ich Sie bitte, mich über diese Persönlichkeiten hier aufzuklären. Ich höre Sie über mich verfügen, herrschen denn die Gesetze, die Regeln der Schicklichkeit hier nicht ebenso wie auf der Oberfläche der Erde?« – »Iß vorerst von diesem Kuchen, Herzchen«, antwortete der Anführer, »und trinke ein Glas Wein, dann wirst du erfahren, wer die Leute sind, bei denen du bist und welche Aufgabe du zu erfüllen haben wirst.« Unsere Heldin war durch diese nette Anrede ein wenig beruhigt und setzte sich mit aufmerksamer Gespanntheit hin.

»Die Leute, in deren Mitte dein Stern dich führt«, sprach der Hauptmann, nachdem er zwei Prisen Tabak genommen hatte, »sind das, was man Bettler nennt. Wir verstehen es so gut, das Mitleid der Leute zu erwecken, daß wir dadurch das ganze Jahr hindurch in Luxus und Wohlhabenheit leben können. Wenn es kein Mitleid gibt, gibt es auch keine Lüge, die man leichter im Menschen erregen kann. Einige Klagen, einige Wunden, ein abstoßendes Kleid, alles das führt die Seele dem Mitleid zu. Sieh einmal diese Verkleidungen an, diese Kräuter, die uns entstellen*, diese Kinder, deren wir uns bedienen, um Mütter

* Der Löwenzahn ist das einfache Mittel, dessen sich diese Schufte bedienen, um sich zu verstellen. Sie drücken den milchigen Saft in ihr Gesicht aus, der in die Reihe der Gifte zählt.

zu rühren. Unser Vorgehen ist jedoch manchmal durch die Umstände verschieden bedingt; wenn wir uns als Schwächere fühlen, sind wir demütig und kriechend, sind wir die Stärkeren, benehmen wir uns frech.« – »Aber Sie töten wenigstens nicht, meine Herren«, unterbrach teilnahmsvoll Justine. – »Gewiß, meine Teure«, erwiderte der Anführer, »wenn man uns Widerstand leistet, machen wir nicht viel Geschichten, häufig werden Sie auf dem Wege, auf dem Sie hergekommen sind, Leute ihr Leben verlieren sehen; sollen wir ihnen vielleicht die Möglichkeit lassen, sich zu beklagen und uns zu verderben? Trotzdem jedoch sind wir weder Diebe noch Mörder von Beruf, unser einziges Handwerk ist die Bettelei. Es ist sicher, mein teures Mädchen, daß Ihr hübsches Aussehen meine Kameraden verleiten wird, alle ihre Begierden an Ihnen zu befriedigen. Wenn das erste Feuer erloschen ist, wollen wir Ihnen eine Stellung anweisen, sollten Sie sich geschickt benehmen, werden Sie in die erste Reihe vorrücken, gefällt Ihnen aber unser Handwerk nicht, werden wir Sie allein zu jenem Dienst verwenden.«

Die ganze Truppe klatschte dieser Rede Beifall und man befahl Fräulein Justine, sich sofort zu entkleiden, um vorerst dem Oberhaupt und dann der übrigen Truppe zur Befriedigung zu dienen. Kaum hatte die unglückliche Justine diesen Befehl aussprechen hören, als sie sich weinend vor die Füße der Sprechenden warf und sie anflehte, sie von diesen Niederträchtigkeiten zu verschonen. Allein ein kräftiges Gelächter war die einzige Antwort, die sie erhielt.

»Schamvolles Kind«, sprach der Anführer, »wie konntest du glauben, daß diejenigen, die sich damit spielen, das Mitleid anderer zu erregen, die Schwäche haben, selbst solchen Empfindungen zugänglich zu sein? Merke dir, daß unsere Herzen hart sind wie die Felsen, die uns als Dach dienen. Gehorche, Schurkin, dein Widerstand könnte mit Gefahren für dich verbunden sein.« Justine fand keine Antwort mehr und bald wurde sie in nacktem Zustand von allen Anwesenden liebkost. Plötzlich bemerkte der Sohn des Anführers das verhängnisvolle Zeichen. »Was ist dies, Jungfrau?« fragte eines der Glieder des Senats. »Da du durch dieses Mal mit uns auf der gleichen Stufe stehst, scheint es mir, als ob es nicht recht gewesen wäre, die Spröde zu spielen.«

Justine erzählte nun ihre Geschichte, aber man glaubte sie ihr ebenso wenig wie bei Saint-Florent und versicherte ihr, daß ihr dies kleine Unglück im Ansehen der Truppe nicht schaden werde. »Mein Kind«, sprach der Anführer und entblößte eine seiner Schulter, auf der ein ähnliches Zeichen sichtbar wurde, »du siehst, wir ähneln uns und ich will noch bemerken, daß derartige Zeichen in unserem Stand Auszeichnungen sind. Wir haben noch dreißig hier, die ebenso bevorzugt wurden. Vorwärts, folge uns, schöner Engel«, fuhr das Oberhaupt fort und zog Justine in eine abgesonderte Höhle. »Ich und diese Greise hier, wir wollen das Terrain sondieren.«

Die Sechzigjährigen, an der Zahl sechs, führten Justine in einen Raum, in dem ewige Lampen brannten, und dessen Boden mit weichen Matratzen belegt war. Es war das Boudoir dieser Herren. »Justine«, sprach einer der Greise, »geben Sie sich vorerst unserem Anführer hin, wir wollen dann der Reihe nach ihn ablösen.«

Gaspard ergriff Justine, allein, er war zu sehr abgenützt, um sich an ihr befriedigen zu können und er entlud ihr zwischen die Brüste.

Raymond, der folgte, hatte in der großen Welt gelebt, es war ein alter Pariser Ladendieb. Er leckte den Samen seines Mitbruders auf, ließ sich von Justine den Hintern lecken und entlud schließlich in ihren Mund.

Gareau war Priester gewesen und hatte sich die jesuitischen Neigungen bewahrt. So fickte er also Justine im Hintern und schrie wie ein Teufel, als er fertig wurde.

Ribert verlangte, daß Justine ihn kitzle, während er sie ohrfeigen wollte.

Vernol war ebenso bösartig wie sein Kamerad, nur hatte er die Leidenschaft, an den Ohren zu reißen.

Mangin leckte den Hintern, indem er onanierte. Als er aber Gareau nachahmen wollte, verlor er unter Wehklagen seine Kräfte.

»Vorwärts, Kinder«, sprach das Oberhaupt, als er mit seinen Adjutanten zurückkehrte, »sie taugt etwas, aber laßt ein wenig Ordnung walten, jeder möge der Reihe nach antreten.«

Da acht bis zehn Männer anwesend waren, die sich nur an Knaben ergötzten, und fünf oder sechs Frauen, die nur Sappho huldigten, hatte unsere Heldin mit ungefähr dreißig Personen beiderlei Geschlechts zu tun. Obwohl ziemliche Ordnung herrschte, hatte die Unglückliche doch ungemein viel zu erdulden, jedoch Justine blieb immer gefällig, immer Sklavin, immer unglücklich und gab sich zu allem her, obwohl ihr Herz dagegen stimmte. Nach genossenem Vergnügen führte man sie zu einem Waschbecken, wo sie sich reinigte. Dann setzte man sich zu Tisch und die Konversation bewegte sich über die eben genossenen Freuden. Man trank viel und die Gesellschaft benahm sich ziemlich solid. Der Exjesuit Gareau näherte sich Justine. »Sie haben«, sprach er leise, »den schönsten Popo der Welt. Ich habe kaum Zeit gehabt, ihm genügend zu huldigen, folgen Sie mir nach; wenn alle schlafen, wollen wir in einem Winkel plaudern.«

Verlassen, wie Justine war, fühlte sie sich glücklich, daß ein Wesen für sie Interesse bezeugte. Sie blickte den Mann an, der zu ihr sprach und da er anständig aussah, stieß sie ihn nicht zurück. Der neue Liebhaber unserer Heldin führte sie in eine kleine Zelle, nachdem sich beide gesetzt hatten, begann folgendes Gespräch:

»Im Augenblick, da ich Sie gesehen habe«, sprach Gareau, »haben Sie mir sofort Interesse eingeflößt, Ihre entzückende Gestalt kündet mir Geist an, Ihre Reden eine gute Abstammung und ich bin für mich überzeugt, daß das Mal, das Sie tragen, nur durch unglücklichen Zufall Sie getroffen hat. Ich verberge Ihnen nicht, mein Engel, daß ich Sie mit Kummer in unserer Gesellschaft gesehen habe; wenn Sie den Beruf dieser Leute nicht ebenfalls ausüben, fürchte ich, daß sie Sie töten könnten, wenn sie Ihrer satt sind. In dieser peinlichen Lage sehe ich für Sie nur ein Mittel und das besteht darin, sich mit mir gut zu verhalten, damit ich Ihnen eines Tages den Weg zur Freiheit weisen kann.« – »Aber, mein Herr«, fragte Justine, »da Sie Interesse an mir nehmen, werden Sie mir doch nicht zur Flucht verhelfen.« – »Ich werde Ihnen nachfolgen, Justine, glauben Sie denn, daß ich für diesen Beruf hier geboren bin? Geldgier, Faulheit und Wollust sind die Ketten, die mich fesseln. Ich gewinne gern Geld, ohne mich weiter darum bemühen zu müssen, aber ich hoffe, daß Sie einen Unterschied zwischen mir und diesen Leuten herausfinden, denn ich werde sie früher oder später doch verlassen und wir wollen dann ein gemeinsames Leben führen. Im übrigen, wenn Sie öffentlich erklären, daß Sie mit mir leben wollen, werden Sie davor bewahrt bleiben, sich jedem dieser Schufte täglich hinzugeben.« – »Nun denn, mein Herr, ich willige ein. Ich liefere mich Ihnen aus, wenn Sie mir feierlich versprechen, daß ich nicht gezwungen werden soll.« – »Ich schwöre es Ihnen«, sprach Gareau, »und will das Gelübde mit Ihrem Hintern besiegeln.« Seufzend gab sich Justine hin und der geschickte Jesuit fuhr so sanft hinein, wie es nur einem Jünger des Ignatius möglich ist.

Jetzt aber wollen wir zurückkehren«, sprach er, nachdem er sich befriedigt hatte, »eine längere Abwesenheit könnte Argwohn auf uns werfen.«

Unsere Wüstlinge erzählten sich gerade Geschichten. Justine und Gareau setzten sich an das Feuer und beim Abendessen erklärte unsere Heldin, daß von allen Anwesenden Gareau allein ihr Vertrauen zu gewinnen gewußt habe. Der Anführer fragte Gareau, ob ihm dies passe, und nachdem dieser bejaht hatte, betrachtete man Justine allgemein als seine Frau.

Allein Gareau hatte, als er Justine seine Hand und seinen Schutz anbot, nicht aufrichtig gesprochen und die erste Nacht, die sie zusammen verbrachten, überzeugte Justine bald, daß sie nicht allein seine Gunst genoß. Einer der jungen Männer legte sich in der Nacht zwischen die Beiden. »Wer ist dies«, fragte Justine, »ist das Ihr Versprechen?« – »Ich sehe, es ist mein Unglück« antwortete Gareau, »von meiner liebenswürdigen Gattin nicht verstanden zu werden. Ich habe Ihnen gesagt, daß Sie Unterstützung, Ratschläge und liebevolle Aufnahme finden werden, nicht aber, daß ich enthaltsam bin. Sie müssen sich schon damit abfinden, daß wir häufig zu dritt sein werden.« Während nun der Erzjesuit den Mann von hinten vornahm, verlangte er von Justine, daß sie das Glied des jungen Mannes lecke; so wurde ihr Entgegenkommen auf die Probe gestellt.

Einige Tage vergingen ohne weitere Ereignisse und Justine schien immer mehr das Vertrauen ihres Mannes zu gewinnen. Trotzdem war es ihr nicht möglich, ihn zu leiten, sondern sie mußte sich von ihm lenken lassen.

»Bald«, sprach eines Tages ihr Beschützer, »bald wird ein Drittel unserer Leute, die sich auf dem Lande befinden, zurückkehren. Eine neue Abteilung wird ausgesandt werden, ich werde mich melden und Sie müssen mir nachfolgen; wenn wir einmal erst aus diesem schrecklichen Loch heraus sind, wollen wir nie mehr einen Fuß dahin zurücksetzen. Wir wollen uns in ein entlegenes Dorf flüchten und dort ruhig leben.«

»Oh, wie sehr gefällt mir dieser Plan«, rief Justine entzückt aus, »bringen Sie mich aus diesem Schlund weg, mein Herr, und ich schwöre Ihnen, daß ich Sie in meinem Leben nicht verlassen will.« – »Ich verspreche Ihnen, Sie herauszubringen, Justine, aber ich knüpfe daran eine Bedingung.« – »Und die ist?« – »Daß Sie die Kasse dieser Verbrecher mitstehlen und sie dann anzeigen.« – »Gut, die Kasse stehlen, das geht noch, aber sie bestrafen lassen, oh Gott, dazu werde ich niemals meine Einwilligung geben.« – »Nun denn, dann bestehlen wir sie einfach, dann soll aus ihnen werden, was da will.«

Wir haben den lebhaften Wunsch, den Lesern immer den Charakter unserer Heldin so klar zu zeigen, wie er war. Wir müssen also berichten, daß der Grund, weshalb sie in den Plan einstimmte, der war, daß sie dem Anführer der Truppe ein Geständnis machen wollte, um dann die Gnade des Schuldigen und ihre eigene Freiheit zu erwirken.

Nach einigen Tagen kam eines der Mitglieder der abwesenden Abteilung an und berichtete, daß seine Kameraden zurückkehrten. Sofort versammelte sich das nächste Detachement und Gareau erhielt einstimmig den Oberbefehl über die kleine Armee.

Justine bat nun den Anführer um eine geheime Audienz, und als sie allein mit Gaspard war, entdeckte sie ihm ihre Geschichten, die jener viel besser wußte, wie sie selbst. »Vertrauensseliges Mädchen«, sprach der Hauptmann, »Gareau hat sich über Sie lustig gemacht und Sie sind in eine Falle geraten. Ihr Mitbruder hat Ihnen drei Dinge vorgeschlagen, uns zu bestehlen, uns anzuzeigen und zu flüchten, Sie gestehen nur den Diebstahl zu, Sie haben die Anzeige zurückgewiesen, die Flucht aber in Ausführung bringen wollen. Das ist mehr als genug, Sie ordentlich bewachen zu lassen. Sie lieben unser Handwerk nicht und wir sind sicher, daß Sie es niemals beherrschen werden. So müssen wir Sie bloß als unsere Hure und Sklavin hier behalten und in beiden Fallen müssen Sie mit Eisenketten angeschmiedet werden.« – »Oh, mein Herr«, rief Justine aus, »wie, dieses Ungeheuer …« – »Er hat Sie verraten und seine Pflicht dabei getan.« – »Aber er sprach doch von Liebe und zärtlichen Gefühlen.« – »Wie haben Sie glauben können, daß in einem Mitglied unserer Bande derartige Gefühle entstehen können ? Gareau hat sich über Sie lustig gemacht, meine Tochter, er hat Ihnen Ihr Geheimnis entreißen wollen. Das möge Ihnen als Lehre für ein andermal dienen, für dieses Mal unterwerfen Sie sich dem Schicksal, das Ihnen Ihre tugendhafte Unschuld bereitet hatte.«

Alsbald wurde Seraphine gerufen und Justine ihr übergeben. »Sie werden sie nicht einsperren«, sprach das Oberhaupt, »dürfen sie aber nicht aus dem Auge verlieren und haften mir mit Ihrem Kopfe für sie.«

Diese Seraphine, von der wir unseren Lesern endlich ein Bild geben müssen, war eine sehr hübsche dreißigjährige Frau, die mit einer ganz ungemeinen Geschicklichkeit begabt war. (Man erinnert sich noch an die Art und Weise, wie sie Justine täuschte.) Sie war von einer derartigen Sittenverderbtheit, wie man sie selten findet.

Gareau brach in helles Gelächter aus, als er Justine mit ihrer Wächterin zurückkehren sah. »Was hältst du von diesem Gänschen?« fragte er Seraphine. – »Sie ist noch ein Neuling«, antwortete diese, »man muß es ihrem guten Glauben zugute halten.« – »Wie«, fragte Gareau, »wird sie nicht mit dem Tode bestraft werden?« – »Ah, Verbrecher, das wolltest du«, sprach Justine, »deshalb täuschtest du mir Gefühle von Liebe vor.« – »Liebe, liebe Seraphine, was sagst du zu dieser Jungfrau, die sich einbildet, daß man ihr Liebe schuldet, weil man sie im Hintern gefickt hat.« – »Sie ist jetzt in meiner Obhut«, sprach Seraphine, »und ich verspreche dir, daß sie mir nicht auskommen wird.« – »Ich hätte es lieber, wenn sie bei den Toten läge«, antwortete das Ungeheuer, indem es sein Glied in den Hintern des Knaben steckte.

Nunmehr wurde Justine mit den niedrigsten Aufträgen betraut. Mit einem Wort, sie wurde die Sklavin der Seraphine. Man kündigte in den unterirdischen Gewölben durch einen Zettel an, daß Justine nicht mehr die Geliebte Gareaus sei und sich infolgedessen jedem, der nach ihr begehrte, hingeben müsse. Das Hübsche an der Sache war, daß als erster Gareau selbst erschien. »Komm, Schurkin«, sprach er, »wenn ich dich auch irregeführt habe, liebe ich doch deinen Hintern, komm, bevor ich weggehe, will ich ihn noch einmal bearbeiten.«

Schließlich brach Gareau mit seinen Kumpanen auf und die zurückkommende Abteilung zog ein. Justine hatte also bald eine ganze Anzahl neuer Personen über sich und besonders das Oberhaupt dieser Truppe quälte Justine aufs Äußerste. Roger, einer der größten Verbrecher, besaß im geschlechtlichen Verkehr Eigenschaften, die nicht ganz geeignet waren, Sympathien einzuflößen. Das Ekel pflegte in die Mitte eines Zimmers zu scheißen und das betreffende Weib mußte eine Stunde lang in diesem Kot herumlaufen. Er selbst war mit einem ungeheuren Hammer bewaffnet und peitschte während der Zeit den ganzen Körper des Weibes. Wenn er aber die Worte: »Friß, Hure« aussprach, mußte das arme Opfer den Kot verschlucken und dabei selbst in seinen Mund scheißen. In diesem Augenblick begann sein Samen sich zu entladen. Sein Taumel wurde aber erst vollständig, wenn er Blut fließen sah oder einige Glieder zerbrechen konnte.

Inzwischen hatte man Bilanz gemacht und gefunden, daß die neue Truppe an Almosen nahezu siebenmal hunderttausend Pfund mitgebracht hatte. »Oh, Teufel«, rief Gaspard aus, »es lebe die christliche Barmherzigkeit. Wie geistvoll war derjenige, der diese erhabene Tätigkeit als Tugend bezeichnete, ohne ihn könnten wir heute nicht leben. Fahren wir fort, Freunde, den Priestern Unterstützungen zu zahlen, um die menschlichen Herzen aneifern zu lassen. Niemals noch werden wir unser Geld angelegt haben wie auf diese Weise.«*

* Man versichert, daß dies eine List dieser Schelme sei. Sie zahlen den Pfarrer des betreffenden Ortes dafür, daß er zur Mitleidigkeit und Wohltätigkeit aneifere.

Plötzlich öffnete sich die Falltüre und spie einen vierzigjährigen, gut gekleideten Mann herab, der vorerst wortlos, nach einem Augenblick der Ruhe aber fähig war, sein Mißgeschick zu erzählen. Der Wanderer hatte, um ein natürliches Bedürfnis zu befriedigen, sich in ein Gesträuch zurückgezogen und die Erde war unter seinen Füßen gewichen, sein mit Gold beladenes Pferd mußte einige Schritte weit von dem Erdloch entfernt sein und so sprach er: »Hat mich mein Schicksal in die Hände von Räubern fallen lassen, dann müßt Ihr euch beeilen, den Schatz in Sicherheit zu bringen. Habt Ihr aber keine bösen Absichten mit mir, dann bringt mich rasch wieder auf die Erde.« – »Dich auf die Erde bringen?« fragte Roger und hielt eine Pistole gegen den Mann gerichtet. »Ah, Verbrecher, deine Augen werden niemals wieder die Sonne sehen.« – »Was sehe ich, großer Gott«, rief der Reisende aus, »bist du es, Roger, du, mein Bruder, den ich sozusagen an meinem Busen ernährt habe, du, mein Freund, dem ich zweimal das Leben gerettet habe, du, der mir, mit einem Wort, alles schuldet? Oh, wie danke ich dem Himmel, dich an diesem düsteren Ort zu finden. Wer immer diese Leute sind, wenn du mir als Beschützer dienst, werden sie mir nichts antun.« – »Der Schlag soll mich treffen«, rief Roger aus, »wenn es etwas gibt, das mich milder stimmen könnte und hättest du mir tausend Leben gerettet, Verbrecher, ich würde dir nicht dankbar sein. Wisse, Kindlich, daß in unseren Seelen jedes andere Gefühl als das des Interesses erstickt ist, und daß, solltest du mir selbst tausendmal größere Dienste geleistet haben, ich dich nicht schonen würde.« Zwei Pistolenschüsse streckten alsbald den Bruder nieder. Kaum war dies geschehen, als Seraphine mit dem Gepäck des Reiters ankam. »Das ist ein entzückendes Abenteuer«, sprach Gaspard, der bereits die Beute zählte und mehr als hunderttausend Francs vorfand. Der Brudermord Rogers fand viel Beifall in der Truppe, aber gar keinen Widerspruch. Die unglückselige Justine wurde beauftragt, den Leichnam zu verscharren und wir überlassen es den Lesern, sich auszudenken, wie sehr die genannten Vorfälle geeignet waren, ihren ohnehin starken Haß gegen die Truppe noch zu vermehren. Die Freude, die man über den glücklichen Fang hatte, bewirkte, daß man den ganzen Abend nur daran dachte, sich zu erfreuen. Eine Orgie wurde veranstaltet, bei der alle Frauen und Knaben nackt erscheinen mußten. Justine war beauftragt, zu servieren.

*

Trotz des Zustandes der Demütigung, in dem die unglückliche Justine gehalten wurde, fand sie doch in Seraphine eine Beschützerin, die, da sie sie ihren Freuden zuzog, der Unglücklichen einige Milde zuteil werden ließ. »Mein Engel«, sprach sie eines Tages, »ich fürchte, daß ich dir nicht genug Vertrauen einflöße, da du bereits von einem meiner Kameraden hintergangen worden bist. Ich schwöre dir aber, daß ich dich nicht täusche, und daß mein Mund die lauterste Wahrheit spricht. Man verlangt von mir in Lyon für einen Kaufmann ein junges Mädchen, seine Neigungen sind allerdings seltsam, aber er bezahlt sie dafür reichlich. Der Mann, von dem ich spreche, ist gottlos, er wird dich, während man die Messe vor ihm liest, bearbeiten und zwar mit einer Hostie, während der messelesende Priester dich gleichfalls mit einer Hostie besteigen wird.« – »Wie furchtbar!« rief Justine aus. – »Ja, ich habe mir wohl gedacht, daß bei deinen Grundsätzen ein solcher Vorschlag Widerstand finden würde, aber ist es nicht besser, als hier zu bleiben ?« – »Gewiß.« – »Nun denn, dann entscheide dich.« – »Ich bin's bereits«, antwortete Justine mit ein wenig Gewissensbissen, »mache mit mir, was du willst.« Seraphine eilte nun zu Gaspard, hielt ihm vor, daß die Strafe Justinens schon genug lang dauere und daß man die Truppe nicht länger der Dienste eines Mädchens berauben dürfe, daß Justine draußen mehr taugen würde wie im Innern der Erde. Die Gnade wurde gewährt. Man gab Justine noch gute Lehre, und nach einem fünfmonatlichen Aufenthalt in dieser scheußlichen Höhle erhielt sie endlich die Erlaubnis, ihrer Beschützerin nach Lyon zu folgen. »Großer Gott«, rief Justine aus, als sie die Sonne wiedersah, ein Werk der Barmherzigkeit, und ich werde durch fünf Monate lebend begraben; weil ich versprochen habe, ein Verbrechen zu begehen, löst man mir meine Ketten. Oh Vorsehung, erkläre mir doch deine unfaßbaren Wege, sonst müßte sich mein Herz aufbäumen.«

Unsere zwei Reisenden machten in einem Gasthaus halt, um zu frühstücken. Justine sprach kein Wort, dachte aber trotzdem immer an ihre Befreiung. »Madame«, rief sie aus und wandte sich an die Wirtin, eine ziemlich hübsche, gutmütige Frau, »oh, Madame, ich beschwöre Sie, mir Ihre Hilfe angedeihen zu lassen. Das Geschöpf, mit dem Sie mich sehen, zwingt mich, ein Haus aufzusuchen, in dem meine Ehre verletzt wird. Ich habe ihr das Versprechen gegeben, um einer Bande von Schuften zu entgehen, die mich gefangenhielten. Ich bitte Sie, ihr beizubringen, sie möge keine Ansprüche an mich stellen und dann behalten Sie mich bis morgen bei sich, damit ich meinen Weg für mich einschlagen kann. »Verbrecherin«, rief Seraphine wütend aus,

»bezahle mich wenigstens.« – »Ich schwöre beim Himmel, daß ich nichts schulde, zwingen Sie mich nicht, Seraphine, mich deutlicher auszudrücken.« Seraphine erschrak und verschwand fluchend. Justine verbrachte achtundvierzig Stunden bei der liebenswürdigen Wirtin und am Morgen des dritten Tages brach sie reich beschenkt auf, indem sie die Richtung nach Vienne einschlug, um darüber hinaus nach Grenoble zu gelangen.

Justine wanderte traurig vor sich hin, als sie in einem Feld rechts von ihrem Wege zwei Reiter sah, die einen Mann mit ihren Pferden zerstampften, um dann mit verhängten Zügeln davonzureiten. Dieses furchtbare Schauspiel rührte sie zu Tränen. »Ach!« sprach sie, »der Mann ist noch mehr zu beklagen als ich. Ich bin mindestens gesund und kräftig, aber wenn dieser Unglückliche nicht reich ist, was soll aus ihm werden?« So sehr auch Justine mit ihrem Mitleid Unglück gehabt hatte, sie konnte doch dem heftigen Wunsch nicht widerstehen, näher zu treten und dem Manne zu Hilfe zu eilen. Sie lief auf ihn zu, ließ ihn ein wenig Weingeist einatmen, zerriß dann ihr einziges Gepäckstück, ein Hemd, um das Blut des Unglücklichen zu stillen, und schließlich sah sie ihre Bemühungen von Erfolg gekrönt. Obwohl der Mann zu Fuß reiste und mäßig gut gekleidet war, schien er ihr doch ziemlich vornehm zu sein. Er besaß Ringe, eine Uhr, Dosen, die allerdings durch sein Abenteuer stark mitgenommen waren. »Wer ist«, sprach er, als er wieder zu sich gekommen war, »der Engel, der mir hilft? Und was kann ich tun, um ihm meine Dankbarkeit zu beweisen?« Die unschuldige Justine, die noch immer glaubte, daß man sich durch Wohltaten eine Seele verpflichten könne, begann nun ihre Unglücksfalle zu erzählen. Er hörte mit großem Interesse zu, und als sie mit ihrem letzten Abenteuer zu Ende war, rief der sonderbare Mensch aus: »Wie bin ich glücklich, mich für alles dankbar erweisen zu können was Sie mir angetan. Hören Sie, Fräulein, vielleicht bin ich in der Lage, Ihnen behilflich zu sein.«

»Man nennt mich Roland, ich besitze ein sehr schönes Schloß, das fünfzehn Meilen von hier in den Bergen liegt. Ich lade Sie ein, mir zu folgen, und damit dieser Vorschlag Ihr Zartgefühl nicht verletze, will ich Ihnen gleich mitteilen, wieso Sie mir nützlich sein können. Ich bin Junggeselle, habe aber eine Schwester, die ich leidenschaftlich liebe und die bei mir in der Einöde wohnt. Ich bedarf jemandes, der sie bedient. Diejenige, die bisher diese Stelle innehatte, verloren wir und ich biete Ihnen nunmehr diesen Posten an.« – Unsere Heldin dankte vorerst ihrem Schützer und fragte ihn dann, wieso es käme, daß er ohne Bedienung reise, und warum er von den Spitzbuben so behandelt worden sei. »Ich habe seit einigen Jahren die Gewohnheit, so wie Sie mich hier sehen, nach Vienne zu reisen. Ich tue dies für meine Gesundheit und aus Ersparnis. Nicht, daß ich arm wäre, im Gegenteil, aber Sparsamkeit schadet nie. Was die beiden Männer betrifft, die mich verletzten, so sind es zwei Kerle, denen ich vergangene Woche hundert Louis in Vienne abgewann. Sie gaben mir ihr Wort, mich zu bezahlen und da ich sie heute daran erinnerte, haben mich die Verbrecher derart zugerichtet.« Unsere teilnahmsvolle Reisende gab ihrem Bedauern nochmals Ausdruck, als Roland ihr vorschlug, aufzubrechen. »Dank Ihrer Sorgfalt fühle ich mich ein wenig besser und in zwei Meilen Entfernung liegt ein Haus, wo wir Pferde finden können.«

Justine war vollkommen entschlossen, die Hilfe, die ihr der Himmel bot, anzunehmen. Sie stützte Roland während des Gehens und tatsächlich langten bei nach einem Marsch von zwei Meilen bei einer Herberge an, in der sie ehrsam zusammen zu Abend aßen. Roland empfahl sie nachher der Wirtin und am nächsten Tage erreichten unsere Reisenden auf zwei Mauleseln die Grenze der Dauphine. Da die Reisenden noch ein großes Stück vor sich hatten, übernachteten sie in Virieux und am nächsten Tage setzten sie ihren Marsch in derselben Richtung fort. Gegen vier Uhr nachmittags langten sie am Fuß des Gebirges an. Da die Wege fast ungangbar waren, empfahl Roland dem Mauleseltreiber, Justine nicht zu verlassen, und alle drei drangen in die Schluchten ein. Unsere Heldin, die keine Spur eines Weges mehr fand, konnte sich einer Unruhe nicht erwehren. Roland sprach kein Wort. Dieses Schweigen erschreckte unser unglückliches Mädchen noch mehr, als sie endlich am Rande eines furchtbaren Abgrundes ein Schloß liegen sah. Kein Weg schien dahin zu führen. Der, den unsere Wanderer gingen, langte trotzdem nach vielen Windungen bei dieser furchtbaren Behausung an, die mehr einer Zufluchtsstätte von Dieben, als dem Aufenthaltsorte von ehrlichen Leuten ähnelte.

»Hier ist mein Haus«, sprach Roland, und da Justine Erstaunen merken ließ, daß er in solcher Einsamkeit wohne, antwortete er ihr rauh: »So paßt es mir!« Diese Antwort verdoppelte die Befürchtungen unserer Unglücklichen, aber da sie nicht mehr zurück konnte, hielt sie sich still. Roland stieg von seinem Maultier herab und befahl Justine, das Gleiche zu tun. Dann bezahlte er den Maultiertreiber und verabschiedete ihn. Da dieses Vorgehen Justine von neuem beunruhigte, fragte Roland sie in sanftem Ton: »Was haben Sie, Justine? Dieses Haus ist an der Grenze der Dauphine gelegen, es gehört noch zu Grenoble.« – »Schön, mein Herr, aber wie ist es Ihnen eingefallen, sich in einer so verlassenen Schlucht festzusetzen?« – »Das kommt daher, daß die Bewohner nicht sehr ehrliche Leute sind«, sprach Roland; »es wäre sehr leicht möglich, daß Sie von ihrer Beschäftigung nicht sehr erbaut wären.« – »Ah, mein Herr, Sie machen mich schaudern, wohin führen Sie mich?« – »Ich führe dich zur Falschmünze, deren Oberhaupt ich bin«, sprach Roland und erfaßte den Arm Justinens, um sie über eine kleine Fallbrücke zu führen. »Siehst du diesen Brunnen?« sprach er, als sie im Hofe angelangt waren, »diese vier nackten, angeketteten Frauen, die das Rad drehen, sind deine Genossinnen; wenn du täglich zehn Stunden dieses Rad gedreht und alle meine Launen befriedigt haben wirst, erhältst du sechs Unzen Schwarzbrot und eine Schüssel Linsen. Auf deine Freiheit mußt du verzichten, die wirst du nie wieder erlangen; wenn du sterben solltest, wird man dich in das Loch, das du neben diesem Brunnen siehst, werfen und du wirst damit das Los von zweihundert anderen Schurkinnen teilen, die bereits darin liegen.« – »Oh, großer Gott«, rief Justine aus und warf sich Roland zu Füßen, »erinnern Sie sich doch, daß ich Ihnen das Leben gerettet habe und daß Sie mir Dankbarkeit versprochen haben, mich zu belohnen. Ist das, was Sie tun, gerecht?« – »Was verstehst du unter dem Gefühl der Dankbarkeit, mit dem du mich zu fesseln glaubst«, fragte Roland, »was tatest du, als du mir zu Hilfe eiltest? Zwischen der Möglichkeit, deinen Weg fortzusetzen, und der, zu uns zu kommen, hast du die letztere gewählt, weil dein Herz dich so geleitet hat. Du empfandest also dabei eine Befriedigung. Woher, zum Teufel, nimmst du also die Verpflichtung, daß ich dir dankbar sein soll? Zur Arbeit, Sklavin, zur Arbeit!« Bei diesen Worten wurde Justine auf Befehl Rolands von zwei Knechten erfaßt, unsanft entkleidet und an ihre Arbeit geführt. Roland trat nochmals an sie heran. Er betastete sie überall und verhöhnte sie grausam, als er das demütigende Zeichen des grausamen Rombeau bemerkte. Dann bewaffnete er sich mit einem Ochsenziemer und versetzte ihr sechzig Schläge auf den Hintern. »So wirst du immer behandelt werden, Schurkin, wenn du deine Pflicht vernachlässigst«, sprach der Niederträchtige und rieb sein Glied an den Blutstropfen, die aus den Wunden flößen. »Du bist noch nicht am Ende deiner Leiden und ich will, daß du hier alle raffinierten Arten der Grausamkeit kennen lernen wirst!« Dann ließ er sie allein.

Sechs finstere Höhlen dienten den Unglücklichen während der Nacht als Schlafraum. Man band also Justine und ihre Genossinnen los und sperrte sie in diese Löcher ein, nachdem man ihnen ihr karges Abendessen aufgetragen hatte.

Unsere Heldin war kaum allein, als sie sich den Gedanken über ihre furchtbare Lage hingab. »Ist es möglich«, sprach sie zu sich, »daß es Menschen sind, die so hart sind, daß sie das Gefühl der Dankbarkeit in sich ersticken?« Sie hing eben diesen Gedanken weiter nach, als plötzlich die Türe ihres Kerkers sich öffnete und Roland hereintrat, um an ihr alle seine Launen zu befriedigen, und welche Launen waren das, gerechter Gott! Aber wir wollen die Geduld unserer Leser nicht mißbrauchen und einen Schleier über diese neuen Grausamkeiten ziehen; haben wir ihren Geist nicht schon genug durch niederträchtige Schilderungen beschmutzt?

Am nächsten Tage prüfte Justine genauer ihre Umgebung. Ihre vier Genossinnen waren Mädchen von fünfundzwanzig bis dreißig Jahren, und obwohl sie durch das Elend und die Arbeit entstellt waren, zeigten sie dennoch Spuren von großer Schönheit; die jüngste namens Suzanne war sogar noch schön zu nennen. Roland hatte sie in Lyon ihrer Familie durch ein Heiratsversprechen entführt und sie in dieses furchtbare Haus gebracht. Sie war seit drei Jahren der Gegenstand, auf den sich alle Grausamkeit des Ungeheuers richtete. Durch die Schläge mit dem Ochsenziemer war ihre Haut runzelig und hart wie die einer alten Kuh geworden. An ihrer linken Hüfte hatte sie einen Schanken und in ihrem Muttermund befand sich ein Abszeß; alles das war das Werk des niederträchtigen Roland. Von ihr erfuhr Justine, daß sich der Schuft in der nächsten Zeit nach Venedig begeben wollte, um dort sein falsches Geld anzubringen. Alles sollte von diesem großen Streich, den er dort ausführen wollte, abhängen. »Ach!« sprach Justine, als sie von diesem Unternehmen erfuhr, »ich hoffe, daß die Vorsehung einmal gerecht sein wird. Sie wird ein derartiges Ungeheuer nicht mit Erfolg krönen und wir werden alle gerächt werden.«

Mittags ließ man den Unglücklichen zwei Stunden Ruhe, die gleichzeitig zum Speisen benutzt wurde. Nach Verlauf dieser Zeit band man sie von neuem an und ließ sie bis in die Nacht arbeiten. Ihre Nacktheit diente dazu, Roland bessere Gelegenheit zum Schlagen zu geben. Im Winter erhielten sie eine Weste und eine Hose, die rückwärts derart geöffnet war, daß ihre Körper nicht minder allen Angriffen Rolands ausgeliefert waren. Acht Tage vergingen, ohne daß Roland erschien. Am neunten Tage kam er, um nach der Arbeit zu sehen, und da erfand, daß Justine und Suzanne das Rad zu wenig kräftig drehten, gab er einer jeden fünfzig Schläge mit dem Ochsenziemer.

In der darauffolgenden Nacht trat der Niederträchtige bei Justine ein, um ihre Wunden besser betrachten zu können. Der Schuft küßte sie zuerst, und da ihn diese Vorarbeiten sehr erregten, steckt er ihr bald sein Glied in den Hintern, dazwischen stach er ihr in den Busen und richtete Worte an sie, die die Natur zum Schaudern gebracht hätten. Als er endlich entladen hatte, benützte Justine den Augenblick, ihn um Gnade zu bitten. »Mit welchem Recht«, antwortete Roland, »forderst du, daß ich deine Ketten lösen soll; vielleicht deshalb, weil ich mich eben an dir befriedigt habe? In dem, was ich tat, war von Liebe keine Rede. Sieh mein Glied an, Justine, ich habe die feste Absicht, dich zu ermorden, und daher ragt es steif in die Luft; nur das Verbrechen bringt einen Wüstling, wie ich es bin, in Geilheit, und alles, was nicht verbrecherisch ist, ist langweilig.« – »Was Sie da sagen, ist schauderhaft«, erwiderte Justine, »aber unglücklicherweise habe ich bereits Beispiele davon erlebt.« – »Ich könnte dir noch tausende aufzählen, wenn dies einen Sinn hätte.« Bei diesen Worten schlang Roland einen Strick um den Hals Justinens, und während er sie von hinten bearbeitete, zog er den Strick so fest zusammen, daß sie das Bewußtsein verlor. Und das Ekel zog sich, ohne sich um die Folgen zu kümmern, ruhig zurück.

So verging ein Jahr, während dessen drei Mädchen hingeopfert wurden. Stets fand sich Ersatz, aber wie erstaunt war Justine, als sie diejenige sah, welche die Stelle einnahm? Es war Madame Delisle, die interessante Wirtin, bei der sie sich von dem niederträchtigen Weibe getrennt hatte, das sie in Lyon prostituieren wollte. »Oh, Madame«, rief Justine aus, als sie sie sah. »Sie, die die Natur so sanft und so gut geschaffen hat, Sie hat nun auch dieses grausame Schicksal ereilt! Oh, belohnt der Himmel so die Keuschheit, die Gastfreundlichkeit, die Wohltätigkeit und alle die anderen Tugenden der Menschen.«

Die Reize Madame Delisles erhitzten Roland derart, daß er sie noch am selben Abend besuchte. Man kann sich leicht vorstellen, daß er sie nicht mehr schonte, als Justine, und so wurden die beiden durch das gemeinsame Unglück noch fester aneinander gekettet. »Oh, liebenswürdige Frau«, sprach Justine, als die Delisle ihr die ausgestandenen Greuel schilderte, »was gäbe ich darum, wenn ich Ihnen die Wohltaten, die Sie an mir begangen haben, erwidern könnte; aber ach, ich bin selbst unglücklich und kann Ihnen zu nichts nützen. Wie würde ich mich beeilen, Ihre Ketten zu brechen, wenn ich selbst frei wäre, aber ich glaube, jede Hoffnung ist unnütz und wir werden diesen Ort niemals mehr verlassen.« – »Der Niederträchtige«, sprach die Delisle, »er hat mich bloß so behandelt, weil er mir Geld schuldet; seit drei Jahren macht er in meinem Hause ungeheure Zechen, ohne mich jemals zu bezahlen. Letzthin lud er mich zu einem Spaziergang ein, im Walde lauerten uns zwei seiner Leute auf, sie banden mich und schleppten mich auf einem Maulesel hierher.« – »Und Ihre Familie?« – »Ich habe nur ein Kind, das noch in jungen Jahren ist. Mein Gatte starb vergangenes Jahr und überdies bin ich Waise. Das Ungeheuer wußte alle diese Dinge wohl, sonst hätte er den Streich nicht gewagt. Ah, was wird aus meinem unglücklichen Kind werden? Ich habe diesen Schuft gebeten, mich wenigstens schreiben zu lassen, aber auch das hat er mir nicht gestattet!« Und Tränen rannen aus den schönen Augen dieses interessanten Geschöpfes. – »Und hat er sich an Ihnen ebenso befriedigt, wie an allen anderen Opfern?« forschte Justine weiter, und statt aller Antwort zeigte das verschämte Geschöpf Justine ihren Hintern. – »Ah, ich bin noch ganz zerrissen«, sprach sie, »oh, mit welchen Lastern ist dieses Scheusal begabt!«

So lagen die Dinge, als in dem Schloß bekannt wurde, daß der Streich Rolands gelungen sei. Das war das neue Beispiel, das die Vorsehung Justine vorführte. Nochmals besuchte Roland Justine. »Beruhige dich«, sprach er diesmal, »du hast nichts zu befürchten.« Und als sich die Türen geschlossen hatten, fuhr er fort: »Teures Mädchen, nur dir allein im Hause wage ich mich anzuvertrauen. Ich habe wohl an die Delisle gedacht, aber so anständig sie scheint, ich halte sie für rachsüchtig und meiner Schwester hingegen ziehe ich dich vor.« Voll Überraschung bat Justine Roland, sich näher zu erklären. »Höre«, sprach der Wüstling, »mein Glück ist gemacht, allein ich könnte bei der Überführung meines Geldes überfallen werden, und wenn das der Fall ist, dann habe ich den Strick zu erwarten. Ich bin überzeugt, daß dieser Tod sehr süß ist, aber da die Frauen, an denen ich die ersten Todesängste auf diese Weise erprobte, mir niemals die Wahrheit gesagt haben, so möchte ich an meiner eigenen Person das Experiment machen. Ich möchte wissen, ob bei dieser Todesstrafe tatsächlich eine Ejakulation eintritt; wenn ich mich einmal überzeugt haben werde, daß dieser Tod nur eine Spielerei ist, werde ich nur um so kühner dem Schicksal trotzen, denn nicht das Ende meines Lebens erschreckt mich, ich fürchte die Qualen eines grausamen Todes und möchte nicht beim Sterben leiden.« – »Oh, mein Herr«, sprach Justine, »trotzdem lieben Sie es, die anderen zu quälen.« – »Nicht trotzdem, sondern gerade eben deswegen. Stellen wir also einen Versuch an. Du sollst alles an mir tun, womit ich dich gequält habe. Ich werde auf diesen Schemel steigen, mich nackt ausziehen, du wirst das Seil um meinen Hals schlingen, während ich mich dabei kitzle; dann, sobald du an mir einen Ständer siehst, wirst du den Schemel zurückziehen und ich werde aufgehenkt bleiben. Du wirst mich solange daran hängen lassen, bis du entweder Schmerzensäußerungen sehen wirst, oder einen Wollusterguß. Im ersteren Falle wirst du das Seil sofort abschneiden, im zweiten Falle wirst du die Natur handeln lassen und mich erst ablösen, wenn ich entladen habe. Nun, Justine, ich lege mein Leben in deine Hände, deine Freiheit und dein Glück sollen der Preis deines guten Betragens sein.« – »Oh, mein Herr«, erwiderte Justine, »dieser Vorschlag ist seltsam.« – »Nein, nein, ich will es«, erwiderte Roland und legte seine Kleider ab, »aber führe dich gut auf.« Wozu hätte Justine noch zögern sollen, war Roland nicht Herr über sie? Und wie immer seine Absichten waren, die Justinens waren rein.

Roland begann mit der einleitenden Handlung und das Gespräch fiel auf die Delisle. »Diese Person ist nicht so viel wert wie du«, sprach er, »sie ist nicht so interessant, wenn sie weint, und ich quäle sie weniger gerne wie dich. Sie wird daran glauben müssen, Justine, sicher.« – »So zahlen Sie also Ihre Schulden, mein Herr; ist es so nicht am besten?« – »Vorwärts, laß mich deine Arschbacken küssen, Justine und sei sicher, daß ich die Delisle töten werde!« Und bei diesen Worten schwang sich Roland auf den Schemel. Justine band nun seine Hände und schlug das Seil um den Kopf. Bald bedrohte das Glied Rolands den Himmel und er gab Zeichen, daß Justine die Unterlage fortziehen möge. Würde man es glauben, auf dem Gesichte Rolands zeigten sich bloß Zeichen von Wonne und bald spritzten Fluten von Samen gegen die Decke. Als alles vorbei war, eilte Justine hinzu, um das Seil zu lösen. Roland fiel ohnmächtig herab, aber dank Justinens Pflege kam er bald wieder zu sich. »Oh, Justine«, sprach er, als er die Augen öffnete, »man kann sich diese Wonne nicht vorstellen. Jetzt trotze ich dem Schwerte der Themis. Du wirst mich für sehr undankbar finden«, sprach er zu Justine dann und band ihr die Hände am Rücken fest, »aber was willst du, mein Engel, in meinem Alter bessert man sich nicht mehr. Du hast mir das Leben geschenkt, teures Wesen, und ich will jetzt das deine haben. Du hast das Los Suzannes beklagt, nun denn, du sollst es teilen.« Justine weinte, stöhnte, aber Roland hörte nicht auf sie. Er öffnete das verhängnisvolle Verließ, schlug ihr ein Seil um die Arme und ließ sie dann zwanzig Fuß tief in diese Gruft hinab. Man kann sich die Schmerzen Justinens nicht vorstellen. Was sah sie! Berge von Leichen, deren Geruch allein schon töten konnte. Roland ließ nun Justine an einem Stab hängen, der durch die Höhlung quer durchlief, und währenddessen kitzelte er sich sein Glied. »Vorwärts«, rief er aus, »befiehl deine Seele Gott, Hure! Im Moment meiner Entladung wirst du in den Abgrund stürzen! Ah, ah, es kommt mir schon!« Und Justine fühlte sich von einer Sintflut überschwemmt, ohne daß das Ungeheuer das Seil durchschnitten hätte. Er zog sie wieder hinauf. »Nun, hast du Furcht gehabt?« fragte er sie. »Ich habe mich bloß an deinen Tod gewöhnen wollen. Sei sicher, daß du auf diese Art sterben wirst.« Man ging nun wieder hinauf. »Großer Gott«, dachte sich Justine, »ist dies die Belohnung für alles, was ich diesem Scheusal getan habe?«

In der nächsten Nacht suchte Roland Justine auf. Die Unglückliche warf sich ihm zu Füßen. Sie beschwor ihn lebhaft, ihr die Freiheit wiederzugeben, damit sie nach Grenoble kommen könnte. »Nach Grenoble gewiß nicht, du würdest uns dort verraten.« – »Nun denn, mein Herr«, sprach Justine und begoß die Knie des Verbrechers mit Tränen, »dann gelobe ich Ihnen, niemals hinzugehen, und um Sie davon zu überzeugen, flehe ich Sie an, mich nach Venedig mitzunehmen. Vielleicht finde ich dort mildere Herzen als in meinem Vaterlande.« – »Du sollst nicht einen Groschen von mir als Hilfe erhalten. Alles was Mitleid und Dankbarkeit betrifft, ist meiner Seele so fremd, und wenn ich dreimal so reich wäre, als ich es bin, würde ich einem Armen keinen Taler geben; das sind meine Grundsätze, Justine, von denen ich niemals abweichen werde.« – »Oh, mein Herr, diese Grundsätze sind hart; würden Sie ebenso sprechen, wenn Sie niemals reich gewesen wären?« – »Gewiß Justine.« Bei diesen Worten warf sich der grausame Roland auf Justine, unterzog sie noch einmal seinen Scheußlichkeiten, die sie mit Recht verabscheute. Diesmal glaubte sie, erwürgt zu werden. Jedoch plötzlich hielt die Bestie inne, was in Justine einen Schauder hervorrief. »Ich bin ein Tor, daß ich mich zurückhalten lasse«, sprach er, »ist es nicht Zeit, daß die Hure an die Reihe kommt?« – Bei diesen Worten ging er hinaus und versperrte den Kerker. Man kann sich die Unruhe nicht vorstellen, in der die Unglückliche zurückblieb. Nach einer Viertelstunde öffnete sich der Kerker wieder; es war Roland mit seiner Schwester. »Folgt mir«, sprach Roland aufgeregt. Im tiefsten Schweigen ging man zum verhängnisvollen Verließ. »Mit Euch ist's vorbei«, sprach dann der Menschenfresser. »Ihr werdet das Tageslicht nicht mehr sehen.« Bei diesen Worten ergriff er ein Rutenbündel und peitschte seine Schwester, während einer vollen Viertelstunde am ganzen Körper und hauptsächlich am Bauch. »Im wievielten Monat der Schwangerschaft bist du?« rief der Barbar. – »Im sechsten; ah, mein teurer Roland, warte wenigstens bis meine unglückliche Frucht das Licht der Welt erblickt hat. « – »Nein, nein, ich will, daß du mit deiner Frucht zusammen umkommst; aber beunruhige dich nicht«, fuhr der Verbrecher fort und band seine Schwester mit ausgespreizten Schenkeln auf eine Holzbank. »Ich will den Balg ausreißen und sofort einen neuen einpflanzen.« – Oh, großer Gott, der Niederträchtige, das scheußliche Ungeheuer öffnete mit einem Skalpell den Bauch seiner Schwester, riß ihr die Frucht heraus und spritze dann seinen glühenden Samen in die Öffnung. »Nun kommst du dran«, sprach er zu Justine, »allein ich will deine Schmerzen noch größer machen. Ich will dich an die blutenden Überreste meiner Schwester anbinden und dich mit ihr in die Gruft der Toten hinablassen. Dort sollst du von den Ratten, der verpesteten Luft und dem Hunger umgebracht werden. Aber wie, welche Vergeßlichkeit, eine deiner Freundinnen atmet noch! Warte, warte, ich will sie holen gehen!« Das Ungeheuer eilte hinaus und ließ sein trauriges Opfer allein mit der sterbenden Frau. Die gefühlvolle Justine trachtete vergeblich, Hilfe zu bringen, es war schon zu spät. Bald erschien auch Roland mit der Delisle.

Tausende Liebkosungen gingen den Grausamkeiten voraus, und dann fuhr er bald in den zerrissenen Bauch des einen Weibes und in den Mund des anderen und in den Hintern der dritten, schließlich ergriff er die Delisle, hing sie auf, stieg ihr dann auf die Schulter und versetzte ihr Fußtritte auf den Kopf, um das Seil fester anzuspannen. Dann nahm er den Leichnam ab, band ihn mit Justine und dem seiner Schwester zusammen, öffnete die Gruft und schickte sich an, die drei Körper hinabzulassen. »Vorwärts Justine«, sprach er, »es ist Zeit, daß wir uns für immer trennen. Verblendetes Mädchen, hier hast du die Frucht deiner Tugend! Wäre es für dich nicht besser gewesen, mir nicht zu Hilfe zu eilen? Jetzt aber wollen wir Abschied nehmen auf immer, wir werden uns niemals wiedersehen.« Bei diesen Worten ließ er die Körper hinabgleiten, entlud noch einmal und der Stein schloß sich.

Oh, unglückliche Justine, da warst du nun, die einzig Lebende inmitten von Toten! »Großer Gott«, rief sie aus, indem sie ihre furchtbare Lage übersah, gibt es in der Natur ein Wesen, das mehr zu beklagen wäre als ich? Verlasse mich nicht, mein Gott, und gib mir die Kraft, meine Verzweiflung zu ertragen. Nichts, was du tust, ist ohne Zweck, nur ist dieser für mich nicht faßbar. Ich übergebe dir, mein Gott, diesen leidendurchwühlten Körper, aber nimm meine Seele zu dir, die noch ebenso rein ist, wie damals, als ich sie von dir empfing!«

Im ganzen weiten Raum war bloß eine kleine Lampe angebracht. Sie benützte das schwache Licht dazu, sich der Toten zu entledigen.

Schließlich gelang ihr das auch, dann warf sie einen Blick auf ihre Umgebung. Zahllose Leichen lagen um sie herum, darunter eine, die den gleichen Tod gestorben zu sein schien, wie er Justine erwartete. Sie stand fast aufrecht, gegen die Mauer gelehnt, und auf ihrem Gesicht sah man noch die Todeszuckungen und die Qualen des Hungers.

Justine befand sich nun bereits fünfzehn Stunden an diesem ekelhaften Ort, die Lampe brannte schon lange nicht mehr und die Unglückliche wartete schweigend, bis es dem Ewigen gefallen würde, sie zu sich zu rufen. Da plötzlich hörte sie Lärm. Sie horchte auf. Es war keine Täuschung. Der Stein hob sich. »Es ist nichts«, sprachen Männer- und Frauenstimmen durcheinander. – »Sie täuschen sich«, schrie Justine mit allen ihren Kräften, »ein unglückliches Opfer atmet an diesem Schreckensort! Erbarmet Euch ihrer und helft mir!« – »Wie, Justine?« sprach eine Frauenstimme. – »Sie selbst; befreien Sie sie aus ihrer grausamen Lage, in die sie unser gemeinsamer Herr gebracht hat!« – »Es ist nicht mehr unser Herr«, sprach die Stimme einer Frau, in der Justine ihre frühere Genossin erkannt hatte, »der Himmel hat uns von ihm befreit.« – Alsbald wurde eine Leiter hinabgelassen und bald befand sich Justine in dem entsetzlichen Gemach Rolands. Ihre Kameradin umarmte sie, während die beiden Männer ihr hastig erzählten, daß Roland endlich aufgebrochen sei und daß der neue Herr des Hauses jetzt Delville sei, ein sanftmütiger, anständiger Mensch, dessen erste Arbeit darin bestand, alle Winkel zu durchstöbern, um die Grausamkeiten seines Vorgängers wieder gut zu machen.

Voll Freude und Hoffnung kehrte Justine in das Schloß zurück. Man pflegte sie, stärkte sie und verlangte von ihr ihr letztes Abenteuer zu hören. Sie erzählte es und noch am selben Abend schlief sie wie ihre Genossinnen in wunderschönen Zimmern.

Nach zwei Monaten teilte Delville, der Nachfolger Rolands, dem Hause die glückliche Ankunft seines Genossen in Venedig mit. Er genoß also trotz aller seiner Verbrechen vollkommene Freuden.

Eines Tages, als alles im Hause still war (unter der Herrschaft dieses guten Herrn geschahen selbst die verbrecherischen Handlungen des Falschmünzens in anständiger Weise) und die unglückliche Justine daran dachte, wie sie das Haus verlassen könnte, wurden die Türen plötzlich eingeschlagen, und ehe noch die Bewohner an ihre Verteidigung denken konnten, war das Haus mit sechzig berittenen Leuten besetzt. Es blieb nichts übrig, die Bewohner mußten sich ergeben. Man band die Ärmsten an die Pferde und brachte sie nach Grenoble. »So erwartet mich also das Schafott in dieser Stadt, in der ich mein Glück zu machen hoffte«, sprach Justine zu sich, »oh ihr Ahnungen, wie habt ihr mich betrogen.«

Mit den Falschmünzern wurde kurzer Prozeß gemacht und alle zum Tode durch Erhängen verurteilt. Als man das Zeichen an Justinens Körper sah, fragte man sie gar nicht weiter aus, und sie sollte eben wie die anderen behandelt werden, als sie sich noch zuletzt an einen berühmten Richter, an einen aufgeklärten Philosophen wendete, dessen Weisheit und Wohlhabenheit seinen Namen in goldenen Lettern in den Tempeln der Themis leuchten lassen werden. Er hörte sie an, und da er von der Aufrichtigkeit der Unglückseligen überzeugt war, würdigte er ihr ein wenig mehr Aufmerksamkeit, wie seine Kollegen taten. Herr S. wurde selbst der Anwalt Justinens. Die Klagen des armen Mädchens wurden erhört und unsere interessante Heldin wurde von der Anklage vollkommen freigesprochen. Endlich glaubte Justine, das Morgenrot des Glückes aufleuchten zu sehen. Sie glaubte am Ende ihrer Leiden zu sein, der Himmel schien ihr zu lächeln, als es der Vorsehung gefiel, ihr zu beweisen, daß sie noch immer dieselben Absichten mit ihr habe.

*

Beim Verlassen des Gefängnisses mietete sich Justine in einem ziemlich netten Gasthofe ein. Ihre Absicht war es, dem Rate des Herrn S. zu folgen und einige Zeit in Grenoble zu verbringen, um hier Stellung zu finden. In diesem Gasthofe aß sie an der Table d'hote und am zweiten Tage nach ihrer Ankunft bemerkte sie, daß sie von einer sehr kräftigen Dame, die man Baronin nannte, besonders aufmerksam beobachtet wurde. Justine glaubte sie wiederzuerkennen und bald traten die beiden auf einander zu wie zwei Personen, die sich kennen aber nicht wissen woher. »Täusche ich mich, mein Fräulein«, sprach die Baronin, »oder sind Sie nicht das Mädchen, das ich vor zehn Jahren aus der Conciergerie rettete und erkennen Sie nicht in mir die Dubois?« Wenig angenehm berührt von dieser Entdeckung, antwortete Justine doch mit großer Höflichkeit. Da sie aber mit der geschicktesten Schurkin Frankreichs zu tun hatte, war es ihr unmöglich, zu entschlüpfen. Schwach, wie gewöhnlich, ließ sich Justine verlocken, mit dieser Frau in ihr Zimmer zu gehen, um ihr ihre Erlebnisse zu berichten. »Meine teure Freundin«, erwiderte die Dubois, nachdem sie sie angehört hatte, »ich muß dir schon mitteilen, daß meine Laufbahn ganz verschieden war von der, die du einschlugst; mein Glück ist gemacht und alles, was ich besitze, steht dir zu Diensten. Sieh«, sagte sie und öffnete eine Kassette voll mit Gold und Diamanten, »das sind die Früchte meines Fleißes; wenn ich der Tugend so ergeben gewesen wäre wie du, wäre ich bereits eingesperrt oder aufgehängt.« – »Oh, Madame, wenn Sie dies aller nur Verbrechen verdanken«, erwiderte Justine, »so werden Sie es nicht lange genießen, denn die Vorsehung ist immer gerecht.« – »Ein Irrtum«, erwiderte die Dubois, »glaube ja nicht, daß deine phantastische Vorsehung jemals deine Tugend beschützt; aber ich sehe, deinen Verstand werde ich niemals erobern können, so laß mich wenigstens dein Herz besitzen, ich bedarf einer, verweigere mir nicht deine Hilfe. Hier sind tausend Louis, sie sollen dir gehören, wenn der Streich gelungen!« Die kluge Justine, die nur ihrem Wunsche, Gutes zu tun, gehorchte, fragte sofort, worum es sich handle. »Ich will es dir sagen«, antwortete die Dubois, »hast du den jungen Kaufmann aus Lyon bemerkt, der seit vier oder fünf Tagen neben uns speist?« – »Dubreuil?« – »Gewiß! Nun, er ist in dich verliebt, er hat es mir anvertraut, dein bescheidenes, sanftes Aussehen, sowie deine Tugend haben ihn entzückt. Dieser romantische Liebhaber besitzt achtmal hunderttausend Francs in Gold und in Papieren, und bewahrt es in einer Kassette unter seinem Bett. Ich werde ihm mitteilen, daß du mit ihm außerhalb der Stadt zusammenkommen willst, du wirst ihn eine Zeitlang vom Hause entfernt halten und ich werde ihn während dieser Zeit bestehlen, werde aber nicht flüchten. Die Beute soll bereits in Lyon sein, wenn ich noch in Grenoble bin. Trotzdem werde ich bald abreisen, du wirst mir nachfolgen und die tausend Louis erhältst du an der Grenze.« – »Ich willige ein«, erwiderte Justine, entschlossen, den jungen Mann zu warnen. »Aber bedenken Sie«, fuhr sie fort, um die Verbrecherin zu täuschen, »daß wenn Dubreuil in mich verliebt ist, ich aus ihm viel mehr Nutzen ziehen kann, wenn ich mich ihm hingebe.« – »Vorzüglich«, erwiderte die Dubois, »das nenne ich eine gute Schülerin; nun denn, da hast du das Doppelte«, sprach sie und stellte Justine ein Billet aus. – »Gut«, erwiderte Justine, »aber ich bitte, es nur meiner Schwäche und Armut gutzuschreiben, wenn ich mich von Ihren Verlockungen verführen lasse.« – »Wie du willst, nur bediene mich gut und du sollst auch mit mir zufrieden sein.«

Justine, in ihren Plan vertieft, begann noch am selben Abend Entgegenkommen zu zeigen. Bald erriet sie die Gefühle, die der junge Mann für sie besaß. Sie war in einer verzweifelten Lage; einerseits war sie fest entschlossen, das verlangte Verbrechen nicht zu begehen, andererseits wieder widerstrebte es ihr, die Dubois zu verraten, denn sie war ihr noch für die mutige Lebensrettung dankbar.

An dem Spaziergang vorhergehenden Tage lud die Dubois Dubreuil und Justine ein, in ihrem Zimmer zu speisen. Nachdem das Mahl vorüber war, stiegen die beiden jungen Leute hinab, um den Kutscher, der den Wagen bespannte, anzutreiben. Da die Dubois nicht mitgegangen war, befand sich Justine allein mit ihrem Liebhaber. »Mein Herr«, sprach sie hastig zu ihm, »besitzen Sie in diesem Gasthofe jemand, dem Sie Vertrauen schenken können?« – »Jawohl, einen jungen Geschäftsfreund, auf den ich mich wie auf mich selbst verlassen kann.« – »Nun denn, mein Herr, dann sagen Sie ihm, er möge Ihr Zimmer nicht einen Augenblick lang verlassen, während Sie mit mir spazieren fahren.« – »Aber ich habe doch den Schlüssel zu diesem Zimmer! Was bedeuten diese Vorsichtsmaßregeln?« – »Sie sind nötiger als Sie denken, mein Herr; ich beschwöre Sie, handeln Sie so, wie ich Ihnen sage, oder ich gehe nicht mit Ihnen aus. Die Frau, bei der wir speisten, ist eine Schurkin, sie hat unsere gemeinsame Ausfahrt nur arrangiert, um Sie besser bestehlen zu können; beeilen Sie sich, sie beobachtet uns, sie ist gefährlich. Bis wir im Wagen sind, will ich Ihnen alles weitere erklären.« Dubreuil befolgte den Ratschlag Justinens. Er drückte ihr die Hand, um sich bei ihr zu bedanken, gab seine Befehle und man fuhr ab. Unterwegs erzählte Justine das ganze Abenteuer, belehrte auch ihren jungen Liebhaber über das unglückliche Erlebnis, durch das sie mit der Dubois zusammengetroffen war. Der ehrliche und zartfühlende Dubreuil bezeigte die lebhafteste Dankbarkeit für den erwiesenen Dienst, er erkundigte sich teilnahmsvoll nach der Lage Justinens und machte ihr den Antrag, ihr so gut als es ihm möglich sei, zu helfen. »Ich bin glücklich, das Unrecht gutmachen zu können, das Ihnen durch das Schicksal zugeführt wurde, mein Fräulein«, sprach er. »Ich bin mein eigener Herr und hänge von niemandem ab. Ich befinde mich auf der Reise nach Genf, um dort die Summen anzulegen, die Ihr guter Ratschlag mir gerettet hat. Sie folgen mir dorthin nach und wir wollen nach Lyon als Brautleute zurückkehren.«

Ein derartiges Anerbieten war Justine zu angenehm, als daß sie es ausschlagen hätte können; trotzdem glaubte sie, es nicht annehmen zu dürfen, ohne Dubreuil von allem zu erzählen, was ihm diese Tat bereuen lassen hätte können. So plauderten die beiden und befanden sich fast zwei Meilen weit von der Stadt entfernt, als plötzlich Dubreuil ein Unwohlsein empfand. Er übergab sich mehrere Male und mußte schließlich nach Grenoble zurückkehren. Man trug ihn in sein

Zimmer und ein Arzt wurde geholt. Gerechter Gott, der unglückliche junge Mann war vergiftet. Justine eilte erschreckt in die Gemächer der Dubois. Die Niederträchtige war abgereist. Unsere Heldin flog in ihr eigenes Zimmer, der Schrank war aufgesprengt und ihr geringes Besitztum gestohlen. Kein Zweifel, die Dubois war die Urheberin all dieser Verbrechen. Sie war bei Dubreuil eingetreten und, ärgerlich darüber, dort jemanden zu finden, hatte sie sich an Justine gerächt. Schon beim Speisen hatte sie den jungen Mann vergiftet, damit sich der Unglückliche mehr mit seinem Leben als mit seinem Schatze befaßte. Überdies rechnete die Verbrecherin darauf, daß Justine der Tat verdächtigt werde. Unser armes Waisenkind kehrte zu Dubreuil zurück, der sich nur mehr mit Gott beschäftigte und im Begriff stand, seine Seele auszuhauchen. Er bat noch, Justine nicht zu verfolgen und starb. Kaum hatte er die Augen geschlossen, als sein junger Geschäftsfreund Justine zu beruhigen trachtete, indem er von diesem letzten Vermächtnis erzählte. Justine ihrerseits erzählte alles, was ihr zugestoßen war, Valbois. Er beklagte sie, riet ihr aber dringend, um sich jedem Verdachte zu entziehen, zu flüchten. »Das Unglück, das Sie bei dieser Hilfeleistung empfunden haben, würde mich ermuntern, etwas für Sie zu tun, aber ich beginne erst Handel zu treiben; ich bin noch jung und bin verpflichtet, der Familie Dubreuil Rechnung über sein Vermögen abzulegen. Gestatten Sie mir also, daß ich mich auf einen kleinen Dienst beschränke, den anzunehmen ich Sie bitte. Hier sind fünf Louis, ferner führe ich Sie einer ehrlichen Geschäftsfrau aus Chalons-sur-Saone, meiner Vaterstadt, zu. Sie kehrt dorthin zurück, wenn sie von Lyon kommt und ich übergebe sie Ihrer Obhut. Madame Bertrand«, fuhr Valbois fort, und stellte Justine vor. »Hier ist das ganz junge Mädchen, von dem ich mit Ihnen gesprochen habe. Sie wünscht eine Stellung zu finden und ich bitte Sie, sich ihrer anzunehmen, wie wenn es meine Schwester wäre. Adieu, mein Fräulein«, fuhr Valbois fort und bat Justine, sie umarmen zu dürfen. »Madame Bertrand bricht morgen auf, lassen Sie es sich gut gehen und hoffentlich werde ich Sie in meiner Heimatstadt sehen.«

Die vornehme Handlungsweise des jungen Mannes entlockte Justine Tränen. Sie stimmte allem zu und zog sich dann zurück.

Es war noch nicht spät, das Bedürfnis, frische Luft zu atmen, hatte Justine an das Ufer des Iseri geführt, und wie gewöhnlich führten ihre Gedanken sie weit fort. Ein kleines Wäldchen fesselte ihren Blick und sie setzte sich ein wenig nieder, um zu träumen. Plötzlich wurde sie von drei Männern erfaßt. Der eine legte ihr die Hand auf den Mund

und die beiden anderen warfen sie in einen Wagen, der sogleich davonfuhr. Drei Stunden vergingen in rasender Fahrt, ohne daß einer der Briganten Antwort auf die zahlreichen Fragen Justinens gegeben hätte. Obgleich es Nacht war, hatte man doch die Vorhänge herabgelassen und Justine konnte nichts sehen.

Endlich langte der Wagen vor einem Hause an. Die Tore öffneten und schlossen sich alsbald wieder. Ihre Führer stießen sie durch mehrere dunkle Gemächer und ließen sie schließlich in einem schwach erleuchteten Zimmer allein. »Hier bleibe«, sprach einer der Briganten mit rauher Stimme, »du wirst bald Bekanntschaft wieder finden.« Und die Schufte verschwanden, indem sie die Tür sorgfaltig verschlossen. Im selben Augenblick öffnete sich eine andere und Himmel! Wer trat ein? Es war die Dubois, die Dubois selbst, dieses abscheuliche Ungeheuer, das nach Rache dürstete. »Kommen Sie, entzückendes Mädchen«, sprach sie, »empfangen Sie den Preis der Tugend, der Sie sich auf meine Unkosten ergeben haben. Ah, Schurkin, ich will dich lehren, mich zu verraten!« – »Ich habe Sie niemals verraten«, erwiderte hastig Justine, »nein, niemals, erkundigen Sie sich nur.« – »Hast du dich nicht dem Verbrechen, das ich plante, widersetzt, hast du es nicht verhindert, unwürdiges Geschöpf! Du mußt bestraft werden, Hure, du mußt es!« Und bei diesen Worten preßte sie ihr die Hand so heftig, daß die Finger krachten. Man trat in ein prunkvolles, hellerleuchtetes Gemach ein. Auf einer Ottomane lag halb ausgestreckt der Bischof von Grenoble, der Besitzer des Hauses, in einem Kleid von violettem Taft. »Gnädiger Herr«, sprach die Dubois und führte ihm Justine vor, »hier ist das junge Mädchen, das sie begehrten, das junge Mädchen, von dem ganz Grenoble sprach, mit einem Wort die berühmte Justine, die mit der Falschmünzerbande gehenkt werden sollte und wegen ihrer Unschuld, ihrer Tugend freigesprochen wurde. »Wenn sie gehenkt werden soll«, sprach er zu mir, »so zahle ich tausend Louis dafür, wenn ich mich vorher an ihr befriedigen kann.« – »Sie ist gerettet, hat sie nun weniger Wert?« – »Viel weniger«, sprach der Prälat und rieb sein Glied unter dem Hemd. »Der Hauptgenuß bestand darin, daß sie nachher gehenkt werden soll.« – »Ich habe mein Möglichstes dazu beigetragen, aber dieser verfluchte S. mit seiner altväterlichen Gerechtigkeit hat alle meine Pläne zerstört.« – »Was liegt daran, jetzt ist sie hier und jetzt sind Sie Herr über sie.« – Ja! Das ist nicht dasselbe. Es ist so wonnevoll, sich des Schwertes des Gesetzes zu bedienen, um derartige Schurkinnen zu opfern. Aber sie ist hübsch, deine Justine.« Dann wandte er sich an sie selbst. »Wie alt sind Sie, mein Kind?« – »Sechsundzwanzig Jahre, gnädiger Herr, und ich bin sehr unglücklich.« – »Du bist unglücklich, wie mein Engel, dem wollen wir ein Ende machen. In vierundzwanzig Stunden sollst du nicht mehr unglücklich sein, nicht wahr, Dubois?« Und aus dem unheilverkündenden Gelächter entnahm Justine, daß sie sich nochmals bei einem Wüstling befand, dem es grausame Freude bereitete, anderen Schmerzen zu erzeugen. In diesem Augenblick klopfte es an der Tür, die Dubois ging hinaus und brachte ein junges Mädchen aus Lyon herein, das wir nun beschreiben werden.

Eulalia war kaum sechzehn Jahre alt und besaß das Gesicht einer Jungfrau. Bleich, mit großen, schwarzen Augen, wohlgebildetem Busen, war sie ein Meisterwerk der Natur. Ihr Hinterer war der schönste, den man sehen konnte. Ihr Vorderteil war durch einen leichten Flaum beschattet.

»Oh, gnädiger Herr«, rief das schöne Mädchen aus als sie ihren Verfolger erkannte, »so haben Sie mich also getäuscht! Sie versicherten mir, ich soll in den Besitz aller meiner Güter gelangen und nun führen mich Verbrecher in dieses Haus, damit ich hier entehrt werde.« – »Hm, ja, das ist schauderhaft, nicht wahr, mein Engel«, und bei diesen Worten zog der Verräter Eulalia fest an sich, und in diesem Augenblick konnte Justine die furchtbaren Folgen der Geilheit dieses Mannes bemerken. Sein Glied wuchs derart, daß unsere Waise es mit beiden Händen nicht mehr umfassen konnte. Die beiden Opfer mit der Dubois und dem Bischof gingen nun in ein Nebengemach, um sich dort zu entkleiden; beim Eintreten gewahrten sie einen dicken, fünfundvierzigjährigen Abbe mit aufgeschwollenem Äußern. Er lag auf einem Kanapee und las die »Philosophie im Boudoir«. – »Sieh«, sprach der Bischof, »welche schöne Opfer heute abend die Dubois gebracht hat, sieh diese erhabenen Arschbacken, Abbe!«

Justine und Eulalia mußten ihre Hintern vom Abbe prüfen lassen, der sie betastete und dabei nachlässig sagte: Ja, sie sind nicht einmal so schlecht, sie sind wohl der Mühe wert, ausgepeitscht zu werden.«

Nun wurde Eulalia kniend auf das Schafott gebunden, der scheußliche Bischof fing an, ihr Gesicht zu peitschen, zu ohrfeigen, ihr auf die Nase zu spucken, daß ihr Gesicht schließlich so aussah, wie wenn ein Bienenschwarm sie gestochen hätte. Damit nicht genug, begannen sie, auf ihren regungslosen Körper Kot zu entleeren, bis ihr Kopf fast unter der angehäuften Masse verschwand. »Vorwärts«, fuhr er darauf fort, »beichten Sie, kleines Mädchen, und bereiten Sie sich auf den Tod vor!« Die Unglückliche näherte sich dem Abbe, der mit einem Kruzifix in der Hand aufmerksam die unschuldigen Geständnisse anhörte, während die Dubois ihn kitzeln mußte. »Oh, ehrwürdiger Vater«, beendigte das arme Mädchen ihre Beichte, »Sie sehen, wie rein mein Gewissen ist, ich habe nicht den Tod verdient.« Alleine diese Worte, so rührend sie anzuhören waren, so sehr entflammten sie unseren Bischof. Der Beichtvater trug Eulalia auf das schreckliche Schafott, langsam, um die Todesangst zu verlängern, senkte sich das Beil und unter Blutbächen fiel der Kopf hinten in den bereitstehenden Kübel.

Oh, Gipfel der Grausamkeit und des Schreckens, der blutdürstige Bischof fuhr fort, sich an dem leblosen Körper aufzuregen und bearbeitete den blutenden Körper von hinten. »Vorwärts«, sprach er, »weil wir jetzt gerade dabei sind, möge Justine daran kommen.« – »Oh, gnädiger Herr«, unterbrach ihn hier die Dubois, »diese Todesqual ist für sie zu mild; wissen Sie keine furchtbarere?« – »Beruhigen Sie sich, Dubois, Sie werden zufrieden sein.« Nun fuhr der Prälat fort: »Dann müssen Sie jene teuflische Maschine aufstellen, Abbe, die brennt, schneidet und gleichzeitig die Knochen bricht. Wir bedienten uns ihrer vor acht Tagen, als wir jenes wunderschöne Mädchen hatten.« – »Ich weiß, was Euer Ehrwürden meint«, antwortete der Abbe, »aber die Vorbereitungen dazu dauern etwas lange.« – »Nun denn, dann werden wir währenddessen zu Abend speisen. Ist es dir recht so, Dubois?« – »Gewiß, gnädiger Herr.« Und während der Abbe die neuen Folterinstrumente vorbereitete, ging man in den Speisesaal. Welche Schwelgereien folgten nun, aber hätte sich Justine darüber beklagen sollen, da ihr dadurch das Leben gerettet wurde? Vom Wein und den Speisen zu Tode ermattet, fielen der Bischof und die Dubois nach dem Essen nieder; kaum sah unsere Heldin diese Gelegenheit, als sie hastig den Mantel und den Rock ergriff, den die Dubois eben abgelegt hatte, eine Kerze in die Hand nahm und rasch die Stiege hinuntereilte. Das Haus war von Dienerschaft entblößt, nichts stellte sich ihr entgegen, und nach einigen Schritten befand sie sich in Freiheit. Den ersten Weg, der sich ihr darbot, schlug sie ein, der glücklicherweise nach Grenoble führte. In der Herberge schlief man noch. Justine trat leise ein und suchte hastig das Zimmer Valbois auf. Er erwachte, konnte aber die Eintretende nicht erkennen. »Was wünschen Sie, was bedeutet das?« – »Ach, mein Herr«, und die zitternde Justine erzählte ihre Erlebnisse. »Sie können die Dubois verhaften lassen«, fuhr sie fort, »das Ungeheuer ist nur einige Meilen von hier. Ich will Ihnen den Weg weisen.« – »Oh, Justine, Sie sind sicherlich das unglücklichste Mädchen, das es auf der Welt gibt, aber bleiben Sie weiter so tugendhaft, Sie sehen ja, daß die Hand des Himmels Sie immer errettet. Wir wollen die Dubois nicht weiter verfolgen, sondern lieber das Unrecht, das sie Ihnen zugefügt hat, gutmachen.« Eine Stunde nachher kam eine Schneiderin, um Justine zwei neue Kleider zu machen, und eine Waschehändlerin brachte ihr Hemden. »Sie müssen aufbrechen«, sprach nun Valbois zu ihr, »die Bertrand rechnet darauf.« – »Oh, tugendhafter junger Mann«, rief Justine aus und fiel Valbois zu Füßen, »möge der Himmel Ihnen eines Tages lohnen, was Sie an mir getan!«

So verließ Justine Grenoble, und wenn sie dort auch nicht das Glück gefunden hatte, das sie erhoffte, so hatte sie doch dort mehr Leute als je gefunden, die sich ihrer annahmen.

*

Justine und ihre Beschützerin reisten in einem kleinen Karren, der von einem Pferd gezogen wurde. Im Hintergrund des Wagens lagen die Waren der Madame Bertrand und auch ihre kleine fünfzehn Monate alte Tochter war dort untergebracht, für die Justine herzliche Zuneigung gefaßt hatte.

Die Bertrand war eine ziemlich unangenehme Frau. Argwöhnisch, geschwätzig, langweilig und beschränkt. Bis Lyon ging alles gut. Aber während der drei Tage, während welcher die Bertrand ihre Geschäfte erledigen mußte, hatte Justine eine Begegnung, die ihr unerwartet kam. Sie spazierte nachmittags auf dem Rhonequai mit einem Mädchen aus der Herberge, als sie plötzlich den ehrwürdigen Vater Antonin de Sanct-Marie Debois begegnete, der nunmehr Prior seines Ordens war. Der Mönch trat an sie heran, und nachdem er ihr leise Vorwürfe wegen ihrer Flucht gemacht hatte, forderte er sie auf, in seine Wohnung mitzukommen, wenn sie nicht Gefahr laufen wollte, angezeigt zu werden. Dann wandte er sich an die Begleiterin Justinens und sprach: »Kommen Sie auch mit, wir wollen Euch beide gut bezahlen. Wir sind unser Zehn und wir versprechen Euch jeder einen Louis, wenn Ihr Euch unseren Launen unterwerft.« Wie man sich leicht denken läßt, wies Justine diese Vorschläge zurück. Schließlich, da der Mönch sah, daß nichts weiter nütze, erbat er bloß noch die Adresse, und um sich seiner zu entledigen, gab ihm Justine eine falsche. Er schrieb sie in sein Notizbuch auf und empfahl sich mit der Versicherung, man werde bald von ihm hören.

Justine erklärte beim Heimwege, so gut sie es konnte, die Geschichte dieser unglücklichen Begegnung. Aber möglicherweise war die Magd ärgerlich darüber, durch zu große Tugendhaftigkeit eines großen Gewinnes beraubt zu sein, kurz, sie schwatzte der Bertrand alles aus. Der Mönch wurde nicht mehr gesehen und man brach auf.

Die erste Nacht verbrachten unsere beiden Reisenden in Villefranche. Sie langten gegen sechs Uhr abends an und legten sich sofort schlafen, weil sie für den nächsten Tag eine größere Reise vorhatten. Es waren noch keine zwei Stunden vergangen, als sie plötzlich durch einen furchtbaren Rauch aufgeweckt wurden. Rasch sprangen sie auf – gerechter Gott! Von allen Seiten hörten sie Mauern einstürzen, Gläser klirren und Menschen heulen. Inmitten der Flammen wußten sie keinen anderen Ausweg, als zu flüchten; allein bald erinnerte sich Justine, daß ihre Beschützerin vergessen hatte, ihr Kind zu retten. Rasch eilte sie in das Zimmer zurück, ergriff das kleine Mädchen, eilte über schwankende, glimmende Balken zurück, nachdem sie ihre kostbare Last herabgleiten hatte lassen. Von allen Seiten bedrohten sie die Flammen und sie wäre umgekommen, wenn ihr nicht eine Frau zu Hilfe geeilt wäre, die sie auf den Armen hinaustrug und in einen Postwagen warf; auch ihre Retterin setzte sich hinein. Ihre Retterin, großer Gott, diese war die Dubois. »Verbrecherin«, sprach die Megäre zu ihr und drückte ihr einen Pistolenlauf an die Schläfe, »ah, Hure, ich halte dich, diesmal wirst du mir nicht entgehen, Bestie!« – »Oh, Madame, Sie hier?« rief Justine aus. – »Alles, was hier geschah, war mein Werk«, erwiderte die Dubois, »durch eine Feuersbrunst habe ich dir dein Leben gerettet, durch eine Feuersbrunst wirst du es verlieren! Ah, ich hätte dich bis in die Hölle verfolgt, um dich wieder zu erlangen. Ich wollte dich den Feuertod sterben lassen oder dich besitzen. Nun habe ich dich und bringe dich in ein Haus zurück, das du in Unruhe und Verwirrung gesetzt hast. Der ehrwürdige Bischof hat geschworen, daß es für ihn keine Qualen gebe, die groß genug wären, um dich zu bestrafen. Nun Justine, wie denkst du jetzt über die Tugend? Wäre es nicht tausendmal besser gewesen, alle Kinder des Weltalls verbrennen zu lassen, als sich dem auszusetzen, was dir nun geschah, weil du eines retten wolltest?« – »Oh, Madame, was ich tat, ich würde es noch immer tun.« – »Oh Justine, es ist noch Zeit, du kannst noch bereuen. Willst du meine Gehilfin werden? Bist du noch nicht genug für deine Tugend bestraft worden? Nochmals, Justine, willst du meine Gehilfin werden? Wir können einen herrlichen Streich zusammen ausführen. Der Prälat, zu dem wir fahren, wird nur von einem Diener beschützt. Der Mann, der vor unserem Wagen vorausläuft, du und ich, Justine, wir sind dann drei gegen einen. In dem Hause ist mehr als eine Million versteckt, ich weiß es. Wähle nun zwischen dem Tod und diesem

Verdienst.« – »Nein, Madame, hoffen Sie nichts.« – »Nun denn, dann wirst du sterben. Ja, du wirst sterben, hoffe nicht, deinem Schicksal zu entgehen.« – »Was liegt daran, ich werde von meinen Leiden befreit sein.« Bei diesen Worten stürzte sich das grausame Tier auf unser armes Mädchen und behandelte es auf die grausamste Art.

Man befand sich gerade in der Dauphine, als sechs Reiter mit verhängtem Zügel auf den Wagen zukamen und den Kutscher zwangen, stehen zu bleiben.

Als die Dubois bemerkte, daß es sich um Gendarmen handelte, trat sie keck auf sie zu und fragte sie, mit welchem Rechte sie eine Frau ihres Ranges gefangengenommen hätten. »Wir haben nicht die Ehre, Sie zu kennen«, sprach der Anführer, »wir wissen aber, daß Sie in Ihrem Wagen eine Unglückliche haben, die gestern eine Herberge in Villefranche in Brand gesteckt hat.« Dann wandte er sich an Justine. »Wir täuschen uns nicht, hier ist ihr Signalement; haben Sie die Güte, sie uns auszuliefern und uns mitzuteilen, wieso es kommt, daß eine so hochachtbare Frau wie Sie in Gesellschaft eines solchen Weibes getroffen wird.«

»Nichts einfacher als das«, antwortete das gewandte Weib. »Ich wohnte gleich hier in jener Herberge in Villefranche, als ich inmitten der Verwirrung meinen Wagen bestieg, warf sich dieses Mädchen mir entgegen, indem sie mein Mitleid anflehte und mich bat, sie mit nach Lyon zu nehmen. Mehr meinem Herzen als der Vernunft gehorchend, gab ich ihren Bitten Folge. Während der Fahrt bot sie mir ihre Dienste an und unvorsichtigerweise nahm ich sie an. Das soll mir eine Lehre sein, künftighin wieder mein Mitleid mißbrauchen zu lassen. Hier ist sie, meine Herren, Gott bewahre mich davor, sie noch weiter beschützen zu wollen.« – Justine wollte sich verteidigen und die wahre Schuldige nennen, allein ihre Vorwürfe wurden nur als Verleumdungen angesehen, und die freche Dubois verteidigte sich nur mit einem verächtlichen Lächeln.

Der Anführer las ihr die Beschuldigung der Bertrand vor. Nach ihr hätte unsere Waise das Feuer gelegt, um sie zu bestehlen. Justine hätte das Kind in das Feuer geworfen, um durch den Schmerz des Verlustes jeden anderen Gedanken zu ersticken. Mit einem Wort, die Bertrand hatte nichts außer acht gelassen, um Justine ins Unglück zu stürzen. Umsonst verteidigte sie sich. Die einzige Antwort, die der Anführer gab, bestand darin, daß er ihr Ketten anlegte. »Aber, mein Herr«, wagte sie trotzdem zu sagen, »wenn ich meine Genossin in Villefranche bestohlen hätte, müßte man ja das Geld bei mir finden.«

Diese Verteidigung erregte nur Gelächter. »Sie werden schon noch Komplizen gehabt haben«, sprach man zu ihr. In diesem Augenblick kam der Dubois ein teuflischer Gedanke. Sie erinnerte sich an den Körper Justinens und sprach zu dem Anführer: »Mein Herr, wenn dieses Mädchen schuldig ist, dann ist es sicher nicht ihr erstes Vergehen; untersuchen Sie sie, wenn Sie zufällig auf ihrem unglücklichen Körper etwas finden.« Und der Anführer begann Justine zu entkleiden, als das arme Mädchen, sich seinen Angriffen widersetzend, ausrief: »Einen Augenblick, mein Herr, diese Untersuchung ist unnütz, Madame weiß wohl, daß ich dieses abscheuliche Zeichen habe, auch kennt sie die Ursache davon.« – »Ich hätte nicht geglaubt«, sprach die grausame Dubois, »daß meine Anregung einen derartigen Erfolg hätte, aber da mich dieses Geschöpf zu beschuldigen scheint, will ich gerne mit ihr vor den Richter treten.« – »Dieser Gang ist vollkommen unnütz, Frau Baronin, wir bitten Sie um Verzeihung, Sie so lange aufgehalten zu haben.« Unsere unglückliche Waise wurde also gebunden, auf ein Pferd gesetzt und die Dubois bestieg ihren Wagen wieder.

»Oh, Tugend«, rief Justine aus, als sie sich in dieser peinvollen Lage sah, »wie sehr wirst du von dem Verbrechen verfolgt und beleidigt.«

Bei der Ankunft in Lyon wurde Justine als Brandstifterin, Hure, Kindesmörderin und Diebin in den Kerker geworfen.

Die Dubois erzählte dem Bischof alles, was geschehen war. Dieser schickte sofort den Abbe nach Lyon mit neuen Anklagen gegen das junge Mädchen. Man beschuldigte sie, den Geistlichen bestohlen zu haben, und dieses neue Vergehen trug wesentlich dazu bei, ihren Prozeß zu beschleunigen.

Unsere interessante Abenteuerin war zu sehr an das Unglück gewöhnt, und so gab sie sich einem stummen, tränenlosen Schmerz hin. Jedoch, da es natürlich ist, daß jedes leidende Geschöpf alles mögliche versucht, um dem Abgrund zu entgehen, kam Justine plötzlich Pater Antonine ins Gedächtnis. Wie klein auch die Hilfe sein mochte, die Justine von ihm erwartete, sie konnte sich doch nicht des Wunsches erwehren, ihn zu sehen. Er erschien und tat so, als ob er Justine nicht erkenne.

Als sie mit dem Mönche allein war, warf sie sich ihm zu Füßen und rief aus: »Oh, mein Vater, ich beschwöre Sie, retten Sie mich aus der grausamen Lage, in der ich mich befinde!« Und nun erzählte sie ihm ihre unglücklichen Erlebnisse. Der Mönche hörte aufmerksam zu. »Justine«, sprach er dann, »siehst du nun endlich ein, daß es tausendmal besser ist, eine Schurkin und glücklich, als tugendhaft und unglücklich zu sein? Die Dinge stehen so schlimm als möglich, ich will es dir nicht verheimlichen; der Schein ist gegen dich und heutzutage bedarf man bloß des Scheines, um zum Tode verurteilt zu werden. Überdies habe ich erfahren, daß der Bischof von Grenoble heimlich gegen dich arbeitet. Du bist also verloren, ein einziges Mittel kann dich retten. Ich stehe mit dem obersten Richter sehr gut. Ich werde ihm sagen, daß du meine Nichte bist, und er wird den Prozeß einstellen unter dem Vorwand, dich meiner Familie zu übergeben; ich werde dich entführen und dich in unser Kloster stecken, aus dem du aber, wie ich dir nicht verbergen will, in deinem Leben nicht wieder herauskommen wirst. Mit einem Wort, du sollst dort meine Sklavin und die meiner Mitbrüder werden. Verstehst du mich? Entschließe dich also und lasse mich nicht zu lange auf die Antwort warten.« – »Sie sind ein Ungeheuer, ehrwürdiger Vater«, antwortete Justine, »da Sie die unglückliche Lage einer armen Waise so mißbrauchen. Ich werde also umkommen müssen, da ich mich derartigen Greueltaten niemals hingeben werde.« – »Wie du willst, mein Kind«, sprach der Mönch und schickte sich an, wegzugehen. »Die Tugend hat Sie ja bisher so reich belohnt, daß Sie recht haben, sich ihr weiter zu ergeben. Adieu!« Und er öffnete die Tür. Mit einer ungestümen Bewegung warf sich Justine zu seinen Füßen. »Tiger«, rief sie unter Tränen aus, »öffne dein Herz meinem Flehen und stelle nicht Bedingungen, die schlimmer sind als der Tod!« Bei diesen Worten hatten sich die Schleier gelöst, die ihren Busen bedeckten und ihre Alabasterbrüste erweckten in dem Verbrecher unwiderstehliche Begierde. Der Schuft stürzte sich auf Justine, schürzte sie auf und da sie schreien wollte, stopfte er ihr ein Taschentuch in den Mund. »Oh, Teufel«, rief er aus, »wie gut haben sich deine Reize erhalten!« Er spreizte ihre Schenkel auseinander und fuhr hinein. Nachdem er sie eine zeitlang gequält hatte, setzte er sich der Unglücklichen auf die Brust, ohrfeigte sie mit seinem Glied und steckte es ihr schließlich in den Mund. »Ich erwürge dich, wenn du mich störst«, sprach er, »laß mich deinen Gaumen mit Samen übergießen, nur unter dieser Bedingung will ich etwas für dich tun!« Bald aber richtete sich die Begierde des Wüstlings nach einem anderen Orte. Der schöne Popo Justinens kam ihm ins Gedächtnis zurück. Schließlich flutete ein Strom von Samen. Diese Entladung war von schauderhaften Einzelheiten begleitet.

»Hören Sie«, sprach er, indem er sich loslöste, »Sie wollen also nicht, daß ich Ihnen nützlich sei. Nun denn, dann verspreche ich Ihnen, Ihnen weder zu schaden noch nützlich zu sein. Denken Sie wohl nach, bevor Sie sprechen. Ich darf als Beichtvater sprechen, sobald es sich um ein Verbrechen handelt. Merken Sie also wohl auf, was ich jetzt dem Wärter sagen werde, sonst könnte ich Sie sofort verderben.« Er klopfte und der Wärter erschien. »Mein Herr«, sprach der Verräter, »das gute Mädchen täuscht sich, sie wollte jenen Pater Antonin sprechen, der in Bordeaux ist. Ich kenne sie nicht. Sie hat mich gebeten, ihr die Beichte abzunehmen, ich habe es getan und werde immer bereit sein, wenn man mein wichtiges Amt brauchen sollte.«

Justine blieb in Verzweiflung zurück und als sie nachdachte, kam ihr der Gedanke, Saint-Florent rufen zu lassen. »Es ist unmöglich«, sprach sie zu sich, »daß dieser Mensch nicht die Gelegenheit mit Freuden ergreifen würde, sein Unrecht gegen mich gutzumachen. Wird er mir seine Vorschläge wiederholen ? Wird er die Hilfe, die ich von ihm verlange, um den Preis eines abscheulichen Dienstes gewähren? Nun denn, diesmal werde ich ja sagen; wenn ich einmal frei bin, will ich schon die Mittel finden, einem so niedrigen Leben zu entgehen, wie er es von mir verlangt.«

Saint-Florent kam tatsächlich auf die Bitten Justinens. Unsere Heldin hätte an den Ehrfurchtsbezeugungen wohl sehen können, welche Rolle ihr Onkel in Lyon spielte. »Wie, Sie sind es«, sprach er, indem er einen Blick voll Verachtung auf sie warf, »ich dachte, es wäre eine anständige Frau, der ich von Herzen gern geholfen hätte; aber was soll ich mit einer dummen Gans, wie Sie es sind, machen? Wie, Sie sind beschuldigt, hunderte von scheußlichen Verbrechen begangen zu haben, und wenn man Ihnen vorschlägt, Ihr Leben auf anständige Weise zu verbringen, widersetzen Sie sich hartnäckig?« – »Oh, mein Herr«, rief Justine aus, »ich bin unschuldig!« – »Dann weiß ich wahrhaftig nicht, wer schuldig ist«, entgegnete der harte Mann; »als ich Sie das erste Mal in meinem Leben sah, war es inmitten einer Diebesbande, die mich ermorden wollte. Jetzt finde ich Sie im Gefängnis wieder, beladen mit zwei oder drei neuen Verbrechen und auf Ihren Schultern ist noch das Andenken eines älteren.« – »Oh, gerechter Himmel, mein Herr«, erwiderte Justine, »haben Sie ein Recht darauf, mir jene Umstände ins Gedächtnis zu rufen, da ich Sie kennen lernte, und müssen nicht eher Sie dabei erröten! Ah, können Sie leugnen, daß Sie mir einige Dankbarkeit schulden? Oh, verschließen Sie mir nicht Ihre Seele, wenn bereits der Schleier des Todes mein flackerndes Lebenslicht beschattet! Nicht den Tod fürchte ich, sondern die Schande. Retten Sie mich davor, wie eine Verbrecherin zu sterben!« – »Niederträchtige Schuftin«, antwortete der Schurke, »unglückselige Hure, erinnerst du dich nicht, daß ich dir befohlen habe, niemals wieder in Lyon zu erscheinen?« – »Aber, mein Herr!« – »Was kümmern mich die Umstände, du bist einmal hier, das ist tausendmal mehr als nötig, um meine Wut zu erregen. Trotzdem jedoch will ich dir noch helfen. Dein Prozeß liegt ganz in den Händen des Herrn de Cardoville, eines Jugendfreundes von mir. Ich werde mit ihm sprechen, teile aber dir gleich mit, daß du nichts von ihm erlangen wirst, sobald du dich nicht er seinen Begierden, wie auch denen seines Sohnes und seiner Tochter unterworfen haben wirst. Ich ermahne dich also zur äußersten Folgsamkeit. Was mich anbelangt, erkläre ich, daß es mich vor dir ekelt, aber wenn meine Freunde, die dich nicht kennen, mit dir zufrieden sind, wird man dich noch heute abholen kommen, und du mußt dann deine Unschuld dadurch bezeugen, daß du dich jeder Laune hingibst; das ist der einzige Dienst, den ich dir leisten kann. Adieu!« – Saint-Florent empfahl noch dem Wärter, die Gefangene gut zu bewachen und sie nur Cardoville auszuliefern, wenn er sie abholen sollte.

Justine blieb in einem furchtbaren Zustand zurück. Wohl war genug Grund vorhanden, ihrem Schützer zu mißtrauen, aber konnte sie noch schwanken? War es nicht möglich, wenn es einmal so weit gekommen war, ihre Richter zu rühren und zum Mitleid zu bewegen? Diese Gedanken bewegten ihren Geist, während sie sich ankleidete; endlich schlug die Stunde und der Wärter erschien. »Folgen Sie mir«, sprach der Cerberus, »und danken Sie Gott für die Gnade, daß Herr de Cardoville Sie empfängt.«

Justine ging nun mit dem Aufseher, der sie in die Hände zweier großer Neger übergab. Man warf sie in einen Wagen, ließ die Vorhänge herab und fuhr nun eine Strecke von Lyon fort, die zwei oder drei Meilen betragen mochte.

Als der Wagen anhielt, war das Einzige, was Justine im Lichte des Mondes bemerken konnte, der Hof eines einsamen Schlosses, der mit Zypressen umgeben war. Man führte unsere Heldin in einen schlecht beleuchteten Saal, in den nach einer Viertelstunde eine alte Frau und vier sechzehn- bis achtzehnjährige Knaben eintraten, die ein großes, schwarzes Tuch hielten. »Da Sie am Ende Ihres Lebens angelangt sind, ist jedes Kleidungsstück für Sie überflüssig, legen Sie sie also ab. Auch muß ich Ihnen die Behaarung Ihrer Scham abschneiden und dann Ihnen die Augen verbinden.« Nachdem sie ihren Worten gemäß gehandelt hatte, ließ die Alte Justine in das Totenlaken einwickeln und nach einem Salon bringen, in dem unsere Heldin stehend, mit den Händen nach oben, festgebunden wurde. Nachdem sie von mehreren Händen abgegriffen worden war, löste man die Binde von ihren Augen los und nun konnte sie die Leute bemerken, die sich an ihr ergötzen wollten.

Dolmus und Cardoville, zwei fünfundvierzigjährige Männer, schienen die Hauptteilnehmer dieser Orgie zu sein. Eine junge, Nicette benannte achtzehnjährige Person, wurde als Tochter Cardovilles angesprochen, während Bruneton, ein starker Junge von zweiundzwanzig Jahren, als Bruder Nicettes bezeichnet wurde. Auch die Tochter Dolmus' war anwesend, sie hieß Zulma, war vierundzwanzig Jahre alt und sehr hübsch. Der Bruder Zulmas war sechsundzwanzig Jahre alt, häßlich behaart wie ein Bär und hieß Volzidor. Die vier Knaben, die Justine gebracht hatten, hießen Julien, Larose, Fleur d'amour und Saint-Claire. Die beiden Neger waren ungefähr fünfundzwanzig Jahre alt.

Alle Mitglieder dieser Versammlung umgaben Justine, als ihre Binde fiel. »Weiß diese Hure, daß sie hier sterben soll, Cardoville?« fragte Dolmus. »Wie könnte sie hoffen, sich noch zu retten, da zweiundvierzig Zeugen gegen sie aussagen; allein sie hat den Wunsch ausgesprochen, in einem Hurenhaus zu sterben und dazu wollen wir ihr verhelfen.« Währenddessen umgaben Väter und Söhne die Unglückliche, indem sie sie wie Fleischer betasteten. »Wir haben schon seit langem niemanden zum Tode verdammt, dessen Schuld so erwiesen wäre«, sprach Volzidor. – »Schuldig oder nicht, du wirst auf jeden Fall verbrannt und an einem kleinen Feuer geröstet werden«, fuhr Cardoville fort. – »Nun«, fragte Dolmus weiter, »hat Saint-Florent nicht recht gehabt, uns zu sagen, daß diese Hure einen schönen Hintern hat?« – »Ja, zum Teufel«, entgegnete Cardoville, »er ist nicht zu verachten; aber jetzt wollen wir uns an dieser keuschen Schönen ergötzen. Jeder von uns nehme einen Teil des Körpers auf sich, den er quält, jeder von uns soll eine Nummer wählen und in bestimmter Reihenfolge unserem Opfer den Schmerz beibringen. Da wir zwölf an der Zahl sind, wollen wir den Schlag einer Uhr nachmachen und die zwölf Stunden mit Schnelligkeit aufeinander folgen lassen.«

Cardoville bemächtigte sich der rechten Brust, während Brunetons Sohn die Umgebung auf sich nahm; die linke Seite wurde von Dolmus und seinem Sohn eingenommen. Nicette verlangte die Klitoris, Zulma die Schamlippen. Jeder Neger erhielt eine Wade. Larose und Julien einen Schenkel und Fleur d'amour und Saint-Claire nahmen die Arschbacken. Von dieser Qual ging man zu neuen über.

Man stellte sich im Kreise auf und unsere Heldin mußte der Reihe nach zu einem jeden hingehen und die ihr vorgeschriebene Handlung begehen, während ihr ein jeder eine blutende Wunde beibringen mußte.

Dolmus riß ihr das Ohr ab, Cardoville schnitt ihr in die rechte Brust. Bruneton kratzte die linke ab. Nicette steckte zweimal ein Taschenmesser in ihre rechte Arschbacke. Volzidor kitzelte ihr mit einer spitzenbesetzen Kugel das Innere der Scheide. Larose stach in eine Ader am linken Schenkel. Fleur d'amour gab ihr einen Faustschlag auf die Nase, daß das Blut floß. Julien riß ihr mit den Zähnen ein Stück ihres rechten Schenkels ab. Saint-Claire stieß ihr ein Stilett in den Bauch. Der erste Neger verwundete die Schultern, der zweite die Weichen. Nun befahl Cardoville den Negern, Justine auf eine runde Säule derart zu binden, daß sowohl ihre Hände wie ihre Füße frei seien. Man band sie, ihre vier Glieder so weit als möglich ausgespreizt, an. Nicette ergriff eine Nadel mit einem Faden daran und begann die Scheide Justinens luftdicht zuzunähen. Nachdem sie damit fertig war, machte sie sich an die Rückseite Justinens und begann hier den Altar der Sodomie auf gleiche Art zu verschließen. »So habe ich es gern«, sprach nun Cardoville, als er die Festung gut verschlossen fand, die er einnehmen wollte. Er stieß mit unglaublicher Kraft zu; endlich lösten sich die Fäden und unter höllischen Qualen Justinens fuhr das ungeheure Glied Cardovilles ein. Nun drehte man das Opfer um und dieselbe Szene wiederholte sich, bis Justine in Blut schwamm. »Nun bin ich an der Reihe«, sprach Dolmus und band Justine los. »Ich will sie nicht zunähen, aber ich will sie auf ein Bett legen, das ihr auch nicht angenehm werden soll.« Alsbald brachte einer der Neger ein diagonales Kreuz, das ganz mit Stahlspitzen bedeckt war; darauf legte man Justine, während Dolmus sie von vorne bearbeitete. Sein Mund preßte sich auf den der Duldnerin und schien ihre Schmerzen einatmen zu wollen.

Nun begehrte die wütende Zulma, auf dem Kreuz gefickt zu werden; nur stellte sie die Bedingung Justine möge über ihrem Kopf aufgehängt werden, damit das herabtröpfelnde Blut über sie fließe. Die Hure legte sich auf den Rücken, man band sie fest und alle Männer bestiegen sie der Reihe nach und alle kratzten den unglücklichen Körper auf, der über ihrem Kopf hing, um immer neue Bäche von Blut hervorquellen zu lassen; schließlich wurde der leblose Körper Justinens losgebunden. »Was wollen wir mit ihr machen?« fragte Cardoville. – »Wir müssen der Gerechtigkeit ihren Lauf lassen«, antwortete Dolmus, »sie wird ja trotzdem sterben. Bringen wir sie ins Gefängnis zurück.« – Julien versuchte also, Justine ins Leben zurückzurufen, indem er ihr die Wunden auswusch. »Nehmen Sie Ihre Kleider wieder, meine Tochter«, sprach Cardoville, »der Tag ist noch nicht angebrochen und die Männer, die Sie hergebracht haben, werden Sie wieder ins Gefängnis zurückfahren.« Justine wollte sich diesen Ungeheuern zu Füßen werfen, um von ihnen eine Begnadigung zu erflehen, allem nicht nur, daß man sie nicht anhörte, die Frauen schmähten sie sogar und die Männer bedrohten sie. Sie wurde gepackt und wieder ins Gefängnis gebracht. »Legen Sie sich nieder«, sprach der Cerberus, indem er sie in ihre Zelle stieß, »und wenn Sie jemals Klage darüber erheben wollen, was Ihnen heute Nacht geschehen ist, so können Sie sicher sein, daß ich alles ableugnen würde.« – »Oh Himmel«, rief Justine aus, als sie allein war, »wie sollte ich Bedauern empfinden, eine Welt, in der so viele Verbrecher leben, zu verlassen!«

Am nächsten Tage besuchte der grausame Saint-Florent Justine. »Nun«, fragte er, »sind Sie mit den Freuden zufrieden, die ich Ihnen verschafft habe?« – »Oh, mein Herr, es sind Ungeheuer!« – »Ah, ich errate, Sie haben Ihnen zu viel Samen gekostet, es gibt nichts Schlimmeres als den Ekel. Also sprechen Sie, sprechen Sie, will man Ihnen das Leben retten?« – »Ich bin verloren.« – »Hören Sie, ich will Ihnen als Freund etwas sagen. Ich weiß, daß man die Absicht hat, Sie lebend zu verbrennen, es handelt sich für Sie also nicht mehr darum, freizukommen, sondern nur darum, statt verbrannt gehenkt zu werden.« – »Nun, mein Herr, was soll ich dazu tun?« – »Vorerst müssen Sie sich mir hingeben.« – »Oh, mein Herr!« – »Nun, dann werden Sie eben verbrannt werden.« Und die Unglückliche ließ, um dem furchtbaren Tod zu entgehen, mit sich alles geschehen. Saint-Florent rief den Wärter heran. »Pierre«, sprach er zu ihm, »ficke dieses Lumpenweib vor meinen Augen. Welch ein Glück für einen derartig ungeschlachten Lümmel.« Er gehorchte also und sobald der Samen des Mannes geflossen war, fuhr Saint-Florent fort: »Nun ist genug, aber bilde dir nicht ein, Hure, daß ich deinetwegen den kleinsten Schritt unternehme. Ja, sei versichert, daß du verbrannt werden wirst, und ich verlasse dich jetzt nur, um die Ausführung des Urteils zu beschleunigen.« Das Ungeheuer ging hinaus und ließ das arme Mädchen in einem Zustand der Niedergeschlagenheit zurück, der dem Tode ähnelte. Am folgenden Tage kam Cardoville, um mit ihr ein Verhör anzustellen. Sie schauderte über die Kaltblütigkeit, mit der dieser Schuft die Gerechtigkeit zu beleidigen wagte. Sie verteidigte sich mit der Wärme, wie es ihrem guten Rate zukam. Allein aus jeder ihrer Verteidigungsreden wußte dieser geschickte Richter neue Anklagen wider sie zu erheben. Kühn fragte er sie, ob sie nicht einen reichen Bürger dieser Stadt namens Saint-Florent kenne, und als Justine die Frage bejahte, sprach Cardoville: »Mehr brauche ich nicht. Dieser Herr de Saint-Florent, den Sie zu kennen gestehen, hat Sie angezeigt, er hat angegeben, Sie in einer Bande von Räubern kennen gelernt zu haben, wobei Sie die Erste waren, die ihm sein Geld und seine Brieftasche stahlen. Ihre Kameraden wollten ihm das Leben schenken, Sie allein widersetzten sich dem. Trotzdem gelang es ihm, zu entfliehen. Außerdem bezeugt Herr de Saint-Florent, daß Sie, als Sie ihn vor einiger Zeit in Lyon besuchten, ihm eine Uhr auf hundert Louis gestohlen hätten. Auch der Bischof von Grenoble und ein Benediktiner klagen Sie des Mordes, des Diebstahles und noch anderer Verbrechen an.« Cardoville benützte den Augenblick der Ratlosigkeit Justinens und befahl dem Gerichtsschreiber, aufzuzeichnen, daß Justine ein umfassendes Geständnis all dieser Greueltaten abgelegt hätte.

Justine warf sich verzweifelt zur Erde und das Gewölbe widerhallte von ihren Schreien. »Verbrecher«, rief sie aus, »ich verlasse mich auf den gerechten Gott, der mich rächen wird! Du wirst den abscheulichen Mißbrauch deiner richterlichen Gewalt noch bereuen!« Cardoville klingelte, der Wärter erschien und führte die Angeklagte fort, während das Ungeheuer ruhig den Saal verließ und der Blitzstrahl verschlang es nicht.

Alles ging glatt von statten. Bald war Justine zum Tode verurteilt.

Justine überließ sich eben den traurigsten Gedanken, als der Wärter mit geheimnisvoller Miene auf sie zutrat. »Hören Sie«, sprach er, »Sie haben mir ein Interesse eingeflößt, und wenn Sie meinen Vorschlag annehmen, will ich Ihnen das Leben retten.« – »Oh, mein Herr, um was handelt es sich?« – »Sie sehen fort jenen dicken Mann, der gleich Ihnen nur die Hinrichtung erwartet. Er ist der Besitzer einer Brieftasche, die eine bedeutende Summe enthält.« – »Nun?« – »Nun, ich weiß, daß er sich nur mit dem Gedanken beschäftigt, wie er sein Vermögen in die Hände seiner Familie kommen lassen könnte. Rauben Sie es ihm und bringen Sie es mir, dann sind Sie frei. Vor allem aber beobachten Sie Stillschweigen und Sie dürfen niemals, ob Sie nun meinen Vorschlag annehmen oder nicht, etwas darüber laut werden lassen. Entscheiden Sie sich.« – »Oh Gott«, rief Justine »so ist also das Glück für mich immer nur durch ein Verbrechen erreichbar. Ja, mein Herr, ich will Ihnen folgen, Sie schlagen mir zwar ein Verbrechen vor, allein ich will es dennoch ausführen, um den Frevlern, die mich umkommen lassen wollen, ein grausameres zu ersparen.«

Der Wärter zog sich zurück und schon klang jene dumpfe Glokke, die den Verurteilten ankündigt, daß sie nicht mehr lange zu leben haben.*

Unsere Heldin beeilte sich also, an ihren Leidensgefährten heranzutreten und bald hatte sie ihm tatsächlich den Schatz geraubt. Sie eilte auf den Wärter zu, drückte ihn in dessen Hand, worauf sich bald die Pforten zur Freiheit öffneten. »Nur rasch fort«, sprach die Unglückliche zu sich selbst, als sie allein war. Die Nacht senkte sich herab und die Finsternis begünstigte ihre Flucht und bald befand sie sich auf den Weg nach Paris in der Hoffnung, dort ihre Schwester zu finden.

Es war ungefähr vier Uhr nachmittags, als sie in der Nähe von Escommes eine ungemein elegante Dame bemerkte, die mit vier Herren spazierenging. »Abbe«, sprach diese Dame und wandte sich an einem ihrer Begleiter, »dieses Mädchen kommt mir bekannt vor. Mein Fräulein, auf ein Wort, ich bitte Sie, würden Sie mir nicht Ihren Namen sagen.« – »Oh, Madame, ich bin, das unglücklichste aller Geschöpfe.« – »Aber Ihr Name?« – »Justine.« – »Justine? Wie sollten Sie die Tochter des Bankier N. sein?« – »Ja, Madame.« – »Freude, es ist meine Schwester! Diese Schrammen und Narben dürfen Sie nicht täuschen, ich habe ihr ihr Schicksal vorausgesagt. Kommen Sie, mein Kind, kommen Sie auf mein Schloß zu mir. Ich bin neugierig, durch welchen Zufall ich Sie wieder getroffen habe.« – Justine schloß sich also der Gesellschaft an und als sie in Juliettes Heim äußersten Reichtum bemerkte, rief sie aus: »Wie, während ich kaum mein Leben fristen kann, genießt meine Schwester allen diesen Reichtum!« – »Du schwachherziges Mädchen, das darf dich nicht täuschen«, erwiderte Julie, »ich habe dir bereits alles vorausgesagt: Ich bin die Bahn des Lasters gegangen und habe auf ihr nur Rosen gefunden. Du siehst aber, wohin dich deine verfluchten Vorurteile gebracht haben. Abbe«, fuhr die berühmte Schwester unserer Heldin fort, »man möge ihr anständige Kleider geben und neben uns für sie ein Gedeck auflegen. Morgen wollen wir ihre Erzählung anhören.«

Nachdem Justine erfrischt war und sich ausgeruht hatte, erzählte sie am nächsten Tag die Abenteuer, die wir eben gelesen haben. So sehr das arme Mädchen auch mitgenommen war, sie gefiel trotzdem alle Anwesenden und unsere Gesellschaft konnte sich nicht versagen, sie nach eingehender Prüfung zu loben. »Ja«, sprach einer von ihnen, der bald die Geschichte Juliettes eine Rolle spielen wird, »da sieht

* Dieser Brauch ist in den meisten südlichen Provinzen anzutreffen.

man wohl die Nachteile der Tugend, und hier, meine Freunde«, rief er, indem er auf Juliette wies, »hier sieht man die Vorteile des Lasters.« Der Rest des Abends wurde zur Ruhe benutzt und am nächsten Tag kündigte Juliette an, daß sie ihre eigenen Abenteuer erzählen wolle, um, wie sie sagte, ihre Freunde besser beurteilen lassen zu können, wie sehr der Himmel das Verbrechen beschützt und die Tugend verfolgt. »Höre Justine, Sie, Noirceuil und Chabert, Sie lade ich nicht ein, Dinge zu hören, die Sie bereits in allen Einzelheiten kennen; gehen Sie ein wenig aufs Land, während dieser Zeit und bei Ihrer Rückkunft werden wir uns überlegen, was wir mit diesem kleinen Mädchen anfangen werden. Aber Sie, Marquis, und Sie, mein teurer Chevalier, Sie bitte ich, mir zuzuhören, damit Sie überzeugt sind, daß Norceuil und Chabert nicht ohne Grund behaupteten, ich sei eine der seltsamsten Frauen der Welt.«

Man ging in einen prächtigen Salon und die ganze Gesellschaft nahm auf bequemen Lehnstühlen Platz. Justine erhielt einen Stuhl und Juliette begann auf einer Ottomane liegend, ihre Erzählung, die die Leser in den nächsten Bänden finden werden.

Joseph Roth
Das Spinnennetz
NIKOL